唐诗的乐园意识

欧丽娟 ⊙ 著

著作权合同登记号　图字：01-2018-0449

图书在版编目（CIP）数据

唐诗的乐园意识 / 欧丽娟著. —北京：北京大学出版社，2020.5
ISBN 978-7-301-31060-1

Ⅰ. ①唐… Ⅱ. ①欧… Ⅲ. ①唐诗 – 诗歌研究 Ⅳ. ① I207.22

中国版本图书馆 CIP 数据核字 (2020) 第 006397 号

本书为（臺灣）五南圖書出版股份有限公司授權北京大學出版社有限公司在中國大陸出版發行簡體中文版，2017。

书　　　名	唐诗的乐园意识 TANGSHI DE LEYUAN YISHI
著作责任者	欧丽娟　著
责任编辑	吴　敏
标准书号	ISBN 978-7-301-31060-1
出版发行	北京大学出版社
地　　　址	北京市海淀区成府路 205 号　100871
网　　　址	http://www.pup.cn　　新浪微博：@ 北京大学出版社
电子信箱	pkuwsz@126.com
电　　　话	邮购部 010-62752015　发行部 010-62750672 编辑部 010-62757065
印刷者	三河市北燕印装有限公司
经销者	新华书店 880 毫米 ×1230 毫米　A5　13.625 印张　360 千字 2020 年 5 月第 1 版　2020 年 5 月第 1 次印刷
定　　　价	66.00 元

未经许可，不得以任何方式复制或抄袭本书之部分或全部内容。
版权所有，侵权必究
举报电话：010-62752024　电子信箱：fd@pup.pku.edu.cn
图书如有印装质量问题，请与出版部联系，电话：010-62756370

序　言

　　直面逼视"存在"的虚无,应该是某一类的少数人无可避免的生命课题,不因柴米油盐而忽略,拒绝名利权位的遮蔽,袒露在空幻的本质中,碰触不到具体的边界,也就注定要为此而呕心苦思,以求破迷解悟,寻得此心的安顿。

　　至于虚无的根由,既来自浮世的颠倒、人间的错谬,更源于生命无常的本质。此身何归,乐园安在?虽说万法唯心,乐园不假外求,但"心"又是什么?一念可以涵摄大千,却又能够堕入地狱,动荡起伏、造次颠沛之际,总难免在煎熬翻扰中轮廓不清,遑论那无尽的虚空,更是失重悬宕的恐怖。所为何来之悲,在所难释。

　　二十年前,我选择透过对古人的探索间接寻求答案,发现哲人的叩问、凡夫的茫惑,既是代代不息的永恒之谜,敏感多情的诗人更难以豁免,每一位风姿独具的大唐诗人都提供了专属的阐释。只是,即使颖慧非凡者证得了若干解悟,仍然不脱牵绊,与笨重的人间世藕断丝连。情与悟,空与有,毕竟离合辩证。

　　例如庄子虽有鼓盆而歌之超脱,无用之为大用之逍遥,穿天入地、收放自如，在齐物的境界里消融了时间与空间的范畴，也泯除了人我与物我的界限，但何尝真能一无"汲汲然唯恐其似己也"的悲悯？翱翔于九万里天际的大鹏鸟一扫万千窒碍、无限茫昧的空阔，却终究不曾一无反顾地纵身飞去，反而再三回望人间、驻足俗世，频频回顾尘土的匍匐颠踬，欲飞还休，愿舍犹存，点滴言说凌空飘落，让地心引力凝结成扑朔奥妙的寓言、重言、卮言，莫非都根植于一念之仁，又何曾稍减于鞠躬尽瘁的大雅君子？

"我的翅膀可以在高空中飞翔，也可以落在大地上保护我的子女"，说的是帕斯捷尔纳克（Boris Leonidovic Pasternak, 1890—1960）笔下的日瓦戈医生，也是李白、王维与杜甫。若说李白展现的是大鹏冲天、直奔苍冥的磅礴激昂，即使坠落都不失壮烈震撼，杜甫则是情愿敛羽低首，为护卫众生不惜放弃高飞，甚至让一双巨翼因为负担过重而千疮百孔。而深水静流的王维，在毫无烟火气的淡泊中，实内蕴着"一生几许伤心事，不向空门何处销"的苦痛，其曲折椎心毫不亚于"春蚕到死丝方尽，蜡炬成灰泪始干"的李商隐，又岂能因凡眼难见而错评为"无情"？习惯于强度、彩度的心眼，爱尚缤纷炫丽的感性本能，本就难以洞彻那来自深度、广度的沉静与宏大，于是池塘涟漪胜过于风平浪静，七色彩虹凌驾于纯白日光，雍容优雅的盛唐风光也就沦为俗艳甜腻的广告图像了。

至于折翼、无翅者，或者无奈地困守烟尘，或者愤激地走向偏锋，既有前进无路的绝望枯槁，亦酿造了世纪末的华丽。中晚唐的时代氛围展演出末日景观，星辰跌落到泥泞里，春花结出死亡的果实,夕阳为黑暗镶上金边,万神殿滴下快乐的眼泪,变调的乐园折射了病态的嫣红,细看则是锈迹斑斑。聪慧悲观的感伤诗人固执地只凝视残破的天堂,因为一粒沙而视线模糊,费力捕捉错综陆离的返照回光。

人间没有乐园。人间也处处是乐园。一朵花里可以存在天堂,一粒沙中可以映现世界,那既是花与沙的本质,却更是观花人、摩沙者的投影。英国诗人朗布里奇(Frederick Langbridge, 1849—1923)于《不灭之诗》中说:

> 两个囚犯从同一个铁窗向外眺望,一个看到的是泥泞,一个看到的是星辰。

归根究底,要看到泥泞还是星辰,都是自己的选择。倘若能兼容泥泞与星辰的同时俱在,并且不因星光闪烁而晕眩,也期待着泥泞可能会长出花朵,那么飞翔与蛰伏、仰望与俯视,都可以十分充盈美好。

只不过,有了这般的答案并不等于就此释然。生命走过,步履维艰、困思沥血的轨迹隐约在目,在雪泥鸿爪之间探测生命的过往,那震颤动荡呼之欲出,却总是如蒙纱、似隔膜,终究还是得重蹈覆辙、亲历冷暖,才能从"知道"到"体悟",而这时,也到了"一任阶前,点滴到天明"的无言境界。于是,这本二十年前的旧作,仍然见证着同样的叩问与求索,没有过时。原来文学研究的价值,并不只是提出学术上的创见,留给象牙塔里的同行参考,更是对生命给予前所未有的体证，让人重新观看、重新理解，而古人、今人也就在历史中重新联结，千里婵娟，共看明月皆如此。

欧丽娟于台北

2005 年 12 月

目 录

第一章　绪　论　001

  第一节　"乐园"研究之价值与研究取径　001

  第二节　"乐园"内涵的厘清　007

  第三节　先唐乐园形态之回顾　017

  第四节　乐园理论之修正与本书架构之建立　037

第二章　人文世界的乌托邦——远古理想国的回光　045

  第一节　政治蓝图的理想模式　047

  第二节　社会理想——再使风俗淳　083

  第三节　大同世界的再版　097

第三章　平等无私的自然伦理与宇宙万物的和谐秩序　101

  第一节　原始乐园的和谐混同状态与复归的尝试　103

  第二节　各得其所的自然伦理——"难教一物违"　109

  第三节　物我交融的"忘机"境界　125

第四章 "失乐园"——追忆中的开、天盛世　　145

第一节　再现"失乐园"的理论与意义　　146

第二节　中晚唐时代的乐园回溯　　150

第三节　杜甫的追忆："春夏—喜剧境界"的
类型表现　　162

第四节　"追忆"的情感运作与表现模式　　191

第五节　失乐园："秋冬—悲剧境界"的类型展现　　196

第五章　由迷而悟——"寻道"诗的类型探讨　　201

第一节　"追寻"的原始类型　　201

第二节　"道"的内涵厘清　　202

第三节　"寻道不遇"诗的原型分析　　209

第四节　圣地的启悟与净化　　228

第六章　桃花源主题的流变——继承、转化与发扬　　235

第一节　"桃花源"原始文本之分析　　236

第二节　南朝阶段
——以仙化为主流而启山水化之肇端　　244

第三节　初唐阶段——隐逸调性的显扬　　253

第四节　盛唐阶段——个性化原则的充分实践　　261

第五节　中晚唐阶段——世俗化：桃花源的
幻灭与瓦解　　299

第七章　乐园的变调　　　　　　　　　　　317

　　第一节　时间意识的激化与死亡意象的涌现　320

　　第二节　乐园空间的崩毁　　　　　　　　　349

　　第三节　圣性的解消　　　　　　　　　　　363

　　第四节　人情化——神话思考的反命题　　　382

第八章　结语：乐园意识转变的关键　　　　399

征引书目　　　　　　　　　　　　　　　　　413

第一章
绪 论

第一节 "乐园"研究之价值与研究取径

诗人是灵心锐感的文学家,对世界与人生采取的是感受、观照与品味的参与角度,迥异于学者面对现象界时进行综合归纳的理论性思辨,以及政治社会等实务家切就现实需要而擘画经营的企图,因此多以流连光景、徘徊哀思的情感表露为满足。意大利学者维柯(Giambattista Vico, 1668—1744)曾说:"诗人们首先凭凡俗智慧感受到的有多少,后来哲学家们凭玄奥智慧来理解的也就有多少,所以诗人们可以说就是人类的感官,而哲学家们就是人类的理智。"① 这样一种只在"凡俗智能"的层次上将人类的感官潜能发展到极致的诗人,虽然并不如哲学家一般,穷尽人类的理性能力而开拓出理解与思想建构上的玄奥智慧,但深刻的感受能力却透过敏锐的直觉,不仅可以洞彻人类内在心灵的处境与时代环境的氛围,并且进一步经由艺术形式与意象运用而更加彰显出来,所以分析心理学家荣格(Carl G. Jung, 1885—1961)曾经表示:伟大的艺术家是赋有

---

① [意]维柯著,朱光潜译:《新科学》(北京:商务印书馆,1989年6月),卷2"前言",页172。

"原始灵视"的人,"原始灵视系指对于原始类型的特殊敏感性而言,是以久远意象表达事象的能力;它能使艺术家将'内在精神世界'的经验透过艺术形式而付诸'外在世界'表现。荣格声明,艺术家也是人——'集体人';同时,诗人的作品亦必然能够迎合他所处的社会之精神需要"[1]。因此,从唐诗中观测唐代人们面对生存时"内在精神世界"的样态,确然是一个极佳的研究范畴。

而自古到今人类心灵深处一直深植沉埋而不绝如缕的乐园意识,无疑提供了一个最有力、最具有代表性的切入角度与观察途径,让我们得以深入探索诗人透过艺术的形式而付诸外在世界的"内在精神世界"。

因为"乐园"是人类心中蕴藏着的,对某种足以超越现实的理想世界与理想生存处境的想象与实践的结果,对乐园的追寻,无疑是包括诗歌在内的文学艺术中普遍引起关注的重要主题,甚至是激发文学创作的根本动力,此种追寻(quest)是如此重要,以至于弗莱(Northrop Frye, 1912—1991)认为:"一切的文学类型,很可能是从'追寻神话'伸延出来的。"[2] 因此,我们观察作为诗歌表现之原型时,可以注意到一个明显的事实,亦即对乐园的描写与

---

[1] [瑞士] 荣格:《追寻灵魂的现代人》(*Modern Man in Search of a Soul*),1933年。本段引文出于[美]李达三著,蔡源煌译:《神话的文学研究》,收入古添洪、陈慧桦主编:《从比较神话到文学》(台北:东大图书公司,1993年10月),页289。

[2] 引自[美]卫姆塞特(William Kurtz Wimsatt)、布鲁克斯(Cleanth Brooks)合著,颜元叔译:《西洋文学批评史》(台北:志文出版社,1982年3月),第31章,页653。

对乐园的向往与追寻，乃是其中最突出的一类，故英国鲍特金女士（Maud Bodkin, 1875—1967）在其所著的《诗的原型诸貌》一书中，特别标示了"乐园—冥府（或天堂和地狱）原型"(the archetype of Paradise-Hades, or of heaven and hell)，以一整个专章的篇幅运用此一原型对许多西方文学作品加以研究，正显示出乐园主题的重要性。此外，鲍特金还指出这样的原型除了表现在特殊群体的神话传说中，同时也传达了宇宙经验的感受特性。[①] 可见"乐园意识"在文学中所开显的价值，在于它既具备了个人与团体独具的个别意义，又兼具了人类心灵共有的普遍意义，实是吾人可借以深入探讨唐诗的一大途径。

事实上，在人类的生存处境里，除了要适应现实以求取生存的机会，而发挥远祸避害的生物本能之外，还蕴涵着一种更高的精神冲动，能够促使他向未知挑战，也激发他向超越当下现实环境的世界展开追寻。而这些追寻所展现的内涵与模式，往往是积淀于人类心灵的历史中，经过时代的演变过程，一方面在具体内容上有所增减损益，另一方面却能够超越世代的交替变迁，而凝化出一个稳定不移的特定形态，反映了人类心灵的固有倾向，而成为无数次同一经验的沉淀物，并留存在潜意识中形成了种种的心理"原型"。

[①] 鲍特金指出："Thus, the patterns we have called the Rebirth and Paradise-Hades archetypes, while finding expression in myths and legends of particular communities, could also be felt as characterizing the flow, or texture, of universal experience." 见 Maud Bodkin: *Archetypal Patterns in Poetry: Psychological Studies of Imagination*（London: Oxford University Press, 1934），p. 315。

将此一由荣格发展出来的心理学说进一步应用在诗歌的研究上,检讨在诗歌里诸种原型的表现,我们可以发现"这些原型在诗中或其他艺术中具有特殊的情感意义(emotional significance),它们是不受时间限制的象征符号,在人类心灵史上做无尽的循环"[①]。而追寻理想世界的乐园意识自然也呈现出这种不断再现、重演的原型面貌,当我们进行唐诗的研究时,"原型"的概念提供了一个分梳的凭借,帮助我们在庞杂的诗料里归纳出一些重要的论述范畴,而使唐诗中某些乐园意识的轮廓显得更为清晰。

除了原型所提供的理论帮助以外,本书论述的基础主要是把重心放在某些特定的主题或类型上,以之为探讨的范畴。亦即择取某些特定的题材、某些为众多诗人普遍关注的意象,透过不同的作者之手却表达出共同目的的乐园主题,并不完全迁就时间(即时期)的限制,而将同类诗歌依类相从,着重在整个共同主题构成特质的阐发,以展现这些主要乐园形态的深层内蕴,达到易于掌握的优点。

其次,有关乐园的具体内容乃是会随着文化与时代的差别而有所增减损益的,原型乃至于类型都只能提供理论的框架和某些抽象的概念,至于唐诗中所蕴涵的乐园意识,其具体内容与实质表现,却有待我们确切地落实在唐诗的土壤上耕耘,才能充分彰显出来。在这里,我们就遭遇到一个取材上的问题,对唐诗进行周全而细腻

[①] [美]赫曼(Steven E. Hyman):《波得京和心理学的批评》,引自施淑女:《九歌天问二招的成立背景与楚辞文学精神的探讨》(台北:台湾大学文学院,1969年),页102—103。

的分析固然是首要的目标,但是,除了以唐诗为探讨的范围之外,究竟是否应该进一步包含其他诸如笔记小说、文章杂谈的记载,以及社会环境的因素在内?而除了重要之乐园类型的抉发之外,是否也应该配合时代来阐述主题的流变情形?

针对第一个问题,本书的做法是:虽然乐园意识的萌生与发扬的确有其社会文化的背景,从社群生活的土壤中抽芽,而在人们的共同意识或集体潜意识里成长,形成了一股社会心理的一般趋势。茂生的枝叶向四面八方生长,在各种文化记录上留下或显或隐的痕迹,文学创作的领域当然也不例外,"正像地质学家可以凭借岩石上的擦痕而判断冰川的曾经存在一样,我们也可以依据人类心灵上的'擦痕'——作品中所表现出的某些作家审美意识上的某些共同特征,判断某种社会心理作为社会精神环境的存在,并分析它给予作家审美意识的影响"[①]。但那些造成心灵"擦痕"的社会心理和文化背景固然是孕育个人意识的摇篮,却不能取作品而代之,更不能成为作品唯一或优先的解释。虽然说作品乃诗人之个别主体与社会文化之共同群体互动的结果,但令我们感兴趣的,却是透过诗人的创作所展现的感受、省思与诠释,所展现的某一个人的人格特质、某项事件的特殊风貌,乃至于超越了个人与事件的普遍心灵和共同视野。因此为免于牵连过广,导致庞杂枝蔓、廓清不易,我们将分析焦点集中在唐代诗歌的范畴,并以作品本身的解读为主,

---

① 引自许鹏:《中介的探索》(北京:中国人民大学出版社,1992年),第4章,页62。

亦即由美学的、思想意义的角度进行诠释，而舍弃文化史的探讨方式，把其他的文字记录视为诗歌分析时的辅助，是诗歌内容本身出现罅隙时弥缝的零件，因此只作为诠释分析上的非必要证据。

就第二个问题来说，是否要在主题的探讨中加入时代性的因素，应该是根据乐园主题本身的特质来决定。属于不受时间影响的主题，即超越分期而统一为论，以免对某些贯穿其间历时不变的稳定想法形成干扰，并支撑起共同的意识内容与普遍的概念架构；但若具有流变的现象而能显豁唐诗中整个乐园意识的演变者，则可以随时代阶段之不同来进行动态的描述，以掌握意识内涵与时俱变的内在理路。后者乃是为了要兼顾某一主题的重要性和丰富性，以及因来自于个别诗人之殊异所导致的不同诠释，能较全面地增进其表现力度与多面风格，故也适度采取历时性的探讨，有如主题学的运用[1]，因此就整体言之，在方法论上，是透过定点上的横断（synchronic）与历史上的纵贯（diachronic）的交互运用，而清楚说明某一个类型的全貌。[2]

---

[1] 所谓"主题学"，陈鹏翔指出："主题学是比较文学中的一部门，而普通一般主题研究则是任何文学作品许多层面中一个层面的研究；主题学探索的是相同主题（包含套语、意象和母题等）在不同时代以及不同的作家手中的处理，据以了解时代的特征和作家的'用意'（intention）。"陈鹏翔：《主题学研究与中国文学》，收入陈鹏翔编：《主题学研究论文集》（台北：东大图书公司，1983年11月），页15。
[2] 此种"透过定点上的横断与历史发展上的纵贯的交互作用来说明问题全貌"的作法，乃近代学术研究对于语言文学或其他文化现象的研究讨论都具有的一项方法论上的特点，见蔡英俊主编：《中国文化新论·文学篇二：意象的流变》（台北：联经出版事业公司，1982年9月），"导言"，页1。

此外，在就唐诗本身来钩稽索隐其中蕴涵的乐园思想时，这些主题本身虽然各有其关心的重点与表现的特质，但若将彼此之间联系起来，却大略可以展现出整个唐诗乐园意识由圣而俗、由信仰到崩解的转变脉络，此点参见下面第四节有关本书架构之建立的部分，及第八章结语的综述更可明晓。就此而言，桃花源因为是唐诗里十分显要的乐园主题，不但运用者甚众，展现了分歧的指涉，且因随着初、盛、中、晚等不同的分期所表现的差异和内涵上的转变，恰恰是唐诗中乐园意识由圣而俗、由信仰到崩解之过程的缩影，因此才采取断代的讨论框架，以兼顾其间不断在消长变化的思潮，可以说是共时性的"主题"研究与历时性的"主题学"研究交互运用的典型成果。

第二节 "乐园"内涵的厘清

一、"乐园"的界定与意义

乐园既是文学研究中如此重要的主题，在运用此一语词时，自必须对其指涉先有清楚的了解。以西方相应的语词 paradise 来说，"乐园"本身即具有纷歧的意涵：此字最初为源于伊朗（of Iranian origin）之波斯文 pardes 的希腊字 paradeisos，意指"封围的庭园、花园、果园、乐园"（enclosed park, garden, orchard, paradise）等义，演变至今，"乐园"一词有时可视为"天国"（heaven）

的同义词,为义人死后灵魂享有永恒福祉的场所;有时特别指具有受赞许之条件(favorable conditions)、特殊之机会(special opportunities)或丰富之某种事物(abundance of something)等特征的地方;有时则特指一个极乐之地(a place of bliss),一个至高幸福或无上喜悦的区域(a region of supreme felicity or delight),或指一种幸福的状态;而有时也指一个愉悦的花园,特别是一个东方的庭园。①

以上这些对于乐园的解释,表面上是形形色色、似乎各有所偏,但推究其实,却在根本上具有某些共通的性质,综合言之,可以归纳出几点要素:其一,乐园是不易到达的。它可能是超越现世之上,如死后灵魂的居处;可能是远离现实生活的陌生之地,如其中一个解释特别指出是"东方的庭园";也可能是现世难以企及的极乐至福之所,因为人生总是不如意事十之八九。无论具体落实的对象为何,其为"不易达到"的本质则一,故以须具有"受赞许之条件"和"特殊之机会"为特征。其二,乐园是丰饶而愉悦的。具有此一性质的地方多半是以生机流转、美丽怡人而物产充裕的自然园地为背景,不论是庭园、果园或花园,都描绘出一幅绿意盎然、花果缤纷的图像,身处在青树流泉之间,自然身心舒放、闲适和谐,往往洋溢着田园牧歌式的气息,和丰收富足的喜悦,西方《圣

---

① 以上有关"paradise"一词的西方定义,乃参考 G. & C. Merriam Company 编:《韦氏英文大辞典》(*Webster's Third International Dictionary*)(Mass.: G. & C. Merriam Company, 1961 年),页 1636。此外,《大英百科全书》与《大美百科全书》的说明与此类同。

经》中所许诺的流奶与蜜的干净地正是此一性质的另一表现,故以具有"丰富之某种事物"为特征。其三,乐园是一个封闭而具有选择性的小世界。例如"天国"之获准进入者必得是正直公义之人,即所谓的"选民"(chosen people),且定须在视听言动的生命结束之后才能进入它狭窄的门槛;至高幸福与无上喜悦等极乐感受更非人人所得享有,何况所谓的"园"者,意即"设有藩篱之处"①,以划分明确的内外之别,因此具有相当之封闭性和选择性只为掌握了"受赞许之条件"或"特殊之机会"的人而开放。就此点而言,本项特色又与第一项所言"乐园是不易到达"的要素互为表里,可以彼此相通。

乐园的第四项重要特色,在于它抽离了时间性而使死亡的忧怖消泯不存,乐园中"没有死亡,死亡只是在犯罪之后才进入世界"。②人类对死亡的意识,除了它令人骇惧的丑陋和所带来的断丧虚无之惊疑外,更重要的是透过"死亡乃时间运作之结果"的认知,而产生了远较死亡阴影为深沉的流动之时间感。的确,时间和空间是构

---

① 此乃中西共通的定义,如前文所引对"乐园"的解释中冠有"enclosed"的形容词,而《诗经·秦风·驷驖》毛诗序"园囿之乐"句下孔颖达疏云:"有蕃曰园,有墙曰囿。"蕃(通"藩"与"樊")与墙皆以别内外者也。(汉)毛亨传,(汉)郑玄笺,(唐)孔颖达等正义:《诗经》,《十三经注疏》(台北:艺文印书馆,1985年12月),页234。又《周礼·天官·太宰》中"二曰园圃,毓草木"句下,郑玄注亦云:"树果蓏曰圃;园,其樊也。"可见圃之四周设藩篱者,则谓之园。(汉)郑玄注,(唐)贾公彦疏:《周礼》,卷2,《十三经注疏》,页30。
② 见圣经神学辞典编译委员会译:《圣经神学辞典》(台北:光启出版社,1984年1月),"乐园"条,页64。

成宇宙的先验条件，也是一切存有物存在的基本要素，人类一切的理解和感受活动，都必须在时、空的基础上才有发展的可能，但也正因为如此，"人类不得不在一定时空的意识中约束自己，从而失去了精神的自由"①，如死亡的阴影、幻灭的必然性，以及种种消长变化的不确定感，这是时间所带来的恐惧；离别的悲苦、遥远难及的无奈，以及由距离所引发的陌生和遗忘，这是空间所带来的压迫，而一旦自觉到世界万物都不能自外于时间和空间所构成的存在格局时，人，也就失去了浑沌未凿时最完整的幸福。因此，唯有当"人类在未意识到（一切存在的基本形式是空间和时间）这一点时，是自由的，所以能够在无限的时空中任情率性地遨游。那是原始先民的神话时代"②。于是从"后神话时代"才展开历史的人们，也只有托诸想象，怀抱着无限的企慕向往之情，在文学中构筑一个无始无终、足供自由徜徉的寄寓之所，来为饱受拘限的现实寻找一条出路。如此一来，一则如前文所抽绎的结果，"乐园"大多是位于人力所不易到达的封闭小世界，悬隔绝世、渺茫难及的空间意识特别强烈；同时，我们也往往可以在乐园文学中看到乐园的另一项特质，那就是时间感的泯除不存，将死亡的阴影和时代递嬗的沧桑变化都隔绝在外，而让遗世的乐园充满明朗、静定的氛围。

既然在"乐园"之中是时间冻结的静止状态，于是对应着时间静止于完美时刻而来的人事安排，也倾向于维持着既定的、和谐

---

① 引自董乃斌：《李商隐的心灵世界》（上海：上海古籍出版社，1992年12月），下编第2章，页139。
② 董乃斌：《李商隐的心灵世界》，下编第2章，页139。

的、不变的、井然有则的原有秩序；且因为此一乐园的人事结构是出自人们内心对理想世界的投射，展现了"止于至善"的终极价值，因此整个乐园就会沉浸在已完成的至福至善之中，而缺乏更上一层楼的积极的动力，相形之下，乐园的存在似乎就易于呈现出"静态性、怀旧、消极、出世、及强调放任、无为、独善其身的心态"①，既然已止于至善，因此乐园的最大努力，不过就是维持现状，保存旧有的风貌，根本毋须在理想和现实之间挣扎，也不必求新求变，为了一个当前所缺少的某种希望而积极奋斗；更因为乐园是一个人际关系和谐、稳定的秩序体现，置身其间的个人只要各安其位，就能确保乐园和谐与稳定的秩序，再无忧思天下、关怀大我的必要，因此所谓静态、怀旧、消极、出世，和放任、无为、独善其身的特性，与其说是乐园设计的基础性条件，不如说是乐园思想在形成的同时便自我决定的必然结果。

二、乐园与乌托邦

相对于"乐园"此一术语，还有另一个常被使用、并造成意义混淆的代称理想世界的名词——"乌托邦"。其形成的历史虽不如"乐园"一词之久，但在使用上的纷歧复杂程度却也不遑多让。此词本为英国政治家及作家托马斯·莫尔爵士（Sir Thomas More,

---

① 引自张惠娟：《乐园神话与乌托邦——兼论中国乌托邦文学的认定问题》，《中外文学》第 15 卷第 3 期（1986 年 8 月），页 84。

1480—1535）所创，1516 年莫尔出版了以 Utopia（乌托邦）为书名的一部作品，书中描绘一个有着理想之法律与社会条件的想象国度，而饶具深意的是，"Utopia"一词乃由希腊文的 ou（意即"不"或"没有"，相当于英文之 not 或 no）和 topos（意即地方，相当于英文之 place）组合而成，这个由后人重组新创的合成字 outopos 指的就是"乌有乡"，一个不存在的地方。经过四百多年来的使用，"乌托邦"一词的意涵已几乎到了难以定义的地步，它可以指想象上的、无限遥远的地方，如岛屿、乡村、区域或场所等处；还常常主要用来指在法律、政府和社会条件方面具有理想之完美的地方、城邦或状态；也可以指一种特别是为了社会进步但却不切实际、并且通常是理想到难以达成的计划（an impractical and usually impossible ideal schema especially for social improvement）。[1]

从上述几条解释中，我们可以注意到乌托邦固然和乐园一样，都具有设定在遥不可及、而出于想象的性质，但乌托邦却远较乐园为世俗化和实用化，设计的重点偏向于政治、律法和种种社会条件（如工人较易于找到合适的工作）等社群或团体于公共生活之所需的层面，因此具备了更浓厚的现实色彩。但所谓"具备了更浓厚的现实色彩"，指的并不是它正面地如实反映现状，而仅为现实图

---

[1] 以上有关"乌托邦"语源学的解说和词语的诠释，乃参看 G. & C. Merriam Company 编：《韦氏英文大辞典》（*Webster's Third International Dictionary*），页 2525。另有一说法指"乌托邦"一词为莫尔之好友伊拉斯谟（Erasmus）所创，且其词亦有"好地方"（euto-pia）之意，见张惠娟：《乐园神话与乌托邦——兼论中国乌托邦文学的认定问题》，《中外文学》第 15 卷第 3 期，页 79。

样的摹本；恰好相反，它的现实色彩或世俗性质是从负面产生的，是因为时代社会之有所不足的缺憾，才激发了对更高、更完美的理想社会的追求，因而在"互补"的意义上，乌托邦与现实界就更有紧密相连的关系。如此一来其特性就比较倾向于"动态性、前瞻、积极、入世、及强调政治、社会的倾向"。①正因为"乌托邦的基本风貌，是'动态'（dynamic）的——一个理想与现实交织、美好与丑恶交融所构筑的一个活泼的园地。此亦为何以摩森（Gary Saul Morson）强调乌托邦乃'门槛'的艺术（a threshold art）"。而"乌托邦作家于描述心目中的理想国时，能同时正视'现实'的一切缺失，希冀藉由'虚构'来引领'现实'踏出旧门槛，以致两者终融合为一"②。如此表现于乌托邦文学上的，则是"期待与计画"，是对未来的前瞻性投影，因而展露出当前现实与未来理想彼此之间的对立、并互相辩证的"双重视野"。由于乌托邦乃根源于现实面或世俗界所产生，于是维系现实生活和社会生活必不可缺的政治秩序和典章制度，也就无法避免地成为乌托邦世界的一个重要内涵，此一特点甚至足以作为"乌托邦"与"乐园"这两种理想世界的主要分野。

个别阐释了乌托邦与乐园这两种理想世界的主要典型之后，我们了解到两者间可据以区分的差异，大略是：乐园是对整个现实

---

① 引自张惠娟：《乐园神话与乌托邦——兼论中国乌托邦文学的认定问题》，《中外文学》第15卷第3期，页84。
② 两段引文出自张惠娟：《乐园神话与乌托邦——兼论中国乌托邦文学的认定问题》，《中外文学》第15卷第3期，页81。

界彻底的摒弃和否定，而且具有较倾向于个人主义生命实践的特质，因此所构筑的理想世界突出个人性适意自足的一面，如悠闲从容、丰饶愉悦和抽离时间感的自在逍遥，而表现出静态、消极、怀旧、出世，以及放任无为、独善其身的特色；而乌托邦则是对现实界的提升与弥补，因此具有较倾向于群体主义社会实践的性质，所建立的理想世界便彰显群体性安和乐利的一面，如政治律法、典章制度和社会秩序的高明健全，而表现出动态、积极、前瞻、入世、以及自律、有为、兼善天下的特色。如果说乐园是一个封闭而具有选择性的小天地，那么，乌托邦便是一个开放而人人可登堂入室的大社会；如果说乐园之洁净、美丽、晴朗与现实之污浊、丑恶、阴晦是从两个极端并列并置的对照面，属于共时性的对比（synchronically），则乌托邦之健全、智慧和进步乃是改造现实之残缺、愚昧和落伍的未来蓝图，属于前后有序的贯时性关系（diachronically）。此外还有一个本质性的差异存在于两者之间，亦即乐园往往是在失落之后才特别真切而突显，所谓"唯一真实的乐园是人们失去的乐园"①，因此乐园所代表的黄金岁月常常是一去不返，而以追忆的笔调和过去式的时态来呈现；然而乌托邦却永远是尚未到达的光明世界，"其一贯主题几乎皆为将来而非过去，其所言者非为以往的进展，而为未来的进步——无歇止的跃进与高

---

① 见［法］安德烈·莫罗亚（André Maurois）：《序》，［法］马歇尔·普鲁斯特（Marcel Proust）著，李恒基等译：《追忆似水年华》（台北：联经出版事业公司，1992年），页7。

升,直至人类完成其无可名状的使命"[1]。因此其时间观念是直线往前、不可逆转的,而乌托邦所寄托的美丽新世界,便多以引领的笔调和未来式或进行式的时态来表达。

三、西方乐园思想的源流概述

从第一小节之分析,可知"乐园"是不易到达的、丰饶而愉悦的、封闭而具有选择性的、没有死亡和时间感的小世界,以此定义绳诸中西方的文学创作,我们可以发现到凡与乐园主题有关的作品,大率不离乎此一界定之外。唐代诗歌中"乐园"思想的展现详待稍后再论,先以西方的宗教信仰、小说艺术中之荦荦大者而言,最早的"伊甸园"(Eden)神话形成了源远流长、影响深巨的乐园传统,可以说是西方乐园形态的原型建构,在亚当和夏娃"堕落"之前,他们所居住的这个"围起来的花园"(hortus conclusus)是一个天真纯朴、无忧无虑的地方,有人与人的和谐团结,有自由享用园中果实的丰饶,死亡也并不存在;但一旦被驱逐出境,伊甸园也就成为具有羞耻心和罪恶感的人类永远无法回归的乐土,成为潜藏在人心深处终究难以化解的乡愁所在。

除了此一出于基督教义的乐园传统之外,西方的乐园思想还有另一个重要源头,亦即由希腊罗马古典文化中史诗创作所展现者:

---

[1] 此乃贝拉米(Edward Bellamy)所著《百年一觉》(*Looking Backward*: 2000—1987)一书之前言,引自张惠娟:《乐园神话与乌托邦——兼论中国乌托邦文学的认定问题》,《中外文学》第15卷第3期,页83。

荷马史诗《奥德赛》(*Odyssey*)中描写了一个对后世影响极大的艾克依鲁(Alcinous)花园，其中有多种茂生累累、四季结实的果树，还有两道清泉和终年祥和的西风，可见乐土的意念在荷马身上已经大致完备；维吉尔在其史诗《埃涅阿斯纪》(*Aeneid*)中不但提到了"至乐之土"(Elysium)，更由对此一至乐之土的叙述，衍变出一个表示"可爱美好快乐之地"的术语"locus amoenus"，用以指称理想化的自然，而成为西洋文学中一个反复运用的题旨。约略到了中世纪末期，出于《圣经》传统的 hortus conclusus（围起来的花园）和来自希腊罗马史诗传统的 locus amoenus（可爱美好快乐之地）便被交掺地应用着：乐土是一个大的花园，花园是一个小的乐土，达到了"两个乐园的合一"。①

此外，中世纪流传甚广的民间传说"安乐乡"(Land of Cockayne)，也是乐园意识一个有力的显现，故事"略言其地珍馐醇酒丰饶、生活安适悠闲，一切俗事喧嚣既与之无涉，时空的递嬗亦不具任何意义"②，此处我们看到了"超越时空递嬗"的此一特点确然成为构筑安乐地的重要条件。后来到了17世纪时，弥尔顿(John Milton, 1608—1674)所著的《失乐园》(*Paradise Lost*)一书，更是影响甚巨的一部相关著作，其中以浓厚的基督教象征和希腊史诗

---

① 本段对史诗中发展而来的乐园传统，及其与《圣经》开创者发生合流的情形，乃参考叶维廉：《美感意识意义成变的理路》，《历史、传释与美学》（台北：东大图书公司，2002年8月）。

② 张惠娟：《乐园神话与乌托邦——兼论中国乌托邦文学的认定问题》，《中外文学》第15卷第3期，页81—82。

的叙述手法，处理天地的创造、宇宙的秩序、堕落的责任等主题，并在亚当与夏娃携手走出伊甸园之后，上帝展示了人类的将来和最后的救赎，可视为乐园题材的另一宏阔展现。

第三节　先唐乐园形态之回顾

如前一节所见，"乐园"与"乌托邦"乃是判分为二而各有理论依据的西方概念，两个术语所代表的含义与各自的特色已十分明朗，有其不容混淆之处，然而一旦运用于中国诗歌的探讨时，就不免发生削足适履的问题，或将因迁就定义而产生了取材上的偏颇，使唐诗中重要的理想世界形态无法以较全面的面貌展现。尤其唐诗中所反映的理想世界观乃是前有所承，在整个中国文化的发展中酝酿、发展出来的，因此必须在自己的表达范畴里取得论述的基础，才不至于导致"横向移植"时所发生的尴尬问题。由此一立场出发，在进入唐诗的范畴之前，此处将进行先唐文学中重要的乐园主题的回溯，一以明唐诗之前承而知其源流，一以据之彰显中国式的理想世界的追求形态，而提供一套适用于中国文学的理论依据。

中国文学自西周发端以降，至唐朝创立时已有一千多年的历史。但在溯察最初的乐园思想之时，也必须在文学范畴以外的神话领域和思想领域里寻找有关叙述，才能充分了解中国式乐园思考的内容与模式，并完整地勾勒出乐园主题从文化发展的源头向下演变的过程，以形成一个具有根源性而前后传承的系统。于是大部分保留了邃初未凿之神话记载的《山海经》，便成为我们探讨先唐乐园意识的首要典籍。

《山海经》中留下了许多"远国异人"的记录[①]，但是除了长臂国、羽民国、一目国、贯胸国、交胫国等奇特的地方和殊异的人物之外，更重要的是与乐园有关的种种金玉美石、奇禽异木和怪鱼奇兽，其中一些往往在服食之余，便能达成人类心中某种基本的欲望和原始的梦想，单单在《中山经》中就记载了"服之媚于人"的䔄草、"食之不愚"的蓇草、"服之不忘"的枥木、"服者不妒"的栯木、"服之不惑"的蒙木、"服之不忧"的鬼草、"服者不寒"的蓟柏、"服者不怒"的帝休木、"食者无蛊疾，可以御兵"的䱹鱼以及"食者无大疾，可以已肿"的三足龟等，反映了初民追求健康、安定情绪的愿望。当此种追求安适健康的愿望再进一步扩大化，则产生了四种层面有别、向度亦相异的结果，在分述之前，先录其相关记载于下：

- 嗟丘，爰有遗玉、青马、视肉、杨柳、甘柤、甘华，甘果所生。在东海，两山夹丘，上有树木。一曰嗟丘，一曰百果所在，在尧葬东。（《海外东经》）
- 有载民之国。帝舜生无淫，降载处，是谓巫载民。巫载民盼姓，食谷，不绩不经，服也；不稼不穑，食也。爰有歌舞之

[①] （西汉）刘秀：《上〈山海经〉表》，收入袁珂注：《山海经校注》（台北：里仁书局，1982年8月），"附录"，页447。

鸟，鸾鸟自歌，凤鸟自舞。爰有百兽，相群爰处。百谷所聚。（《大荒南经》）
- 沃之野，凤鸟之卵是食，甘露是饮。凡其所欲，其味尽存。爰有甘华、甘柤、白柳、视肉、三骓、璇瑰、瑶碧、白木、琅玕、白丹、青丹，多银铁。鸾凤自歌，凤鸟自舞。爰有百兽，相群是处，是谓沃之野。（《大荒西经》）
- 西南黑水之间，有都广之野，后稷葬焉。爰有膏菽、膏稻、膏黍、膏稷，百谷自生，冬夏播琴（种）。鸾鸟自歌，凤鸟自儛，灵寿实华，草木所聚。爰有百兽，相群爰处。此草也，冬夏不死。（《海内经》）

从以上诸条的内容，我们可以清楚地抉发出四种构成乐园的条件或特色：

一、这些名为"毲丘""裁民之国""沃之野"和"都广之野"的乐园，都具备丰饶的物资与富裕的生存条件，足以使人毋须为生活而受苦劳役、而历尽烦忧。试观其中所谓"百果所在""百谷所聚""百谷自生""凡其所欲，其味尽存"的描写，已是唾手可得的丰饶；而于菽、稻、黍、稷各个品物上再加一"膏"字，更呈现出十足滋肥满溢的饱实充盈、流脂可掬，不劳费力营生便自足有余，因此可以"不绩不经，服也"，可以"不稼不穑，食也"，充分建立了一个随心所欲又衣食不虞匮乏的物质环境，与西方《圣经》中天主所许诺的重获之乐园十分类似："肥美的土地，有溪流，有泉水……那地方，出产小麦、大麦、葡萄、无花果和石榴；那地方出产橄榄、油和蜂蜜;那地方食粮充裕。"①袁珂称《山海经》中此数条记载为"人间乐园的记叙",并推测此种人间乐园的形成,"表现了当时一部分小有产者,在政治和经济的剧烈变化中,受到震播,生活发生困难,头脑里产生的天真烂漫的幻想:希望逃避冷酷可怕的现实,到幻想中的乐园去,过一种易于谋生的快乐无忧的幸福生活"②。这种解释探测到这些记载中物资丰饶自足的部分面相,以及构设乐园时的某种基本心态,但若将它们和西方文学、宗教中所提出的"被许诺的重获之乐园"类型相比较,我们发现:虽然称之为"人间乐园",但其实视之为已失落不可得而有待复寻的神话乐园,似较符合其本质。

二、还可注意的是,这种物资丰足、衣食无忧的原始乐园,不但奠基于大自然源源不绝的供给,同时其背景也往往是鸾歌凤舞、百兽群处的交融和谐的状态,由此而传达出人心深处所隐藏着的与万物融合为一、和谐共处的理想。人与其他生物解除了互相猎食的紧张关系,融入一片交好亲睦的存在氛围,而没有猜防、惧避、杀戮和血腥。上引文中所谓的"爰有百兽,相群爰处"(《大荒南经》《海内经》)和"爰有百兽,相群是处"(《大荒西经》),都是此中和谐境界的描写,也符合西方《圣经》中所描述的:在恢复的乐园生活中,充满了"大自然之奇妙的繁殖;普遍的和平,这不只是人与人之间,而也是人与大自然,与禽兽之间的和平"③。

---

① 见圣经神学辞典编译委员会译:《圣经神学辞典》,"大地"条,页76。
② 见袁珂:《略论〈山海经〉的神话》,袁珂注:《山海经校注》,页536。
③ 见圣经神学辞典编译委员会译:《圣经神学辞典》,"乐园"条,页64。

三、《海外东经》提到的"视肉",具有一种再生不息的特质,郭璞注云:"聚肉,形如牛肝,有两目也;食之无尽,寻复更生如故。"而郝懿行注引《神异经》曰:"南方有兽,名无损之兽。人割取其肉不病,肉复自复。"[①]可见其生命力之畅旺强韧,能够更生无损。此物除了显示出对源源不绝之丰饶物资的追求外,其中还蕴涵了一种无尽的生命观,意欲突破死亡的局限而产生对长生的期望;而此处表达得尚称隐微的此种意念,到了其他篇章就十分明确,如《海外南经》有"不死民",《大荒南经》有"不死之国",《大荒西经》也记载"三面之人不死",随之而来的则有"不死之药"(《海内西经》),可据之达到长生久视的目的。这可以说是乐园之形成最原始的动力之一。

四、除了上述三项比较侧重于"自然"层面的条件之外,我们还可以注意到"人文"因素的作用亦在其中。试看《海外东经》中百果所生的"嗟丘",乃位于"尧葬东"之地;《大荒南经》里过着不绩不稼、与百兽相群爰处之生活的巫载民,则是"帝舜生"的直系子孙;而《海内经》中膏黍遍长、百谷自生的都广之野,其地乃有"后稷葬焉",可见这些原始乐园又与尧、舜、后稷等创制文明的先圣先王有所关联。此中所透露的讯息,不啻是告诉我们:第一,人文世界里道德化成的极致,可以通向自然天成的乐土;而乌托邦的引领者在完成功业之后,便成为乐园中永恒的居民,与至善至美的乐园结合为一。这点证明了"乌托邦的极致即是乐园"的论

---

① 见袁珂注:《山海经校注》,页204。

述,也就是追寻乌托邦时进行改革现实的动态过程,其最后的目的便足以达到某种静止于完美、所谓"止于至善"的终极境界(另参下一节所述)。第二,在中国有关理想世界的思维里,乐园有时不免与乌托邦重迭,彼此有所交会融通。这或许是来自儒家思想的影响。

前三个特点,可谓完全符合乐园的条件,神话世界之为人心深层的反映也由此再次得证;而第四个特点则反映出一个乐园与乌托邦交融的现象,并启发一种由"乌托邦"通向"乐园"之发展脉络的认识,有助于这两种概念的厘清。

此外,在《山海经》中,还曾出现了具有"宇宙山"(the Cosmic Mountain)之性质的昆仑山,可以说是先秦神话中影响后世极巨的一个乐园意象。在相关的描写中,以《海内西经》和《淮南子·地形训》中的记载较为详尽而符合乐园意义:

- 海内昆仑之虚,在西北,帝之下都。昆仑之虚,方八百里,高万仞。上有木禾,长五寻,大五围。面有九井,以玉为槛。面有九门,门有开明兽守之,百神之所在。在八隅之岩,赤水之际,非仁羿莫能上冈之岩。……开明北有视肉、珠树、文玉树、玗琪树、不死树。凤皇、鸾鸟皆戴瞂。又有离朱、木禾、柏树、甘水、圣木曼兑。(《山海经·海内西经》)
- 昆仑之丘,或上倍之,是谓凉风之山,登之而不死;或上倍之,是谓悬圃,登之乃灵,能使风雨;或上倍之,乃维上天,登之乃神,是谓太帝之居。(《淮南子·地形训》)

这样一个高悬而神圣的所在，综合了前述物资丰饶、鸾凤和祥、长生不死等三大乐园条件，而且明确地成为"百神所在"的"帝之下都"，更可以此为据点而一层层翻上，到达悬圃（亦可作"玄圃"）之灵地，而最终竟得以"上天"臻至"太帝之居"，完成宇宙山"地天通"①的功能。与昆仑类似的神山，还有《庄子·逍遥游》中的"藐姑射之山"："藐姑射之山，有神人居焉，肌肤若冰雪，绰约若处子。不食五谷，吸风饮露，乘云气，御飞龙，而游乎四海之外。"这些神山都属于与俗界对立的圣地，也都属于乐园的典型构设。

不过，以昆仑为代表所提供的乐园构设，除了成为后世仙境传说的蓝本之外，在先秦时代便已曾引发屈原在理想挫败之后的热烈向往；而从《山海经》的神话领域转入诗歌文学的范畴时，除了属于北方文学的《诗经》之外，便以属于南方文学的《楚辞》所发展的乐园主题最为重要，因此必须加以钩稽略述。

如前所言，在《楚辞》中所发展的虚幻玄奇的乐园形态里，"昆仑"是最不可忽视的一项；虽然在《天问》一篇所提出的一百七十二个疑问，其中有关神话世界与不死之所等属于乐园的部分便有九问②，但我们仍不妨以昆仑为彰显《楚辞》中乐园追寻形态的代表。施淑女指出："在可信的屈原创作里，直接提到昆仑山共有三次，一在《离骚》，其他两次分别在《涉江》和《悲回风》。"③兹引其文如下：

---

① 《国语·楚语》云："绝地天通。"（春秋）左丘明著，上海师范大学古籍整理组校点：《国语》（台北：里仁书局，1981年12月），卷18《楚语下》，页562。
② 见施淑女：《九歌天问二招的成立背景与楚辞文学精神的探讨》，页41。
③ 施淑女：《九歌天问二招的成立背景与楚辞文学精神的探讨》，页101。

- 何离心之可同兮,吾将远逝以自疏。遭吾道夫昆仑兮,路修远以周流。扬云霓之晻蔼兮,鸣玉鸾之啾啾。朝发轫于天津兮,夕余至乎西极。(《离骚》)
- 世溷浊而莫余知兮,吾方高驰而不顾。驾青虬兮骖白螭,吾与重华游兮瑶之圃。登昆仑兮食玉英,与天地兮同寿,与日月兮同光。(《九章·涉江》)
- 宁溘死而流亡兮,不忍为此之常愁。……愁悄悄之常悲兮,翩冥冥之不可娱。凌大波而流风兮,托彭咸之所居。……依风穴以自息兮,忽倾寤以婵媛。冯昆仑以瞰雾兮,隐岷山以清江。(《九章·悲回风》)

试观三处所述,明显可见屈原乃是在幻灭于现实,而欲挣扎离弃浊世之际,一种试图为苦闷的灵魂寻找出路的努力。之所以如此解释,是因为屈原在整个《楚辞》之中,开展的是一种"往而不返"的情感模式,缪钺指出:"诗以情为主,故诗人皆深于哀乐,然同为深于哀乐,而又有两种殊异之方式,一为入而能出,一为往而不返,入而能出者超旷,往而不返者缠绵,庄子与屈原恰好为此两种诗人之代表。"[①]情深而一往不返的屈原,"用情专一,沉绵深曲……其心境之郁结,不能排遣,故卒至于自沉"[②]。是故此一昆仑乐园的追寻,表现的并非悠游天际而联翩高翔的仙姿逸想,而是对现实

---

① 见缪钺:《论李义山诗》,《诗词散论》(台北:台湾开明书局,1979年3月),页57。

② 见缪钺:《论李义山诗》,《诗词散论》,页58。

界爱恨交织又无可奈何之余,一种"从人的弱小的无力感而想飞跃向某种超人的东西的悲痛底叹息"①,因而染上浓厚的悲剧色彩。

在这样的了解基础上,我们发现到固然《楚辞》中一再出现超现实的光辉,也充满对解脱俗世之鄙吝,而获取安宁、平静的乐土以为安身立命之所的追求,但《楚辞》对后世影响最深的,还是在它开展了一个变调的乐园,除了围绕在神山周遭的恶水②,以及远隔的距离,使得屈原单单在《离骚》一篇中即不断发出"路漫漫其修远兮,吾将上下而求索""路修远以多艰兮,腾众车使径待"之类徒劳追寻的感叹之外,屈原更特别在《九歌》中以重笔浓彩描写了幽冥的山鬼、国殇,塑造出一种感伤的、迷人而充满幻灭感的境界。③因之《楚辞》除了塑造昆仑山之类神话的乐园之外,还与众不同地打开了变调乐园的一扇门,山鬼倩美、湘魂有情,原本只合在阴界暗域潜在活动的鬼物,却成为诗人寄托理想、追求美感的重要意象,从为人所避弃的负面存在而浮显为构设另类乐园的正面主角,形成了一股不容忽视的乐园别流,对中晚唐的乐园意识发生了深远的影响。

相对于南方文学之幻奇与浪漫,在中国最早的一部诗歌总集

---

① 引自[日]萩原朔太郎著,徐复观译:《诗的原理》(台北:台湾学生书局,1989年),页149。
② 《山海经·大荒西经》记载:"赤水之后,黑水之前,有大山名曰昆仑之丘。……其下有弱水之渊环之。"
③ 施淑女认为:"《九歌》影响《楚辞》成为感伤的文学,就因它在精神上供给作者们那样迷人而充满幻灭感的境界的缘故。"见施淑女:《九歌天问二招的成立背景与楚辞文学精神的探讨》,页94。

《诗经》中，务实现世的北方文学则展现出朴拙的乐园意识，着重的是既不超升于天外、也不潜遁于阴界的人世间，而作为抒情的主体，其喜怒哀乐之所系都和眼前立足的人、事、地密切相关。就在这样的文化孕育之下，《诗经》中出现了与"乐园"在表面上极为肖似的一个词——"乐土"。《国风·魏风·硕鼠》云：

> 硕鼠硕鼠，无食我黍！三岁贯女，莫我肯顾。逝将去女，适彼乐土。乐土乐土，爰得我所。
>
> 硕鼠硕鼠，无食我麦！三岁贯女，莫我肯德。逝将去女，适彼乐国。乐国乐国，爰得我直。
>
> 硕鼠硕鼠，无食我苗！三岁贯女，莫我肯劳。逝将去女，适彼乐郊。乐郊乐郊，谁之永号。

《诗序》谓："硕鼠，刺重敛也。国人刺其君重敛，蚕食于民，不修其政，贪而畏人，若大鼠也。"全诗以"硕鼠"比喻贪得无厌而横征聚敛的贪官暴君，发抒在苛政煎逼之下小民哀哀无告的惨痛心声，所谓"无食我黍""无食我麦""无食我苗"的呼告，正是因为征敛之急有如孟子所说的"率兽食人"[①]，因此只有在坐困绝境、孤陷无助的绝望中逼显出对一个超脱现实之乐土的幻想和向往。

---

① 《孟子·梁惠王章句上》云："庖有肥肉，厩有肥马；民有饥色，野有饿莩，此率兽而食人也。"(宋)朱熹著：《四书章句集注》(台北：大安出版社，2013年8月)，页284。

诗中的"乐土""乐国"和"乐郊"为彼此对等、可互相替换的同义词,郑玄笺云:"乐土,有德之国。"[1]朱熹亦谓:"乐土,有道之国也。……民困于贪残之政,故托言大鼠害己而去之也。……既往乐郊,则无复有害己者。"[2]在那人民纯朴地依附于黄土而踏实生存的时代,作为"中国历史的黎明期",原始宗教的转化带来了人文精神的跃动,而导致一种对现实生活和人生价值的人文的肯定[3],因此看待世界的着眼点主要是从现实生活的层面出发,即使是对一个更好世界的向往和追求,也与现实生活之所需和人文道德之期待密切相关,所谓乐土、乐国和乐郊便是一处免于苛政贪残之害,而提供较佳之政治环境和社会条件的所在。这种基本的需求和单纯的期望,使得《硕鼠》中的乐土,呈现的是较近于"乌托邦"的性质,而且是一个素朴的、简化的乌托邦,其中对发自人性考虑之主观政治道德的倚重,远比对设计精密复杂之客观政治制度的自觉要来得深切显明,可以说是"中国式乌托邦"的雏形,具有中国文化中"德治"理想之色彩;而所谓"适彼乐土""适彼乐国""适彼乐郊"的向往表现,与其说是对于未来一种争取或追求之行动的宣告,倒不如说是出于无力改变现实的无奈,所采取的退避远离的消极幻想。就退避远离现实的此一性质而言,《硕鼠》中的乐土又

---

[1] 见(汉)毛亨传,(汉)郑玄笺,(唐)孔颖达等正义:《诗经》,《十三经注疏》,页211。
[2] (宋)朱熹:《诗集传》(台北:艺文印书馆,1974年4月),卷5,页261—262。
[3] 有关《诗经》时代原始宗教之转化与人文精神之发扬跃动,详参徐复观:《中国人性论史·先秦篇》(台北:台湾商务印书馆,1969年),第2章和第3章。

带有一般定义下"乐园"的特色。这种既兼有"乌托邦"政治社会属性，又具备"乐园"之退避远离色彩的模棱性，一方面是来自于"文本"本身叙述的简化，因此不易确指其主要倾向；另一方面更重要的，应是自周初人文精神发扬之后，受到了注重现实生活和道德要求之正统文化的影响，同时在专制体制之下又缺乏有效抗衡力量的结果。

这种从现实界之门槛跨出，寄望更合理之待遇和更安适之生活的幻想，可以说是基于政治体系的不健全而产生。而"逝将去女"一句所意味的离弃此一饱受侵害剥削之苦的地方，其具体做法究系追求一有道有德之国，以改善现实处境，如郑玄、朱熹等后世儒者之诠释；或是索性高蹈远举，退避于世外，其实以平民百姓的立场而言两者都有所不能。唯有当后代知识阶层扩大并深入民间，知识分子或是积极从事政治改革、兼济天下以淑世安民，或是消极退避隐逸山林，以遂性乐命、独善其身，这两种对立的方法才会真正明朗化。但《诗经》时代所提出来的"乐土"观念，虽然简单而素朴，却标示出中国式乐园具有浓厚之现实性和政治基础的这一面特色，对日后文学中乐园意识的形成也发挥了典范式的作用。

事实上，除了神话与诗歌文学的领域之外，先秦思想界中诸子也提供了重要性并不稍减的乐园描写，又因为哲人在单纯的描写之上，还为之赋予较深刻的理论诠释，因此反而成为省察中国文化里有关乐园思维的得力凭借。其中《庄子》是《山海经》之外，保存较多原始神话材料的先秦诸子典籍，虽然所撷取采用的神话传说已经过文学的修饰和哲学的改造，使字里行间增添无比灵动幻奇的魅力，而不复其原始风貌，但仍提供了符合乐园定义的表述。如其《马蹄篇》所载：

> 故至德之世……山无蹊隧，泽无舟梁；万物群生，连属其乡；禽兽成群，草木遂长。是故禽兽可系羁而游，鸟鹊之巢可攀援而窥。夫至德之世，同与禽兽居，族与万物并。

其中万物和谐的景象与《山海经》中"爱有百兽，相群是处"的向往即是相通的，而庄子称这样的世界为"至德之世"，除了是一种复归原始乐园的心理表现之外，更重要的是透过自然万物和谐共处的方式来传达"道"的理想。

  对庄子而言，欲达到乐园的境地，最重要的是一种对"道"的存在的体验，以其作品中最意象化的象喻说法来形容之，即是《应帝王》篇末所提出的无面目之浑沌神话，所谓："人皆有七窍以视听食息，此独无有，尝试凿之。日凿一窍，七日而浑沌死。"其中的"七窍"表达的是产生各种成见之机心，造成种种好恶判断之偏颇，而"浑沌"则代表了破除分殊偏执之机心的超越境界，也就是"道"的境界；以《天地》篇所用的术语来说，此一境界则是"纯白"，所谓"机心存于胸中，则纯白不备"，可知"纯白"与"浑沌"乃是内在脉络可以相通的对应语，而"机心"便是七窍之凿，导致浑沌之死与纯白之丧失的动因。庄子在《齐物论》曾指出："道未始有封，言未始有常，为是而有畛也。"可见所谓的道本是无始无终、宽广无限而将天下一体包容的,但因为有了"为是"的心态,即人们各为其是、各持己见的机心或立场,由此才产生种种分歧的畛域,随之造成了七窍之分与万物之别,而道也失去浑融如一的最高状态。故《齐物论》又说"道隐于小成",凡有所成就、有所建树,则必然也同时造成自我的局限,而隐蔽了道的整体,因此"其成也,毁也",成与毁乃是相依并存的,只有在"凡物无成与毁"的时候才能"复通为一",恢复到无分别、无成毁的道的混同境界。这时便需要透过"为是不用而寓诸庸"的功夫,也就是放弃"为是"的偏私执着,而以"因是"(各因其是而不非其所不是)的态度,托诸更高的齐物智慧,如此才能真正超越而取得心灵的逍遥,这就是庄子所开辟的乐园的一个面相。

而这样浑融一体的理想,除了《齐物论》所提供的功夫或途径之外,经由《大宗师》所谓"堕枝体,黜聪明,离形去知,同于大通,此谓坐忘"以及"鱼相忘乎江湖,人相忘乎道术"的"忘"的步骤也能达到。如同《天地篇》所说的"机心存于胸中,则纯白不备",唯有透过"忘机",才能恢复"纯白无杂"之道的境界,领略到"天地与我并生,而万物与我为一"(《齐物论》)的胸怀,使"纯白"的道体依然全备,"浑沌"也不会因为凿出了七窍而死亡。我们可以发现:无论"为是不用而寓诸庸"的方法,或"坐忘""忘机""相忘乎江湖道术"的修养,其终极归趋都隐隐然导向于一种神秘的混同主义,且以之为企及乐园后的终极状态。

除了庄子之外,先秦诸子中对日后的中国文化发生重大影响的学说,无疑还有儒家一派,而儒家也对理想世界的规划提出了重要的蓝图。与道家思想恰恰形成对照与互补的是：相对于道家偏向于个人主义的、无为忘机的特色，儒家所开展的则是以全部的存在为对象的群体主义，对现实界中种种失序的现象所采取的，也是与道家截然不同的积极介入、主动而全力安排归属的立场，以达到"仁政"的理想。《礼记·礼运篇》所谓的大同世界实是中国式乌托邦构想的重要依据，所谓："选贤与能，讲信修睦，故人不独亲其亲，不独子其子，使老有所终，壮有所用，幼有所长，矜寡孤独废疾者，皆有所养，男有分，女有归。货恶其弃于地也，不必藏于己；力恶其不出于身也，不必为己。是故谋闭而不兴，盗窃乱贼而不作，故外户而不闭，是谓大同。"其中的人伦秩序与社会结构都因各适其位的安排而达到和谐安定的理想。而仁政的基础在于不虞匮缺的物质条件，就经济生活之所需而言，《孟子·梁惠王上》对富庶的物质需求，也提出了完善的规画："五亩之宅，树之以桑，五十者可以衣帛矣；鸡豚狗彘之畜，无失其时，七十者可以食肉矣；百亩之田，勿夺其时，八口之家，可以无饥矣。……老者衣帛食肉，黎民不饥不寒，然而不王者，未之有也。"[①]

可见儒家是从社会群体之福祉为其学说中心与努力目标，而较接近于所谓"乌托邦"范畴的思想体系。但是，这些政治、经济的理想规划，其实践的关键端赖在于身为权力与道德之终极表现的"圣王"身上，借助"圣君贤相"之政治机制的运作，透过崇高道德的保证，遂使帝王的专权被导向仁政的最大实现。这一套经由

[①] 《孟子·梁惠王章句上》，（宋）朱熹：《四书章句集注》，页282。

"内圣外王"的理路而发展出治国平天下的理想,在先秦之后儒家思想跻登为整个文化的主流,而深入于知识阶级的意识底层时,也对传统知识分子自觉地或潜意识地发挥支配性的影响,无论是直接的传承、间接的濡染,或是与之正面抗衡,其结果都免不了以儒家思想为对应坐标,而成为各种文化内容诠释的基础。于是古之三皇五帝,尤其是以"尧舜"为代表的圣君便成为儒家学者极力称道的典范,而远古之羲皇氏、大庭氏等所展示的淳朴民风,也成为后世儒者向往的"美好的过去"。

从先秦的时代断限向历史的下游顺流而去,在到达唐朝之前,还有长达八百多年的汉魏六朝在中段横亘着。在这段历史中,乐园的构设依然持续进行而与时俱进,除了踵继前人的部分之外,此处我们只略提其中最重要而醒目的乐园形态,分为四个向度来发展:

一、佛教东传,打开了对莲池佛国之乐园的追求。

二、道家世俗化以后所形成的道教,展开了超越生死与尘寰的仙境许诺。

三、较晚的诗人陶渊明于东晋末年所塑造的桃花源理想世界。

四、以山林、田园之形态出现的大自然成为士人游赏或归隐的重要去处,因此具备了审美之意趣与乐园之象征。

前两项的佛教与道教都属于宗教的系统,各有其严密而复杂的理论和仪式,此处不拟详述。应加以点明的,乃是《山海经》中的"昆仑"，《庄子》书中所载的"帝乡"[①]与《楚辞》所谓的"玄圃"，明显地都是一种乐园式的构想，其中花木畅旺、居人千岁不老，又处于复绝难至的世外之地，于此期便被整合进入道教仙境的乐园系统之中；再加上秦汉之时才显著流传的蓬莱、方丈、瀛洲之类海外神山的信仰，仙境的乐园系统便更加庞大，对后世的影响也更加深远。这是除了相关的宗教术语之外，与诗歌意象较有关系的部分。

至于陶渊明所开创的桃花源理想世界，则由于时代较晚，不但继承了特属于中国文化中之所以产生乐园思想一贯的现实要素，如"秋熟靡王税"便和《诗经·魏风·硕鼠》里的"无食我黍"有一脉相承的关系，都是出于对苛政的反动；最重要的是他发展出乐园的创建上更为复杂精密的条件，除了"无机心"乃是取得乐园入门之资格的关键之外，源中居人的存在感受与对外界时空的强烈自外之意，再加上整个经历所展开的"误入—游历—复归失败"的结构，影响都十分深远。因为对后来的唐代诗人影响甚巨，成为唐诗中最常见、也最具表现力的乐园主题之一，因此我们留待第六章再加详论。

此处欲加详述的六朝时期乐园主题，为以上所列的第四项。大自然是生命孕育的源头，也是大化流转、万有纷呈的广大舞台。卢梭（Jean-Jacques Rousseau, 1712—1778）曾经表示如此之看法：

[①] 《天地篇》载："天下有道，则与物皆昌；天下无道，则修德就闲；千岁厌世，去而上仙；乘彼白云，至于帝乡；三患莫至，身常无殃；则何辱之有！"见（战国）庄子著，（清）郭庆藩集释，王孝鱼点校：《庄子集释》（北京：中华书局，1961年7月），卷12，页421。

大自然是善良之母，是拥抱一切的莫测高深的伟人，是事物的宇宙系，是幸福与愉悦的泉源。① 而中国古人所面对的自然，主要是以山林和田园这两种形态出现的，当然所谓的山林、田园，并不只是指涉客观自然景物或反映某种生活形态的语词而已。就山林的类型而言，早在先秦时代，庄子便已对自然山林投以亲切注视的眼光，而展现出悠游于其间的欣悦之情，《庄子·知北游》中记载庄子发自内心而毫不保留的礼赞曰："山林与！皋壤与！使我欣欣然而乐与！"这一份油然而生、真诚无伪的山林之爱，到了魏晋时期便获得了极大的共鸣，对自然（于中国诗文里往往以"山林""山水"为代称）的爱好促使文人纵身于山林之中徜徉，以获得抒怀娱性之乐，而这股山林之游的风气，到了晋朝时达到了一个高峰盛况，如德国学者顾彬（Wolfgang Kubin, 1945— ）便曾说："在收有近代名人传记故事的《晋书》中，除'乐山水''游山水'外，还随处可见'爱山水''好山水'之类的语词，这种对自然的热爱，也可认为是对'道'的热爱。"② 而在山水中体验到道的存在，正是当时"山水以形媚道"③之说法的融通表现，为理想世界的转化提供了理论基础和思想上的内在理路。姑不论自然山林是否为抽象的"道"所具形的地方，山

---

① 引自[法]西蒙内（Dominique Simonnet）著，方胜雄译：《生态主张》（台北：远流出版公司，1992年9月），第1篇第1章，页13。
② [德]顾彬著，马树德译：《中国文人的自然观》（上海：上海人民出版社，1990年1月），页107。
③ 见（南朝宋）宗炳：《画山水序》，（唐）张彦远：《历代名画记》（台北：广文书局，1971年6月），卷6，页202。而晋宋间的孙绰《游天台山赋》中已有"山水是道"之说，可见当时将山水视为真理具现之神圣空间的思潮。

林之美的确已经以独立的姿态进入到文人的审美观照之中，而形诸歌咏，成为诗歌的主要题材之一，进而掀起了所谓"山水诗"的流派。这一波波由南朝谢灵运所继承并发扬光大，且确立典范而为后人仿效的山水诗创作，一直不绝如缕地延续到唐代的诗坛上，对山林之美的礼赞颂歌，更是汇集成为一个显要的诗歌类型，呈现着乐园在现世中具体化的成果。

至于对乡土的依恋，也是早在先秦时代便已隐隐初露端倪，《诗经》中已有些篇章具有田园描写的意味。由于中国人自古以来便是以农立国的民族，与土地相依的历史可谓源远流长，几千年来，随着开垦平野而逐渐形成了广大的农村社会。这样一个将自然与人文紧密结合而互相依存牵带的田园村野之地，无形中便成为孕育整体文化性格与人们精神向度的原乡；而对田园生活的体验和感怀，也就必然构成了众多诗人的生命内容之一。而虽然《诗经·邶风·式微》里所说的"式微！式微！胡不归？"其中"田园"的意义仍然并不明确，因其所发出的乃是一种离弃衰微之处境而归返故居的呼求，但此一呼求却对后来东晋末年的陶渊明能够深相契合，而以"归去来兮！田园将芜胡不归"呼应之，不但将归返的地方确立为田园之居，更且化为具体行动，成为乐园之追求最为果敢而恬美的一个典范。于是，土地的依恋、物产的丰足、耕植的勤奋、生长的喜悦、人情的淳美和景物的亲切，更重要的是重掌了生活的自主权之后，所获得的自在适意与宁静悠闲，都使田园成为实现乐园的一大场域。在文学历史演进的过程中，山林、田园逐渐成为诗歌创作的主要题材和诗人吟咏的对象，此一现象除了显示艺术层面上审美

观照的扩大与深化之外,同时也在乐园追寻的意义上蕴涵着另类理想世界形成的新契机。就此,葛兆光曾云:

> 习惯于在世间寻找理想世界的传统与以心灵感受为终极境界的思潮的结合、传统的"道不远人"理路与儒、释、道三大思潮在中古时期的碰撞,终于使中国宗教的"理想世界"主题在这一时代发生了从出世间到入世间的转向,也使中国文学的"理想世界"主题逐渐从"遇仙""游仙""转生极乐世界""往生净土"向日常化生活化的田园、山水转化,于以文人为创作主体的诗歌,率先出现了"山水"与"田园"两大类型。人们开始在日常的田园生活与山水游览中寻找理想。①

这段话所指出的要点有二:

其一是山水、田园作为理想世界之寓托,主要是在中古时期发生的;而所谓的中古时期,更精确的说法应是以晋代为核心,而延续下来以迄唐代的前后时段,此点与前述所言相合。

其二,山水、田园作为理想世界的所在,代表了一种转向现世近处的日常生活中认取的意识方向,并以内心所感受的和谐欣悦为达致乐园境界的关键。因此我们了解到,山水、田园所展现的乐园,是心物交融的产物,是"思与境谐"的成果。他界、彼岸之远

---

① 葛兆光:《从出世间到入世间——中国宗教与文学中理想世界主题的转变》,陈平原、陈国球主编:《文学史》第三辑"文化与文学"(北京:北京大学出版社,1996年6月),页24。

引高蹈固然不失其宗教的救拔力量，而依然为众多诗人所信靠，但是由周遭的自然景物中也能开发出"一沙一世界，一花一天堂"的体悟，从而使自我获致欣然忘我的乐园体验。不论是到尘嚣难至的山水之间游目骋怀，借由茂林修竹、清泉巉岩之类的清景佳致，来取得心灵的净化；或是如陶渊明的田园世界一般，与周遭平实的自然亲密地结合为一，而能够在农事劳苦中透过心物交融、思与境谐的体验而完成乐园的追求，都是此一时期的崭新体验。而从此之后，山林、田园的自然便成为乐园意识的重要内容。

综观本节所述，我们看到从先秦的《山海经》《楚辞》《诗经》《庄子》与儒家思想，到汉魏六朝的主要思潮中，有关乐园意识的种种大略的表现，而这些先唐时期的乐园形态，无疑地都将在唐代诗歌中留下明显的痕迹。

第四节　乐园理论之修正与本书架构之建立

从以上对先唐时代一些较重要的理想世界观的追溯，我们可以发现到一个特属于中国理想世界观的思维特质，亦即不管是乐园或乌托邦，中国式对理想世界的追寻都奠基在失落的基础上，"失落"与"追寻"或"复归"可以说是中国文化中一切有关理想世界之开展的出发点或深层心理。由上述之说可见，《山海经》《楚辞》中描写的神话式乐园即属于此类，如《山海经》中所开展的乐园的主要形态，是一个非属于现世、不存于人间，也必然无法沿着历史时间的发展轴线而终究获致的乐园,恰恰相反,欲达到此一理想世界所必须遵循的途径,无疑是向历史的源头回溯的复归旅程,是一个逆向的追寻;而《楚辞》中所展现的内涵,则是乐园想象的变奏,幻灭与迷失感传达了一种永恒失落的悲剧处境。除此之外,《诗经》中"适彼乐土"的心声,和《桃花源记》里对一世外乐园的深心向往,也都是在"失落与追寻"的原型上展现,此点亦不待言。

更有甚者,由思想界所提供的乐园思考也同样是循着类似的思路进行,如道家思想中对"浑沌"之道体的冥合体验,乃是建立在失落的前提之下,吉拉多特(Norman J. Girardot)告诉我们:

> 道家的乌托邦和神秘之原始主义最本质的基础,乃是人的堕落或是乐园的失落。在遥远的过去曾有一段完美和谐的时代,那时"道"是直接而自然地向人们呈现,但某件事的发生破坏了这最初的和谐一致。①

既然道家心目中理想的乐园早已失落,因此老庄式的乐园追寻,无疑也是属于复归的形态,是失乐园之后回返的表现。因此

---

① 原文为"The essential basis for Taoist utopian and mystical primitivism is the notion of the fall or paradise lost. There was a time of perfect harmony in the distant past when the Tao was immediately and naturally present to men, but something happened to destroy the primal unity." 见 Norman J. Girardot: *Myth and Meaning in Early Taoism-The Theme of Chaos*(*hun-tun*)(Berkeley: University of California Press, 1983),p.69。

司马永光说：老子的复归思想，"在中国哲学史上，便形成了两种特征性的思想。其一，就人的内在的主体性实践性这一方向作复归。……其二，就古今此一时间之推移，作历史方向之复归。以'过去'为'道'之完全实现之至德之世，'现在'为堕落下降之不完全时代，自不完全的'今'复归于完全的'古'"①。此外，儒家式的理想世界虽具有乌托邦式的开放性质、现实与理想融合的部分特征，却又一意执着于"美好的过去""理想的古代"，而染上浓厚的怀旧、回顾的色彩，即使是"托古改制"这类具有具有锐意改革现状的意图和积极重造现实的做法，也不免要冠以"托古"之名，在复古的大纛之下强化、合理化其"改制"的努力，如此一来也就依然充满了远古理想国的回光，因此也可归属于"失落与复归"的原型。便是在这样的认识上，我们一方面在第二章的讨论中仍使用"乌托邦"一词，来突显理想世界中有关政治制度、社群规划方面的构设，而有别于其他从个人之体悟所取得的乐园体验；但仍然将之划归于乐园主题的探讨之中，使唐诗里所反映的理想世界的类型更形完备。

由此，我们还可以进一步处理一个特殊的问题，亦在中国文化对理想世界的意识里，有符合西方思考中严格定义下的"乐园"理念，却缺乏足以通过其理论标准的"乌托邦"建构。即使像儒家式的理想世界，如前所言，虽具有乌托邦式的开放性质、现实与理想融合的部分特征，虽然不乏前瞻性的、超越既有之建设成

---

① 引自陈鼓应：《老子注释及评价》（北京：中华书局，1984 年），页126—127。

就的改革意图，在具体做法上也会因事制宜地提出治策方案，使其追寻理想世界时并不欠缺向未知挑战的积极、动态的表现，却又因为标举三代以及古圣先王的无上典范，而一意执着于"美好的过去"，如此便使其乌托邦染上浓厚的怀旧、回顾的色彩，充满了古代理想国的回光；更使得它所标榜的理想世界观被填入一种复古的、固定的、静态的既定内容。而这些怀旧、回顾的色彩，以及固定的、静态的终极内涵，便使得这样一个"乌托邦"掺杂了比较是属于"乐园"才有的性质。换句话说，中国文学里具有绝对意义的乐园意识，除此之外，还塑造出一种"半乐园"或"拟乐园"式的乌托邦蓝图，在相对意义上取得乌托邦的名号。因此与其说中国式的乌托邦是改造现状而对现实有思革新与提升的企图，毋宁将整个乌托邦的构设视之为一种复返昔日乐园的努力与追寻。

或许我们也可以采取这样的理解，即对儒家思想（乃至对一切有关理想世界的思考）而言，乌托邦的极致即是乐园（如前一节所见），改革现实的动态过程，其最后的目的就是要达到某种静止于完美、所谓"止于至善"的终极境界。只是西方式的思考中，由乌托邦到乐园的进程是前瞻的，向未来觅取未知的、更高的可能性；而中国式的思考中，由乌托邦到乐园的途径却是回归的，向遥远的过去寻求已然的、实践的保证。而可哀的是，一切的乐园都在失落之后才显示出乐园的价值，于是当中国古人的乌托邦构设不断地向遥远的古代"永恒回归"的时候，也意味着"永恒失落"的必然结果。

如此一来，在中国文学中所反映的理想世界，不论是乐园或"拟乌托邦"，都具有一种"回归复返"的时间向度，同时展现出"逆向追寻"的模式；而其终极境界也都是静态的、复古的。就此一"永恒回归"（eternal recurrance）的共同特质而言，我们以"乐园"来总括唐诗中所开显的种种对理想世界的追求，便未尝有理论上的冲突，而得以兼容并蓄；同时，我们也可以清楚地了解到西方理论的精密分辨非但不会在运用时造成削足适履的问题，反而能够成为我们反省自己内在心灵活动之深层理路时良好的助缘。因此从下一章开始，本书各章的讨论将不依循西方理论中严格的定义，而兼采乐园与乌托邦的指涉，两个术语的意义皆以定义较宽泛、包含层面也较广的"理想世界"为依归；行文中为了论析的方便起见，则多以"乐园"为称述之常用语，此乃取其广义的用法。

　　其次我们可以注意到，虽然对一切理想世界之存在的一般对应方式乃是"追寻"（quest），所有的乐园意识都潜藏着追寻的动机，但是，追寻的动机虽一，追寻的方式却可以完全不同，结果也有成功与失败之别。有趣的是，在中国文学中所反映的追寻之方式，往往和结果的成功与失败息息相关，而成功与失败的分际往往系于"机心"之有无的一线之间：一种是对某一特定的理想世界采取"有心""特意"的心态而积极安排、努力创设，在痛苦的"失乐园"中致力于寻求乐园的恢复，而其结果便是无尽的、坚韧的奋斗；另一种则是在面对世界时，因"无心""忘机"而反倒获得进入乐园的契机，无论外在环境如何，当下便可以直通乐园，冥契于超俗的体验。以上的两种基本模式在大略上说来，正恰恰对应于儒家和道家的思想形态。试以唐诗解说之：王维所谓的"行到水穷处，坐看云起时"①，前一句"行到水穷处"所表现的彻底穷究之追寻心理，即与儒家式致远后已的实践理路相通；而后一句"坐看云起时"所显示的无心无求，却打开了柳暗花明之新境界，则明显带有道家式随缘任运的色彩。这就是儒、道两种追寻模式内在的心理机转。

因此本书的论述架构与章节规划，虽然因各个乐园形态本有其独立性，在一一分述时不免各有重心，但是，彼此却可依照儒、道这两种追寻模式不同的心理机转，而得到一个安排的依据，使各章之间有其内在的理路可寻。在第二章和第三章中，我们看到的是儒家式的，对恢复某种属于群体万物的、广大开放的理想世界而积极努力；而第三章第三节是一个过渡的接榫，从这一节开始，借由道家式的，因个人的无心、忘机而取得乐园体验的模式便发挥了作用，一直贯通于以下的三章。透过第四章、第五章、第六章的论述，我们可以发现这些不同的乐园所赖以开展的基础，率皆为破除"非如此不可"的机心造作之后所产生的忘机表现，例如在第四章中，开元、天宝的乐园意义便是在杜甫不再汲汲营营于"致君尧舜上"，而对现实无积极改造之意的时候才浮显出来的。此外，于第五章里，诗人在追寻过程中"由迷而悟"的契机，往往

---

① (唐)王维：《终南别业》诗中语，《全唐诗》(北京：中华书局，1990年2月)，卷126，页4。

是在诗人有意寻访的对象意外缺席,而使原先企图得到的"外在超越"遭到失败之后,才因此创造出来的;事实上,也正是由于此际"无待于外"的心理,诗人才得以转向"内在超越"的最高境界。还有,就唐诗中十分热门的桃花源题材而言,情形更是如此,我们从第六章的讨论里,可以看到原《桃花源记》的文本中,渔人因"无意"而进入桃源,获得乐园的难得体验;但是在他离去之后所展开的种种复归的企图,却因为机心已起,而永远失落了复返乐园之路。

而从第六章第五节开始,一直到第七章,我们又从前面各种正面的乐园追寻中,转向到一种表现方式和叙写内容都十分特异的乐园表述。其中,我们看到了一种与一般神话心理、儒道两家之追寻都截然不同的面对乐园的心理机制,也就是遥承了屈原之《楚辞》,尤其是其中《九歌》的影响,而在中晚唐时代集中于表现乐园幻灭的特殊范畴。有牧歌就有哀歌,原来乐园的存在就是以"失落"为其成立的基础,因此当失去乐园之后,诗人对乐园的存在已不复追寻或复返的企图时,既不思"有心"的积极回归,也无意于"忘机"的浑然冥合,却专力于建立一种瓦解乐园、解消其神圣性的新视野。这样的翻转,使中晚唐诗人潜入"迷世"与"冥世"的异类时空,咏叹着残缺的哀歌,于是乐园的信仰与追求至此也步入崩溃的阶段。

由此可知,唐诗中的乐园意识乃是多彩多姿而有消长变化的,因此在第八章我们便以宏观的角度,在避免重复的情况下,将前述各章纳入到一个综观的体系,一方面是把先前论述各种乐园意识时,因类型的限制而无法绾连的部分再度呼应,以显示唐诗中乐园意识转变的重要关键;一方面也将某些未及探讨的乐园主题引入,以稍稍扩大涵盖面,使观照的范围更完整。至此而本书之论述已然完成。

第二章
人文世界的乌托邦——远古理想国的回光

所有对乐园理想的向往,都包含一种与现实脱离,以解除俗世之轭的基本心态,也就是伊利亚德(Mircea Eliade, 1907—1986)所区分之"圣与俗"(the sacred and the profane)二元对立的内在结构。① 虽然在第一章第二节中,我们已区分乐园与乌托邦的不同特性,但将此两种观念纳入中国文学与诗歌的范畴中应用时,其间的差别并不是绝对而彼此完全互斥的,在前一章第四节的分梳中,我们看到儒家乃是中国思想中最有心于乌托邦之建构的学派,在儒学思考中所擘画的理想世界,其性质本是属于一种即世的、落实人间的开放社会,为天下之人所共享,因而带有强烈的俗众性格,此点原与"乐园"绝俗弃世的色彩互相背离,而较近于"乌托邦"的形态。

不过在另一方面,儒家道统所浸染的道德理想,却仍不免赋予根基于现实的乌托邦一种超越的神圣性,借由德治的强调,教化的意义得到了最大程度的强化,从而造成圣与俗的微妙融合;再加上

---

① Mircea Eliade, *The Sacred and the Profane: the Nature of Religion,* trans. by Willard R. Trask(New York: Harcourt, Brace & World, Inc., 1959).

"儒家喜言复古,而且有缅怀过去的理想时代的习惯"①,形成了强烈的崇古取向(past time orientation),同时"从孔子起,周代的道德准则不再作为一种事实,而是作为一种可能性;不再作为某种可以抓到手的东西,而是作为某种值得追求的东西"②。于是儒家面对当前现实而思有以改造之时,所据以施工的蓝图却是怀旧的、复古的,古代圣君垂范于前的典型成为最高的指标,远古的典范乃是政治实践的最大可能性,因此三代之治也成为衡量现实的固定尺度,而执意于复现遥远的唐虞时代更是诗人建构乌托邦时最显著的特征。也正是因为此点又为中国式的乌托邦染上了"乐园"的色彩。一种圣与俗的微妙融合、乐园与乌托邦的交织重迭,这就是中国式乌托邦的特性。

既然因为中国文化深受儒家思想的影响,由儒家学说所建构、追求的理想世界,透过文化的一脉传承,也自然地从本质即为知识

---

① 见何冠骥:《中英诗中的时间观念》,《中外文学》第 10 卷第 7 期(1981 年 12 月),页 87。而 F. R. Kluckhohn 和 F. L. Strodtbeck 曾以中国为崇古取向(past time orientation)的代表:"历史上的中国,就是以过去取向为第一序的价值优先,祖先崇拜和一个很强的家族传统,就是这种优先表现的两个例子。因此在中国人的态度上,没有甚么新的事物发生在现在或未来,所有的新事物,都已发生在遥远的过去。"Florence. R. Kluckhohn and Fred L. Strodtbeck et al.: *Variations in Value Orientations: A Theory Tested in Five Cultures*(New York: Row and Peterson, 1961),p.14。引自韦政通:《传统中国理想人格的分析》,李亦园、杨国枢主编:《中国人的性格》(台北:桂冠图书公司,1992 年 2 月),页 30—31。

② 见[美]宇文所安(Stephen Owen)著,郑学勤译:《追忆——中国古典文学中的往事再现》(上海:上海古籍出版社,1990 年 10 月),页 15。

分子的诗人笔端渗入诗歌里,形成了一种特属于东方精神的乐园的向往。而此种交融了圣与俗的性质而成的不同的远古理想国,在唐诗中的乐园意识里,也占有重要的一席之地。不过因为诗歌在先天上乃是作为一种抒情的、审美的表达,着重于个人意趣的抒发,故其形式也连带地承受了体制短小的限制,本不宜于必须反复辩证、时需引事喻理以充分申述的政经议论;然而心念所至,淑世之理想也不免流露笔端,而时见相关的看法。以下便试图撷取唐诗中的吉光片羽来进行整合,以构成一个诗人理想中乌托邦的表述。

第一节　政治蓝图的理想模式

在唐诗中,几位性情志趣截然有别的重要诗人都不约而同地表示过儒术治天下的理想或事实认定,其中当然更包括了以儒门圣业自我要求的理想,如王维、杜甫、刘长卿、韩愈、白居易、王建、杜牧等人都曾表示过:

- 曾是巢许浅,始知尧舜深。(王维《送韦大夫东京留守》)
- 法自儒家有,心从弱岁疲。(杜甫《偶题》)
- 本来儒家子,莫耻梁鸿贫。(刘长卿《别李氏女子》)
- 方今太平日无事,柄任儒术崇丘轲。(韩愈《石鼓歌》)
- 我身蹈丘轲,爵位不早绾。(韩愈《赠张籍》)
- 仆本儒家子,待诏金马门。(白居易《郡中春燕因赠诸客》)

- 孔门忝同辙，潘馆幸诸甥。（王建《荆南赠别李肇著作转韵诗》）
- 大夫官重醉江东，潇洒名儒振古风。（杜牧《寄宣州郑谏议》）①

最奇特的是一心潇洒尘外、以谪仙人自豪的李白，在"喜游侠纵横术"之外，竟也同样具备了充满儒家色彩的自我期许，如其《古风五十九首》之一便以清明醒觉而雍容雅正的笔调，叙写自己效法孔子的创作心愿：

> 大雅久不作，吾衰竟谁陈？……希圣如有立，绝笔于获麟。②

可见儒家思想之影响乃是既深且广，凡有入世之理想的诗人都莫不在其包笼之下，这也反映出传统知识分子的一般归趋。

在这些诗人中，杜甫以"每饭不忘君"的家国之念，和后人称之为"诗史"的实证眼光，可以说是唐代诗人中以诗代论，而将儒家传承已久的政治理想发挥得最为充分的一位。他不但以"奉儒守

---

① 引诗分别出自（唐）王维著，陈铁民注：《王维集校注》（北京：中华书局，1997年8月）；（唐）杜甫著，（清）仇兆鳌注：《杜诗详注》（台北：里仁书局，1980年7月）；（清）康熙敕编：《全唐诗》（北京：中华书局，1990年2月）；（唐）韩愈著，钱仲联集释：《韩昌黎诗系年集释》（台北：学海出版社，1985年1月）；（唐）白居易著，顾学颉点校：《白居易集》（北京：中华书局，1985年10月）；（唐）杜牧：《樊川文集》（台北：汉京文化事业公司，1983年11月）。

② （唐）李白著，（清）瞿蜕园注：《李白集校注》（台北：里仁书局，1981年3月），卷1。

官"的家世传统自豪①，更在诗歌里推崇儒家作为经世治民之最高准则的地位，如前引《偶题》云："法自儒家有，心从弱岁疲。"因此即使是在侠义凛然而豪烈快意之际，仍不忘以儒者自许，《义鹘行》便曰："飘萧觉素发，凛欲冲儒冠。"②在其一生中更不断以"致君尧舜"为念，如长安时期的《奉赠韦左丞丈二十二韵》自许"致君尧舜上"的抱负，直到晚年流寓江湖且衰疾缠身的命终前夕，犹然将此志业托付友人，谓："致君尧舜付公等，早据要路思捐躯。"③可知其沾濡之深与信守之笃。因此于儒术颓敝废坏之际，杜甫甚至以激愤至极的笔调痛宣"纨袴不饿死，儒冠多误身"和"儒术于我何有哉，孔丘盗跖俱尘埃"的痛切之语④，从反面表现了爱深责切的正面执着。试看卷终之诗《题衡山县文宣王庙新学堂呈陆宰》所说的"周室宜中兴，孔门未应弃"⑤，便知杜甫根深蒂固的儒家血统。因此我们便以杜甫诗为经，抉发唐诗中乌托邦的蓝图，应具有以简驭繁、提纲挈领而又不失其概括性的指标意义。

---

① （唐）杜甫：《进雕赋表》，（唐）杜甫著，（清）杨伦笺注：《杜诗镜铨》（台北：汉京文化事业公司，1983年9月），附录《读书堂杜工部文集批注》卷之一。
② 《偶题》《义鹘行》二诗，分见（唐）杜甫著，（清）仇兆鳌注：《杜诗详注》，卷18、卷6。
③ 引自《暮秋枉裴道州手札率尔遣兴寄递呈苏涣侍御》《奉赠韦左丞丈二十二韵》，分见（唐）杜甫著，（清）仇兆鳌注：《杜诗详注》，卷23、卷1。
④ 两联出自《奉赠韦左丞丈二十二韵》《醉时歌》，分见（唐）杜甫著，（清）仇兆鳌注：《杜诗详注》，卷1、卷3。
⑤ （唐）杜甫著，（清）仇兆鳌注：《杜诗详注》，卷23。

一、金字塔尖的专权帝王

乌托邦的特色中,除了开放的、动态的、前瞻的、实践的性质与乐园互为对照之外,还有一个与乐园本质上有别的特点,那便是乐园是无为的、个人主义的,而乌托邦的群体性中,却势必要安置一明智贤能的领导者来担当"有为"的任务,以最高领袖的姿态汇集众志成城的力量,并发动政府组织的影响力,以其发挥最大的行政效率和改革效果。与此相类的,是中国的理想国中,在最高的金字塔顶也设立了一个足以决定整个乌托邦之成败的关键人物,那便是生而总揽专权,并被期望拥有无上智慧与德性的帝王。

就总揽专权的一面而言,实为一切封建朝代不验自明的特征,在中国文化里尤其特别显著。董仲舒曾说:"君人者,国之元,发言动作,万物之枢机。"① 君王发言动作的影响力已超越了政治层面,最终甚至成为"万物之枢机",足为人群社会、乃至于宇宙间最具有权威与主宰力的枢纽,这一方面可以看出中国的帝王并不只是单纯的政治领袖,而且是关系于整个国家成败、宇宙生灭的依据,如邢义田指出:"皇帝在中国从一开始就不是一种单纯的政治领袖。秦汉以后的皇帝就像封建制度下的周天子,是维系整个政治、社会和文化秩序的枢纽。……理想中的君王不但主宰人间的秩序,更协调贯通人与宇宙之间的关系,此陈平所谓佐天子理阴阳者也。因此,我们要认识皇帝在传统中国社会里的作用必不能仅从政

---

① (西汉)董仲舒:《春秋繁露·立元神》,(清)苏舆撰:《春秋繁露义证》(北京:中华书局,2010年1月),页166。

治一面视之。"① 但另一方面，此一观念也正显示出帝王的究极权力。正因为帝王所握的专权乃是治乱的依据和一切政治作为赖以决定方向的根源，因此如何护本固源，使之成为驱动百官众庶晋升清明治世的有效保障，而不至于旁落他手，成为小人纵欲肆行之强力私器，从而造成侵害国家的祸乱乃至于国亡身灭的悲惨下场，这就是诗人孜孜眷念的重要课题。就这一点而言，李白曾以飘忽恣烈的笔墨抒写历史上骇人听闻的耸动掌故，为的就是要劝醒晚年昏庸聋聩的玄宗不可授人以柄，其《远别离》一诗云：

> 日惨惨兮云冥冥，猩猩啼烟兮鬼啸雨。我纵言之将何补？皇穹窃恐不照余之忠诚。雷凭凭兮欲吼怒，尧舜当之亦禅禹。君失臣兮龙为鱼，权归臣兮鼠变虎。或云尧幽囚，舜野死。九疑联绵皆相似，重瞳孤坟竟何是？②

其中的"尧幽囚"是偏僻史籍上的漏网之鱼，出自《史记·五帝本纪》张守节《正义》所引的《括地志》："《竹书》云：昔尧德衰，为舜所囚也。"③ 而另一个"舜野死"则是旧传说的引申，将《山海经·海内经》中"南方苍梧之丘，苍梧之渊，其中有九疑山，舜之所葬"的记载，以及《述异记》所载："昔舜南巡而葬于苍梧之

---

① 邢义田：《奉天承运——皇帝制度》，郑钦仁主编：《中国文化新论·制度篇：立国的宏规》（台北：联经出版事业公司，1982 年 9 月），页 70。
② （唐）李白著，（清）瞿蜕园注：《李白集校注》，卷 3。
③ （汉）司马迁：《史记》（台北：鼎文书局，1993 年 2 月），页 31。

野。尧之二女娥皇、女英追之不及，相与恸哭，泪下沾竹，竹文上为之斑斑然"①等说法融合起来，申足出另一种流落而死、孤坟渺茫的悲剧下场。所谓"尧幽囚，舜野死"，指的都是政治场上权力斗争失败的结果，因为即使尧是出于"德衰"而被舜所囚禁，也不能掩盖或合理化舜是以臣子的立场以下犯上、以暴易暴的忤逆行为本质，不合于君臣尊卑的礼教分际；而舜竟于晚年齿疏体衰的情况下亲自远征蛮荒，且此一军事行动居然又不为挚爱的妻子所预知而"追之不及"，最后又身死异地，连葬身之所亦复迷失难寻，其间率尔匆促、密而不宣的种种可疑现象，在在都指向一种突如其来而又措手不及的危急状况，也就是在激烈的权力斗争中一夕之间落败的失势者才会面临的处境。因此，在这节录的诗歌段落里，我们看到李白以大胆而直言无讳的语句，选择了违反传统主流话语所打造的美丽神话，以经由历史重重淘汰以及民族集体遗忘之后残存的冷门史料，血淋淋地指出掩盖在神话外衣之下残酷的政治现实，原来就是赤裸裸的权力斗争而已；权力之所在，也就是自由、生命，当然还包括解释历史的专利在内等等一切条件之所在。在这里，李白不只是颠覆了牢笼着绝大多数知识分子自古以来即信守不渝的政治神话，更重要的是拆解了金碧辉煌的圣堂之后，锐利地指出虽然丑陋但却最为真实的问题核心：连神圣不可侵犯的尧、舜也只是不能自外于权力之拨弄的无奈棋子，"尧幽囚、舜野死"完全是因为失权

---

① （南朝梁）任昉：《述异记》，卷上，《景印文渊阁四库全书》第 1047 册（台北：台湾商务印书馆，1986 年 7 月），页 615。

的缘故；而代代相传、众口交誉的所谓的"禅让"美谈，竟是无可奈何之下用来遮丑的虹彩尸衣而已！

那么，巩固皇权便是刻不容缓的当务之急了，因为"君失臣兮龙为鱼，权归臣兮鼠变虎"，是呼风唤雨的神龙与吼啸震山的猛虎，还是任人宰割的俎上鱼与畏首畏尾的过街鼠，全然系于权力的得失一线。这种对帝王专权的坚持与拥护，事实上，正是在既有的政治体制下，为了确立德治得以有效施行并普及持久的先决条件。因此一旦发生国君被小人蒙蔽的危机时，诗人也会发出"总为浮云能蔽日，长安不见使人愁"①的忧心之词了。

在专权的前提下，身份完全等同于知识分子的诗人接着会面临到的第二个问题，便是所谓"绝对的权力使人绝对的腐化"的必然性。但是在中国知识分子的政治思维之中，却极力想把本质上完全矛盾而不兼容的专权与道德调和为一，而将"绝对腐化"的可能性减到最低。于是"内圣外王"②就成为概括这一项艰难事业的施行准则："内圣"是对帝王本身道德要求的极致，而"外王"则是由帝王推扩出去，在统治广大国家之时赖以施政的理想措施或理想作法。为醒眉目起见，以下便一一分述之。

---

① 出自（唐）李白：《登金陵凤凰台》，（唐）李白著，（清）瞿蜕园注：《李白集校注》，卷21。
② "内圣外王"一词原出于道家，《庄子·天下篇》云："是故内圣外王之道，暗而不明，郁而不发，天下之人各为其所欲焉以自为方。悲夫！百家往而不反，必不合矣！"但此语今已多移用于儒家政治理想之架构，此处乃承此而用之，非本于道家庄子之原意。

二、"内圣"的极致——尧舜的圣君典范

就"内圣"此一方面而言,整个事业最主要的目标,就是把原本极可能变成"恣性遂行之猛兽"的帝王改造为"德高望重之贤者",让道德担任陶冶君王,以遂行仁政的关键角色,余英时曾指出这种政治构想乃源自于中国注重内在超越的文化形态,"国家一向是被看成人伦关系的一个环节。价值之源内在于人心,然后向外投射,由近及远,这是人伦秩序的基本根据。在政治领域内,王或皇帝自然是人伦秩序的中心点。因此,任何政治方面的改善都必须从这个中心点的价值自觉开始。这便是'内圣外王'的理论基础"①。

但或许是因为人性内在超越之难期,启发价值自觉亦属不易,于是在知识分子的信仰里,远古历史中曾实现了神圣德业的圣王贤君便成了高悬的永恒象征,一个永不褪色的政治指标,尤其是当时间不断进展的情况下,"孔子和孟子这两位儒家宗师却眷怀历史上或传说中的理想时代,希望回复到三皇五帝的大同社会,可见在他们的心目中,现在只是过往黄金时代的退化,所以只有效法先王才能治国平天下"②。而在创造了过去黄金时代的圣君群像中,"唐尧虞舜"是唐诗里最常被标举出来的代表人物,成为诗人们认定上的一致归趋,如李白于《赠清漳明府侄聿》一诗谓:

---

① 余英时:《从价值系统看中国文化的现代意义》,《中国思想传统的现代诠释》(台北:联经出版事业公司,1987年3月),页35。
② 见何冠骥:《中英诗中的时间观念》,《中外文学》第10卷第7期,页73。

弦歌咏唐尧，脱落隐簪组。心和得天真，风俗犹太古。①

而单单在杜甫诗中就有以下多首：

- 自谓颇挺出，立登要路津。致君尧舜上，再使风俗淳。（《奉赠韦左丞丈二十二韵》）
- 回首叫虞舜，苍梧云正愁。（《同诸公登慈恩寺塔》）
- 生逢尧舜君，不忍便永诀。（《自京赴奉先县咏怀五百字》）
- 步趾咏唐虞，追随饭葵堇。（《赠郑十八贲》）
- 九重思谏诤，八极念怀柔。徒倚瞻王室，从容仰庙谋。……复见陶唐理，甘为汗漫游。（《奉送王信州崟北归》）
- 致君唐虞际，淳朴忆大庭。（《同元使君舂陵行》）
- 死为星辰终不灭，致君尧舜焉肯朽？（《可叹》）
- 应经帝子渚，同泣舜苍梧。（《大历三年春白帝城放船出瞿唐峡久居夔府将适江陵漂泊有诗凡四十韵》）
- 蹉跎陶唐人，鞭挞日月久。（《上水遣怀》）
- 圣朝尚飞战斗尘，济世宜引英杰人。……致君尧舜付公等，早据要路思捐躯。（《暮秋枉裴道州手札率尔遣兴寄递呈苏涣侍御》）②

---

① （唐）李白著，（清）瞿蜕园注：《李白集校注》，卷9。
② 九诗分见（唐）杜甫著，（清）仇兆鳌注：《杜诗详注》，卷1、卷2、卷4、卷14、卷19、卷19、卷21、卷22、卷23。

除此之外，踵步杜甫兼济之理想与社会写实诗之创作的白居易，类似的表白也有多处：

> 湛露浮尧酒，熏风起舜歌。愿同尧舜意，所乐在人和。（《太平乐词二首》之二）
> 岁望千箱积，秋怜五谷分。何人知帝力？尧舜正为君。（《与诸公同出城观稼》）
> 朝庭重经术，草泽搜贤良。尧舜求理切，夔龙启沃忙。（《饱食闲坐》）
> 致成尧舜升平代，收得夔龙强健身。（《奉和晋公侍中蒙除留守行及洛师感悦发中斐然成咏》）①

晚唐时代的杜牧亦云：

> 昔帝登封后，中原自古强。……几席延尧舜，轩墀立禹汤。（《华清宫三十韵》）②

其余诗例之伙，实不暇一一遍举。诸诗中或以之赞美当代的帝王，所谓"致君尧舜上""生逢尧舜君""尧舜正为君"等即是；或以之寄托个人崇高的政治理想，如"弦歌咏唐尧""回首叫虞舜""步趾

---

① 四诗分见（唐）白居易著，顾学颉点校：《白居易集》，卷18、卷28、卷30、卷31。
② （清）康熙敕编：《全唐诗》，卷521。

咏唐虞""复见陶唐理"等皆为其例,无论何者,在在都证明了尧舜的概括作用实是十分鲜明。学者曾指出中国知识分子如此"言必称尧舜",就在于尧舜代表了德治的典范:"儒家的政治思想,是反对法治,主张礼治、德治的。……礼治、德治也即是人治,在儒家看来,治人的君子应以道德为模范,使人效之。故言必称尧舜,这与柏拉图(Plato)的贤人政治理论相同。"[1]但是何以德治的典范多归于尧舜身上?"贤人政治"的理想何以必托诸尧舜来实现?松浦友久认为这种人物形象的概括表现,是表现了"中国社会传统之一的典型爱好的倾向",且"这一倾向明显地表现在作为社会的'共名'(共有概念)而设定的尧、舜等等圣人形象——及其对立面的桀、纣这样的暴君形象上。……人类存在的一切善的属性被典型化地集中到尧、舜的人物形象上"[2]。而此种出自传统之典型爱好,造成了众人服膺于作为"社会共名"之尧舜的现象,在唐诗中也表现得十分明显。

"德"既然是政治由衰而治的钥匙,因此除了远古的尧舜之外,周朝时制礼作乐、振兴朝纲,并奠定深厚文化基础的周公,也成为唐诗人歌咏企慕的对象,如韩愈《岐山下二首》云:

> 谁谓吾有耳,不闻凤皇鸣。竭来岐山下,日暮边鸿惊。丹

---

[1] 引自郭银田:《田园诗人陶潜》(台北:里仁书局,1996年9月),第5章,页148。
[2] [日]松浦友久著,陈植锷、王晓平译:《唐诗语汇意象论》(北京:中华书局,1992年5月),页11。

> 穴五色羽，其名为凤皇。昔周有圣德，此鸟鸣高冈。和声随祥风，窈窕相飘扬。闻者亦何事？但知时俗康。自从公旦死，千载闷其光。吾君亦勤理，迟尔一来翔。①

因"昔周有圣德"，故"此鸟鸣高冈"，代表了太平的凤凰与时俱现，与盛世交相辉映；但是"自从公旦死"，圣业的光辉便黯淡了千年之久。这样的政治建构，其核心依然是以"尧舜"之类的圣君为整个国家机器的金字塔塔尖，其基础也仍是自原始儒家一脉相传下来的德治理想，所谓"致君尧舜上，再使风俗淳"的志业，是先将一切改革的动力托付予一个至高无上的权威，再透过由上而下、风行草偃式的推扩作用，最终达到"化民"的目的。因此这个乌托邦的实现，其成功的关键便取决于君王的道德修养与清明智慧，然后才有能臣贤士进一步推衍扩充的空间。但是所谓的道德，并不等同于市井乡愿，徒有好意却无智慧，或是一味的道貌岸然，死守教条。因此除了品格的良善之外，还必须具备高明的智慧决断，才是真正理想的君主。以开元盛世的黄金岁月为蓝本的乌托邦中，唐玄宗所展现的高度明断就无异为治世的保证，杜甫《能画》诗曰：

> 能画毛延寿，投壶郭舍人。每蒙天一笑，复似物皆春。政

---

① 本诗虽名为"二首"，实仅一首，见（唐）韩愈著，钱仲联集释：《韩昌黎诗系年集释》，卷1。

化平如水，皇明断若神。时时用抵戏，亦未杂风尘。①

宋洪迈对此有切要之论："杜之旨本谓伎艺倡优，不应蒙人主顾盼赏接；然使政化如水、皇恩若神，为治大要既无可损，则时时用此辈，亦亡害也。"② 可见即使在"时时用抵戏"的情况下，也未必会造成"杂风尘"的败乱下场，原因就在于帝王"明断若神"的高度智慧。

"神"是杜甫用以推许任何艺术或才能达到最高境界的术语③，

---

① （唐）杜甫著，（清）仇兆鳌注：《杜诗详注》，卷17。
② （宋）洪迈：《容斋随笔》（上海：上海古籍出版社，1995年3月），《三笔》卷6，页484。
③ 于杜集中"神"字往往见于"艺术"（就此词之原始意涵而言）臻至登峰造极之场合，例如：1.诗歌文章的创作方面有《苏端薛复筵简薛华醉歌》的"文章有神交有道"、《独酌成诗》的"诗成觉有神"、《游修觉寺》的"诗应有神助"、《八哀诗》的"篇什若有神"、《奉赠韦左丞丈二十二韵》的"下笔如有神"、《寄张十二山人彪三十韵》的"诗兴不无神"、《寄薛三郎中据》的"才力老益神"、《奉贺阳城郡王太夫人恩命加邓国太夫人》的"词翰两如神"等；2.书法方面有《八哀诗》的"神翰顾不一"、《李潮八分小篆歌》的"书贵瘦硬方通神"；3.绘画方面有《送许八拾遗归江宁觐省甫昔日尝客游此县于许生处乞瓦棺寺维摩图样志诸篇末》的"神妙独难忘"、《画鹘行》的"巧刮造化窟，写此神俊姿"、《丹青引赠曹将军霸》的"将军善画盖有神"、《韦讽录宅观曹将军画马图歌》的"神妙独数江都王"、《戏韦偃为双松图歌》的"满堂动色嗟神妙"、《画马赞》的"韩干画马，毫端有神"；4.舞蹈方面有《观公孙大娘舞剑器行》的"妙舞此曲神扬扬"；政治军事方面有《奉和严中丞西城晚眺十韵》的"雄略动如神"、《承闻河北诸道节度入朝欢喜口号绝句十二首》的"英雄见事若通神"、《观安西兵过赴关中待命二首》之一的"临危经久战，用急始如神"等；5.甚至自然界中万物之精者杜甫也以"神"（转下页）

有出神入化、神妙入微的高明之意；而观此在安史乱后回忆往昔的诗作中杜甫也将玄宗之"明断"推到了"若神"的地步，则人主以一人之智维系天下盛衰的因果关系便清晰浮现出来了。

以尧舜为"共名"，在政治体系中安置一个专权而稳固、至德而神断的帝王，这就是开展中国式乌托邦的第一步。

三、"外王"的步骤之一：圣君贤相的模式①

在中国政治乌托邦的金字塔型建构中，从尧舜之类圣君置身的塔尖向下延伸，在到达塔底的广大人民之前，还必须经过几个环节。第一个环节是围绕在帝王身边的辅佐之臣，与帝王之间形成了"圣君贤相"的施政模式。

此处所谓的"贤相"，指的是并不是一般一人的、狭义的宰相，而是众多的、广义的宰辅佐臣和文武才士，得以将圣业推及于外者。宋洪迈曾引述《六韬》之语云："文王在岐，召太公曰：'吾地小。'太公曰：'天下有粟，贤者食之；天下有民，贤者牧之。屈于

(接上页) 况之，如《沙苑行》称巨鱼为"岂知异物同精气，虽未成龙亦有神"、《观打鱼歌》的"众鱼常才尽却弃，赤鲤腾出如有神"、《三韵三首》之一的"困鱼鱼有神"、《杨监又出画鹰十二扇》的"此物神俱王"、《呀鹘行》的"强神非复皂雕前，俊才早在苍鹰上"等等。

由以上众多之诗例，可知杜甫所下的"神"字并非泛泛，而是指称一种登峰造极的境界、秀异独出的成就或淋漓尽致的表现，除了艺术技巧之外，凡是能够展现超凡不俗、灵妙出众之气势的人为智计或自然景物，"神"就是最简约、亦复最高明的赞美。

一人之下，则申于万人之上，唯圣人能为之。'"① 可见举贤用才是广大幅员的国家保障政治清明的关键所在，是"君主—人民"这个同心圆结构中，链接居于圆心之帝王、与环绕着圆周数量庞大之百姓的接榫；既必须有承担一人之下的才德，又不能缺乏万人之上的贤能，才能维系整个国家之健全结构于不坠。故诗人以纲领式的诗句表示：

- 古称国之宝，谷米与贤才。（白居易《杂兴三首》之三）
- 有国由来在得贤，莫言兴废是循环。（李九龄《读三国志》）②

谷米者，黎民生命之所资；而贤才者，亦是国家赖以存续的凭借，如此相提并论，其重要性可想而知。而杜甫对此一问题更是十分重视而殷殷致意，学者曾指出："杜甫对于历史上的治乱兴衰，特别是导致治乱兴衰的人才问题，表示极大的关心。《诸将五首》，写理想人才对于国家的重要性；《八哀诗》，写有才而难尽其用的悲哀；《咏怀古迹五首》，写对怀才不遇的同情与对能够识才、用才的赞美。"③ 此外，在杜诗中直接叙写此意者亦所在多有，如：

---

① （宋）洪迈：《容斋随笔》，《三笔》卷15，"诎一人之下"条，页597。
② 二诗分见（唐）白居易著，顾学颉点校：《白居易集》，卷1；（清）康熙敕编：《全唐诗》，卷730。
③ 程千帆、莫砺锋、张宏生著：《晚年：回忆与反省》，《被开拓的诗世界》（上海：上海古籍出版社，1990年10月），页227。

- 庙堂知至理，风俗尽还淳。才杰俱登用，愚蒙但隐沦。(《上韦左相二十韵》)
- 凤池日澄碧，济济多士新。余病不能起，健者勿逡巡。上有明哲君，下有行化臣。(《寄薛三郎中据》)
- 圣朝尚飞战斗尘，济世宜引英杰人。(《暮秋枉裴道州手札率尔遣兴寄递呈苏涣侍御》)①

可见一个理想的乌托邦赖以建立的上层结构中，乃是以"众星拱月"的模型安置了一位至高而唯一、又德智焕发一如皎亮明月的天子，作为一个汇集众才，使俊杰之士济济于一堂的磁力中心，而呈现"济济多士"的盛况；其周遭则以才德兼备的原则，吸引了杰出的文臣武将，所谓"才杰俱登用""济世宜引英杰人"，他们将护卫着天子内圣外王的基业，不但能够补强其智计的不足，并可以保障其治绩的圆满无缺，故曰"上有明哲君，下有行化臣"，形成了中国式"圣君贤相"的理想政治构设。

而这些仅在一人之下，在政治体系的上层结构中扮演梁柱角色的群臣，究竟必须具备何种资格，才能担当得起构筑理想国的重责大任？"贤德"与"才能"固然是选用的原理与准则，但是从唐诗的检阅中，我们可以看到此种抽象的原理或准则往往是借具体的人物来传达的，先唐漫长的中国历史里就足以提供一长串的名单，从渺茫的历史云雾深处提炼出一些镌刻鲜明而垂范后世的宰辅形象，

---

① 三诗分见（唐）杜甫著，（清）仇兆鳌注：《杜诗详注》，卷3、卷18、卷23。

属于远古时代传说中的人物便有：

- 许身一何愚，窃比稷与契。（杜甫《自京赴奉先县咏怀五百字》）
- 舜举十六相，身尊道何高。（杜甫《述古三首》之二）
- 死为星辰终不灭，致君尧舜焉肯朽？吾辈碌碌饱饭行，风后力牧长回首。（杜甫《可叹》）
- 朝庭重经术，草泽搜贤良。尧舜求理切，夔龙启沃忙。（白居易《饱食闲坐》）
- 致成尧舜升平代，收得夔龙强健身。（白居易《奉和晋公侍中蒙除留守行及洛师感悦发中斐然成咏》）①

黄帝时代有风后为相、力牧为将，杨伦注杜甫《可叹》诗时引《帝王世纪》曰："黄帝得风后于海隅，进以为相；得力牧于大泽，进以为将。"②而尧舜时代则举用了"十六相"为辅弼，夔龙启沃之辈都为了治理国家而忙碌；还有商周的远祖稷与契也是诗人效慕的对象。汉朝以前的商周两朝乃是信史的开始，其间可供效法的名单就更加洋洋洒洒、屈指难数，单单是杜甫所提及者至少就有以下诸条，举之可概其余：

---

① 五诗分见（唐）杜甫注，（清）仇兆鳌注：《杜诗详注》，卷4、卷12、卷21；（唐）白居易著，顾学颉点校：《白居易集》，卷30、卷31。
② （唐）杜甫著，（清）杨伦笺注：《杜诗镜铨》，卷18，页881。

- 汉光得天下，祚永固有开。岂惟高祖圣，功自萧曹来。经纶中兴业，何代无长才。吾慕寇邓勋，济时亦良哉！耿贾亦宗臣，羽翼共徘徊。休运终四百，图画在云台。(《述古三首》之三)
- 今日朝廷须汲黯，中原将帅忆廉颇。(《奉寄高常侍》)
- 吕尚封国邑，傅说已盐梅。(《昔游》)
- 伯仲之间见伊吕，指挥若定失萧曹。(《咏怀古迹五首》之五)
- 凄其望吕葛，不复梦周孔。(《晚登瀼上堂》)
- 耿贾扶王室，萧曹拱御筵。(《秋日夔府咏怀奉寄郑监李宾客一百韵》)
- 不必伊周地，皆登屈宋才。(《秋日荆南述怀三十韵》)
- 君臣各有分，管葛本时须。(《别张十三建封》)[①]

从商周时代的伊尹、吕尚(太公望)、周公、傅说，春秋时的管仲，战国时代的武将廉颇，到汉朝时"武皇"的群臣，如"扶王室"的耿弇、贾复，与"拱御筵"的萧何、曹参，还有汲黯、寇恂、邓禹等，再加上三国时的诸葛亮，所构成的完全是一幅"圣代中兴图"。而"中兴"二字，恰恰说明了中国式乌托邦的追求，的确是一种对圣代的复归并使之再现的努力。

但是人才虽卓然有成，如果任其弃置不用、沉沦在野，却也

---

① 以上八首分见（唐）杜甫著，（清）仇兆鳌注：《杜诗详注》，卷12、卷13、卷16、卷17、卷18、卷19、卷21、卷23。

枉然。固然怀才不遇是有才者个人的深痛，同时也是国家整体的损失，但人才之汲引却端赖于君王无私的拔擢，而他们自己却完全是被动的、无能为力的，故晚唐诗人周昙曾说：

> 船骥由来是股肱，在虞虞灭在秦兴。裁量何异刀将尺，只系用之能不能。①

虞国灭而秦国兴，关键就在于国君对百里奚这样的人才"用之能不能"：用之而国兴，不用而国灭，人才之重要自不待言，而君王操控了用与不用的主动权，却也不言可喻。一旦人才幸被擢用，而得以置身朝廷之后，接下来君臣是否可以同心协力，也是贤才能不能尽力一搏、实践理想的一道关卡。于是，在唐诗里被诗人普遍追慕的"君臣相合"的典范，则以春秋时代燕昭王置"黄金台"招郭隗、乐毅、剧辛、邹衍等各方贤能而至，造成一时之选皆济济一堂的盛况，以及三国时代蜀昭烈帝刘备与武侯诸葛亮之间互信无嫌、上下一体的美谈，两者皆为诗人多所歌咏感怀的历史故实，也成为最常见的相关主题。

黄金台的故事在《史记·燕召公世家》中已有记载："燕昭王于破燕之后即位，卑身厚币以招贤者。……于是昭王为（郭）隗改筑宫而师事之；乐毅自魏往，邹衍自齐往，剧辛自赵往，士争趋

---

① （唐）周昙：《春秋战国门·百里奚》，（清）康熙敕编：《全唐诗》，卷728。

燕。"① 梁任昉《述异记》亦曰："燕昭为郭隗筑台，今在幽州燕王故城中，土人呼为贤士台，亦谓之招贤台。"② 而燕昭王筑黄金台以招贤之事进入诗歌的范畴中，被征用成为习见典故，似乎在唐朝才大为流行，因为唐人在国族所提供的盛大规模中被激发出强烈而积极的参政企图，意欲在政治领域里实践自己的才能，并建立不朽的功业，于是但凡有用世之意而伸展无门者，往往借黄金台招贤之事以为喻，一以申明自己对济世安民的理想，再则是希望昔日美谈得复现于今日，如陈子昂、李白、杜甫、李贺、柳宗元等人，莫不再三致意，如陈子昂《蓟丘览古赠卢居士藏用七首》之二云：

南登碣石馆，遥望黄金台。丘陵尽乔木，昭王安在哉？③

李贺《雁门太守行》亦曰：

报君黄金台上意，提携玉龙为君死。④

而李白、杜甫以及柳宗元等人诗中更屡屡用之，瞿蜕园便曾指出这种唐诗中惯见的情形：

---

① （汉）司马迁：《史记》，卷34，页1558。
② （南朝梁）任昉：《述异记》，卷下，《景印文渊阁四库全书》第1047册，页628。
③ 见（清）康熙敕编：《全唐诗》，卷83。
④ 见（唐）李贺著，叶葱奇校注：《李贺诗集》（台北：里仁书局，1982年10月），卷1。

《史记》止云为隗改筑宫而师事之，初无台字，而李白诗有"何人为筑黄金台"之语。……然李白屡惯用黄金台事，如："谁人更扫黄金台""燕昭延郭隗，遂筑黄金台""扫洒黄金台，招邀广平客""如登黄金台，遥谒紫霞仙""侍笔黄金台，传觞青玉案"。杜甫亦有"扬眉结义黄金台""黄金台贮贤俊多"。柳子厚亦云："燕有黄金台，远致望诸君"。《白氏六帖》有："燕昭王置千金于台上以延天下士，谓之黄金台。"此语唐人相承用者甚多，不特本于白也。①

如此广泛的现象，一方面固然说明了能够举贤用才乃是构成"圣君"的条件之一，但另一方面也意味着诗人身为知识阶层与官僚系统中的一员，在怀抱着经世济民之理想与才德的同时，也莫不希望能够策高足而一偿驰骋展才的机会，如此方能对内无愧于己志，完成个人实践的夙愿，而对外亦得以拯济天下苍生，不负传统赋予的使命。

其次，除了黄金台的典故之外，蜀先主刘备与诸葛亮之间君臣相得、开诚无间的胶漆之情，以及彼此能够超越上下的阶级之分，而共享生命与理想的历史美谈，也赢得了有志之士的衷心向往。唐代诗人中对此一向往表现得最为突出者，以杜甫为个中翘楚，其集中以蜀主诸葛为创作主题的诗，至少就有《武侯庙》《八阵图》《谒先主庙》《诸葛庙》《古柏行》《咏怀古迹五首》之四等多首。各诗

---

① 引自（唐）李白著，（清）瞿蜕园注：《李白集校注》，卷 2，页 121。

的主旨，除了伤感于孔明"三顾频烦天下计，两朝开济老臣心。出师未捷身先死，长使英雄泪满襟"①而深致痛惋之情外，主要还是以其历史罕见的"君臣相得"为典范，如：

- 忆昨路绕锦亭东，先主武侯同閟宫。(《古柏行》)
- 武侯祠屋常邻近，君臣一体祭祀同。(《咏怀古迹五首》之四)
- 君臣当共济，贤圣亦同时。(《诸葛庙》)②

诸诗之意，或谓两人死后固然是"同閟宫""一体祭祀同"，生前亦是彼此"共济"，有如鱼水相亲般契合，后者于《谒先主庙》一诗亦有同调：

> 惨淡风云会，乘时各有人。力侔分社稷，志屈偃经纶。复汉留长策，中原仗老臣。……孰与关张并，功临耿邓亲。应天才不小，得士契无邻。③

黄生曾综合史册，为此诗下一段注语："《关张传》：昭烈与二人恩若兄弟。《诸葛传》：昭烈与亮情好日密，关、张等不悦。昭烈曰：'孤有孔明，犹鱼之有水，愿诸君勿复言。'《后汉书》中与二十八将，上应二十八宿，此以耿、邓比关、张，言二人于先主以

---

① （唐）杜甫：《蜀相》，（唐）杜甫著，（清）仇兆鳌注：《杜诗详注》，卷9。
② 三诗分见（唐）杜甫著，（清）仇兆鳌注：《杜诗详注》，卷15、卷17、卷19。
③ （唐）杜甫著，（清）仇兆鳌注：《杜诗详注》，卷15。

功为亲臣,如耿、邓之上应天象,其才亦自不小。当时恩遇孰与二人并者?孔明一旦遂临其上,君臣鱼水,相契至深。然则非孔明固不能定三分之业,非先主岂能得一士之用乎?① 正是"君臣鱼水,相契至深",于是力能定三分之业的孔明,以及一切贤能兼备的人才,就可以充分投入圣业之中,与尧舜之君一起为乌托邦的建设而努力。

以上两节所论,就是"主圣如尧舜,臣忠似伊周"② 之类圣君贤相式的政治理想的全部内涵。

四、"外王"的步骤之二:朝廷的施政原则

圣君贤相式的权力核心结构,其设计上最主要的目的是确保施政的方向,以及仁政、善政的落实,避免道德的堕落而导致苛政的残害,所谓:

> 为政残苛兽亦饥,除饥机在养疲羸。人能善政兽何暴,焉用劳人以槛为。(周昙《六朝门·傅昭》)③

因此所谓的善政、仁政,就是外王事业中同样醒目的一环,而主要

---

① (清)黄生:《杜诗说》(合肥:黄山书社,1994年5月),卷10,页402。
② (元)方回:《跋郑子封诗》,见陈友琴编:《古典文学研究资料汇编·白居易卷》(北京:中华书局,1962年11月),页183。
③ (清)康熙敕编:《全唐诗》,卷729。

内容则为一些较为具体的施政方针,"经济"可以说是这些施政上考虑的最大重点。整理之后,试分述如下。

"重农思想"主宰了乌托邦中一切物质经济的起点。诗人认为施行善政的基础,应在于以农为本,唯有勤农务耕,才能衣食无缺,并进而创造丰裕的物资,成为稳定社会的保障。虽然工商业在今天才是物质文明的推动产业,但是在唐人眼中,商人放利苟合、趋财忘义,势将导致风俗的浇薄与人心的败坏,所谓:

- 卤中草木白,青者官盐烟。官作既有程,煮盐烟在川。汲井岁搰搰,出车日连连。自公斗三百,转致斛六千。君子慎止足,小人苦喧阗。我何良叹嗟,物理固自然。(杜甫《盐井》)
- 畲田既慵斫,稻田亦懒耘。相携作游手,皆道求金银。毕竟金与银,何殊泥与尘?且非衣食物,不济饥寒人。弃本以趋末,日富而岁贫。所以先圣王,弃藏不为珍。(白居易《赠友五首》之二)
- 婿作盐商十五年,不属州县属天子。每年盐利入官时,少入官家多入私。官家利薄私家厚,盐铁尚书远不知。(白居易《盐商妇》)
- 商人重利轻别离,前月浮梁买茶去。(白居易《琵琶引》)[①]

---

① 四诗分见(唐)杜甫著,(清)仇兆鳌注:《杜诗详注》,卷8;(唐)白居易著,顾学颉点校:《白居易集》,卷1、卷4、卷12。

商人不事生产、买空卖空,仅需在货物转手之际,便由"斗三百"而获致"斛六千"之暴利,于是在厚利之下,人性中的贪念被扩大了,"汲井岁损损,出车日连连"的景象完全是由不懂得"止足"之贪念所驱动,诗人怎能不怵目惊心?利之所在,不但资源被无止尽地耗尽,即连夫妇之情义也可抛诸脑后,徒增多少被逐利之心所牺牲的怨女,如此怎能再加鼓励!因此诗人表示应以农事为本,曰:

- 所务谷为本,邪赢无乃劳。(杜甫《述古三首》之二)
- 古称国之宝,谷米与贤才。(白居易《杂兴三首》之三)[①]

如此一来便可"邪赢无乃劳",使民心趋向于淳厚,不但夫妇、父子可以相守,所谓"有财不行商,有丁不入军。家家守村业,头白不出门",以及"健儿庇旁妇,衰翁舐童孙"[②],都说明重农将使整个社会获得安定,而且国家也得到了富裕的基础。以重农致富而言,如杜甫所描写的开元盛世,也呈现出"稻米流脂粟米白,公私仓廪俱丰实"[③]的富庶景观,为大唐的登峰造极建立了坚强的后盾。可见一个中国式乌托邦的建立,是与农业密不可分的。

但是农业的生产过程中,会遭遇到一些来自自然和人为因素的

[①] 二诗分见(唐)杜甫著,(清)仇兆鳌注:《杜诗详注》,卷12;(唐)白居易著,顾学颉点校:《白居易集》,卷1。

[②] 两段引文出自白居易《朱陈村》、李商隐《行次西郊一百韵》。

[③] (唐)杜甫:《忆昔二首》之二,(唐)杜甫著,(清)仇兆鳌注:《杜诗详注》,卷13。

阻碍，并因之动摇到乌托邦的根基。其中的水旱虫灾等自然因素既非人力所能免除，便只有托诸天意，而难以为论；但是来自人为因素的阻碍，则是诗人们亟欲扫除的目标。而所谓的俭德就是扫除阻碍的作法之一。

所谓的"俭德"，是借由道德的约束而达到自我节制的成果，能使君王无限的权威和欲望受到规范，而不至泛滥成为豪奢侈靡，造成国本的亏蚀，甚至进一步诱发了对人民的经济剥削，导致了社会的动乱。关怀现实的诗人杜甫于此自然每每致意，希望君王以俭为德，而谓：

- 不过行俭德，盗贼本王臣。(《有感五首》之三)
- 君臣节俭足，朝野欢呼同。(《往在》)
- 借问悬车守，何如俭德临？(《提封》)
- 文王日俭德，俊乂始盈庭。(《奉酬薛十二丈判官见赠》))[①]

白居易、孟郊对此也时有表示：

- 吴王心日侈，服玩尽奇瑰。身卧翠羽帐，手持红玉杯。冠垂明月珠，带束通天犀。行动自矜顾，散步一徘徊。小人知所好，怀宝四方来。奸邪得藉手，从此幸门开。(白居易《杂兴三首》之三)

---

① 分见（唐）杜甫著，（清）仇兆鳌注：《杜诗详注》，卷11、卷16、卷17、卷19。

- 岁丰仍节俭，时泰更销兵。圣念长如此，何忧不泰平？（白居易《太平乐词二首》之一）
- 古云俭成德，今乃实起予。（孟郊《靖安寄居》）①

可见奢侈不但会直接导致国库空虚、重税伤民的后果，所谓官逼民反，甚至使本应受到朝廷眷顾的"王臣"不得已沦为盗贼，以求生路，而朝廷本身反而成为真正的强取豪夺的"盗贼"，因此杜甫曾以极其尖锐的笔锋厉言指斥道：

- 衣冠兼盗贼，饕餮用斯须。（《麂》）
- 萧瑟唐虞远，联翩楚汉危。圣朝兼盗贼，异俗更喧卑。（《偶题》）②

如此一来，距离唐虞之盛世更远，乌托邦的理想当然更是荡然无存。此外，奢侈也将造成佞幸小人借着投其所好而得以登堂入室、操纵权柄的不良影响，所谓"小人知所好，怀宝四方来。奸邪得藉手，从此幸门开"，即是有鉴于此的肺腑诤言。相反地，以俭为德却会带来"俊乂盈庭"和"朝野欢呼"的泰平盛世，因之诗人总是谆谆致意于节俭的重要性。

"薄敛"，亦即减轻人民税收负担的经济政策，乃是君臣共行俭

---

① （唐）白居易著，顾学颉点校：《白居易集》，卷1、卷18；（清）康熙敕编：《全唐诗》，卷375。
② 分见（唐）杜甫著，（清）仇兆鳌注：《杜诗详注》，卷17、卷18。

德而直接回馈于民间社会的惠举,将对社会发挥最大的安定力量。从《诗经》时代以来,历经陶渊明写作《桃花源记》的阶段而一直到唐朝为止,创建人间乐土的首要条件可以说就是薄敛,《硕鼠》中将横征暴敛的贪吏比为肥硕而侵食无度的大老鼠,其中再三申言的"硕鼠硕鼠!无食我黍""硕鼠硕鼠!无食我麦""硕鼠硕鼠!无食我苗",以及《桃花源诗》中"秋熟靡王税"的期望,其实就是唐人不断呼吁为政应该薄敛、不可诛求无度的先声。所谓:

- 庶官务割剥,不睱忧反侧。诛求何多门,贤者贵为德。(杜甫《送韦讽上阆州录事参军》)
- 安得务农息战斗,普天无吏横索钱?(杜甫《昼梦》)
- 凄恻念诛求,薄敛近休明。(杜甫《同元使君舂陵行》)
- 昔岁逢太平,山林二十年。泉源在庭户,洞壑当门前。井税有常期,日晏犹得眠。忽然遭世变,数岁亲戎旃。……使臣将王命,岂不如贼焉?今彼征敛者,迫之如火煎。(元结《贼退示官吏》)
- 胡为秋夏税,岁岁输铜钱?钱力日已重,农力日已殚。……复彼租庸法,令如贞观年。(白居易《赠友五首》之三)①

可见如唐朝初期实行的租庸调法才是合理的税制,不但税负不至于

---

① 分见(唐)杜甫著,(清)仇兆鳌注:《杜诗详注》,卷11、卷18、卷19;(清)康熙敕编:《全唐诗》,卷241;(唐)白居易著,顾学颉点校:《白居易集》,卷1。

太过，征收的频率也有一定而不会过度频繁，所谓"井税有常期"正是此意。如此才可使人民免于过度的征敛剥削而得以喘息，然后也才能促进厚生的理想，而接近"休明"的乌托邦境界。

"轻刑"，也就是以宽厚慈柔的治理原则，来实践爱民如子的理想，而不对人民的过失斤斤苛求，以免沦入法家式的刻薄寡恩，徒然造成民怨又失去奖劝之美意。诗人毋宁是相信人性本善的，一时误触法网只是让人民懂得警惕的机会，而不是食髓知味的进阶，因此绝不可视法律刑罚为惩罚性的工具，甚至竟严格持之，以陷天下人入罪。所谓"礼禁未然之前，法施已然之后"①，法律刑罚乃是事后不得已的补救措施，何况孔子也说过："道之以政，齐之以刑，民免而无耻；道之以德，齐之以礼，有耻且格。"②可见法律刑罚绝不是奖善惩恶，改变民性使之趋淳良去奸邪的最佳方法，而只是一道避免人性持续沦落的最后防线。更何况有时犯罪的原因是出于朝廷本身的政策不近人情，所持之法规超出了正常的容受范围，如前引元结《贼退示官吏》诗云："今彼征敛者，迫之如火煎。"又其《春陵行》谓："有司临郡县，刑罚竟欲施。供给岂不忧，征敛又可悲。"如此则更不可滥刑逼求，有伤民命。因此诗人往往呼吁要轻刑、息讼，不使民风变得尖锐不平：

- 岂伊齐政术，将以变浇薄。讼简知能吏，刑宽察要囚。（高适

① 出自（汉）司马迁：《史记·太史公自序》，卷130，页3298。
② 《论语·为政》，(宋) 朱熹著：《四书章句集注》(台北：大安出版社，2013年8月)，页70。

《奉酬睢阳李太守》)
- 吾闻聪明主,活国用轻刑。(杜甫《奉酬薛十二丈判官见赠》)
- 狱讼永衰息,岂惟偃甲兵!(杜甫《同元使君舂陵行》)
- 化行人无讼,图圄千日空。政顺气亦和,黍稷三年丰。客自帝城来,驱马出关东。爱此一郡人,如见太古风。(白居易《旅次华州赠袁右丞》)
- 政静民无讼,刑行吏不欺。(白居易《叙德书情四十韵上歙宣崔中丞》)①

轻刑息讼,则图圄日空,直接带来"政顺气和"感受,因此是教化施行的证明,甚且是可以活国的一个凭借,无疑为促进理想社会的助力。

"休兵",比诸前述各项原则,可以说是更直接关涉于人民之生命财产,也连带影响到社会伦理之健全与国家之国力的最大课题。一个完善的乌托邦是绝不容许战争发生的,由于战事的持续不断,势将导致众多生命的消耗、土地生产的迟滞、社会结构的崩溃与国力的削弱,可以说是摧毁乌托邦的最大威胁。因此白居易于《新丰折臂翁》一诗说:"生逢圣代无征战,惯听梨园歌管声。"②歌舞升平才是适合"圣代"之构图的内容。唐诗中描写战争的惨况,与因

---

① 五诗分见(唐)高适著,刘开扬笺注:《高适诗集编年笺注》(台北:汉京文化事业公司,1983年9月),第一部分;(唐)杜甫著,(清)仇兆鳌注:《杜诗详注》,卷19、卷19;(唐)白居易著,顾学颉点校:《白居易集》,卷5、卷13。
② (唐)白居易著,顾学颉点校:《白居易集》,卷1。

战争而来的夫妇离散的闺怨诗可谓多不胜数,前者如:

- 阳和变杀气,发卒骚中土。三十六万人,哀哀泪如雨。且悲就行役,安得营农圃?不见征戍儿,岂知关山苦?李牧今不在,边人饲豺虎。(李白《古风五十九首》之十四)
- 烽火燃不息,征战无已时。野战格斗死,败马号鸣向天悲。乌鸢啄人肠,衔飞上挂枯树枝。士卒涂草莽,将军空尔为。(李白《战城南》)
- 校尉羽书飞瀚海,单于猎火照狼山。山川萧条极边土,胡骑凭陵杂风雨。战士军前半死生,美人帐下犹歌舞!……铁衣远戍辛勤久,玉箸应啼别离后。少妇城南欲断肠,征人蓟北空回首。(高适《燕歌行》)
- 车辚辚,马萧萧,行人弓箭各在腰。耶娘妻子走相送,尘埃不见咸阳桥。牵衣顿足拦道哭,哭声直上干云霄。道旁过者问行人,行人但云点行频。或从十五北防河,便至四十西营田。去时里正与裹头,归来头白还戍边。边庭流血成海水,武皇开边意未已。君不闻汉家山东二百州,千村万落生荆杞!纵有健妇把锄犁,禾生陇亩无东西。况复秦兵耐苦战,被驱不异犬与鸡。……君不见青海头,古来白骨无人收。新鬼烦冤旧鬼哭,天阴雨湿声啾啾。(杜甫《兵车行》)[1]

---

[1] 分见(唐)李白著,(清)瞿蜕园注:《李白集校注》,卷2、卷3;(唐)高适著,刘开扬笺注:《高适诗集编年笺注》,第一部分;(唐)杜甫著,(清)仇兆鳌注:《杜诗详注》,卷2。

仅此数首,已足以将战场上的血腥残酷表露无遗,而由"安得营农圃""千村万落生荆杞"与"禾生陇亩无东西"之语,更说明了生命的耗损也直接导致生产力的低落,动摇到国本的稳固基础。至于写因战争而来的夫妇离散的闺怨诗,则可以下列数首为代表:

- 卢家少妇郁金堂,海燕双栖玳瑁梁。九月寒砧催木叶,十年征戍忆辽阳。白狼河北音书断,丹凤城南秋夜长。谁谓含愁独不见,更教明月照流黄。(沈佺期《古意》)
- 长安一片月,万户捣衣声。秋风吹不尽,总是玉关情。何日平胡虏,良人罢远征?(李白《子夜吴歌四首》之三)
- 菟丝附蓬麻,引蔓故不长。嫁女与征夫,不如弃路旁。结发为妻子,席不暖君床。暮婚晨告别,无乃太匆忙!君行虽不远,守边赴河阳。妾身未分明,何以拜姑嫜?父母养我时,日夜令我藏。生女有所归,鸡狗亦得将。君今往死地,沉痛迫中肠。誓欲随君去,形势反苍黄。勿为新婚念,努力事戎行。妇人在军中,兵气恐不扬。自嗟贫家女,久致罗襦裳。罗襦不复施,对君洗红妆。仰视百鸟飞,大小必双翔。人事多错迕,与君永相望。(杜甫《新婚别》)
- 誓扫匈奴不顾身,五千貂锦丧胡尘。可怜无定河边骨,犹是深闺梦里人。(陈陶《陇西行四首》之二)[1]

---

[1] 分见(清)康熙敕编:《全唐诗》,卷96;(唐)李白著,(清)瞿蜕园注:《李白集校注》,卷6;(唐)杜甫著,(清)仇兆鳌注:《杜诗详注》,卷7;(清)康熙敕编:《全唐诗》,卷746。

夫妇为人伦之肇端，也是社会框架赖以构设的起点，故《中庸》云："君子之道，造端乎夫妇；及其至也，察乎天地。"然而一场战役便有"五千貂锦丧胡尘"，甚至于"三十六万人，哀哀泪如雨"，将一片月色照耀之下的长安"万户"都袭卷入于腥风血雨之中而支离破碎，而"十年征戍忆辽阳"和"暮婚晨告别""沉痛迫中肠"的个人悲剧更是时时上演。最令人惨伤的是征夫战死，早已化为无定河边的枯骨，而一心悬念的女子犹然在深闺之中坚持着等待，而兀自酣睡于团圆的美梦。人事之错迕莫此为甚，而家庭伦常的扭曲也就可想而知。

因此诗人除了间接透过战争的描写来加以控诉之外，也往往以直接呼告的方式申明休兵停战的愿望，诸如：

- 圣代休甲兵，吾其得闲放。（高适《自淇涉黄河途中作十三首》之十二）
- 乃知兵者是凶器，圣人不得已而用之。（李白《战城南》）
- 思见农器陈，何当甲兵休？（杜甫《晦日寻崔戢李封》）
- 安得壮士挽天河，净洗甲兵长不用！（杜甫《洗兵行》）
- 老弱哭道路，愿闻甲兵休。（杜甫《遣兴三首》之二）
- 天下兵马未尽销，岂免沟壑常漂漂？（杜甫《严氏溪放歌行》）
- 凶兵铸农器，讲殿辟书帷。庙算高难测，天忧实在兹。（杜甫《夔府书怀四十韵》）
- 稍喜临边王相国，肯销金甲事春农。（杜甫《诸将五首》之三）
- 焉得铸甲做农器，一寸荒田牛得耕。（杜甫《蚕谷行》）

- 尧舜宰乾坤，器农不器兵。秦汉盗山岳，铸杀不铸耕。（孟郊《吊国殇》）
- 岁丰仍节俭，时泰更销兵。（白居易《太平乐词二首》之一）①

细看诸条之内容，我们可以发现休兵的呼吁往往是与重农思想并存的，两者之间密切相关，如杜甫再三致意的"铸甲做农器"，正与前述李白所说的"且悲就行役，安得营农圃"意思相同，都反映了社会经济在乌托邦构设中的优先性，其次，也可以看到这几项施政原则彼此之间也具有环环相扣的连带关系。

五、"外王"的步骤之三：清廉的地方吏治

圣君贤相式的上层权力结构，以及在此结构之下所提出种种理想的施政原则，其终极目标都是为了增进处于金字塔底的广大民众的幸福，诗人指出：

- 圣人不利己，忧济在黎元。（陈子昂《感遇诗三十八首》之十九）
- 邦以民为本，劝勉无纵恣。（杜甫《送顾八分文学适洪吉州》）

---

① 分见（唐）李白著，（清）瞿蜕园注：《李白集校注》，卷3；（唐）杜甫著，（清）仇兆鳌注：《杜诗详注》，卷4、卷6、卷7、卷12、卷16、卷16、卷23；（唐）孟郊著，韩泉欣校注：《孟郊集校注》（杭州：浙江古籍出版社，2012年），卷10；（唐）白居易著，顾学颉点校：《白居易集》，卷18。

- 人惟邦本本由农,旷古谁高后稷功。(周昙《三代门·后稷》)①

所谓"邦以民为本""人惟邦本"的言辞用意,都承袭自《伪古文尚书·五子之歌》中的"民惟邦本,本固邦宁"之说,为一种民本思想的表现。对这些支撑了整个国家之主体的下层结构而言,最直接相关的不是尧舜之属的圣君,也不是稷契之类的贤相,而是亲临各地的地方官吏,吏政的良窳也就立刻决定了人民的命运。因此诗人表示地方吏治应以贤人任之,庶几做到清廉、清静、和善而不扰民的要求:

- 弦歌咏唐尧,脱落隐簪组。心和得天真,风俗犹太古。牛羊散阡陌,夜寝不扃户。问此何以然,贤人宰吾土。(李白《赠清漳明府侄聿》)
- 吾将守官,静以安人。(元结《舂陵行·序》)
- 伊昔称乐土,所赖牧伯仁。官清若冰玉,吏善如六亲。生儿不远征,生女事四邻。浊酒盈瓦缶,烂谷堆荆囷。健儿庇旁妇,衰翁舐童孙。况自贞观后,命官多儒臣。例以贤牧伯,征入司陶钧。(李商隐《行次西郊一百韵》)

---

① 分见(清)康熙敕编:《全唐诗》,卷83;(唐)杜甫著,(清)仇兆鳌注:《杜诗详注》,卷22;(清)康熙敕编:《全唐诗》,卷728。

· 天下言知天下者，兆人无主属贤人。(周昙《三代门·再吟》)①

从以上诸诗，我们清楚看到"贤人宰吾土""例以贤牧伯"和"兆人无主属贤人"的贤能吏治，与风俗淳厚、人伦相亲的社会理想(详参下一节)，这两者彼此之间具有明确的因果关系，而所谓的"贤德"，其实诗中也都提出了定义，即元结说的"静以安人"，与李商隐说的"官清若冰玉，吏善如六亲"。有此清廉、清静、和善而不扰民的贤人为官牧民，则社会各处便将成为李商隐所说的"乐土"，而人民也可以过着李白所谓"弦歌咏唐尧"的逍遥生活。由此也清楚地展现出我们在前一章中所说"乌托邦的极致乃是乐园"的发展脉络。

透过前文之分梳，我们看到的是支立起整个政治理想蓝图的纲领或必备条件，以及达至此一理想国的相关步骤。虽然它们的理论并不精密，也无法在政治史上具有任何超越历史的价值，但这却是唐代诗人心念所系的乌托邦理型之所在，也是架构起中国几千年来主导了所有政治努力的唯一原型。从以上各相关诗例来看，我们可以注意到环绕着政治乌托邦之理型的几项要点，乃是以"尧舜陶唐"之类的贤君圣主为核心，其次则是才杰挺出之士得登要位，擢能俊而抑愚蒙不肖，所谓"才杰俱登用，愚蒙但隐沦""草泽搜贤良……夔龙启沃忙""问此何以然，贤人宰吾土"等，环环相扣地成为内

---

① 四诗分见（唐）李白著，（清）瞿蜕园注：《李白集校注》，卷9；（清）康熙敕编：《全唐诗》，卷241；（唐）李商隐著，（清）冯浩笺注：《玉溪生诗集笺注》（台北：里仁书局，1981年2月），卷1；（清）康熙敕编：《全唐诗》，卷728。

圣外王之事业的保障。而这一切政治构图的设计，都是归结于"风俗淳"的社会理想，使乌托邦中的人民都能获得安居乐业的生活，有如处于美善的乐园之中，因此诗人们不断殷殷致意。由此，下一节我们就要进一步观察唐诗中所反映的社会理想。

第二节　社会理想——再使风俗淳

如上节所显示，政治是一时代治乱的决定性因素，也是国家之存在安定与否的指标，因为政治所建筑的上层结构，乃以握有最高专权的帝王为中心，而周围环绕着与广大民众比较起来属于相对少数的精英分子和才德之士，透过"行化臣"为中介的枢纽，来将"明哲君"的德治推及于一般百姓。这是一种由上而下、风行草偃式的演绎思考，其终极理想乃在于促进德化的普及，使社会群体的存在有所改善。然则，由金字塔尖所擘画出来的治世原则，当它在宽广庞大的金字塔底发挥影响力的时候，其力量如何展现？而德化理想的施行又会展现何种具体的情境？这就是乌托邦式的乐园思考最关切的问题，也是本章所要探讨的主要内容。

乌托邦具备的是人人皆应登堂入室、共享福祉的开放性格，因此在梁椽皆立、廊庙在望而宏规具备的情况下，由政治清明、朝纲井然所保障的社会实体——也就是广大人民，其切身享有的福利与其表现的人际关系，必然也是此一中国式乌托邦设计的最大要点。从唐诗的观察中，我们发现诗人预设或期待整个社会人群所达到的理想状态，可以用杜甫在《奉赠韦左丞丈二十二韵》中所言之"致君尧舜上，再使风俗淳"来作为描述社会乌托邦的概括性原则；同时我们从"致君尧舜上"此句下再接以"再使风俗淳"一语的脉络关系，可以清楚地掌握到在诗人的心目中，清明的政治本身并不是最后的目的，其终极理想还是在于促进淳厚朴实的社会风俗。因而"淳"以及与"淳"字相联系而成的词组"真淳""淳朴"等语词，可以说是杜甫以及其他唐代诗人赖以描绘此一社会理想状态的简要纲领，也是对时人之共同意识形态的总括概述。事实上，这样的理想是承续自儒家外王事业的蓝图中一个终极的环节，而基于儒家思想所具备的现世的、群体实践的性质，使得关心俗世大众之福祉的诗人们也都在不同的程度上成为儒家的信徒，因此"风俗淳"的理念不断在诗人作品中持续地出现，反映着一个被反复咏叹的执着；但在分析唐人的理想社会的蓝图之前，也应追溯与"风俗淳"此一术语相关的观念，以助成对唐诗中这类理想国度的充分了解。

所谓的"风俗"，是一个早在先秦典籍中便已频繁出现的语词[①]，对"风俗"的一般性解释，《汉书·地理志》提供了颇具参考价值的资料，其云：

---

① 如《诗经·大序》云："美教化，移风俗。"（汉）毛亨传，（汉）郑玄笺，（唐）孔颖达等正义：《诗经》，《十三经注疏》（台北：艺文印书馆，1985年12月），页15。《礼记·乐记》谓："移风易俗，莫善于乐。"《荀子·王制篇》言："美风俗。"（战国）荀子著，（清）王先谦集解：《荀子集解》（台北：艺文印书馆，2000年5月）。《庄子·则阳篇》中亦曾道："丘里者合十姓百名而以为风俗也。"

> 凡民函五常之性，而其刚柔缓急，音声不同，系水土之风气，故谓之风；好恶取舍，动静亡常，随君上之情欲，故谓之俗。孔子曰："移风易俗，莫过于乐。"言圣王在上，统理人伦，必移其本，而易其末，此混同天下一之厚中和，然后王教成也。①

由这段叙述可知，风俗是各地方之自然环境与人民之秉性气质的总称，因此各地的风俗便会随地理与人文的差异而有不同的面貌；同时，风俗又是圣王展现其王教的场域，这一点正与前文所谓由上而下、风行草偃式的演绎思考相符合，也和杜甫"致君尧舜上，再使风俗淳"所透显的内在逻辑一致。更值得注意的是，王教在移风易俗的成就上，主要乃是以"统理人伦"为根本核心，因此对风俗的探讨，也就不外乎种种人与人之间的对应关系，以及由此衍生的社会秩序与人性特质的范畴。既然现今社会学也告诉我们，风俗的含义是指"多数人之精神的一致表现，历时久远，型为定式，足以拘束个人之行为支配实际生活者也。其性质与指个人性质言之习惯、指思想信仰言之传说、指一时风尚言之风气，皆不相同"②。那么，此种透过人伦关系和社会秩序所呈显的"多数人之精神的一致表现"，就能标示出社会群体的生活感受与心灵状态的一般趋向，而

---

① 见（汉）班固著，（唐）颜师古注：《汉书》（台北：鼎文书局，1991年9月），页1640。
② 见台湾中华书局辞海编辑委员会编：《辞海》下册（台北：台湾中华书局，1982年），页3199。

人人切身相关的行为依据和心灵归属的问题也包含在其中。

对唐代诗人而言，能够跻身为理想乌托邦的社会风俗必然是具备了"淳"或"淳朴"的性质的，这种联系关系在他们的诗中往往可见，以杜甫为例，除了前引《奉赠韦左丞丈二十二韵》的"致君尧舜上，再使风俗淳"之外，尚有以下诸例：

- 庙堂知至理，风俗尽还淳。（《上韦左相二十韵》）
- 旧官宁改汉，淳俗本归唐。（《寄彭州高三十五使君适虢州岑二十七长史参三十韵》）
- 喜见淳朴俗，坦然心神舒。（《五盘》）
- 致君唐虞际，淳朴忆大庭。（《同元使君舂陵行》）
- 听子话此邦，令我心悦怿。其俗则淳朴，不知有主客。温温诸侯门，礼亦如古昔。（《郑典设自施州归》）
- 桃源人家易制度，橘洲田土仍膏腴。潭府邑中甚淳古，太守庭内不喧呼。昔逢衰世皆晦迹，今幸乐国养微躯。（《岳麓山道林二寺行》）
- 驱苍生于仁寿之域，反淳朴于羲皇之上。（《乾元元年华州试进士策问五首》之五）①

在这些诗例中，"淳"字或用以描述某些地方（如五盘、施州、潭府等地）的民风古朴，或据以为实现远古乌托邦的最高标准，都可

---

① 分见（唐）杜甫著，（清）仇兆鳌注：《杜诗详注》，卷3、卷8、卷9、卷19、卷20、卷22、卷25。

以说是统摄社会之理想情境的中心纲领；而除了杜甫之外，高适、李白、白居易、孟郊也曾就此为言，所谓：

- 浇俗庶反淳，替文聊就质。已知隆至道，共欢区宇一。（唐太宗《执契静三边》）
- 风俗登淳古，君臣挹大庭。（高适《留上李右相》）
- 弦歌咏唐尧，脱落隐簪组。心和得天真，风俗犹太古。牛羊散阡陌，夜寝不扃户。（李白《赠清漳明府侄聿》）
- 及此留惠爱，庶几风化淳。（李白《送鲁郡刘长史迁弘农长史》）
- 朴散不尚古，时讹皆失真。（李白《酬王补阙惠翼庄庙宋丞泚赠别》）
- 宽猛政不一，民心安得淳。（白居易《赠友五首》之四）
- 县远官事少，山深人俗淳。（白居易《朱陈村》）
- 天下昔崩乱，大君识贤臣。……异俗既从化，浇风亦归淳。（孟郊《献汉南樊尚书》）①

在第三、第四两首诗中，李白赞美刘长史对鲁郡的贡献是"及此留惠爱，庶几风化淳"，又推许清漳县令李聿的德政，是使当地居民

---

① 分见（清）康熙敕编：《全唐诗》，卷1；（唐）高适著，刘开扬笺注：《高适诗集编年笺注》，第一部分；（唐）李白著，（清）瞿蜕园注：《李白集校注》，卷9、卷17、卷19；（唐）白居易著，顾学颉点校：《白居易集》，卷2、卷10；（唐）孟郊著，韩泉欣校注：《孟郊集校注》，卷6。

过着"心和得天真,风俗犹太古。牛羊散阡陌,夜寝不扃户"的生活;在第五、第六两首诗中,则以反衬的方式展现淳朴的重要性,如以"朴散不尚古,时讹皆失真"来感慨时敝,而白居易则批评京师首长京兆尹的更替太过频繁,至于"十年十五人"的地步,认为如此将导致"宽猛政不一,民心安得淳"的不良结果,可见民心的淳化与否的确是社会风俗据以判分良窳的关键所在。

由前述李、杜、高、孟、白等各家的十五个诗例中,可知以"淳"字为社会风俗之理想状态的代名词,已是诗人大体上的共识。此外,我们还可以注意到与"淳"之理想状态相联系的几个条件:

一、同时身兼文化人及知识分子的诗人仍然以浓厚的尚古、怀旧的心态,视淳朴的风俗为上古时代的遗风,为过去理想情境的再现,杜甫所谓"淳俗本归唐""淳朴忆大庭""反淳朴于羲皇之上"的喜爱与期许,以及李白对"风俗犹太古""朴散不尚古"的赞美或欷歔,和高适以"君臣挹大庭"来雅相称道,莫不是出自一种渴望回归的心理。所谓"大庭",仇兆鳌引《古史考》曰:"大庭氏,姜姓,以火德王,号曰炎帝。"又引《庄子》之语指出:"昔容成氏、大庭氏结绳而用之,若此时则至治也。"① 可见大庭与羲皇一样,都是传说中的上古帝王,为文明草创之初的启蒙人物,具备了与"尧舜"相类的共名意义。

二、因此当现实社会未达此一理想时,诗人固然谆谆以此为期勉的蓝图;而一旦得偿此愿,则"风俗淳"便是地方官惠爱于民的

---

① (唐)杜甫著,(清)仇兆鳌注:《杜诗详注》,卷19,页1693。

完美表现，也是对地方官之德政的最高赞许。

三、但追根究底，地方上的最高长官仍只不过是一枚棋子，其擢用与派任尚系于朝廷中那位真正握有专权的下棋者之手，也就是万法归宗的帝王，于是风俗淳的理想得以达成的最终依据，仍然必须仰赖于位在金字塔尖者的道德自持，唯有在"致君尧舜上"或"庙堂知至理"的前提下，此一社会乌托邦的理想才有实现的可能。

此外，从以上诗例中，我们可以发现实现了"淳"之理想的社会情境，往往与"真""古""朴樸"（同"朴"字）等字词及其所代表的意义相互绾连。"真"即是不讹不伪，"古"即是不巧不诈，"朴"即是不浇不薄，这些都能够助成"淳"字的含意，但又不仅如此；欲分析此一言简意赅之关键词所包蕴的含意，可以用训诂和诗例彼此互参的方式，而经纬交织、全幅开展，勾画出一幅理想社会的全貌。

首先，"淳"的第一个重要定义是厚实，与浇薄、凉薄正为互斥不相容的两极对立。北齐刘昼《新论·风俗》曾道："风有厚薄，俗有淳浇。"淳、厚与浇、薄恰为彼此逆反的词组，故《淮南子·齐俗训》中便以"浇天下之淳"相对为言，高诱注其字云："淳，厚也。"[1]此外张衡《东京赋》中"淳化通于自然"句下，薛综对淳字的注解亦然[2]；而张衡又自注其《思玄赋》中"何道真之淳粹兮"

---

[1] （汉）刘安等撰，（汉）高诱注：《淮南子》（台北：艺文印书馆，1974年4月），页349。

[2] （南朝梁）萧统编，（唐）李善等注：《增补六臣注文选》（台北：华正书局，景印胡刻宋本，1980年9月），页68。

之句曰:"不浇曰淳。"可见各说的内容都极为一致。这样的含意,透过唐诗中的意象表达来展现,则为以下的景象:

- 五盘虽云险,山色佳有余。仰凌栈道细,俯映江木疏。地僻无网罟,水清反多鱼。好鸟不妄飞,野人半巢居。喜见淳朴俗,坦然心神舒。(杜甫《五盘》)
- 忆昔开元全盛日,小邑犹藏万家室。稻米流脂粟米白,公私仓廪俱丰实。九州道路无豺虎,远行不劳吉日出。齐纨鲁缟车班班,男耕女桑不相失。宫中圣人奏云门,天下朋友皆胶漆。百余年间未灾变,叔孙礼乐萧何律。(杜甫《忆昔二首》之二)
- 昔者与高李,晚登单父台。……是时仓廪实,洞达寰区开。(杜甫《昔游》)
- 听子话此邦,令我心悦怿。其俗则淳朴,不知有主客。温温诸侯门,礼亦如古昔。(杜甫《郑典设自施州归》)
- 弦歌咏唐尧,脱落隐簪组。心和得天真,风俗犹太古。牛羊散阡陌,夜寝不扃户。(李白《赠清漳明府侄聿》)

从诸诗中,我们首先看到一种半开化、半原始的乐园图,所谓"野人半巢居"和"不知有主客",足以使人抛弃文明的斧凿与伪装,获取一种平等而自然的难得感受,因此诗人表示"坦然心神舒"又"令我心悦怿";其次,透过"地僻无网罟,水清反多鱼""牛羊散阡陌,夜寝不扃户"和"九州道路无豺虎,远行不劳吉日出"的描写,我们更进一步领略到人心知足守分的美德,不侵越非分,也不贪求于人，故无人我之间、乃至于物我之间的猜防，而展现出浑然"忘机"的境界。于是水清而多鱼，夜不闭户而远行无忧，朋友亦充满胶漆之情。除了朋友的社会伦理之外，家庭伦理中的夫妇、父子之伦也有极其淳美的展现，诗人说：

- 徐州古丰县，有村曰朱陈。去县百余里，桑麻青氛氲。机梭声札札，牛驴走纭纭。女汲涧中水，男采山上薪。县远官事少，山深人俗淳。有财不行商，有丁不入军。家家守村业，头白不出门。生为陈村民，死为陈村尘。田中老与幼，相见何欣欣！一村唯两姓，世世为婚姻。亲疏居有族，少长游有群。黄鸡与白酒，欢会不隔旬。生者不远别，嫁娶先近邻。死者不远葬，坟墓多绕村。既安生与死，不苦形与神。所以多寿考，往往见玄孙。（白居易《朱陈村》）
- 伊昔称乐土，所赖牧伯仁。官清若冰玉，吏善如六亲。生儿不远征，生女事四邻。浊酒盈瓦缶，烂谷堆荆囷。健儿庇旁妇，衰翁舐童孙。（李商隐《行次西郊一百韵》）①

白居易所描写的朱陈村和李商隐所经过的西郊之地，都是生生世世依存于土地的农居村落，由于是在"不入军""不远征"这种没有战乱的情况，因此获得了安定稳固的保障，遂可以"生者不远别，

---

① 见（唐）白居易著，顾学颉点校：《白居易集》，卷10；（唐）李商隐著，（清）冯浩笺注：《玉溪生诗集笺注》，卷1。

嫁娶先近邻""生儿不远征,生女事四邻",父子母女依然可以彼此相依相守,不劳远别;夫妻之间亦是相亲相伴,从"健儿庇旁妇"一句即知双方的情深义重,免于离散之苦;除此之外,老翁幼儿也都能拥有舐犊情深的天伦之乐。就在这各得其所的情境下,人情自然笃厚敦实,而风俗亦自然随之真朴淳美。

"淳"的第二个含意是不杂。《汉书·黄霸传》颜师古注曰:"不杂为淳。"[①] 同时在《汉书·地理志》里就具体描述了一段由"杂"所导致的风俗不淳的情景:"五方杂厝,风俗不纯(纯同淳)。其世家则好礼文,富人则商贾为利,豪桀则游侠通奸。濒南山,近夏阳,多阻险轻薄,易为盗贼,常为天下剧。又郡国辐凑,浮食者多,民去本就末,列侯贵人车服僭上,众庶放效,羞不相及,嫁娶尤崇侈靡,送死过度。"[②] 而在唐诗中,所谓的"不杂"主要是表现在一种合乎农业社会之需要,与儒家传统之伦常思想的安排上,其中要求的是遵守男女有别、礼教为先的社会礼法。其中,"男女有别"可以表现在经济活动的分工上,如:

- 齐纨鲁缟车班班,男耕女桑不相失。(杜甫《忆昔二首》之二)
- 牛得耕,蚕亦成。不劳烈士泪滂沱,男谷女丝行复歌。(杜甫《蚕谷行》)
- 女汲涧中水,男采山上薪。(白居易《朱陈村》)

---

① 见(汉)班固著,(唐)颜师古注:《汉书》,页3633。
② 见(汉)班固著,(唐)颜师古注:《汉书》,页1642—1643。

分工的好处是可以各适其才，针对先天体能的强弱之别和后天教养的才艺训练而发挥较大的效果。前面讨论的时候，我们看到杜甫以《兵车行》控诉战争的残酷时，其中的一项就是"纵有健妇把锄犁，禾生陇亩无东西"，越界代庖的结果便是荒芜欠收的经济破产，可见男女各有所司而不杂其分，确然是唐人所认为的安定社会的一个要素，戴叔伦《女耕田行》亦为其证：

> 乳燕入巢笋成竹，谁家二女种新谷。无人无牛不及犁，持刀斫地翻作泥。自言家贫母年老，长兄从军未娶嫂。去年灾疫牛囤空，截绢买刀都市中。头巾掩面畏人识，以刀代牛谁与同。姊妹相携心正苦，不见路人唯见土。疏通畦陇防乱苗，整顿沟塍待时雨。日正南冈下饷归，可怜朝雉扰惊飞。东邻西舍花发尽，共惜余芳泪满衣。（《全唐诗》卷273）

此诗一方面感慨社会防线崩解，导致性别越界，但一方面却又赞扬女性不得已抛头劳作之余，依然勉力谨守礼教，所谓"头巾掩面畏人识""不见路人唯见土"，正显出伦理失序之下的道德尊严，犹如清朝诗评家贺裳所言："此诗语直而气婉，悲戚中仍带勉励，作劳中不废礼防，真有士女之风，裨益风化。"① 由此亦同时隐含了"男女有别"的第二个范畴。其次，"男女有别"还表现在礼教之防上，当世人多为天上牛郎织女之事而感慨缅怀时，杜甫却借题发挥，劝

---

① （清）贺裳：《载酒园诗话又编》，郭绍虞编：《清诗话续编》，页343。

喻未嫁女子不可以私情败坏礼防的清贞情操,其《牵牛织女》诗云:

> 嗟汝未嫁女,秉心郁忡忡。防身动如律,竭力机杼中。虽无舅姑事,敢昧织作功。明明君臣契,咫尺或未容。义无弃礼法,恩始夫妇恭。小大有佳期,戒之在至公。方圆苟龃龉,丈夫多英雄。①

所谓"防身动如律""义无弃礼法",都是出于避免社会秩序遭到破坏的考虑,因此严防男女之别,甚至到了"咫尺或未容"的程度。

另外一种"不杂"的表现,可以韩愈的《谢自然诗》为例。此诗以此儒家传统的思想格局来批判"贞元十年十一月二十日辰时,白日升天,士女数千人咸共瞻仰。须臾,五色云遮亘一川,天乐异香散漫"的女道士谢自然②,其诗云:

> 人生有常理,男女各有伦。寒衣及饥食,在纺绩耕耘。下以保子孙,上以奉君亲。苟异于此道,皆为弃其身。

此处"男女各有伦"的意思重点不在于经济上的性别分工,而在于突显道士脱离社会、不事生产,而有碍儒家"下以保子孙,上以奉君亲"的人伦之道和家国之道。可见安于社会之伦常结构,以及使"纺绩耕

---

① (唐)杜甫著,(清)仇兆鳌注:《杜诗详注》,卷15。
② 引文见(唐)韩愈著,钱仲联集释:《韩昌黎诗系年集释》,卷1引《集仙录》,页29。

耘"之类的农村经济能够正常维系下去,是如何重要的一件事。

了解"风俗淳"的意义之后,我们可以进一步从其整体境界注意到一个有趣的现象,亦即在淳厚的社会中,人性是不诡不伪、不薄不浇,而人际关系更是彼此交亲、一无机心,可见儒家政治与社会理想在充分实现之后,所达到的境界却与道家式的理想相通,如《论语·卫灵公》载孔子云:"无为而治者,其舜也与!"也就是在完善的群体规画之后,人民身处其中时,反而可以尽可能地充分发挥个人主义的作为,帝王垂拱而治,以无为清净为要,则人民便能过着"帝力于我何有哉"的自化自适的生活,而返朴归真于上古时代羲皇氏、葛天氏、大庭氏甚至帝尧氏等帝王的淳厚治世。如沈佺期《入少密溪》化用了陶渊明《桃花源记》的构架,叙述其游历山水之际,发现到一处别有洞天的淳朴世界,充满了上古社会的生活形态与朴实仁厚的人情氛围,诗云:

> 云峰苔碧绕溪斜,江路香风夹岸花。树密不言通鸟道,鸡鸣始觉有人家。人家更在深岩口,涧水周流宅前后。游鱼瞥瞥双钓童,伐木丁丁一樵叟。自言避喧非避秦,薜衣耕凿帝尧人。相留且待鸡黍熟,夕卧深山萝月春。①

诗中所述如"帝尧"时代一般耕凿养鸡、钓鱼伐木的生活,是自古以来人们所向往的理想生活形态之一,承袭了先秦歌谣《击壤歌》

---

① (清)康熙敕编:《全唐诗》,卷95。

所唱颂的:"日出而作,日入而息;凿井而饮,耕田而食。帝力于我何有哉!"①以及创造出桃花源理想世界的陶渊明自许以安身立命的存在境界,如《与子俨等疏》中说:"自谓羲皇上人。"著名的《五柳先生传》文末赞语亦曰:"衔觞赋诗,以乐其志,无怀氏之民欤?葛天氏之民欤?"尤其沈佺期诗所谓"相留且待鸡黍熟"之友善亲好,又与《桃花源记》中的"便要还家,设酒杀鸡作食。……余人各复延至其家,皆出酒食"命意相仿。这种各任逍遥、清净无为的境界,也是唐人所企慕的,其例尚有以下诸诗:

- 野老不知尧舜力,酣歌一曲太平人。(宋之问《寒食还陆浑别业》)
- 看君用幽意,白日到羲皇。(杜甫《重过何氏五首》之四)
- 退食吟大庭,何心记榛梗?(杜甫《八哀诗·故右仆射相国张公九龄》)
- 吾慕汉初老,时清犹茹芝。(杜甫《北风》)
- 何人知帝力?尧舜正为君。(白居易《与诸公同出城观稼》)
- 幸逢尧舜无为日,得做羲皇向上人。(白居易《池上闲吟二首》之一)②

---

① 见逯钦立辑校:《先秦汉魏晋南北朝诗》(台北:木铎出版社,1983年9月),页1。
② 分见(清)康熙敕编:《全唐诗》,卷626;(唐)杜甫著,(清)仇兆鳌注:《杜诗详注》,卷3、卷16、卷22;(唐)白居易著,顾学颉点校:《白居易集》,卷28、卷31。

可见"尧舜正为君"的乌托邦世界里,乃是"尧舜无为"而无人知帝力的存在处境,于是乌托邦中的子民便"得做羲皇向上人",可高歌吟咏大庭氏时代的美善;从而"时清犹茹芝"的汉初黄老政治也连带成为诗人向慕的典范了。

第三节　大同世界的再版

论析至此,我们一定不能忘记诗人并不是身体力行的改革家或超越时代的先知,而只是时代的参与者或观察员,此外,在更多的时候他们所扮演的角色乃是理想家或筑梦者。由以上的分析,我们已可以注意到唐诗中所擘画出来的乌托邦世界,主要是充满了儒家的理想色彩,而此一理想境界又完全是《礼记·礼运篇》中大同世界的翻版。试将其中文句与相关的唐诗做一对照,我们将更清楚地掌握其间血脉相通的密切关系:

《礼记·礼运篇》	唐诗句
大道之行也,天下为公	——"邦以民为本"
	"圣人不利己,忧济在黎元"
选贤与能	——"皇明断若神"
	"才杰俱登用"
	"草泽搜贤良"
讲信修睦	——"舟车半天下,主客多欢娱"

故人不独亲其亲，不独子其子，使老有所终，壮有所用，幼有所长，矜寡孤独废疾者，皆有所养	——"健儿庇旁妇，衰翁舐童孙" "野老念牧童，倚仗候荆扉" "天下朋友皆胶漆" "田中老与幼，相见何欣欣"
男有分，女有归	——"男耕女桑不相失" "生女事四邻" "男女各有伦" "女汲涧中水，男采山上薪"
货恶其弃于地也，不必藏于己	——"齐纨鲁缟车班班" "稻米流脂粟米白，公私仓廪俱丰实"
是故谋闭而不兴，盗窃乱贼而不作，故外户而不闭	——"牛羊散阡陌，夜寝不扃户" "九州道路无豺虎，远行不劳吉日出" "是时仓廪实，洞达寰区开"
是谓大同	——唐诗中的乌托邦

微妙的是，唐代的政治、社会、经济、人口和文化等各方面较诸汉朝乃至于先秦时代都已更为发达，而与"发达"相俱并至的，则是更为难以驾驭的复杂度和牵一发而动全身的精密性；此外，就国家存在的本质而言，法国作家法朗士（Anatole France, 1844—

1924)曾经表示:"国家,是一位营业窗口后面无礼且可悲的先生。"[1]因此对于民众来说,国家总是以管理的严厉和匿名形式出现,这便是人民幸福与国家运作之间难以取得一致的矛盾冲突之所在。然而,唐朝知识分子对国家存在的根本性质、整个国家机器的操作方式和政治理想上的构设,都依然停留在远古时代小国寡民的情境里,而其中德治、人治的性质也历时未改,整套政治乌托邦的蓝图可以说是充满了古代理想国的回光。

探究所以如此的原因,或许是出于诗歌做为抒情咏怀之媒介的先天限制,本不宜进行策论式的思考,一如前文所言;也可能是因为所谓诗人也者,本是有感而发的文学家,能以敏心锐感写出理想世界的大致图略,而把握到其中某些以简驭繁的根本原则,却无意于探究其中千头万绪的实务层面;最大的原因应该是诗人身当传统文化中知识阶层的一员,难免局限于传统思考的框架中,无法跳脱出"诠释的循环",而不能以现今所谓的"客观化"的政治原理来开拓新视野、新道路,却不断地在远古的经验中寻求实践的最高标准。这就是反映于唐诗中的中国式乌托邦的最大特质。

---

[1] 引自[法]西蒙内(Dominique Simonnet)著,方胜雄译:《生态主张》(台北:远流出版公司,1992年9月),页49。

第三章
平等无私的自然伦理与宇宙万物的和谐秩序

虽然乌托邦的设计与实现，主要是以人民为获益的对象，但是，一如第一章第四节所言，乌托邦的极致乃是乐园，而在乐园之中所呈现的景象乃是万物和谐共处的理想存在处境。就此可见乌托邦的扩大与提升，势必将万物也都纳入到乐园意识的思维范畴之中，而此一由人类推及于物类的连带关系，于白居易《梦得相过援琴命酒因弹秋思偶咏所怀兼寄继之待价二相府》一诗曾有所显示，其诗云：

> 时和始见陶钧力，物遂方知盛圣朝。双凤栖梧鱼在藻，飞沉随分各逍遥。

由诗中所述，可知在"盛圣朝""陶钧力"统治之下的乌托邦，不但有"时和"的社会氛围，人人各得其所；而且有"物遂随分"的逍遥之情，凤飞栖梧、鱼沉在藻，亦皆各遂其性，由此便展现出更形深广的理想世界。事实上，属于儒家经典的《中庸》亦曾谓："万物并育而不相害，道并行而不相悖。"因此有关理想世界的论述，到了本章我们就开始突破以人伦秩序为主的乌托邦构设，而进入到"自然伦理"的乐园范畴了。

所谓"伦理"，一般所用的是狭义的意涵，指的是人际之间有关道德关系的原理与实践。但是，《荀子·臣道》中曾下过定义："伦类以为理。"王先谦注曰："伦，人伦；类，物之种类，言推近以知远，以此为条理也。"① 却已提供了一个更大的诠释空间，也就是如果将"类"的范畴加以延伸扩大，从人与人之间的关系推及于人与万物的相处之道，进而反省人在宇宙中的应有位置，和人面对自然中各种生命的时候所应采取的心态，由此便形成了所谓的"自然伦理"。

由于人类来自自然，也依附着自然而存在，不唯衣食所需与之密切相关，就连情感感受、审美思考等心灵状态或精神活动也都深受自然界的影响，因此我们可以发现：诗歌中处处展现了观照自然万物所形成的意象，或是写神摹态，或是托志寓意，总之自然景物是诗歌创作过程中不可或缺的要素之一；而除了塑造意象以传达抽象的情志之外，自然万物作为构成整个世界的要素，也与人们发生情感上、道德上的互动关系，故而成为乐园意识落实的范畴。同时，从下面三节的论述中，我们可以看到神话式的心理发挥了一定程度的作用，神话所达到的境界也与唐诗中追求万物和谐的乐园性

---

① 见（清）王先谦集解：《荀子集解》（台北：艺文印书馆，2000年5月），卷9，页457。

质可以相通，因之第一节的重点便先从初民的乐园神话谈起。

第一节　原始乐园的和谐混同状态与复归的尝试

卡西尔（Ernst Cassirer, 1874—1945）曾引述普雷斯科特（F. C. Prescott）《诗歌与神话》之说，指出："神话创作者的心灵是原型；而诗人的心灵……在本质上仍然是神话时代的心灵。"[①] 正因为神话与诗本质上的相通，故而某些古老的神话可以在一定限度之内协助我们掌握唐诗中所浮显的乐园意识，不但使乐园思想的形成取得更深远的依据，也使此一乐园意识的内涵更形丰富。

《山海经》和《庄子》都属于南方地区的文学和神话系统[②]，其中保留了一些原始神话的素材，就《山海经》而言，虽然以文字成篇的时代已晚，据袁珂考订的结果，"总的说来，《山海经》的著作时代，是从战国中年到汉代初年，著作地方是战国时代的楚国和汉代初年的楚地，作者是楚国和楚地的人"[③]。但袁先生也同时认为："神话记录的时代，并不等于神话产生的时代，事实上，《山海经》

---

① [德] 恩斯特·卡西尔著，甘阳译：《人论》（上海：上海译文出版社，1985年12月），第7章《神话与宗教》，页96。
② 《楚辞》与《庄子》固然已被公认为战国时代楚地、楚人、楚事的记录，《山海经》一书依现代神话学者袁珂的考察，亦为战国中期至汉初楚地人的作品，参见下文。
③ 袁珂：《〈山海经〉写作的时地及篇目考》，袁珂注：《山海经校注》（台北：里仁书局，1982年8月），附录，页521。

所记录的许多神话的片段，其性质都很接近原始，其大部分应当就是原始时代的产物，不过直到《山海经》成书的时期，才把从古以来民间口耳相传的神话正式用文字记录出来罢了。"[1] 于是我们在《山海经》中所看到的乐园形态，大多是以汉代刘秀所谓的"远国异人"[2]之模式出现的，在复绝难稽的茫茫大海之外，以及遥不可及的渺渺大荒之中，其中除了有种种金玉美石、奇禽异木和怪鱼奇兽之外，我们可以注意到一种对太平无争之世界的向往，而此一向往同时包括百兽万物相与为群的和谐安宁的描写。

对太平世界的期待，主要是由凤凰的现身来表现，《南山经》云："有鸟焉，其状如鸡，五彩而文，名曰凤凰。……是鸟也，饮食自然，自歌自舞，见则天下安宁。"《海内经》亦载："有鸾鸟自歌，凤鸟自舞。凤鸟……见则天下和。"凤凰代表了和平盛世的象征意义，与其他先秦典籍十分一致，如《韩诗外传》称："黄帝即位，施惠承天。一道修德，惟仁是行。宇内和平，未见凤凰，惟思其象。"[3]《论语·子罕》亦载孔子曰："凤鸟不至，河不出图，吾已矣夫！"[4] 可见对凤凰降临的殷切期盼，就等于对和平世界的强烈渴慕。当部族争战、人与人相残的惨况时时上演之际，只要瑞鸟

---

[1] 袁珂：《略论〈山海经〉的神话》，袁珂注：《山海经校注》，附录，页524。
[2] "远国异人"出自（汉）刘秀：《上〈山海经〉表》，袁珂注：《山海经校注》，附录，页478。
[3] （汉）韩婴著，屈守元笺疏：《韩诗外传笺疏》（成都：巴蜀书社，1996年3月），卷8，页681。
[4] （宋）朱熹著：《四书章句集注》（台北：大安出版社，2013年8月），页150。

惊鸿一瞥地现身一见，立刻就能化解干戈血腥而充满祥和之气，此种灵异能力可说完全是出自于人心希望的作用。而且不唯人群社会如此，既然人乃秉气所生，为宇宙化生的万有之一，于是人类与其他同时活动在大地上的种种生物和睦相处，毋须弱肉强食、相敌相煎，更是翻上一层的宇宙性和谐，《山海经》中有关此点之记载有四：

- 此诸夭之野，鸾鸟自歌，凤鸟自舞。凤皇卵，民食之；甘露，民饮之，所欲自从也。百兽相与群居。(《海外西经》)
- 爰有歌舞之鸟，鸾鸟自歌，凤鸟自舞。爰有百兽，相群爰处。(《大荒南经》)
- 鸾凤自歌，凤鸟自舞。爰有百兽，相群是处，是谓沃之野。(《大荒西经》)
- 鸾鸟自歌，凤鸟自儛，灵寿实华，草木所聚。爰有百兽，相群爰处。(《海内经》)

分析诸条记载之内容，可知当百兽"相群是处""相与群居"的时候，必然也有鸾鸟自歌、凤鸟自舞为背景，而由祥禽渲染出一片歌舞升平的欢愉场面，使得百兽之间也弥漫着一股和睦交好的气息，可以说是文明开凿之前，天人为一、彼此相融共生的理想图景；再加上"草木所聚"的青葱绿意，其中生机之畅旺、物命之秩序与和谐，正是乐园典型的缩影。

而《西山经》中还有一条为《庄子》所袭用的"浑敦"神话，谓：

"有神焉，其状如黄囊，赤如丹火，六足四翼，浑敦无面目，是识歌舞，实为帝江也。"此处无面目之"浑敦"即《庄子·应帝王篇》中"人皆有七窍以视听食息，此独无有……日凿一窍，七日而浑沌死"的"浑沌"[①]，它的"识歌舞"正与鸾凤之属同，而依西方学者吉拉多特的看法，"浑沌"基本上是宇宙和谐的乐园时代（paradise time of cosmic harmony）的象征，展现了天地创生之始的神秘混同状态（the mythic chaos）。[②]我们可以说，浑敦神话是创世之初，万物分化之前交融混同的状态；而鸾凤之歌舞与百兽相与群居则是世界创生、万物分化之后彼此共存的情境，两者都代表着宇宙和谐、万物混同无别的乐园想象。

但是随着文明的演进与心术的复杂化，物类之区分、贵贱之殊异的差别心产生了，种种利害计较的心理机制也日益发达，人类的心灵意识早已脱离了《庄子·应帝王》所提出的寓言里七孔未凿前的"浑沌"状态，也不复《山海经》中神话时代"百兽爱处"的原始情境，不但有彼我之分而殊途趋异，导致了思想界"道术将为天下裂"[③]，而社会人群亦产生种种侵夺凌压的纷乱局面，人与自然界的关系同时也步向疏离、异化的隔绝。虽然中国思想家的体验哲

---

① 其间袭用之关系，详见张亨：《庄子哲学与神话思想——道家思想溯源》，《东方文化》第21卷第2期（1983年）。

② 见 Norman J. Girardot: *Myth and Meaning in Early Taoism-The Theme of Chaos (Hun-Tun)* (Berkeley: University of California Press, 1983)，分见页54、页90。

③ 引自《庄子·天下篇》，（清）郭庆藩集释，王孝鱼点校：《庄子集释》（北京：中华书局，1961年7月），卷10下，页1069。

学仍然关心人与自然万物的和谐相处之道,倡言"天地与我并生,而万物与我为一"①"友麋鹿而侣鱼虾"的理想,因此学者普遍认为:"就人与自然的关系而言,我们大概可以用'人与天地万物为一体'来概括中国人的基本态度。"②但人类对物质文明与舒适生活的追求必然会逼出"利用厚生"的思想,而产生了"役物"的需要,于是人与自然界的平等性便遭受到否决,自我与自然界的和谐关系,也必定因为"人"之自我意识的昂扬而被严重破坏。

然而人类毕竟不能完全弃绝自然,与万物斩断依存的锁链而沦入疏离,宋儒所谓"万物静观皆自得,四时佳兴与人同"③,便颇有透过"静观"以泯除主观妄见的功夫,以恢复万物自得之存在样貌的意味。

同样地,在唐诗中,就和一切人类文明历史阶段一样,在对乐园或理想世界产生了向往之情时,也会应和着归返宇宙和谐的内在渴求,提出重新安排宇宙万物之秩序的呼唤,以进一步借此反省、并恢复仁心博爱的道德人格,或是自然天成的无我体验。不过,在中国文化的思想传统中,所谓"人与天地万物为一体"的最终理想境界,严格说来却有两种不同的理解方式与达成路径,分别由道家

---

① 见《庄子·齐物论》,(清)郭庆藩集释,王孝鱼点校:《庄子集释》,卷1下,页79。
② 见余英时:《从价值系统看中国文化的现代意义》,《中国思想传统的现代诠释》(台北:联经出版事业公司,1987年3月),页22。
③ (宋)程颢:《秋日偶成二首》之二,(宋)程颢、程颐:《二程集》(台北:汉京文化事业公司,1983年9月),页482。

与儒家所提供，学者曾指出："道家强调的是心境的淡泊而儒家注重的是心性的道德，道家关注的是人与自然的融合，而儒家期望的是人与社会的和谐。"[1] 这段话反映了对中国两大学说的一般看法，提出道家式的人与自然的融合，但对儒家的认识则只停留在"人与社会的和谐"的层次。实际上，儒家的心性道德发展到极致时，便足以推己及人、推人及物，层层突破个人的一己之私、家族的血缘之私、乃至于人类的种族之私，而达到几近于道家"齐物"的胸怀，如《中庸》云："致中和，天地位焉，万物育焉。"又曰："唯天下至诚，为能尽其性；能尽其性，则能尽人之性；能尽人之性，则能尽物之性；能尽物之性，则可以赞天地之化育；可以赞天地之化育，则可以与天地参矣。"此点于下文论述中即可得见。这种儒家式"人与自然的融合"所建立的基础和步骤虽不等同于道家，然而走向万物和谐之乐园却是殊途同归，杜甫便是唐诗中此类乐园的主要建立者。

为论述方便起见，以下便依较接近于儒家式（但不一定局限于儒家）积极安排万物，使之各得其所的自然伦理观，以及相对而言较接近于道家式虚己忘机，以物我交融的和谐情境，分为两节——分述之。

---

[1] 葛兆光：《从出世间到入世间——中国宗教与文学中理想世界主题的转变》，陈平原、陈国球主编：《文学史》第三辑"文化与文学"（北京：北京大学出版社，1996年6月），页14。

第二节　各得其所的自然伦理——"难教一物违"①

身为一个平等均化而遂性得所之自然伦理的代言人，杜甫将儒家式建立人伦秩序的原则推扩出去，进而积极安排自然万物的存在样态。其《题桃树》一诗有句云："帘户每宜通乳燕，儿童莫信打慈鸦。"清杨伦就此指出："二句言当广其爱物之仁，非独桃树也。……此诗于小中见大，直具民胞物与之怀，可作张子《西铭》读，然却无理学气。此老杜一生大本领，寻常诗人，未许问津。"②此说指出杜甫的宇宙世界观有两点特色：

第一，杜甫之仁心广彻不遗，将民胞物与的精神发挥到极致，因而往往"于小中见大"，也就是在任何一个小小微物身上都可以看到宇宙大德的展现。

第二，这种无论物之大小都受到沾润而广被彻及的世界观乃杜甫最为独出的心灵境界与诗歌表现，其他一般诗人难以望其项背。

故本节论述儒家式人与万物之理想关系，以观此中所蕴涵的乐园意识时，便以杜诗为经，为提总之纲领，另以其他诗人的相关诗作为纬，俾收足成之效，而经纬交织、纲举目张，其理更明。

---

① "难教一物违"之句出于杜甫《秋野五首》之一，其含义之深厂可作为调整物我关系，进而使宇宙万物重归于和谐之秩序的总原则，故以之为论述纲领而标举于题面。

② 见（唐）杜甫著，（清）杨伦笺注：《杜诗镜铨》（台北：汉京文化事业公司，1983年9月），卷11，页517。

对杜甫而言，宇宙间具有一至高至公的天道，而万物都是此一至高至公之天道的运行之下，透过阳光雨露的滋养所具体成就的。此种自然观的直接表露见于以下二诗：

- 青云动高兴，幽事亦可悦。山果多琐细，罗生杂橡栗。或红如丹砂，或黑如点漆。雨露之所濡，甘苦齐结实。缅思桃源内，益叹身世拙。（《北征》）
- 上天无偏颇，蒲稗各自长。（《秋行官张望督促东渚耗稻向毕清晨遣女奴阿稽竖子阿段往问》）①

在这两首诗中，杜甫指出一种由"雨露""上天"所展现的至高无上而广大无私的宇宙力量，超越了因人类之好恶而来的味觉、色彩、种类之别，而一视同仁、一无偏颇地均沾化育，所谓"雨露之所濡，甘苦齐结实"与"上天无偏颇，蒲稗各自长"，可知诗人深切体认到：不论其果实是甘是苦，其色彩是红是黑，其种属是橡是栗、是蒲是稗，都在青云雨露的濡润滋养之下，成就其维系生存的最高意义与绵延种族的最大价值，在在"都表现了杜甫对万物生成之道的洞识，与他对此一生成之道所化显的生生之物的无比珍惜。这种无论巨细贵贱同为生成之道一视同仁地沾濡而各具其义其理的世界观，不但是杜甫仁民济世大愿之出发点，也是促使他积极对一

---

① 二诗分见（唐）杜甫著，（清）仇兆鳌注：《杜诗详注》（台北：里仁书局，1980年7月），卷5、卷19。

切生命投入深情注视的根本力量。"① 尤其在《北征》一诗里，一路历经艰困惊险而疮痍满布的途中，那蓦然跃入眼帘的"雨露之所濡，甘苦齐结实"的山谷，乃被杜甫视之为桃花源而双双相提并论，可见这样一个均等无私的世界正是诗人心目中桃源乐土的实践（此点可与第六章第四节互参），而处在违乱失位的世界中备感痛苦（所谓"益叹身世拙"）的诗人，便从中油然而生"高兴""可悦"之情，心灵重担亦暂时获得纾解。

因此，建构此种理想世界便成为杜甫一生的向往，其《秋野五首》之二中曾言：

> 易识浮生理，难教一物违。水深鱼极乐，林茂鸟知归。

其中所谓的"难教一物违"可以说是一切包括杜甫在内的诗人，意欲重建万物和谐之秩序的理想时最精炼而丰富的总括性原则，不教自然界任何一个微小的"物"违背其本然的生存样态，不偏离上天所赋予他应有的生活轨道，于是万物各复其根、各遂其性，如同杜甫于《夏夜叹》一诗中所说："物情无巨细，自适固其常。"② 也就是无论物的大小，都应以适合自己、使自己得以遂性适意的方式（即所谓"自适"），来作为生存的根本法则（即所谓"固其常"），而不该因为人为的价值观和利己的私欲而被强行干预，导致"自

---

① 引自欧丽娟：《杜诗意象论》（台北：里仁书局，1997 年 12 月），第 5 章第 1 节，页 202。
② （唐）杜甫著，（清）仇兆鳌注：《杜诗详注》，卷 7。

然原貌"的扭曲并斫丧活泼的生机。吉川幸次郎对此有更详尽的诠释：

> 一物，即使只是一个存在物，离开了它应处的位置，也是难以忍受的；如果这种事态发生了，就要感到抵忤。而这就是浮生的道理。让所有的存在物都幸福地和谐地存在，这样的世界就是杜甫所理想的。为迎接这个理想的实现而不倦地呼吁，对妨碍它的实现的种种因素不倦地抗议，这就是存在于杜甫所有言论骨子里的内容。[①]

由此可见，杜甫济世之努力应属于恢复整个宇宙和谐秩序的一部分，而"人伦"乃是"自然伦理"架构中的一端，是宇宙大伦理落实于人群社会的表现，因此杜甫不但以所谓的社会写实诗来为受到压榨的人民发抒不平，也以为例甚多的诗作来抉发万物不幸违逆其位时的痛苦，例如《麂》诗伤"乱世轻全物"，《又观打鱼》诗对"半生半死犹戢戢……倔强泥沙有时立"的大鱼寄予无比痛惜，而《瘦马行》一诗描写为人所弃的瘦马为"皮干剥落杂泥滓，毛暗萧条连雪霜。……见人惨淡若哀诉，失主错莫无晶光"，笔调更充满恻怛悲悯之情[②]，都莫不是出于一片深心的关怀而作，其程度绝不亚于

---

① 见[日]吉川幸次郎著，孙昌武译：《杜甫的诗论与诗》，萧涤非主编：《唐代文学论丛》总第七辑（西安：陕西人民出版社，1986年1月），页57。
② 《麂》《又观打鱼》《瘦马行》三诗，分见（唐）杜甫著，（清）仇兆鳌注：《杜诗详注》，卷17、卷11、卷6。

对人民百姓所付出者。故明王嗣奭评《又观打鱼》诗云：

> 作诗本意，全在干戈兵革上起，盈城盈野，见者伤心；而不知暴殄天物，其痛一也。故至诚尽人之性，即能尽物之性，一视同仁，初无二理。①

所谓"其痛一也""尽人之性，即能尽物之性，一视同仁，初无二理"的解释，都十分切合杜甫之精神，而其中"一视同仁"的心态，于杜诗中亦有极为鲜明的表现，试看"盘飧老夫食，分减及溪鱼"之举，与"减米散同舟，路难思共济"之说何其近似？② 当他感叹贪官暴吏强取予夺，而作《枯椶》诗谓"伤时苦军乏，一物官尽取"时，其字面文意与《雷》诗所云之"万邦但各业，一物休尽取"也所差无几③；而《暂往白帝复还东屯》诗的"筑场怜穴蚁，拾穗许村童"④更是融微物、人类于一炉，将一片怜爱护惜分润均沾于穴蚁与村童身上。由此可知杜甫《三吏》《三别》之类社会写实作品写出对人伦失序错位的悲悯，同样是完全相通于《观打鱼歌》中对"君不见朝来割素鬐，咫尺波涛永相失"的违逆失性的惆怅之感。

---

① 见（明）王嗣奭撰：《杜臆》（台北：台湾中华书局，1986 年 11 月），卷 5，页 150。
② 两联分别出自《秋野五首》之一、《解忧》，(唐) 杜甫著, (清) 仇兆鳌注：《杜诗详注》，卷 20、卷 22。
③ 分见 (唐) 杜甫著, (清) 仇兆鳌注：《杜诗详注》，卷 10、卷 15。
④ (唐) 杜甫著, (清) 仇兆鳌注：《杜诗详注》，卷 20。

因此，我们在杜甫诗中，看到的是一种"仁民"与"爱物"平等无差、不分轩轾，而出于同一机杼并具有同等分量的博爱胸怀，它是对以"亲亲而仁民，仁民而爱物"为原则的传统儒家思想的更高超越，也是对其以人为核心的同心圆结构的更大突破。清仇兆鳌所谓杜甫"爱物而几于齐物"[①]之说，正是不为人本主义的俗情所囿限而深造有得的究极理解。

在此一认识的基础上，我们可以更进一步注意到杜诗中某些诗歌形式上极为特殊的现象，都与此一"爱物而几于齐物"的乐园意识有内在的联系。第一个可探究的是有关"物理"一词的用法所蕴涵的特殊指涉。先看杜甫对"物"的运用：

- 圣朝已知贱士丑，一物自荷皇天慈。（《乐游园歌》）
- 圣朝无弃物，衰病已成翁。（《客亭》）[②]

所谓"一物自荷皇天慈"的"物"，仇兆鳌认为指的是酒："朝已见弃，而天犹见怜，假以一饮之缘，其无聊亦甚矣。"[③]但是，一个为朝廷所弃的"贱士"一无依托，而唯有紧紧抓住一杯酒的形象是如何的衰颓消极，何尝能够展现杜甫坚毅挺立的精神力量！因此我们以为：这个"自荷皇天慈"的"一物"，指的应该是杜甫自己；更周延的说法，此物指的乃是为皇天之慈所化育的包括人在内的一

---

① 引自（唐）杜甫著，（清）仇兆鳌注：《杜诗详注》，卷18，页1566。
② （唐）杜甫著，（清）仇兆鳌注：《杜诗详注》，卷2、卷11。
③ （唐）杜甫著，（清）仇兆鳌注：《杜诗详注》，卷2，页103。

切生命。如此解释，不但可以从《客亭》诗中"圣朝无弃物"的意指得到坚强的证据，而前后两诗彼此一贯、不互相矛盾，同时也符合杜甫物我如一的世界观。此一内涵在杜甫集中大量出现的"物理"一词亦可得见，先列举相关诗作如下：

- 细推物理须行乐，何用浮名绊此身。（《曲江二首》之一）
- 我何良叹嗟，物理固自然。（《盐井》）
- 古时君臣合，可以物理推。（《述古三首》之一）
- 高怀见物理，识者安肯哂？（《赠郑十八贲》）
- 挥金应物理，拖玉岂吾身？（《秋日寄题郑监湖上亭三首》之三）
- 我行何到此？物理直难齐。（《水宿遣兴奉呈群公》）[①]

这些诗中所谓的"物理"，乃是一种涵摄了万物消长、人事变迁的精微道理。试看六诗之中，《曲江二首》之一的"物理"是说"堂空无主，任飞鸟之栖巢；冢废不修，致石麟之偃卧"的人事变迁[②]；《盐井》诗指的是物情争利、商贾趋于财货的本性；《述古三首》之一所指则是君臣遇合之常理；《赠郑十八贲》中提出的，乃是人生"穷达有命，不可妄干"[③]的境遇；《秋日寄题郑监湖上亭三

---

① 六诗分见（唐）杜甫著，（清）仇兆鳌注：《杜诗详注》，卷6、卷8、卷12、卷14、卷20、卷21。
② 此仇兆鳌之注语，（唐）杜甫著，（清）仇兆鳌注：《杜诗详注》，卷6，页447。
③ 杨伦注语，（唐）杜甫著，（清）杨伦笺注《杜诗镜铨》，卷12，页587。

首》之三认为"挥金散财"为物理之所应然;《水宿遣兴奉呈群公》一诗则透过自己行踪飘荡不定的命运,感慨物性之难以齐平而物命总归流离失所。由这些用法,可知"物理"一词实是将人类以至世间一切生命包含在内(合而即为所谓的万物),而表现其出处进退、消长代谢之变化规律或本然质性的道理,为一种把"浮生之理"与"物理"结合为一的宇宙人生的整体思考。① 也就因为如此,黄生说杜甫乃是"天道、神灵、人事、物理贯穿烂熟"②,而汪几希的评论亦曰:"杜公本领之大、体物之精、命意之远。说物理、物情,即从人事世法勘入,学到、笔到、心到、眼到。惟其无所不到,所以无所不尽也。"③

其次,杜甫这种"推己及人"与"推己及物"互相融通为一的伦理观念,表现在诗歌的结构形式上,形成了一种杜甫特有的"末联呼吁法"的创作模式。在《瘦马行》一诗中,杜甫除了对失主无依而病枯伤毁的瘦马深致哀怜之情外,更于末联发出深心的呼吁:

> 谁家且养愿终惠,更试明年春草长!

此处杜甫盼望有人能收养流离失所的瘦马,并相信明年春草茂生之时,瘦马必然能够展现放蹄奔驰的雄姿,而复归于马应有的生存样

---

① 此义可参欧丽娟:《杜诗意象论》第 5 章第 1 节的探讨。
② (清) 黄生:《杜诗说》(合肥:黄山书社,1994 年 5 月),卷 5,《滟滪堆》诗注,页 175。
③ 见(清) 黄生:《杜诗说》,卷 5,《猿》诗注,页 183。

态，不但展现出古代仁者"少尽其力，而老去其身，仁者不为也"[1]的博爱胸怀，"终惠"之语更是对世人始乱终弃、为德不卒之轻薄无情的当头棒喝。尤其此处所用的"末联呼吁法"的结构，更与其他忧国念民之诗作如出一辙：

- 安得附书与我军，忍待明年莫仓促！（《悲青坂》）
- 安得壮士挽天河，净洗甲兵长不用！（《洗兵行》）
- 安得壮士掷天外，使人不疑见本根！（《石笋行》）
- 安得壮士提天纲，再平水土犀奔茫！（《石犀行》）
- 安得鞭雷公，滂沱洗吴越。（《喜雨》）
- 安得尔辈开其群，驱出六合枭鸾分！（《王兵马使二角鹰》）
- 安得务农息战斗，普天无吏横索钱！（《昼梦》）
- 玄猿口噤不能啸，白鹄翅垂眼流血；安得春泥补地裂！（《后苦寒行二首》之一）[2]

而《茅屋为秋风所破歌》之末联发出的"安得广厦千万间，大庇天下寒士尽欢颜，风雨不动安如山。呜呼！何时眼前突兀见此屋，吾

---

[1] 《韩诗外传》载："昔者田子方出见老马于道，喟然有志焉，以问于御者曰：'此何马也？'曰：'故公家畜也，罢而不为用，故出放之也。'田子方曰：'少尽其力，而老去其身，仁者不为也。'束帛而赎之。"（汉）韩婴著，屈守元笺疏：《韩诗外传笺疏》，卷8，页745。

[2] （唐）杜甫著，（清）仇兆鳌注：《杜诗详注》，卷4、卷6、卷10、卷10、卷12、卷18、卷18、卷21。

庐独破受冻死亦足!"更是读者最熟知的例子。这些诗所采取的"末联呼吁法"的结构,都赋予全诗一种推己及人、深情无私的高贵情操,将伦理原则发挥到最高也最大的极限,因之不但深受寒暑、水旱、征敛、战争之苦的黎民百姓得到一片无私的眷顾,连"口噤不能啸"的玄猿、"翅垂眼流血"的白鹄,和前面已提及的瘦马等受苦而沉默的万物,也一一分润到深沉的关怀与悲悯;而此一呼吁的频繁出现,亦显示出杜甫积极安排万物,使各复其位的宏愿。

正因杜甫的浩然胸次中建构了一个包笼万有的自然伦理,以及在此一伦理基础上所形成的乐园意识,而往往"物微意不浅,感动一沉吟"①,故其以物为叙写对象的咏物诗,都能深入其生存处境而共感同情,如仇兆鳌注《除架》一诗曰:"唐人工于写景,杜诗工于摹意,'宁辞青蔓除'能代物揣分;'岂敢惜凋残'能代物安命,不独《麂》《燕》诗善诉哀情也。"②黄生则指出此类作品展现出一种投入全生命之后才能具备的感人力量:"使人设身其地,亦自黯然销魂。非以全副性情入诗,安能感人若是哉?"③故钟惺曾说杜甫的咏物诗使自然界中沉默的万物都一一灵动起来,而具有诗歌史上划时代的成就,他指出:

少陵如《苦竹》《蒹葭》《胡马》《病马》《鸂鶒》《孤雁》《促织》《萤火》《归燕》《归雁》《鹦鹉》《白小》《猿》《鸡》

---

① 《病马》诗中语,(唐)杜甫著,(清)仇兆鳌注:《杜诗详注》,卷8。
② (唐)杜甫著,(清)仇兆鳌注:《杜诗详注》,卷7,页615—616。
③ (清)黄生:《杜诗说》,卷4,《送远》诗注,页134。

《麂》诸诗,于诸物有赞美者,有悲悯者,有痛惜者,有怀思者,有慰藉者,有嗔怪者,有嘲笑者,有劝戒者,有计议者,有用我语诘问者,有代彼语对答者;蠢者灵,细者巨,恒者奇,嘿者辩,咏物至此,神佛圣贤帝王豪杰具此,难着手矣。①

在杜甫笔下,万物是极其生动活泼的,展现出灵性洋溢、醒目特出而能议论雄辩的鲜明个性,绝不能以"活的机器"来等闲视之,更不可妄加残害或滥取无度;而同时我们也可以清楚看到:在杜甫眼中,原始乐园早已在现实世界中不断失落了,所谓悲悯、痛惜、怀思、慰藉的说法,在在都显示这是一个淑和不再的失乐园,因此杜甫煞费心机地透过人为的努力,来寻求乐园的复返或回归。于是为了维系此一各遂其性、各得其所的理想世界,杜甫便时时呼吁应该节制口腹之欲,不可对生命施加过度的消耗,更不可因为人的贪婪滥取,而无谓地葬送同样宝贵的性命。除了前文已举《枯楠》诗的"伤时苦军乏,一物官尽取"之外,在《楠拂子》一诗中杜甫感慨:"物微世竞弃,义在谁肯征?"为物微而有义的楠拂子遭到世人竞弃的命运深感悲愤;《又观打鱼》诗中说:"吾徒何为纵此乐,暴殄天物圣所哀!"语中寓有多少哀痛;《冬狩行》诗中云:"有鸟名鹡鹩,力不能高飞逐走蓬。肉味不足登鼎俎,胡为见羁虞罗中?"则申诉滥杀无辜的凶残无道,而《岁晏行》的"楚人重鱼不重鸟,汝休枉

---

① (唐)杜甫著,(清)仇兆鳌注:《杜诗详注》,卷7引,页614。

杀南飞鸿"① 也是据此而发的肺腑之言。此外,《催宗文树鸡栅》一诗亦曰:

> 愈风传乌鸡,秋卵方漫吃。自春生成者,随母向百翻。②

赵注云:"春卵可以抱育,故秋卵方充食也。"③ 卢文子则抒论道:"见仁至义尽之意。念其生成,春卵不食,仁也。"④ 换句话说,为了维系族群的绵延不绝,人们必须配合大自然生成化育之规律,让春天诞生的卵都能不被斫丧而孵化成幼雏,展现"随母向百翻"的盎然生机。同样的意思也见于《白小》一诗:

> 白小群分命,天然二寸鱼。细微沾水族,风俗当园蔬。入肆银花乱,倾箱雪片筐。生成犹拾卵,尽取义何如?⑤

从诗中我们可以看到长只两寸的白小鱼,被当作园中菜蔬一般成箱成筐地捕入店市中贩卖食用,如天文数字的消耗数量已足令人惊心;而鱼卵被捡拾一空,潜藏在鱼卵中仅存的生机也受到剥削,如

---

① 《樱拂子》《又观打鱼》《冬狩行》《岁晏行》四诗,分见(唐)杜甫著,(清)仇兆鳌注:《杜诗详注》,卷12、卷11、卷12、卷22。
② (唐)杜甫著,(清)仇兆鳌注:《杜诗详注》,卷15。
③ 引自(唐)杜甫著,(清)杨伦笺注:《杜诗镜铨》,卷13,页622。
④ (唐)杜甫著,(清)杨伦笺注:《杜诗镜铨》,卷13,页623。
⑤ (唐)杜甫著,(清)仇兆鳌注:《杜诗详注》,卷17。

此竭泽而渔、赶尽杀绝，岂是伦理关系中"义"之所应然！故朱鹤龄注《白小》一诗云："言生成之道，卵犹不忍弃，鱼虽小而尽取之，岂得为义乎？"① 黄生则有更深入细腻的阐释：

> "分命"字可怜，然实生物至理，虽极细微，孰非生成化育中物！乃人至以园蔬视之，盖贪残成俗，习而不察耳。试一思及，能无憬然！……此物既分命生成，便属有知，岂无痛楚？今乃尽取之，犹获拾然，匪惟不仁，兼亦不义矣。不曰"仁"而曰"义"者，鲜食固所难禁，但尽取以当园蔬，则害义之甚耳。②

此种节制而不滥取的意见，于过去的儒家典籍中亦可得见，如《孟子·梁惠王上》曾云：

> 不违农时，谷不可胜食也；数罟不入洿池，鱼鳖不可胜食也；斧斤以时入山林，材木不可胜用也。谷与鱼鳖不可胜食，材木不可胜用，是使民养生丧死无憾也。③

这段话表面上似为杜甫之同调，都以一种节用而不赶尽杀绝的方式来保存自然资源，以供人类所用，所谓"秋卵方漫吃"与"数罟不

---

① （唐）杜甫著，（清）杨伦笺注：《杜诗镜铨》，卷17，页832。
② （清）黄生：《杜诗说》，卷5，页180—181。
③ （宋）朱熹著：《四书章句集注》，页282。

入洿池"(意指密网不入大池)的说法便极为近似。但细究起来，杜甫之境界实是更胜一筹，因为杜甫并不是从对人类有益的"永续利用"的观点来看待物我关系，对节制的呼吁也不是把鱼鳖之类的生命视同和谷物、木材一样的"资源"来考虑，而是由"仁义"的道德立场将万物纳入到伦理体系之中，充满了设身处地的真挚情感，因此杨伦在称赞其《观打鱼歌》乃"体物既精，命意复远"之后，又说："一饱之后，仍归萧瑟，数语可当一篇戒杀文。"[①]

由此可证：杜甫的确是将整个宇宙的万物与人类全部纳入一种平等无私的自然伦理之中，让任何一个渺小微物都能不违逆其天性与生存处境，而恢复乐园中和谐的秩序与丰富的生机。有趣的是，此一自然伦理所蕴涵的无私的力量透入到每一物命之中时，展现的却是"物自私"的内容。这种乍看之下极为矛盾的现象在杜诗中便曾经出现过，诗人说：

- 江山如有待，花柳更无私。(《后游》)
- 寂寂春将晚，欣欣物自私。(《江亭》)[②]

对"欣欣物自私"之义，宋刘辰翁有十分精当的解释："'物自私'与'花柳更无私'实一意，物物自以为有私，则无私矣。"杨伦接着补充说明："今按'物自私'谓物各遂其性也，'更无私'谓物同

[①] (唐)杜甫著，(清)杨伦笺注：《杜诗镜铨》，卷9，页408。
[②] (唐)杜甫，二诗分见(唐)杜甫著，(清)仇兆鳌注：《杜诗详注》，卷9、卷10。

适其天也。"① 仇兆鳌亦曰:"'欣欣物自私',有物各得所之意,前诗云'花柳更无私',有与物同春之意。"② 可知诗人认为:任何一个渺小的物,其个体之温饱、存在之尊严、族群之繁衍等都包括在内的一切"私性",如果全部能够得到充分的保障和全力的维护,而不离开了它应处的位置,那么每一个物就都是幸福的、悦足的,于是整个世界也就是和谐的、圆满的,所谓"同适其天",如此也就彰显了"无私"的真正内涵。

除了杜甫之外,唐代诗人中有关此种世界观的展示者,以白居易集中反映的较多,盖其不但契入杜甫之现实关怀最深,也连带继承此种自然伦理的概念,深情厚意虽有所不及,理念上却能够接受而产生共鸣,如其"雨露施恩无厚薄"之说③ 即明显为杜甫"雨露之所濡,甘苦齐结实"之同调;而《放鱼》诗云:"怜其不得所,移放于南湖。南湖连西江,好去勿踟蹰。"④ 其中"不得所"之说与杜甫"一物违"的感慨相通,全诗之作非独佛教放生之理论与仪式所能解释;而其他诗中对万物适性、遂性的呼吁也往往可见:

- 今来净渌水照天,游鱼鲅鲅莲田田。洲香杜若抽心短,沙暖鸳鸯铺翅眠。动植飞沉皆遂性,皇泽如春无不被。(《昆明

---

① 两段引文皆见(唐)杜甫著,(清)杨伦笺注:《杜诗镜铨》,卷8,页348。
② (唐)杜甫著,(清)仇兆鳌注:《杜诗详注》,卷10,页801。
③ 见《初到江州寄翰林张李杜三学士》诗中语,(唐)白居易著,顾学颉点校:《白居易集》(北京:中华书局,1985年10月),卷16,页326。
④ (唐)白居易著,顾学颉点校:《白居易集》,卷1,页25。

春水满》）
- 五步一啄草，十步一饮水。适性遂其生，时哉山梁雉。（《山雉》）
- 晚来天气好，散步中门前。门前何所有？偶睹犬与鸢。鸢饱凌风飞，犬暖向日眠。腹舒稳帖地，翅凝高摩天。上无罗弋忧，下无羁锁牵。见彼物遂性，我亦心适然。心适复何为？一咏逍遥篇。此仍着于适，尚未能忘言。（《犬鸢》）
- 广池春水平，群鱼恣游泳。新林绿阴成，众鸟欣相鸣。时我亦萧洒，适无累与病。鱼鸟人则殊，同归于遂性。……（《春日闲居三首》之二）①

诸诗中所谓"动植飞沉皆遂性""适性遂其生""各附其所安""见彼物遂性，我亦心适然""鱼鸟人则殊，同归于遂性"等，都是前述杜甫透过"难教一物违"之说所充分开展的理想世界观或乐园意识的告白。而当物物适性遂生之时，白居易接着便描绘出一幅物性有别、却共存共荣的乐园图，《玩松竹二首》之一云：

> 龙蛇隐大泽，麋鹿游丰草。栖凤安于梧，潜鱼乐于藻。吾亦爱吾庐，庐中乐吾道。……各附其所安，不知他物好。

《咏所乐》一诗亦云：

---

① 四首分见（唐）白居易著，顾学颉点校：《白居易集》，卷3、卷8、卷30、卷36。

> 兽乐在山谷，鱼乐在陂池。虫乐在深草，鸟乐在高枝。所乐虽不同，同归适其宜。不以彼易此，况论是与非。①

让飞翔的翅羽能以广大无垠的云天为版图而尽情高飞，让健步的劲足可以在山野草原上放蹄奔驰而无所羁绊，让潜水的鳞鳍都有畅行无阻的清澈溪潭可供悠游，一切的生命都各适其位、各得其所，无私而均等地和谐存在，这就是自然伦理的充分发挥，也是一个远较乌托邦更为宽广而深彻不遗的乐园的实践。

第三节　物我交融的"忘机"境界

正如桃花源的获致，是因为渔人于"无意之间"才得到进入世外乐土的契机，但又因为"有心"而"处处志之"的人为造作，使得桃花源的复归行动不得不走向失败，同样的情形也发生在西方的乐园神话里。其传统宗教中也有类似的"机心—失落—复归"的表达：《创世记》采用美索不达米亚神话中通行的象征，而将一棵生命树安置在古乐园中，生命树上的果实能给与人长生；与此一象征相连的，则是人冀望"知道善恶"而据为己有的假智慧，而用生有禁果的"知识树"来代表。人食用了知识树上的禁果之后，其代

---

① 二诗分见（唐）白居易著，顾学颉点校：《白居易集》，卷11、卷29。

价便是被逐出乐园,到生命树的道路也遭到切断。[①] 由此种种,都在在证明了"分辨之心"便是乐园失落的关键。因此,相对于前述之积极安排万物,以推广人类之理想社会及于整体自然界的伦理秩序,使其生存处境复返圆满自足之状态的道德努力,唐代诗人还另外追求一种表面上似乎较为消极的、内敛式的物我关系,亦即消泯人类的主体意识与主观意念,抽离因优势心理作用之下所形成的认知、诠释、评价、利害、好恶等智性活动的介入,而与万物建立一种类似宇宙创生之始的"神秘混同状态"(the mythic chaos),以达到物我交融、相即无猜的境界。我们可以说,这是一种复归于"宇宙和谐的乐园时代"(paradise time of cosmic harmony)的尝试,是人文意识昂扬之后,脱离了自然而独自发展的人类心灵底层渴望回到乐园的表达。

因此,欲跨过乐园门槛,进入此一物我交融、相即无猜的境界,以获取这种宇宙和谐的乐园感受,其首要条件便是"忘机",也就是化除机心,不因智巧算计之萌动而损害心灵的混同和谐。《庄子·天地》曾记载一则有关"忘机"的故事:

> 子贡南游于楚,反于晋,过汉阴,见一丈人方将为圃畦,凿隧而入井,抱瓮而出灌,搰搰然用力甚多而见功寡。子贡曰:"有械于此,一日浸百畦,用力甚寡而见功多,夫子不欲乎?"

---

① 此一基督教的隐喻说法,参考圣经神学辞典编译委员会译:《圣经神学辞典》(台北:光启出版社,1984年1月),页95。

第三章 平等无私的自然伦理与宇宙万物的和谐秩序　127

为圃者卬而视之曰:"奈何?"曰:"凿木为机,后重前轻,挈水若抽,数如泆汤,其名为槔。"为圃者忿然作色而笑曰:"吾闻之吾师,有机械者必有机事,有机事者必有机心。机心存于胸中,则纯白不备;纯白不备,则神生不定;神生不定者,道之所不载也。吾非不知,羞而不为也。"子贡瞒然惭,俯而不对。①

机械本是精心计算、用以取巧省力的人为造作物,完全是投合人类争功图利的心理而生;而寓言中的子贡完全从功利的角度看待事务,因此不但对机械充满了推崇与依赖,无形中也产生了一种以速度之快慢、效率之高低、投资报酬率之大小来衡量结果的心态,所谓"一日浸百畦,用力甚寡而见功多"便全然是此种心理的表露。但是,对速度和投资报酬率的追求是与日俱增的,久而久之更会形成盲目而欠缺反省的耽溺,反而迷失了对真正价值的体认,以至于心灵也离"纯白"的圆足境界越来越远;同时,机心一生,便如机括之发,而原始浑然与物为一的泯化之心便判然分殊,产生了彼我的对立而有种种的计较,于是猜疑、伤害、贪残等危害心性之"纯白"的恶德随之而生,人也就失去了最纯真无虑的幸福。所谓"有机关之器者,必有机动之务;有机动之务者,必有机变之心;机变存乎胸府,则纯粹素白不圆备矣"②。机心将使得人们沉溺于计算

---

① (战国)庄子著,(清)郭庆藩集释,王孝鱼点校:《庄子集释》,卷12,页433—434。
② (战国)庄子著,(清)郭庆藩集释,王孝鱼点校:《庄子集释》,卷12,页433—434。

的游戏，并不知不觉地把万物乃至于人类所构成的整个世界，依利害关系划分为有用无用、美丑好坏，并据此订定了高下好恶的不同价值，于是宇宙的和谐与万物的平等便丧失殆尽，而"磅礴万物以为一，游心于无何有之乡，以处圹埌之野"①的宇宙情怀也不复存在，不但与"纯白"之道绝缘，而人心也被引带出乐园之外。

通过对"机械→机事→机心"此一由外而内发生影响的连动模式，庄子借由故事中埋名的智者告诉我们：欲避免迷失之恶果发生，一开始就应从根本处防微杜渐，拒绝接触那些足以激发智巧算计之心的机械，以免顺着人性纵步走去便迷途未返。庄子锐眼洞彻人性之幽微所提出的"机心"之说，正足以适用于解释人与人之间种种纷争猜防的情况，在《庄子·寓言》所载之"争席"故事便是其例：

> （阳子居）请问其过，老子曰："而睢睢盱盱，而谁与居？大白若辱，盛德若不足。"阳子居蹴然变容曰："敬闻命矣！"其往也，舍者迎将，其家公执席，妻执巾栉，舍者避席，炀者避灶；其反也，舍者与之争席矣。②

机心所至，引发了身份之贵贱、地位之高下的差别概念，不但造成

---

① 《庄子·应帝王》，（战国）庄子著，（清）郭庆藩集释，王孝鱼点校：《庄子集释》，卷7，页293。
② （战国）庄子著，（清）郭庆藩集释，王孝鱼点校：《庄子集释》，卷27，页962—963。

人我之间互为阻绝的距离，甚至成为导致社会风俗之猜防浇薄的深层心理，因而杜甫等诗人才会汲汲于追求人际关系和谐无猜的"风俗淳"之社会情境，如前一章所见；而李白于闲适之情进入化境之际，也曾欣然吟咏："我醉君复乐，陶然共忘机。"① 在人我的水乳交融之中领略到忘我无隔的陶然之乐。

此外，机心的存在也正是人与万物割离，而远离自然的根本因素，因为一切的"役物"之举莫不是源于利害、好恶、智巧等机心算计的结果，因此，中国文化里并不鼓励对科技的追求，而将之视为"道"以下第二义的雕虫小技。但科技越来越昌明、机械工具越来越精密复杂乃是历史的必然趋势，身处于历史发展之中，自我的失落也逐渐成为文明人最严重的课题。卡西尔曾精辟地指出：

> 透过工具的使用，人类成为了事物之主宰。然而这一主宰性对于人类而言，不但不是一种福祉，反而是一种咒诅。人类为了要征服自然世界而发明的科学技术结果倒戈指向于人类。科技不单构成人类存在底日益严重的自我疏离（Selbstentfremdung），而且终于造成人类存在之自我丧失（Selbstverlust）。……因此，当科技把愈来愈多的生命领域克服的当儿，人们对一原始的，完整而直接的存在底渴求必定会一再地涌动，而"复返于自然"（Zurück zur Natur）一呼唤也

---

① 《下终南山过斛斯山人宿置酒》诗中语，(唐) 李白著，(清) 瞿蜕园注：《李白集校注》(台北：里仁书局，1981年3月)，卷20。

必定会变得日益壮阔。①

卡西尔此处的说法完全与庄子的见解一致，顺着类似的思维脉络，两人的论述更可以互相对应：

> 庄　子：机械→机事→机心→忘机→道的纯白境界
> 卡西尔：工具→自我疏离、自我丧失→复返自然的呼唤

更可以彼此互补衔接，成为首尾俱全的完足体系：

> 机械→机事→机心（自我疏离、自我丧失）→忘机→道的纯白境界→复返自然

由此可见，回归那"原始的，完整而直接的存在"，也就是"浑沌神话"所象征的"纯白"境界，与自然万物重建混同和谐的伦理关系，便成为复返乐园的一大途径；而这种与万物亲近无别、利害两忘的水乳交融的向往，正是出自于人心深处那复返于浑沌未凿之原始乐园的隐密渴求。

基于此一思路的运作，在唐诗里用以表现此种回归乐园之潜在意念的方式，最明显的便是以几个先唐典籍中记载的传闻或寓言为

---

① [德]恩斯特·卡西尔著，关子尹译：《人文科学的逻辑》（台北：联经出版事业公司，1994 年 12 月），第 1 章，页 39—40。

媒介，而形成的常用典故或表达系统。出自《列子》的狎鸥故事，可以说是诗人在追寻乐园而进入物我和谐之境界时，最习用的典故之一，《列子·黄帝》中记载：

> 海上之人有好鸥鸟者，每旦之海上同之游，鸥鸟之至者百住而不止。其父曰："吾闻鸥鸟皆从汝游，汝取来吾玩之。"明日之海上，鸥鸟舞而不下也。①

故事中，海上之人本已跨越了物类的界限，而与鸥鸟亲密无间地每日同游，虽不如《山海经》里"百兽爱处"的盛况，但此一"海角乐园"的奇观却具有与之完全相同的本质。然而，一旦萌发了"取来吾玩之"的机心之后，他与鸥鸟的亲密关系便随之断裂了，因为机心一起，便有异类的彼此之分，又有"役物者"与"被役者"的高下之别，于是平等无间的神秘混同状态立刻不复存在，所谓"心动于内，形变于外，禽鸟犹觉"②，遂只落得"鸥鸟舞而不下"的隔阂和疏离了。在唐诗中，用此一典故来表达一种脱略世俗机诈、追求物我无隔之理想境界的作品极多，诸如：

- 唯应白鸥鸟，可为洗心者。（陈子昂《感遇诗三十八首》之三一）

---

① 见（晋）张湛注：《列子》（台北：艺文印书馆，1975 年 9 月），页 29。
② 东晋张湛之注语，（晋）张湛注：《列子》，页 29。

- 欲知冥灭意，朝夕海鸥驯。（孟浩然《还山贻湛法师》）
- 野老与人争席罢，海鸥何事更相疑？（王维《积雨辋川庄作》）
- 揽辔隼将击，忘机鸥复来。（高适《和贺栏判官望北海作》）
- 但讶鹿皮翁，忘机对芳草。（杜甫《遣兴三首》之三）
- 锡飞常近鹤，杯渡不惊鸥。（杜甫《题玄武禅师屋壁》）
- 旦随鹓鹭末，暮游鸥鹤旁。机心一以尽，两处不乱行。（白居易《朝回游城南》）
- 道在有中适，机忘无外虞。但愧烟霄上，鸾凤为吾徒。又惭云水间，鸥鹤不我疏。（白居易《和朝回与王炼师游南山下》）
- 闻道偏为五禽戏，出门鸥鸟更相亲。（柳宗元《从崔中丞过卢少府郊居》）
- 白发沧浪上，全忘是与非。……终年狎鸥鸟，来去且无机。（杜牧《渔父》）
- 鸥鸟忘机翻浃洽，交亲得路昧平生。（李商隐《赠田叟》）①

其中所谓的"冥灭得失""无外虞""全忘是非""交亲得路""两不乱行"等境界都是"无机""忘机""机心以尽"的结果。而除了陈子昂、

---

① 此处十一首诗例分见（清）康熙敕编：《全唐诗》（北京：中华书局，1990年2月），卷83；（唐）孟浩然著，赵桂藩注：《孟浩然集注》（北京：旅游教育出版社，1991年4月），卷1；（唐）王维著，（清）赵殿成笺注：《王摩诘全集笺注》（台北：世界书局，1996年6月），卷10；（清）康熙敕编：《全唐诗》，卷211；（唐）杜甫著，（清）仇兆鳌注：《杜诗详注》，卷11、卷11；（唐）白居易著，顾学颉点校：《白居易集》，卷6、卷22；（清）康熙敕编：《全唐诗》，卷352、卷525；（唐）李商隐著，（清）冯浩笺注：《玉溪生诗集笺注》（台北：里仁书局，1981年2月），卷2。

孟浩然、王维、高适、杜甫、白居易、杜牧、李商隐等人之外，一生都在全心追求真实无伪之理想的李白，不但一再致意"垂衣贵清真""天然去雕饰"的人生、创作的理想，更对"时讹皆失真""雕虫丧天真"的沦丧感叹不已[①]，因此也特别偏好狎鸥典故的运用，以下举数例以观之：

- 摇裔双白鸥，鸣飞沧江流。宜与海人狎，岂伊云鹤俦？寄影宿沙月，沿芳戏春洲。吾亦洗心者，忘机从尔游。(《古风五十九首》之四十二)
- 仙人有待乘黄鹤，海客无心随白鸥。(《江上吟》)
- 明朝拂衣去，永与海鸥群。(《赠王判官时余归隐居庐山屏风迭》)
- 天清江月白，心静海鸥知。(《赠汉阳辅录事二首》之一)
- 赤水非寥廓，愿狎东海鸥。(《金门答苏秀才》)
- 白鸥闲不去，争拂酒筵飞。(《陪侍郎叔游洞庭醉后三首》之二)
- 闲随白鸥去，沙上自为群。(《过崔八丈水亭》)[②]

[①] 四句诗分别出自《古风五十九首》之一、《经乱离后天恩流夜郎忆旧游书怀赠江夏韦太守良宰》《酬王补阙惠翼庄庙宋丞泚赠别》《古风五十九首》之三十五等四首，见（唐）李白著，（清）瞿蜕园注：《李白集校注》，卷2、卷11、卷19、卷2。

[②] 七首分见（唐）李白著，（清）瞿蜕园注：《李白集校注》，卷2、卷7、卷11、卷11、卷19、卷20、卷21。

在这些诗中，李白自视为一"无心""心静"的"洗心者"，也就是泯除世俗征逐巧变之念而忘机的人，因此希望远离扰攘的人间（所谓"明朝拂衣去"），以投入人鸥和睦相处、能够"忘机从尔游"的乐园里，尤其诗中屡屡致意的"随白鸥""愿狎东海鸥""闲随白鸥去"之语，当真充满了一往情深的向往，因此诗人甚至想要"永与海鸥群"而弃世间于不顾的现象也就不足为奇了。而与李白并称的另一位大诗人杜甫，在他结合了儒家的"仁民爱物"与道家的"齐物"胸怀，而积极建构"难教一物违"的自然伦理和宇宙秩序之时，也同样可以充分领略物我交融的天机大美：

- 舍南舍北皆春水，但见群鸥日日来。（《客至》）
- 自去自来梁上燕，相亲相近水中鸥。（《江村》）
- 狎鸥轻白浪，归雁喜青天。（《倚杖》）[①]

这些诗都作于杜甫落脚于蜀地成都之时，仅是此期出现的十一次鸥鸟意象中的少数[②]，但已可见浣花溪畔的草堂之居正是清美无忧、春意盎然的平和岁月。诗人透过充满善意与爱怜之心眼，所见到的大自然处处皆是一片和谐，非独群鸥日来、相亲相近，即连飞虫行蚁、细蝶娇莺、浴凫飞鹭、江鹳邻鸡都是这个乐园里的一分子；所谓"不独一家得其安身之所，即飞鸟语燕亦得以同栖。从此浣花溪

---

① 三诗分见（唐）杜甫著，（清）仇兆鳌注：《杜诗详注》，卷9、卷9、卷12。
② 有关其中所展现的鸥鸟意象主题的内涵，可详见欧丽娟：《杜诗意象论》第3章第1节的分析。

西之草堂,成为中国文学史中之圣地。"① 则杜甫一片无私而油然沾濡万物之心,也就彰明可知了。

除了狎鸥之外,"忘机"的物我关系还常常透过"友麋鹿"的说法来展现。

在先唐的文献中,"友麋鹿"的原始乐园景象便时有所见,如《庄子·盗跖》曾载:"神农之世,卧则居居,起则于于,民知其母,不知其父,与麋鹿共处。耕而食,织而衣,无有相害之心,此至德之隆也。"②《鹖冠子·备知》中先描述了人群社会平等自适的纯朴状态:"山无径迹,泽无桥梁,不相往来,舟车不通……有知者不以相欺役也,有力者不以相臣主也。"其后再接着描写人与自然万物的亲和无间:"是以乌鹊之巢可俯而窥也,麋鹿群居可从而系也。"③由此再度可证"机心"的化除,乃是打通人我之阻隔而重新取得联系的契机,并且此一打通的力量亦将一直贯通到物我关系上,消泯物类的陌生猜防,为人心创造复返自然乐园的神妙时刻。除《鹖冠子》之外,唐代以前还有《列士传》也曾记载一则与"机心"有关的情节:

---

① 引自刘孟伉主编:《杜甫年谱》(台北:学海出版社,1981年9月),页120。有关杜甫此期的生活情境,可另参欧丽娟:《李、杜"闲适诗"比较论》,《编译馆馆刊》第27卷第2期(1998年12月),页35—61,后收入欧丽娟:《唐诗的多维视野》(台北:五南图书出版公司,2017年7月)。

② 见(清)郭庆藩集释,王孝鱼点校:《庄子集释》,卷29,页995。

③ 见(宋)陆佃解:《鹖冠子》,《景印文渊阁四库全书》第848册(台北:台湾商务印书馆,1986年7月),页234。

> 伯夷、叔齐不食，经七日，天遣白鹿乳之。夷、齐思念此鹿肉食之必美，鹿知其意，不复来，二子遂饿死。[1]

伯夷、叔齐在历史上皆以求仁得仁的大义形象出现，《史记·伯夷列传》中为两人之崇高品德与饿死首扬山之抉择，提出了许多亘古难以解答而又颠扑不破的"天问"，至今犹为后人沉思歆歟。但此处的记载却严重违反一般对夷、齐的正统概念，幻设出一段两人饿死前觊觎鹿肉的情节，并用以解释两人之所以终究饿死的原因。出人意表之余，更彰显出机心之微妙而关键的地位：所谓"微妙"，是因为心的作用乃是无形之中幽隐的萌动，本不易察觉或把捉，但却发挥了最关键性的作用；而"关键"的意思，则是机心的泯除与否不但是打开乐园之门的钥匙，甚至还是维系生命的依据。

因此唐诗中常常以麋鹿之游来表现一种闲逸自适、与万物和谐的情境，诸如以下诗例即是其证：

- 始余梁宋间，甘予麋鹿同。散发对浮云，浩歌追钓翁。（高适《奉寄平原颜太守》）
- 不贪夜识金银气，远害朝看麋鹿游。（杜甫《题张氏隐居》）
- 养拙干戈际，全生麋鹿群。（杜甫《暮春题瀼西新赁草屋五首》之二）

---

[1] 见高步瀛选注：《唐宋诗举要》（台北：里仁书局，2004年9月），卷1，注柳宗元《秋晓行南谷经荒村》一诗所引，页114。

第三章 平等无私的自然伦理与宇宙万物的和谐秩序

- 荆扉对麋鹿,应共尔为群。(杜甫《晓望》)
- 寒花疏寂历,幽泉微断续。机心久已忘,何事惊麋鹿。(柳宗元《秋晓行南谷经荒村》)
- 药圃茶园为产业,野麋林鹤是交游。云生涧户衣裳润,岚隐山厨火烛幽。(白居易《重题四首》之二)
- 尽日观鱼临涧坐,有时随鹿上山行。(白居易《答元八郎中杨十二博士》)
- 屈就商山伴麋鹿,好归芸阁狎鹓鸾。(白居易《韦七自太子宾客再除秘书监以长句贺而饯之》)①

吴瞻泰《杜诗提要》评杜甫《题张氏隐居》诗中的"不贪夜识金银气,远害朝看麋鹿游"一联云:"唯不贪,故非分之金无所取;唯远害,故在野之物可同游,利害两无心,是虚己以游于世者也。"② 其中所谓的"虚己",也就是前述之"消泯人类的主体意识与主观意念"之意,这就清楚地告诉我们:唯有虚己忘机、利害无心,而"在野之物可同游",而宇宙和谐的乐园时代才得以复返,向我们开启那神秘混同状态所蕴涵的喜悦。

将具有典故渊源,而较常被诗人引用做为表达之资的鸥鸟、

---

① 八诗分见(唐)高适著,刘开扬笺注:《高适诗集编年笺注》,第二部分;(唐)杜甫著,(清)仇兆鳌注:《杜诗详注》,卷9、卷18、卷20;(唐)柳宗元著,王国安笺释:《柳宗元诗笺释》(上海:上海古籍出版社,1993年9月),卷2,以及(唐)白居易著,顾学颉点校:《白居易集》,卷16、卷17、卷32。
② (清)吴瞻泰:《杜诗提要》(台北:大通书局,1974年10月),页580。

麋鹿推扩出去，其实自然界中所有的生命都可以带领诗人品味"忘机"的境界所带来的喜乐之感，欣然于此种物我相即相融的和谐境界，如：

- 入鸟不相乱，见兽皆相亲。云霞成伴侣，虚白侍衣巾。（王维《戏赠张五弟諲三首》之三）
- 翡翠鸣衣桁，蜻蜓立钓丝。自今幽兴熟，来往亦无期。（杜甫《重过何氏五首》之三）
- 穿花蛱蝶深深见，点水蜻蜓款款飞。传语风光共流转，暂时相赏莫相违。（杜甫《曲江二首》之二）
- 鱼鸟为徒侣，烟霞是往还。（白居易《喜闲》）
- 花须柳眼各无赖，紫蝶黄蜂俱有情。（李商隐《二月二日》）[①]

李子德评析杜甫"翡翠鸣衣桁，蜻蜓立钓丝"一联的意境云："鸣衣桁、立钓丝，正写'熟'字意，见鱼鸟相亲相忘之乐。"[②] 此说与前述"洗心虚己"而狎鸥、"远害忘机"而游麋鹿的境界可谓完全一致。而不但翡翠、蜻蜓与人相亲相忘，鱼鸟与人相伴为侣，紫蝶、黄蜂也俱皆有情，于是诗人油然心生"传语风光共流转"之感，而与生生不息、沉默却丰富的大化泯化为一体。就与"风光共流转"

[①] 五诗分见（唐）王维著，（清）赵殿成笺注：《王摩诘全集笺注》，卷2；（唐）杜甫著，（清）仇兆鳌注：《杜诗详注》，卷3、卷6；（唐）白居易著，顾学颉点校：《白居易集》，卷32；（唐）李商隐著，（清）冯浩笺注：《玉溪生诗集笺注》，卷2。

[②] （唐）杜甫著，（清）杨伦笺注：《杜诗镜铨》，卷2，页68。

此点而言,李白表现得更为深情、更为扩大,除了流莺之外,其诗中还展现了与自然界中白云、青山、明月、山花、春风等无生物之间亲切而有情的交往:

- 桃波一步地,了了语声闻。暗与山僧别,低头礼白云。(《秋浦歌十七首》之十七)
- 白云见我去,亦为我飞翻。(《题情深树寄象公》)
- 九日龙山饮,黄花笑逐臣。醉看风落帽,舞爱月留人。(《九日龙山饮》)
- 花间一壶酒,独酌无相亲。举杯邀明月,对影成三人。月既不解饮,影徒随我身。暂伴月将影,行乐须及春。我歌月徘徊,我舞影凌乱。醒时同交欢,醉后各分散。永结无情游,相期邈云汉。(《月下独酌四首》之一)
- 玉壶系青丝,沽酒来何迟。山花向我笑,正好衔杯时。晚酌东窗下,流莺复在兹。春风与醉客,今日乃相宜。(《待酒不至》)
- 处世若大梦,胡为劳其生。所以终日醉,颓然卧前楹。觉来盼前庭,一鸟花间鸣。借问此何时,春风语流莺。感之欲叹息,对酒还自倾。浩歌待明月,曲尽已忘情。(《春日醉起言志》)
- 众鸟高飞尽,孤云独去闲。相看两不厌,只有敬亭山。(《独坐敬亭山》)①

---

① 前三首见(唐)李白著,(清)瞿蜕园注:《李白集校注》,卷8、卷13、卷21,余四首皆见卷23。

李白眼中所见的，是白云为我翻飞，山花向我绽颜而笑，青山与我相看不厌，明月也对我的歌舞流连徘徊不已，而春风对我的询问更是报以流莺的低语。张芝对这类诗所涵蕴的意境曾有极佳的解释："在李白看，白云明月固然像自己一样是天地间有生命的东西了，但是他自己也何尝不像天地间的一朵白云一样，一轮明月一样？所以他是自己宇宙化，宇宙又自己化了。由前者，我们感到他的旷达，由后者，我们感到他的情深。"[①] 而所谓"自己宇宙化，宇宙又自己化"的体验，必然是建立在忘机的基础上，也就是把李白自己所说的"我醉君复乐，陶然共忘机"[②]。由人我之间推及于物我之间，如此始能有得。就此种境界所蕴涵的精神意义，神话学者坎伯（Joseph Campbell，1904—1987）认为：

> 如果人类认为自己是来自大地之内，而不是不得已被丢到地球之上，人类便能认同自己是大地，也就是自身即是大地的意识状态。所有的一切都是大地的双眼，也是大地的心声。……把整个星球看成一个有机体。[③]

---

① 张芝：《道教徒的诗人李白及其痛苦》（台北：长安出版社，1987年10月），页35。此文亦收入夏敬观等著：《李太白研究》（台北：里仁书局，1985年5月），页154。
② 《下终南山过斛斯山人宿置酒》诗末语，（唐）李白著，（清）瞿蜕园注：《李白集校注》，卷20。
③ [美] 坎伯著，朱侃如译：《神话》（台北：立绪文化事业公司，1995年6月），页59。

而唐代诗人追求忘机的结果，便如坎伯所言，乃是进入"自身即是大地的意识状态"，不论是"传语风光共流转""紫蝶黄蜂俱有情"，或是"海客无心随白鸥""野麋林鹤是交游"，都通过大地的双眼，而应和了大地的心声。正因为此种信念或体验与神话式的思维或感受近似，坎伯便视之为旧石器时代道德秩序的表现；而他认为印地安酋长西雅图（Chief Seattle, 1786—1866）乃是此种"旧石器时代道德秩序的最后发言人"，并引述其大约写于1852年的一封信，来总括此一境界，其中与此处所论有关的一段话如下：

> 我们可以感受到树干里流动的树液，就像自己感受到身体内流动的血液一样。地球和我们都是对方身体中的一部分。每一朵充满香味的鲜花都是我们的姊妹。熊、鹿、鹰都是我们的兄弟，岩石的尖峰、青草的汁液、小马的体温，都和人类属于同一个家庭。①

此外，不同于西雅图具体切近的意象式表达，著名的宗教哲学家布伯（Martin Buber, 1878—1965）也曾以抽象的哲理式说法提出类似的意见，他说：

> 人与世界相融，恰如每一个婴孩皆栖居于宏大母亲的子宫

---

① ［美］坎伯著，朱侃如译：《神话》，页61—62。

内，寄身于无形无相、浑然一统的原初世界中，是一种纯粹自然的相融。身体朝夕相接，生命交互奔流，在这个融合中，深蕴着宇宙性。这种融合化身为幽潜的渴念而隐匿在人心中，它不仅仅是普泛的祈求回归，实质更是形而上的仰慕宇宙汇融。①

正可与西雅图之意互相补充。而在唐诗里，杜甫《岳麓山道林二寺行》一诗与西雅图的说法十分相近，因此最具有典型意义：

> 一重一掩吾肺腑，山鸟山花共友于。②

此外，与此颇为类似的表达还有李白的《对酒》一诗：

> 劝君莫拒杯，春风笑人来。桃李如旧识，倾花向我开。流莺啼碧树，明月窥金罍。③

这种"共友于""如旧识"而"属于同一个家庭"，并因此展现对"宇宙汇融"之形而上仰慕的温馨有情的乐园，乃是出自于消泯人类优越的主体意识与主观意念的忘机表现，不但是唐人在追寻乐园时企慕的方向之一，成为超越了时期之分与诗人性格之别的共同现

---

① 参见赵有声等：《生死·享乐·自由》（北京：国际文化出版公司，1988年），页59—61。
② （唐）杜甫著，（清）仇兆鳌注：《杜诗详注》，卷22。
③ （唐）李白著，（清）瞿蜕园注：《李白集校注》，卷23。

象;同时也是坎伯所认为现代人应该创造的新神话的内容,因为"这么一个新神话所处理的问题与其他神话并没有不同,那就是个人的成熟发展,也就是从依赖期、成人期、人格成熟期到死亡;另外就是个人怎么和这个社会发生关联,而这个社会又是怎么和自然世界及宇宙发生关联的"①。也许这就是从唐朝到现代,所有在文明进展中不断失落了"宇宙和谐之岁月"的人类,欲重新取得内心之宁静与圆足时,所必须重温或追寻的体验,正如康拉德·劳伦兹(Konrad Lorenz,1903—1989)所说:那些"认得我、陪我散步的野生动物"带来无限的乐趣,同时"使我觉得自己和那默默运行的大自然又重新建立了交情。人类为了得到文明和文化的超然成就,就不得不有自由意志,更不得不切断他和其他野生动物的联系,这就是人所失掉的乐园,也是人为文明不得不付出的代价;我们对于世外桃源的向往不外是我们对这条断了的线头所表示的一种半知觉式的依恋"。②此语适足以解释唐诗中透过物我交融之境界所开展的乐园形态的深层意义。

---

① [美]坎伯著,朱侃如译:《神话》,页59—60。
② 引自[奥]劳伦兹著,游复熙、季光容译:《所罗门王的指环》(台北:东方出版社,1994年10月),第十部分,页155—156。

第四章
"失乐园"——追忆中的开、天盛世

"失乐园"原是对已然失去之乐园有所追怀而有思回归的表述,犹如马尔库塞(Herbert Marcuse, 1898—1979)所言:

真正的乌托邦植根于对过去的记取中。①

故普鲁斯特(Marcel Proust, 1871—1922)曾以小说表示:"唯一真实的乐园是人们失去的乐园。"② 由于失去,因此更显其可贵与难得;由于失去后所造成的距离,因此更得以清晰完整地观其全豹。遗小蔽而显大善的结果,于是那确曾经历而当时惘然的乐园,便在失去之后的追忆中浮现出来,成为一股鲜明的执念。

在唐诗的研究里,我们发现一种前所未有的崭新的乐园主题,

---

① [德]马尔库塞著,李小兵译:《审美之维:马尔库塞美学论著集》(北京:生活·读书·新知三联书店,1992年6月),页256。
② 为普鲁斯特《追忆逝水年华》一书做序的安德烈·莫罗亚(A. Maurois)表示:作者"以一千种方式重复这一想法"。[法]普鲁斯特著,李恒基等译:《追忆似水年华》(台北:联经出版事业公司,1992年),页7。

而此一乐园主题之浮现和成立，便是在确切拥有而后失落的前提之下才得以造就，那就是以"开元、天宝时期"——一个当代真实存在过的历史经验作为乐园的具形，并在失落之后展开追寻和复归的努力与尝试，因此构成了具体可征的乐园内涵。而值得注意的是，天宝时期虽然是开元盛世的进一步发展，成为盛唐繁华臻于巅峰状态的一个阶段，但或许是因为促使国家急速由盛转衰的安史之乱乃发生于天宝十四年十一月，使得"天宝"一词极其容易触动诗人对此一惨祸的悲惨记忆，于是当中晚唐诗人以诗歌作品追溯开、天盛世时，往往隐"天宝"之名而以"开元"为概括。如此一来，"开元"一词便常常成为指示玄宗朝之失乐园的重要指标。

本章所要探讨的，便是通过中晚唐诗人的作品，尤其是历经了大唐由盛转衰之全部过程的杜甫在其诗中所描述的开元、天宝盛世，以此为主要线索来呈现一个唐朝人确曾躬逢其盛而复遭失落的美好世界的原型。

第一节 再现"失乐园"的理论与意义

虽然我们在第一章的阐述中曾经提到，乐园的向往乃根植于人心深处的必然流露，因此是源远流长而与历史并寿的；但也因此使乐园的形成大多出于种种神话的幻设和想象的虚构，使虚构或世外的属性几乎决定了乐园的主要形态。然而在唐诗中，除去神话、宗教和世外桃源之类遥不可及、或个人之超俗体验才得以获致的乐园之外，还有一种在别的时代并不容易发现的乐园追求，那便是对由贞观、开元盛世所代表的人间乐园的怀想。它与其他乐园的绝大差异，就在于它是得而复失的黄金岁月，因为是整个时代生命中曾有的高峰经验①，故其成功、胜利、繁盛的景象历历可验，就中又以开元之治最为登峰造极。因为贞观之治虽然展现了严整清明的圣代风范，但开元、天宝时代却在严整清明之外，更添加了贞观所无的繁华绮丽和多彩多姿，不但文治武功成就灿然，尤其还同时聚拢了众多伟大诗人与优秀艺人躬逢其盛，再加上杨贵妃的风华绝代与帝王的深情挚爱，织染出一幅富丽光辉的黄金乐园图，所以不但比起渺茫的三代显得更加鲜明，失落之后的依恋也表现得更为强烈。微妙的是，正当盛唐之际，认知到其自身即是乐园的意识并不显得特别突出，正所谓"当时只道是寻常"（纳兰性德《浣溪沙》）；但到了盛唐与中唐之交，以及整个中晚唐时期，玄宗时代则一跃成为诗歌中一个重要的乐园主题，清晰地浮现于追怀开元、天宝，甚至包括贞观朝在内的作品之中，因为"此时此刻，记忆力使他们意识到自己失去了某种东西，由于这种失落，过去被视为理所当然的东西，现在有了新的价值"②。

于是就如阿姆斯特朗（John Armstrong, 1966— ）的乐园神话

---

① "高峰经验"（peak experience）乃心理学家马斯洛（Abraham H. Maslow, 1908—1970）之学说，见沈清松：《解除世界魔咒》（台北：时报文化公司，1984年8月），页157。

② 引文见[美]宇文所安著，郑学勤译：《追忆——中国古典文学中的往事再现》（上海：上海古籍出版社，1990年10月），"导论"，页6。

(paradise myth) 所提出的理论，乐园神话是在社会发展中从一个阶段进入另一个阶段时被创造出来的；同时根据他的主张，在神话里"蛇与树"的母题 (motif) 象征了两种情况的共存，一是对将来变革之观照的难以捉摸，一是旧传统的迟迟不去。[1]大唐由赫赫显扬、极度璀璨眩目的黄金盛世转瞬间迅速幻灭，成为支离破碎、苟延残喘的惨淡乱世，在此社会发展的过程中，感受特别敏锐的诗人身处两个时期急剧转变的分野之间，更易于因为"对将来变革之观照的难以捉摸"，而对适才消失的旧传统迟迟不去的金色记忆留恋不已。于是在这原本即适合创造乐园神话的转型时刻，杜甫以重塑追忆中真实的美好过去来取代凭空虚构的神话创造；而生存在恒星崩解、余光犹存之际的中晚唐诗人，也视以玄宗为中心的开元、天宝时期为真实乐园的表征，而不断向其进行定点的回归。故而对一个实存于当代而具体可验的乐园追忆，便成为唐诗中所展现的乐园的又一形态。

因此，我们进一步了解到乐园的失去并不等于乐园的崩溃，因为"失乐园"所要呈现的是昔日具体实存过的幸福情境，以及在失落之后追想恋慕的怀旧心情；而"乐园的崩溃"所着重强调的，则是乐园从内部毁坏的过程，乃至于对乐园之存在从根本处产生怀疑或彻底的否定，两者的性质迥然有别，分类上根本不容混淆，故其中"乐园的崩溃"部分我们将于第七章另行详论之，可与此对照互参。其次，回忆中的乐园虽然是实存而可以具体验证的，是众人

---

[1] John Armstrong: *The Paradise Myth* (London: Oxford University Press, 1969). 陈炳良曾引述此一理论来解释大观园的故事，见陈炳良：《红楼梦中的神话和心理》，《中外文学》第 11 卷第 12 期 (1983 年 5 月)，页 76。

参与过的共同经历，但是我们也必须明白，对乐园的回忆或追想所展示的并不全然等同于乐园的完全再现。虽然"凡是回忆触及的地方，我们都发现有一种隐密的要求复现的冲动"[①]。然而，"回忆"是和"遗忘"相对而并存的心灵活动，其中某些细节被遗忘乃至于情节扭曲变形，回忆中的事物严格说来并非以真正的原始本貌出现，而是经过了选择和重组。因此，学者告诉我们：

> 虽然人们可以根据回忆来讲述故事，但回忆不是故事；回忆可以是进行大量沉思和回顾的场合，但回忆不是通常意义上的思想。有人说回忆是某种类似展现在心灵前的可视的形象般的东西，但是，即使是这样，它也不同于展示在我们肉眼前的形象。我们眼中的形象有细节作为背景，在生活世界中有它的延续性；在我们的回忆中，背景是模糊不清的，出现的是某种形式，故事、意义、同价值有关的独特的问题等，都集中在这种形式里。[②]

由此可见，在事后的追想中所描摹出来的"失乐园"，绝不等同于某些历史学家毫不遗漏地根据种种蛛丝马迹与细微末节所进行的过去重建，务使失落的过去完整无缺而纤毫毕现；相反地，由于诗歌的篇幅形制与抒情性质的限制，再加上"回忆"本身特有的处理方

[①] 见[美]宇文所安著，郑学勤译：《追忆——中国古典文学中的往事再现》，第六部分"复现：闲情寄趣"，页117。

[②] 见[美]宇文所安著，郑学勤译：《追忆——中国古典文学中的往事再现》，页120。

式，唐诗中所呈示的失乐园将在一种"背景模糊不清"的氛围中，主要是以和某种意义、价值相联系的特有形态浮现；而此种特有形态所联系的意义和价值，就是由开元、天宝时代所体现的美好、光辉而真实的乐园。

第二节　中晚唐时代的乐园回溯

对历经丧乱之后的中晚唐诗人而言，于玄宗朝时臻于顶峰的大唐盛世，是一个熟悉得近在昨日、却又遥远得无处寻访，既令人骄傲依恋、复心生欷歔惆怅的真正"失乐园"，因此在与现实对照的同时，总不免成为今昔相较的终极坐标；而一旦有机会碰触到从昔日乐园中残存下来的"人物碎片"或景物遗迹时，这些在失落乐园之后才开始参与唐朝历史的诗人们，除了出于政治目的而刻意选择借古讽今的摹写角度之外，多是以一种怜惜叹惋之心与爱羡怀慕之情交织杂糅的感受，来看待眼前的乐园见证者。由于距离开元、天宝之盛世犹时未远，其间虽已有数十年，但至晚到中唐时，诗人仍有机会亲身目睹在盛唐繁华核心中度过青春时期的前朝人士，这些在乐园一夕之间土崩瓦解之后依然尚存的遗民，具备了宇文所安所说的"断片"的意义："在我们同过去相逢时，通常有某些断片于其间，它们是过去同现在之间的媒介。"① 但这些连接过去与现在

---

① 见[美]宇文所安著，郑学勤译：《追忆——中国古典文学中的往事再现》，页79。

的"断片"身经的历史转折落差实在过于巨大,于是在观者心中引发的惊诧悲悯之感也就更为强烈,因此清李锳《诗法易简录》评元稹的《行宫》诗时即云:"明皇已往,遗宫寥落,却借白头宫女写出无限感慨。凡盛时既过,当时之人无一存者,其感人犹浅;当时之人尚有存者,则感人更深。白头宫女闲说玄宗,不必写出如何感伤,而哀情弥至。"① 这正是中唐诗人将遗民特别标举出来的原因。同时,这些遗民既是乐园的见证者,因而无论当下是如何的穷愁潦倒,他们身上所依稀残留的盛世光辉,却足以诱发一种来自已逝岁月的奇异魅力,因为不但从其言谈举止(尤其是从其口述的回忆)之中能够再现一去不返的黄金岁月,甚至他们本身即是乐园曾经存在的最终的、真实的证明,故而"断片最有效的特性之一是它的价值集聚性。因为断片所涉及的东西超出于它自身之外,因此,它常常拥有一定的满度和强度"②。我们可以说,这些"断片"的满度和强度主要便是来自于过去所拥有的全部价值,而无缘躬逢其盛的中唐诗人便可借之获得一窥乐园宫墙的机会,并可在稍事追抚之后,进一步满足潜藏于内心中一种回归乐园的情感需要。

如元稹《行宫》诗便是一例,诗云:

寥落古行宫,宫花寂寞红。白头宫女在,闲坐说玄宗。

---

① 引自陈伯海主编:《唐诗汇评》(杭州:浙江教育出版社,1996年5月),页2002。
② 见[美]宇文所安著,郑学勤译:《追忆——中国古典文学中的往事再现》,页89。

诗中在寥落寂寞的行宫里"说玄宗"的,固然是年华老去的白头宫女,出发点主要亦是基于缅怀个人之青春往事的心理,但作为倾听者而将其所说笔之于诗的诗人,其欲参与乐园而已然时不我予的命定,岂非也获得了突破的机会?随着白头宫女的叙述纵身于回忆的线索之中溯游而上,玄宗朝的乐园大门又再度向他们开启。

同样地,元稹的另一首长篇作品《连昌宫词》(元和十三年,818)与其十六岁时所作《代曲江老人百韵》(贞元十年,794)同一旨趣,虽然都主要是借玄宗朝治乱盛衰之事迹,以传达谏戒规讽之理为宗旨,但两诗亦分别透过"曲江老人""宫边老翁"的泣诉之语,将天宝时期的辉煌气象自遗民追忆的口述历史中源源再现,《连昌宫词》云:

> 连昌宫中满宫竹,岁久无人森似束。又有墙头千叶桃,风动落花红蔌蔌。宫边老翁为予泣,小年进食曾因入。上皇正在望仙楼,太真同凭栏干立。楼上楼前尽珠翠,炫转荧煌照天地。归来如梦复如痴,何暇备言宫里事。……春娇满眼睡红绡,掠削云鬟旋装束。飞上九天歌一声,二十五郎吹管逐。逡巡大遍凉州彻,色色龟兹轰录续。李谟擪笛傍宫墙,偷得新翻数般曲。……两京定后六七年,却寻家舍行宫前。庄园烧尽有枯井,行宫门闭树宛然。尔后相传六皇帝,不到离宫门久闭。往来年少说长安,玄武楼成花萼废。去年敕使因斫竹,偶值门开暂相逐。荆榛栉比塞池塘,狐兔骄痴缘树木。舞榭欹倾基尚在,文窗窈窕纱犹绿。尘埋粉壁旧花钿,乌啄风筝碎珠玉。上

皇偏爱临砌花，依然御榻临阶斜。蛇出燕巢盘斗拱，菌生香案正当衙。寝殿相连端正楼，太真梳洗楼上头。晨光未出帘影黑，至今反挂珊瑚钩。指似傍人因痛哭，却出宫门泪相续。自从此后还闭门，夜夜狐狸上门屋。我闻此语心骨悲，太平谁致乱者谁？……

即使最终存在的乃是讽谕的宗旨，但从这首长诗节录出来的相关内容中，我们仍然可以清楚地认识到：元稹视天宝末年安禄山叛变之后的历史为"乱"，而视玄宗朝（此诗主要是指添加了贵妃在内的天宝年间）为"太平"时代，故在历数今昔之间的巨大落差之后悲痛地质问"太平谁致乱者谁"，由此亦使开天盛世展现出乐园的意义；而失落了乐园之后，身当"荆榛栉比塞池塘，狐兔骄痴缘树木""尘埋粉壁旧花钿，鸟啄风筝碎珠玉""蛇出燕巢盘斗拱，菌生香案正当衙""自从此后还闭门，夜夜狐狸上门屋"如此颓败之时代环境中的诗人，也只能借助于宫边老翁之口，才得以遥想当时"上皇正在望仙楼，太真同凭栏干立。楼上楼前尽珠翠，炫转荧煌照天地。……春娇满眼睡红绡，掠削云鬟旋装束。飞上九天歌一声，二十五郎吹管逐"之类春情洋溢、歌舞升平的乐园内部之景观，并由此获得界定盛衰得失的比较基础。诗人自身虽无由亲炙昔日之盛世，却在一生绾结时代两端的遗民身上取得一条导向过去的记忆通路，而在沿途指针所显示的种种具体内容中展开想象乐园之美的追拟体验。

另外，白居易所遇见的被永远逐出乐园之残存遗民更多，如梨园弟子、宫廷乐师、大内宫女,和得到过不少盛唐诗人赠诗的康洽[①]等,都纷纷在他的诗里留下了记录,其笔调则是濡满今昔对比之下所产生的欷歔凄凉之情:

- 白头病叟泣且言,禄山未乱入梨园。能弹琵琶和法曲,多在华清随至尊。是时天下太平久,年年十月坐朝元。千官起居环佩合,万国会同车马奔。金钿照耀石瓮寺,兰麝熏煮温汤源。贵妃宛转侍君侧,体弱不胜珠翠繁。冬雪飘飘锦袍暖,春风荡漾霓裳翻。欢娱未足燕寇至,弓劲马肥胡语喧。豳土人迁避夷狄,鼎湖龙去哭轩辕。从此漂沦到南土,万人死尽一身存。秋风江上浪无限,暮雨舟中酒一樽。涸鱼久失风波势,枯草曾沾雨露恩。我自秦来君莫问,骊山渭水如荒村。新丰树老笼明月,长生殿暗锁黄昏。红叶纷纷盖欹瓦,绿苔重重封坏垣。唯有中官作宫使,每年寒食一开门。(《江南遇天宝乐叟》)

- 八十秦翁老不归,南宾太守乞寒衣。再三怜汝非他意,天宝遗民日渐稀。(《赠康叟》,康叟即康洽)

---

① 如李颀《送康洽入京进乐府歌》、李端《赠康洽》,王士禛便曰:"盛唐诗人多有赠康洽之作,最传者李颀所谓'西上虽因长公主,还须一见曲阳侯',盖指杨国忠暨、虢辈也。后长庆中白居易做忠州刺史,亦有赠康诗云:'殷勤怜汝无他意,天宝遗民见渐稀。'天宝至是已历六朝,而康犹在,则禄山之乱,流落西蜀,至元和、长庆之时,亦已老矣。"(清)王士禛:《带经堂诗话》(北京:人民文学出版社,1998年2月),卷15,页388。

第四章 "失乐园"——追忆中的开、天盛世

- 白头垂泪话梨园,五十年前雨露恩。莫问华清今日事,满山红叶锁宫门!(《梨园弟子》)
- 上阳人,红颜暗老白发新。绿衣监使守宫门,一闭上阳多少春。玄宗末岁初选入,入时十六今六十。同时采择百余人,零落年深残此身。……今日宫中年最老,大家遥赐尚书号。小头鞋履窄衣裳,青黛点眉眉细长。外人不见见应笑,天宝末年时世妆。……(《上阳白发人》)

在以"绿苔重重封坏垣"的长生殿和"满山红叶锁宫门"的华清宫所构成的背景中,白头老病的宫廷乐师和梨园弟子在诗人的询问下"泣且言""话梨园",遂源源流出昔日繁华盛况的图景。可见,白居易对这些人产生了"再三怜汝"的加意珍惜之情,乃是因为他们不但曾参与了一个特殊时代的历史,成为乐园中的居民与见证者;又在袭卷一切的浩劫之后幸存下来,成为少数能够提供记忆来联系过去的媒介。但是遗民的日渐凋零同时伴随着乐园的渐行渐远,一旦终至于无一人可口述其身经目睹的证词之时,乐园便将完全从人们的生命感中消失,只剩下白纸黑字所勉强留住的冰冷记录,而沦为与现在毫无联系的过去历史,这就真正进入了彻底的封闭与永远的放逐。诗中所谓"万人死尽一身存""天宝遗民日渐稀"和"零落年深残此身",正说明其人所具备的珍稀之处。

同样地,以宫词百首闻名的王建,也大量运用其所擅长的宫词的形式和表现手法来歌咏此一题材,除了以《霓裳词十首》追忆贵妃与玄宗以音声歌舞相欢为伴的宫中繁华之外,透过遗民的触发而

依稀流露追悼之情者，亦不乏其例，诸如：

- 先帝旧宫宫女在，乱丝犹挂凤皇钗。霓裳法曲浑抛却，独自花间扫玉阶。(《旧宫人》)
- 天宝年前勤政楼，每年三日作千秋。飞龙老马曾教舞，闻着音声总举头。(《楼前》)

象征昔日风华的"凤皇钗"与"霓裳法曲"，如今在旧宫人身上或者只是聊备一格地"乱丝犹挂"，其发乱钗斜、衰容黯淡之状堪叫人不忍卒睹，或者竟至于"浑抛却"的境地，完全进入了彻底遗忘的深渊，而眼前唯一真实的，只是孤独地扫除玉阶上层层堆积的落花而已；至于在杜甫笔下极热闹的玄宗生日"千秋节"，至此也只剩余当时似曾相识的音乐片段，吸引了曾经教舞以助举国欢腾的"飞龙老马"听声举头，而据此抓住已渺茫如空中之音的过去的残留。至于顾况的《八月五日歌》一诗，由前半的"八月五日佳气新，昭成太后生圣人。开元九年燕公说，奉诏听置千秋节。丹青庙里贮姚宋，花萼楼中宴岐薛。清乐灵香几处闻，鸾歌凤吹动祥云。已于武库见灵鸟，仍向晋山逢老君。率土普天无不乐，河清海晏穷寥廓。梨园弟子传法曲，张果先生进仙药"一转而到后半的"玉座凄凉游帝京，悲翁回首望承明。云韶九奏杳然远，唯有五陵松柏声"，此中依依回首的"悲翁"却只能听取五陵松柏的萧瑟之声，可见这些遗民所牵带而出的乐园连线，总是柔肠寸断又尘灰满布的惨淡轨迹，这也正说明了元稹《何满子歌》《望云骓》，以及刘禹锡

《赠歌者何戡》诸作的书写特质。

此外，中唐还有从另一方面来展现开元、天宝时期乐园意象的诗人，此即韩愈的《和李司勋过连昌宫》诗。诗中最特别的地方是以开元为历史坐标，来作为当今帝王世系传承定位的基准：

> 夹道疏槐出老根，高甍巨桷压山原。宫前遗老来相问，今是开元第几孙？

对"宫前遗老"而言，历史在安史乱时便已停止前进，沉眠并封闭于乱发之前的时刻里，以至于停格的开元盛世变成了永恒的"现在"，而此后在时间发展中犹然不断进行的王位兴替和人事变迁，都必须回归于此才能获得理解的基础。所谓"今是开元第几孙"的询问，犹如《桃花源记》中"问今是何世？乃不知有汉，无论魏晋"这一段话的翻版，它们意味着纵使外界风风雨雨，几经沧桑兴亡，对执意将记忆和生命停顿于过去某一时刻（如秦朝或开元时代）的人们而言，唯一真实存在的只有过去，只有已然封存静止的那一刻才是可以持续却又不受侵扰的永恒。而陶渊明所塑造的一个永恒乐土竟然在中唐时代发出了音质清晰、内容近似的回声，更显示出玄宗时代在中唐人的心目中所深具的乐园意义。

除此之外，有别于这种抒情追思的笔调，而以实际的生活眼光和社会变化的角度来呈现今昔之别的，则有与杜甫约略同时的社会写实诗人元结。他和杜甫一样，都曾以其亲身经历为基础，在安史乱后的废墟里深悼盛世之不再，如其《贼退示官吏并序》指出：

>　　昔岁逢太平，山林二十年。泉源在庭户，洞壑当门前。井税有常期，日晏犹得眠。忽然遭世变，数岁亲戎旃。今来典斯郡，山夷又纷然。城小贼不屠，人贫伤可怜。是以陷邻境，此州独见全。使臣将王命，岂不如贼焉？今被征敛者，迫之如火煎。谁能绝人命，以作时世贤！思欲委符节，引竿自刺船。将家就鱼麦，归老江湖边。

全诗伊始便首先缅怀昔年切身亲逢的太平盛世，那是一段优游山林、泉壑为邻而高卧不起的清美无忧之岁月，是个人与群体无价的共同记忆。但就在沉湎其中尽情乐享之际，却猝不及防地遭遇安史祸乱所带来的"世变"巨祸，其后经济紊乱、制度崩坏，战事接续频仍、生民流离涂炭的惨况便将世界卷入于地狱之中，而诗人曾经度过其中后半段约莫二十年的玄宗时代和个人的乐园生活，也就忽然在一夕之间烟消云散、瓦解殆尽，剩下的只是无法收拾的残棋败局。我们可以注意到诗中最特别的是刻意提到彼时所具备的"太平"的构成要素，乃是"井税有常期"此一轻缓而稳定的赋税制度，相较于乱后政府"如贼""如火"般地征敛无度所造成的民生疾苦，此一对比正不啻告诉我们：玄宗朝之所以能够成为后世追慕的乐园，其基本原因乃是他完成了乌托邦的追求与实践，亦即在政治、经济、社会等攸关群体生活的范畴上达到了至善至美的最高标准，如此才使生活其中的每一个体都能获得乐园体验的现实基础。有关玄宗朝的乌托邦性质，由下一节的讨论更可清晰得见，而这也具体证明了先前第一章第四章所提出的"乌托邦之极致乃是乐园"的理论假设。

第四章 "失乐园"——追忆中的开、天盛世

至于中唐诗人张祜（792—854），其作品中对盛世的记录不但数量众多，而内容更充满是对开元、天宝之繁华的描写，如宋洪迈《容斋随笔》卷九所言："唐开元、天宝之盛，见于传记、歌诗多矣，而张祜所咏尤多，皆他诗人所未尝及者。如《正月十五夜灯》云：'千门开锁万灯明，正月中旬动帝京。三百内人连袖舞，一时天上着词声。'《上巳乐》云：'猩猩血染系头标，天上齐声举画桡。却是内人争意切，六宫红袖一时招。'《春莺啭》云：'兴庆池南柳未开，太真先把一枝梅。内人已唱春莺啭，花下傞傞软舞来。'又有《大酺乐》《邠王小管》《李谟笛》《宁哥来》《邠娘羯鼓》《退宫人》《耍娘歌》《悖拏儿舞》《阿保汤》《雨霖铃》《香囊子》等诗，皆可补《开天遗事》，弦之乐府也。"①另明许学夷《诗源辩体》亦指出："张祜元和中作宫体七言绝三十余首，多道天宝宫中事。"②对于安史之乱（755）发生三十多年后始生的诗人而言，这些描写开元、天宝盛世的众多作品显然并非纪实之作，而其内容既非源于亲眼目睹，便只能来自文献记载或口述传说。既然将那些与自己的现实生命完全无涉的文献记载或口述传说转化为艺术创作，乃是必得以精神的需要作为原动力，于是我们可以从诗人这样一个大规模的创作行动里，清楚地把握到其中蕴藏着一种集中而持续的精神意志，展现了追慕乐园而亟思回归的强烈执着。当张祜以三十多首作品着力描绘已然崩解的开、天盛世时，那失乐园便得以往而复返，在创作者的心灵中凝塑为艺术的永恒真实。

---

① （宋）洪迈：《容斋随笔》（上海：上海古籍出版社，1995年3月），页123。
② （明）许学夷：《诗源辩体》（北京：人民文学出版社，1998年2月），卷30，页282。

到了晚唐时代,"开元"作为昔日乐园的表征依然是十分明确的,陆龟蒙便以《开元杂题七首》的组诗形式回溯盛世之欢乐,包括《玉龙子》《照夜白》《舞马》《杂伎》《雪衣女》《绣岭宫》《汤泉》等七篇集中向开元辐辏,勾勒出旖旎繁华的无上荣景。而晚唐名家杜牧之诗作《华清宫三十韵》,则以今昔对比的手法描写了开、天盛世缤丽浓欢的"往事",全诗云:

> 绣岭明珠殿,层峦下缭墙。仰窥雕槛影,犹想赭袍光。昔帝登封后,中原自古强。一千年际会,三万里农桑。几席延尧舜,轩墀立禹汤。雷霆驰号令,星斗焕文章。钓筑乘时用,芝兰在处芳。北扉闲木索,南面富循良。至道思玄圃,平居厌未央。钩陈裹岩谷,文陛压青苍。歌吹千秋节,楼台八月凉。神仙高缥缈,环佩碎丁当。泉暖涵窗镜,云娇惹粉囊。嫩岚滋翠葆,清渭照红妆。帖泰生灵寿,欢娱岁序长。月闻仙曲调,霓作舞衣裳。雨露偏金穴,乾坤入醉乡。玩兵师汉武,回手倒干将。鲸鬣掀东海,胡牙揭上阳。喧呼马嵬血,零落羽林枪。倾国留无路,还魂怨有香。蜀峰横惨淡,秦树远微茫。鼎重山难转,天扶业更昌。望贤馀故老,花萼旧池塘。往事人谁问,幽襟泪独伤。碧檐斜送日,殷叶半凋霜。迸水倾瑶砌,疏风罅玉房。尘埃羯鼓索,片段荔枝筐。鸟啄摧寒木,蜗涎蠹画梁。孤烟知客恨,遥起泰陵傍。

从足以媲美尧舜禹汤的帝王器度、万里丰沃如膏的农桑经济、朝中号令文章的蓬勃焕发、山林岩穴之士的征用骋才,以至仙曲霓舞的歌吹之乐、倾国红妆的娇妍照人和仙国醉乡的沉酣浸迷,其间叙写之顺次让我们再一次看到"乌托邦之极致即是乐园"的逻辑理路;而在乌托邦与乐园的两个层次上都通过检验标准的开元、天宝盛世,正如"欢娱岁序长"一句所点明的,仿佛已臻至永不毁灭的永恒极致,并在歌舞酣醉之中达到顶峰。然而安史之乱却随即打开了通往地狱的大门,从此遂急转直下,翻出红颜血祭、军容零落的无限惨淡,致使百年之后的诗人在斜日寒木、疏风凋霜的宫殿废墟中,独自面对盛衰陵夷的历史沧桑而挥泪缅思往事,并为遥远的泰陵(玄宗死后葬身之陵寝)生发如烟不绝的伤痛愁恨,为全诗结穴。

而除了此一长篇之外,以类似的笔法追怀玄宗时代之乐园者,尚有李洞的《绣岭宫词》云:

> 春日迟迟春草绿,野棠开尽飘香玉。绣岭宫前鹤发翁,犹唱开元太平曲。

薛逢亦有《开元后乐》一诗曰:

> 莫奏开元旧乐章,乐中歌曲断人肠。邠王玉笛三更咽,虢国金车十里香。一自犬戎生蓟北,便从争战老汾阳。中原骏马搜求尽,沙苑年来草又芳。

在野棠开尽之后,原本绮丽繁华的绣岭宫也只剩下草绿余香,和

"犹唱开元太平曲"的鹤发老翁；而在昔日乐章中浮现的，则是金车玉笛、香风十里的旖旎风光，令失乐园后老朽于沙场的诗人闻之不禁惆怅而断肠。两诗中所呈现的昔盛今衰之对比，和向慕之思与失落之情交织的笔触，正都是追忆过程中复现那使现实更加黯然失色的"乐园"时的典型表述。

由上述种种例证可知，未能躬逢其盛的中晚唐诗人所产生的恋慕欷歔已然如此，则身当盛唐由治而衰之关键时期，目睹变局发生而其一生亦成为时代缩影的杜甫，以兼具"乐园之居民""失乐园后被放逐之遗民"，以及"观察敏锐、感受深刻之诗人"这三重身份所提供的乐园表述，必然更具有质与量上双重的价值，所再现的乐园也更加完整而动人。因此，下一节即以杜甫的追忆为论述的重点，使此一"开元盛世—失乐园"的主题得到更强而有力的展现。

第三节　杜甫的追忆："春夏—喜剧境界"的类型表现

事实上，今日所见的杜甫诗集中，写于开元时期（三十岁以前）的少作仅有寥寥十数首[①]，欲从中寻找对当时治世之盛况的直

---

① 依刘孟伉主编：《杜甫年谱》的系年，开元期间的作品为《游龙门奉先寺》《登兖州城楼》《望岳》《题张氏隐居二首》《刘九法曹郑瑕邱石门宴集》《与任城许主簿游南池》《对雨书怀走邀许主簿》《过宋员外之问旧庄》《房兵曹胡马》《画鹰》《夜宴左氏庄》《临邑舍弟书至苦雨黄河泛溢堤防之患簿领所忧因寄此诗用宽其意》及《巳上人茅斋》等诗，共十四首，不及杜甫全部作品的十分之一。

接描写，可谓绝无仅有。而当杜甫尚置身于天宝之际，面对此一日后也将成为"乐园"的一部分，而令其个人与许多中晚唐诗人亟思回归的时代，所抱持的态度却往往是批判的、讽谕的，不论是个人的沉沦坎坷，或是国家朝廷的奢华尚武，杜甫往往以极淋漓尽致的笔调，毫不蕴藉地多方揭露，甚至于痛愤狂恣而声泪俱下。因此在其诗中看不到当时那些处于政权中心的诗人所写的、充满对盛世之赞美与颂扬的应制诗，兹举王维的数首作品以观之：

- 渭水自萦秦塞曲，黄山旧绕汉宫斜。銮舆迥出仙门柳，阁道回看上苑花。云里帝城双凤阙，雨中春树万人家。为乘阳气行时令，不是宸游重物华。(《奉和圣制从蓬莱向兴庆阁道中留春雨中春望之作应制》)
- 长乐青门外，宜春小苑东。楼开万户上，辇过百花中。画鹢移仙妓，金貂列上公。清歌邀落日，妙舞向春风。渭水明秦甸，黄山入汉宫。君王来祓禊，灞浐亦朝宗。(《奉和圣制上巳于望春亭观禊饮应制》)
- 凤扆朝碧落，龙图耀金镜。维岳降二臣，戴天临万姓。山川八校满，井邑三农竟。比屋皆可封，谁家不相庆。林疏远村出，野旷寒山静。帝城云里深，渭水天边映。喜气含风景，颂声溢歌咏。端拱能任贤，弥彰圣君圣。(《奉和圣制登降圣观与宰臣等同望应制》)

诸诗皆充盈着缛丽的景观与蓬勃的气息，固然是因为奉和圣制而做的应制诗本不宜写得衰飒颓败、穷蹇寒酸，而有其应然的尊贵气质与雍容格调，但朝廷的繁盛也自在其中。相对于王维等诗人，这时依然徘徊于政治圈之外的杜甫则走向完全不同的路线，主要是以一个"边缘人""局外人"的旁观角度面对时代的另一个层面，一方面在个人际遇上是过着"朝扣富儿门，暮随肥马尘。残杯与冷炙，到处潜悲辛"的窘涩生活①，困顿无路之余，甚至对儒家理想也发出无可奈何的不平之鸣，而悲壮愁绝、淋漓放歌：

- 纨袴不饿死，儒冠多误身。（《奉赠韦左丞丈二十二韵》）
- 诸公衮衮登台省，广文先生官独冷。甲第纷纷厌粱肉，广文先生饭不足。先生有道出羲皇，先生有才过屈宋。德尊一代常坎轲，名垂万古知何用？……儒术于我何有哉，孔丘盗跖俱尘埃！（《醉时歌》）

有才德者以任重道远为己任，却终日坎壈其身；而"肉食者鄙"，却依然在权力的金字塔尖呼风唤雨，两两相较之下，诗人遂不免癫狂为言，质疑原初以儒门自许的理想，而发出"儒冠多误身""儒术于我何有哉，孔丘盗跖俱尘埃"的狂语。另一方面，由个人亲身之经历为基础，杜甫对现实界中的民生疾痛更得以充分感同身受，因此也为深受战争之苦的人民大声疾呼，为他们发抒如海难平的沉冤：

---

① 其《奉赠韦左丞丈二十二韵》诗中语，（唐）杜甫著，（清）仇兆鳌注：《杜诗详注》（台北：里仁书局，1980年7月），卷1。

车辚辚，马萧萧，行人弓箭各在腰。耶娘妻子走相送，尘埃不见咸阳桥。牵衣顿足拦道哭，哭声直上干云霄。道旁过者问行人，行人但云点行频。或从十五北防河，便至四十西营田。去时里正与裹头，归来头白还戍边。边庭流血成海水，武皇开边意未已。君不见汉家山东二百州，千村万落生荆杞。纵有健妇把锄犁，禾生陇亩无东西。况复秦兵耐苦战，被驱不异犬与鸡。长者虽有问，役夫敢申恨？且如今年冬，未休关西卒。县官急索租，租税从何出？信知生男恶，反是生女好。生女犹得嫁比邻，生男埋没随百草。君不见青海头，古来白骨无人收。新鬼烦冤旧鬼哭，天阴雨湿声啾啾。（《兵车行》）

为了无谓的开疆拓土，不但导致生命的大量耗损，产生"流血成海水"而"白骨无人收"的惨状，同时也使得人伦秩序瓦解，农村经济崩溃，社会体制错乱，造成"健妇把锄犁"而"陇亩无东西"的凄凉光景。然则"武皇开边意未已"，悲剧不知何时能了！因之在《前出塞九首》《后出塞五首》等作品中，杜甫不断传达了休兵的呼吁，并指责帝王将帅好战争功的野心："苟能制侵凌，岂在多杀伤？""君已富土境，开边一何多？""古人重守边，今人重高勋。"这些诗句皆是愤慨的质问与凌厉的批判。但是，正当广大人民冻馁穷死，或在永无止歇的征战中丧命，整个社会都错位失序、摇摇欲坠的时候，宫廷中却同时展开空前的奢靡，纵容贵戚的跋扈霸道：

就中云幕椒房亲，赐名大国虢与秦。紫驼之峰出翠釜，水精之盘行素鳞。犀筯厌饫久未下,鸾刀缕切空纷纶。……后来鞍马何逡巡,当轩下马入锦茵。杨花雪落覆白苹,青鸟飞去衔红巾。炙手可热势绝伦,慎莫近前丞相嗔。(《丽人行》)

细察诗中种种繁丽的描写,如堪与晋朝何曾"食日万钱,犹曰无下箸处"[①]比肩的豪侈无度,与贵戚间淫乱营私、旁若无人的纵恣放肆,都一一隐藏着诗人的指控。而将宫廷与民间彼此的荣枯之别相对并观,便是后来作于安史乱发前夕的《自京赴奉先县咏怀五百字》诗中所说的"朱门酒肉臭,路有冻死骨"的景象,尖锐的对比令诗人深感"惆怅难再述",唯有在无言之中沉痛不已。

然而,一旦盛世已去,其中蕴涵的"乐园"价值就逐渐浮显出来,使站在乐园门槛的杜甫得以从以往的批判立场中跳脱出来,而重新挖掘开元、天宝所蕴涵的意义,于是充满了怀思恋慕之情的乐园追寻,也就开始透过回忆的行动而清晰地呈现。

对盛唐时代的杜甫,以及其后的白居易、元稹、韩愈、李洞、薛逢等中晚唐诗人而言,在失去乐园之后还得以重返乐园的唯一方式,便是透过"回忆",因为"当我们回过头来考察复现自身的时候,我们发现,只有通过回忆,复现才有可能"[②]。而在这些诗人中,大都是透过他人转述的间接回忆来追攀过去,因此复现盛世之

---

① 见(唐)房玄龄等撰:《晋书·何曾传》(台北:鼎文书局,1992年11月),页998。

② 见[美]宇文所安著,郑学勤译:《追忆——中国古典文学中的往事再现》,页117。

时机必须依靠自我无法主宰的外在机缘，同时也都往往存在着一位偶遇的遗民以为重返的立足点。只有杜甫赖以复现的依据是直接根植于自身的记忆，源自于时时内发的、强烈的情感，于是"忆昔"一词便不断跃现，成为杜甫诗集中引领我们追寻失乐园的重要指标。不论是由"宿昔青门里"（《宿昔》）、"昔在开元中"（《送顾八分文学适洪吉州》）、"忆昔开元全盛日"（《忆昔二首》之二）、"忆昔霓旌下南苑"（《哀江头》）、"忆昔巡幸新丰宫"（《韦讽录事宅观曹将军画马图歌》）、"忆昔南海使"（《病橘》）、"忆昔骊山宫"（《杨监又出画鹰十二扇》）等诗所指向的宫廷政治实况，或是如"忆昔少壮日"（《垂老别》）、"忆昔好追凉"（《羌村三首》之二）、"忆昔十五心尚孩"（《百忧集行》）、"忆昔村野人"（《寄薛三郎中璩》）、"忆昔初见时"（《别李义》）、"昔我游宋中……忆与高李辈"（《遣怀》）、"往昔十四五"（《壮游》）、"昔者与高李"（《昔游》）、"昔谒华盖君"（《昔游》）、"昔我游山东，忆戏东岳阳"（《又上后园山脚》）、"昔者开元中"（《八哀诗·赠太子太师汝阳郡王琎》）、"忆昔李公存"（《八哀诗·赠秘书监江夏李公邕》）、"忆昔北寻小有洞"（《忆昔行》）、"昔有佳人公孙氏"（《观公孙大娘弟子舞剑器行》）、"忆昔咸阳都市合"（《夔州歌十首》之八）之类所涉及的个人早期生涯，杜甫曾经亲身参与的开元时代，都有如一幅华光闪耀而永不朽灭的黄金图版，不但是足以傲古睨今的繁华盛世，更是诗人一生中结合了个人青春之茂美与希望之荣光的珍贵阶段，所谓"历历开元事，分明在眼前"（《历历》），不论是从时代的角度来看，或是就个人的立场而言，开元时期都是绝对意义的乐园。

因此杜甫诗中的"昔"字总是明确而执着地不断回归于此一特定的时刻，与某些文学家如鲍照等以"昔日"泛指美好的过去①，意义上可以说是截然不同的。也就因为如此，当杜甫用"寂寞天宝后，园庐但蒿藜""先朝尝宴会，壮观已尘埃。凤纪编生日，龙池堑劫灰""往者胡星孛，恭惟汉网疏。风尘相顶洞，天地一邱墟"②这些诗句明确地指出开元、天宝之后，天地间已沦为劫灰飞扬、蒿藜遍生的废墟，却又无法抗拒地在这种繁华事散、疮痍满布的残败背景上追思前朝之时，年迈迟暮的诗人更易于感叹今不如昔，而产生盛世难再之悲：

- 本朝再树立，未及贞观时。(《咏怀二首》之一)
- 武德开元际，苍生岂重攀？(《有叹》)
- 安得更似开元中，道路即今多拥隔。(《光禄坂行》)

就在这样的情境下，衰老的杜甫时常依循回忆的指标追寻往事，而

---

① 鲍照在《芜城赋》中也曾以"昔"字展开一幅相对兴盛的美好历史画卷："当昔全盛之时，车挂轊，人驾肩，廛闬扑地，歌吹沸天。孳货盐田，铲利铜山；才力雄富，士马精妍。"但是此赋中鲍照的"当昔全盛之时"乃是将我们带回一个难以确定其时代的过去，"事实上是要把我们从真实的历史中带开，引入不属于某一特殊时间的循环运转中去"。这种手法与国人尚古讽今的民族性有关，因此在中国文学里十分常见，却也正对照出杜甫透过忆昔以使某一特定乐园再现的特殊。引自见〔美〕宇文所安著，郑学勤译：《追忆——中国古典文学中的往事再现》，页73。
② 此三段引诗，分别出自《无家别》《千秋节有感二首》之二、《秋日荆南送石首薛明府辞满告别奉寄薛尚书颂德叙怀斐然之作三十韵》三首诗作。

"在回忆中'溯溪'而上，它的最后阶段就是对欢乐的回忆"①，同时，"永恒只存在于令人永志不忘的往事中。回忆往事能使人得到相等的或更多于身历其境时的欢乐"②。透过各个断片的重组，诗人在追忆的最后阶段里重现了乐园的欢乐，并取得了超越于现实之上的永恒。

在回忆中失而复得的乐园中，最普遍而显著的共同特质就是环绕着"春夏意象"所展现的氛围。弗莱曾经透过晨昏春秋人生文学的模拟，在其《文学的原型》一文中提出了种种属于"黎明、春天、诞生"以及"日午、夏天、胜利"等正面的意象，并指出喜剧也相当于春天、夏天的地位；而在喜剧境界之中，展现的是坐谈、围叙、秩序、友谊、爱情的意象之原型，其植物世界则是花园、小丛林或公园、生命树、玫瑰或莲花，其不定形的流体世界则是河流，同时，在喜剧世界中的东西都可以被看作是发光或者火热的，树尤其如此。③在这样的分析里所注意到的种种有关"春夏型"和"喜剧境界"的细节或意象，都恰好符合玄宗朝的乐园特质，由以下的

---

① 见[美]宇文所安著，郑学勤译：《追忆——中国古典文学中的往事再现》，页142。
② 此为华兹华斯（William Wordsworth, 1770—1850）诗歌中对时间的反应态度，引文见何冠骥：《中英诗中的时间观念》，《中外文学》第10卷第7期（1981年12月），页75。
③ 此段有关弗莱原型论的内容，乃出自其 The Archetypes of Literature 一文，潘国庆等译，收入[美]约翰·维克雷编：《神话与文学》（上海：上海文艺出版社，1995年4月）。另外，摄要之引介可参考黄维梁：《春的悦豫与秋的阴沉——试用弗莱"原型论"观点析杜甫的"客至"与"登高"》，中国古典文学研究会主编：《古典文学》第7集上册（台北：台湾学生书局，1985年），页345—347。

探讨，我们可以清楚地看到：追忆中的开元盛世也同样是阳光普照、草木欣荣而曲江周流，物质丰饶、爱情洋溢而歌舞腾欢，此外还充满了友谊和秩序的芬芳，因此时时吹奏着欢愉的牧歌。这些都能够在杜甫的诗中一一得到验证。

由"春"字本身直接点明的诗例，在杜甫集中便有《能画》的"每蒙天一笑，复似物皆春"和《八哀诗·赠太子太师汝阳郡王琎》的"汝阳让弟子，眉宇真天人。虬髯似太宗，色映塞外春"，而李白早在天宝年间所作《赠从弟南平太守之遥二首》之一中也曾写道："天门九重谒圣人，龙颜一解四海春。彤庭左右呼万岁，拜贺明主收沉沦。"可知高高在上而作为盛世之引领者的君王，犹如宇宙中更新万物的力量，亦是天地间光与热的来源，每当"天一笑""龙颜一解"的时候，便推扩此一灿亮的光芒与蓬勃的生意及于天下万物，使得"物皆春""塞外春"或"四海春"，于是四海之辽阔与万物之繁多率皆沐浴在春意盎然的欣欣气象之中，而为其勃然跃动的生命力激发出一种向上腾升的鼓舞之情。因此杜甫在追思天宝之鼎盛时，又写下了《哀江头》一诗描述道："忆昔霓旌下南苑，苑中万物生颜色。"诗中以代表玄宗之到临的霓旌彩旗来揭开在曲江举行之庆典的序幕，接着叙述玄宗有如太阳般瞬间照耀万物，点燃其生命风华与鲜明色彩的壮丽效果，这些诗句无一不证明了"圣君"就是乐园之光源和生命之活泉。而其他不以"春"字点明，却透过与春天意象具有明确联系的景物来表现蓬勃之感的诗作，例子就更多了，兹举数首以为代表：

第四章 "失乐园"——追忆中的开、天盛世

- 宿昔青门里,蓬莱仗数移。花娇迎杂树,龙喜出平池。(《宿昔》)
- 蓬莱宫阙对南山,承露金茎霄汉间。西望瑶池降王母,东来紫气满函关。云移雉尾开宫扇,日绕龙鳞识圣颜。一卧沧江惊岁晚,几回青琐点朝班。(《秋兴八首》之五)
- 昆吾御宿自逶迤,紫阁峰阴入渼陂。香稻啄余鹦鹉粒,碧梧栖老凤凰枝。佳人拾翠春相问,仙侣同舟晚更移。彩笔昔曾干气象,白头吟望苦低垂。(《秋兴八首》之八)

在天子御临的长安城中,寓目所见的是杂树花娇、日绕龙鳞,还有佳人拾翠、仙侣同舟,正是一幅悦豫缤纷的春景。车尔尼雪夫斯基在其《生活与美学》中曾言:"人一般地都是用所有者的眼光去看自然,他觉得大地上的美的东西总是与人生的幸福和欢乐相连的。太阳和日光之所以美得可爱,也就因为它们是自然界一切生命的泉源……"[①]这段话适足以说明盛唐之所以洋溢着春天的意象,其原因就在于身为乐园的所有者,他们的幸福与欢乐赋予大地或自然界一种充盈的美感;而作为乐园之创建者的玄宗,就如同照耀乐园的太阳或日光一般,为盛唐带来生命力的泉源,而成为被歌颂的对象。

有如阳光照耀之下万物的滋长怒放,玄宗朝所开辟的乐园中,

[①] 引自方管:《读杜琐记》,中华书局编:《杜甫研究论文集》三辑(北京:中华书局,1963年9月),页99。

也充满了物资丰裕、乐利富饶的景象。在前引诸诗例中,我们可以看到居天下之中心的长安城里,与春夏意象相结合的还有精美绝伦而品级超凡的种种物类,其中以《秋兴八首》之八所形容的"香稻啄余鹦鹉粒,碧梧栖老凤凰枝"一联最为特出,不但运用的语言形式矫奇而致密,内容涉及的对象也富丽而不俗,有如神话思维作用之后的综合印象;清人吴瞻泰曾以理性的思路分析其意云:"言鹦鹉啄余之粒,香稻也;凤凰栖老之枝,碧梧也。以兴盛时食饮栖息之不同如此。"① 但事实上,两句所用的倒装形式反而更有助于强化这种"兴盛时食饮栖息之不同如此"的无限怀念之情,因为透过倒装以后字质之间交互影响、彼此修饰强化的作用,可以"更加显出一种富丽之感",从而"突显了杜甫回忆中丰美富丽、不暇细分的综合印象,不但具有远较于'顺装'时更丰富的想象余地,也使过去的现实经验在回想中再生时,虚实互生,亦真亦幻,得到了纯为感受的意象表现"②。也唯其如此,更呼应了诗人早在天宝初期乐园尚未失落之前,便曾着力描写的华美景象:"春酒杯浓琥珀薄,冰浆碗碧玛瑙寒"(《郑驸马宅宴洞中》)、"青春波浪芙蓉园,白日雷霆夹城仗。阊阖晴开昳荡荡,曲江翠幙排银牓。拂水低回舞袖翻,缘云清切歌声上"(《乐游园歌》)、"紫驼之峰出翠釜,水晶之盘行素鳞。……杨花雪落覆白苹,青鸟飞去衔红巾"(《丽人行》),于是乐园中的实况描写与乐园失落后的浓缩想象,共同交织出由内

---

① (清)吴瞻泰:《杜诗提要》(台北:大通书局,1974年10月),页684。
② 引自欧丽娟:《杜诗意象论》(台北:里仁书局,1997年12月),页174。

部发出光辉的繁华。而在长安城外,其他的通都大邑和城镇郊野也是一片丰收满溢的富足:

- 忆昔开元全盛日,小邑犹藏万家室。稻米流脂粟米白,公私仓廪俱丰实。九州道路无豺虎,远行不劳吉日出。齐纨鲁缟车班班,男耕女桑不相失。宫中圣人奏云门,天下朋友皆胶漆。百余年间未灾变,叔孙礼乐萧何律。(《忆昔二首》之二)
- 昔我游宋中,惟梁孝王都。……邑中九万家,高栋照通衢。舟车半天下,主客多欢娱。(《遣怀》)
- 昔者与高李,晚登单父台。……是时仓廪实,洞达寰区开。(《昔游》)

这样的"开元全盛日",仿佛是西方宗教之乐园神话里"流奶与蜜"的许诺在东方的实现,因为在此丰饶之大地上,不论是官家或私户,仓廪中都收藏着不虞匮乏的粮食,肥白饱实、米脂流溢,哺育了"小邑犹藏万家室"中安居乐业的万千子民,后来晚唐的杜牧亦以"一千年际会,三万里农桑"(《华清宫三十韵》)与此呼应;而在"足食"之外,络绎不绝的商车运载也向四处流通纨缟之类精致轻暖的衣料,此即"齐纨鲁缟车班班"一句从"丰衣"的角度进一步提供更高的生活满足。最可贵的是,如此富裕的社会却并未因征逐货利而沦入人心机巧、风俗浇薄之中;相反地,唐代诗人一致追求的"淳朴"理想在此获得了充分的落实,所谓"九州道路无豺虎,远行不劳吉日出""男耕女桑不相失""天下朋友皆胶漆"和"洞达寰区开"的风俗情境,描绘了人与人之间倾心无猜的胶漆之情,还有各适其分、不杂乱错位的井然秩序,以及安全无虞的治安状况和四通八达的往来交通,这些都恰恰是自古以来知识分子汲汲营求的大同世界的具体化。可见玄宗朝的乐园不但呼应了前述弗莱有关"春夏—喜剧境界"的原型理论,同时,它也已经完全具备了本书第二章第二节所述理想国的构设中"风俗淳"的特点,体现了乌托邦的一大价值。

事实上,玄宗如日中天的光芒主要是来自于媲美尧舜的治绩与器识,这一点体现了乌托邦的另一价值,也是盛唐诗人都一致同意的共识。如孟浩然曰:"欲济无舟楫,端居耻圣明。"(《望洞庭湖赠张丞相》)李白也对当时整个时代的美善清明发出热烈的赞美:"圣代复元古,垂衣贵清真。群才属休明,承运共跃鳞。"(《古风五十九首》之一)杜甫本身亦曾就此为言:"生逢尧舜君,不忍便永诀。"(《自京赴奉先县咏怀五百字》)至晚唐的杜牧更追慕道:"昔帝登封后,中原自古强。……几席延尧舜,轩墀立禹汤。"(《华清宫三十韵》)这样的赞颂有极坚强的事实根据,并不全然是迎合主上的溢美之词;而构成其圣明的主要条件,杜甫在《能画》诗中提出了一针见血的说明:"政化平如水,皇明断若神。时时用抵戏,亦未杂风尘。"这段话的重点有二:一是玄宗具备了神乎其境的明断力,已达到杜甫用以称许一切艺术或才能的最高境界,遂足以保障整个政治乌托邦的存在与实现(此点可参本书第二章第一节之探讨),因此宋洪迈释此诗云:"按杜之旨,本谓技艺倡优,不应蒙人主顾眄赏接;然使政化如水,皇恩若神，为政大要既无可损，则时时用此辈，亦亡害也。"① 二是政治乌托邦的企及直接地导向乐园的实现，而就乐园中必备的欢乐气氛而言，杜甫对"扺戏"以及其他娱乐性的活动，并未采取视之为洪水猛兽而亟欲禁制的酸腐态度。彼时既是一太平时代，因此不但人情淳厚、治安良好，民生富足、物资充盈，更且歌舞升平、艺文鼎盛，无论是纯粹的娱乐行为或高尚的艺术活动，都成了烘托乐园情境的有效因素。

先就娱乐活动言之。杜甫回忆中的长安是被视为"歌舞地"而出现的②，"歌舞升平"完全是此一盛世欢乐的写照。《旧唐书·玄宗本纪》曾记载玄宗"命侍臣及百僚每旬暇日寻胜地燕乐，仍赐钱，令所司供帐造食"③。而其中所谓"每旬暇日寻胜地"之意，确切说来即是"遇逢诸节，尤以晦日、上巳、重阳为重，后改晦日，立二月朔为中和节，并称三大节。所游地推曲江为胜"④。可知集中欢乐的胜地非曲江及其附近的风景区莫属。曲江属于原型论中喜剧境界（对等于春夏类型）的河流意象，环绕着曲江的乐游园和芙蓉苑等名胜，自然也充满春夏类型中"花园、树木"的植物世界；同时在花环树绕的繁茂景致中，人的活动也表现了"坐谈、围叙"之类众乐乐的群体欢愉之情。杜甫的《乐游园歌》曾描述道：

---

① 见（宋）洪迈：《容斋随笔》，《三笔》卷6，页484。
② 杜甫《秋兴八首》之六云："回首可怜歌舞地，秦中自古帝王州。"
③ （五代）刘昫等撰：《旧唐书》（台北：洪氏出版社，1977年6月），页195。
④ （明）胡震亨：《唐音癸签》（台北：木铎出版社，1982年7月），卷27，页284。

> 乐游古园崒森爽，烟绵碧草萋萋长。公子华筵势最高，秦川对酒平如掌。长生木瓢示真率，更调鞍马狂欢赏。青春波浪芙蓉园，白日雷霆夹城仗。阊阖晴开昳荡荡，曲江翠幕排银榜。拂水低回舞袖翻，缘云清切歌声上。

此外，其《丽人行》亦彩绘春天时曲江乐游的锦丽景象：

> 三月三日天气新，长安水边多丽人。态浓意远淑且真，肌理细腻骨肉匀。绣罗衣裳照暮春，蹙金孔雀银麒麟。……杨花雪落覆白苹，青鸟飞去衔红巾。

这些烟绵碧草、杨花雪落以及青春波浪的自然风光，把曲江与乐游园点缀得欣欣向荣；活动于其中的，除了丽人如织、公子对酒之外，还有舞袖拂水、歌声入云的欢赏，而翠幕银榜络绎不绝的盛况也助长了腾跃酣热的气氛。当时曲江花草人物之盛，唐人康骈也有过形容，其《剧谈录》称："曲江本秦世隑洲，开元中疏凿，遂为胜境，其南有紫云楼、芙蓉苑，其西有杏园、慈恩寺，花卉环周，烟水明媚，都人游玩，盛于中和上巳之节，彩幄翠帱，匝于堤岸；鲜车健马，比肩击毂。……入夏则菰蒲葱翠，柳阴四合；碧波红蕖，湛然可爱。好事者赏芳辰、翫清景，联骑携觞，亹亹不绝。"[①]

---

① 见（唐）康骈：《剧谈录》，卷下，《景印文渊阁四库全书》第1042册（台北：台湾商务印书馆，1986年7月），页693。

至于乐游园的繁华，宋朝宋敏求曾记载：其地"在高原上，长安太平公主于原上置亭游赏，后赐宁、申、岐、薛王。……其地居京城之最高，四望宽敞，京城之内，俯视指掌。每正月晦日、三月三日、九月九日，京城士女咸就此登赏祓禊。"①《西京记》对此尚有更详尽的补充："其地四望宽敞，每三月上巳、九月重阳，士女戏就此祓禊登高，幄幕云布，车马填塞，虹彩映日，馨香满路，朝士词人赋诗，翌日传于京师。"② 这几条资料都可以与杜诗互相印证发明。

直到乐园失去之后，这些景象在杜甫的回忆之中仍然历历如新，成为晚年时诗歌创作的构成素材之一，如安史乱发之初诗人于奔行在之途中被俘后，作于长安沦陷区的《哀江头》一诗便追记其事云：

> 忆昔霓旌下南苑，苑中万物生颜色。昭阳殿里第一人，同辇随君侍君侧。辇前才人带弓箭，白马嚼啮黄金勒。翻身向天仰射云，一笑正坠双飞翼。

诗中万物生色，贵妃伴随至尊艳丽照人，白马黄金交相辉映，才人神射入云正中目标，当时种种辉煌的场景，在身处"胡骑尘满城"的诗人心中似乎显得更加鲜明；而联篇诗章《秋兴八首》更完全是

---

① 见（宋）宋敏求：《长安志》，卷8，《景印文渊阁四库全书》第587册，（台北：台湾商务印书馆，1986年7月），页134。
② （唐）杜甫著，（清）仇兆鳌注：《杜诗详注》，卷2，页101。

身处荒僻边陲之地,却心心念念一再向故都回溯的结晶,尤其是被安排为压轴的第八首(诗句已见前引),吴瞻泰对整首诗的解析颇能指出其创作根源:"此思长安渼陂之游,为八章总结。昆吾、御宿、紫阁峰,三地名,皆近渼陂。一、二昔游所历之山川;三、四昔游所遭之食息;五、六昔游所与之伴侣,而以七句总之,具见盛时气象,故常笔之于诗赋也。"①其后至代宗大历四年,杜甫出峡漂流于湘潭的归乡之路上,于潭州所作的《千秋节有感二首》之二,亦曾触发昔日玄宗生日时宫中盛况的回忆:

> 御气云楼敞,含风彩仗高。仙人张内乐,王母献宫桃。罗袜红蕖艳,金鸡白雪毛。舞阶衔寿酒,走索背秋毫。

历史上记载:开元十七年"八月癸亥,上以降诞日,燕百僚于花萼楼下。百僚表请以每年八月五日为千秋节,王公已下献镜及承露囊,天下诸州咸令燕乐,休暇三日,仍编为令,从之"②。这就是乐园中此一具有代表性之庆典的由来。但史书平板记事,杜诗却提供了鲜活生动的描写,有趣的是,虽然千秋节是在秋天时节展开庆祝,但帝王诞生的喜悦与回忆所奠基的距离感,却使得"心理感受上的春天"超越了"物理时间上的秋天",而为整首诗注入了盎然的春意,与前引之《哀江头》一诗共同描绘出一幅色彩鲜丽、仙乐

---

① (清)吴瞻泰:《杜诗提要》,页648。
② (五代)刘昫等撰:《旧唐书·玄宗纪》,页193。

风飘的图景。除此之外，两诗还透过帝王车驾前随行的才人"翻身向天仰射云，一笑正坠双飞翼"的神射绝艺，以及贺寿艺人"舞阶衔寿酒，走索背秋毫"的特技表演，而充满了动态奇幻的美感。

当然，烘托此一乐园最常见的主力娱乐仍然应属歌舞表演，尤其玄宗本身原即深富音乐艺术方面的才华，能够审音度曲、弹奏乐器，如著名的《霓裳羽衣曲》即出自其手，刘禹锡《三乡驿楼伏睹玄宗望女几山诗小臣斐然有感》一诗便撷取了当时流行的传闻，指出此曲创作的因缘："开元天子万事足，唯惜当时光景促。三乡陌上望仙山，归作霓裳羽衣曲。"此言乐曲乃由望仙山所激发的灵感而完成，固然点出了霓裳羽衣曲从神仙幻思中所撷取得来的轻盈飘逸、灵动如仙的美感，但这位盛世帝王能够上契仙想而得其真髓，其有如神授的才能自是不言可喻。因此自开元二年玄宗创设了梨园之后[①]，歌舞表演可谓无日无之，《雍录》卷九指出："上素晓音律，时有李龟年、贺怀智，皆能以伎闻。安禄山献白玉箫管数百事，皆陈于梨园，自是音响绝不类人间。"[②] 其丝管活动之频繁与音声素质之超妙不凡，早已非泛泛的耳目享乐所能比拟，所谓"白玉箫管数百事"与"音响绝不类人间"的说法，都将歌舞活动的性质升华到了艺术欣赏的较高境界，而具有专业的编制规模、专家的深度爱好

---

① （宋）程大昌云："开元二年正月，置教坊于蓬莱宫，上自教法曲，谓之梨园弟子。至天宝中，即东宫置宜春北苑，命宫女数百人为梨园弟子，即是。梨园者，按乐之地，而预教者，名为弟子耳。"（宋）程大昌：《雍录》，卷9，《景印文渊阁四库全书》第587册（台北：台湾商务印书，1986年7月），页386。

② （宋）程大昌：《雍录》，卷9，《景印文渊阁四库全书》第587册，页386。

与表现水平。于是在乐园中歌舞所散溢的艺术气息，就成为追忆乐园时最容易引起感知的氛围，如白居易《新丰折臂翁》追述道："生逢圣代无征战，惯听梨园歌管声。"《江南遇天宝乐叟》也有句云："冬雪飘飖锦袍暖，春风荡漾霓裳翻。"《长恨歌》中亦称："缓歌慢舞凝丝竹，尽日君王看不足。……风吹仙袂飘飘举，犹似霓裳羽衣舞。"还有元稹《连昌宫词》所谓："飞上九天歌一声，二十五郎吹管逐。逡巡大遍凉州彻，色色龟兹轰录续。李谟擫笛傍宫墙，偷得新翻数般曲。"这些都是对当时沉湎于歌舞欣赏的描写。此中尤以霓裳羽衣曲最为宫中赏爱之主流，如顾况《八月五日歌》、白居易《法曲》、元稹《法曲》等都聚焦于此进行撰述，可以说，此曲既是展现开元盛世的无上表征，所谓"法曲法曲歌霓裳，致和世理音洋洋，开元之人乐且康"（白居易《法曲》），也同时是盛世终结的挽歌，而有"渔阳鼙鼓动地来，惊破霓裳羽衣曲"（白居易《长恨歌》）之诗句，恰恰与玄宗朝之盛衰相始终。

而从其中《霓裳羽衣舞》的盛行，又可以连结到构成盛唐乐园的另一大要素，也就是与玄宗紧密结合为一的生活伴侣兼艺术知己，而曾将玄宗所创的霓裳羽衣曲舞蹈化，使耳之所闻与目之所见结合得天衣无缝的贵妃杨玉环。陈鸿《长恨歌传》则载云：杨氏"光彩焕发，转动照人，上甚悦。进见之日，奏《霓裳羽衣曲》以导之"[1]。而自从进见之日起，斯人与斯舞便结下了不解之缘，许多

---

[1] 此文收入（唐）白居易著，顾学颉点校：《白居易集》（北京：中华书局，1985年10月），卷12，页235。

与贵妃有关的诗作，如白居易的《江南遇天宝乐叟》《长恨歌》，王建的《霓裳词十首》，杜牧的《过华清宫绝句三首》之二，温庭筠的《过华清宫二十二韵》[①]等都强调了与霓裳羽衣曲舞的关联，而白居易《和微之霓裳羽衣曲歌》更有"由来能事各有主，杨氏创声君造谱"之说，刻画了帝妃之间琴瑟和鸣的情态。就在这繁弦急管、舞姿联翩的曼丽景致中，浮显着清晰而高亢的爱情主题，一切欢愉所指向的真正核心，其实就在彰显玄宗和贵妃之间深挚的情感。

如同弗莱所指出的，"春夏—喜剧境界"的文学原型中也包含了爱情之意象，此一特点在唐盛世的乐园中尤其突出。李白也是亲身参与过乐园的见证者，作于天宝三年宫廷之中的《清平调》三章可以说是对此段旷世爱情最早发出的美丽颂歌：

- 云想衣裳花想容，春风拂槛露华浓。若非群玉山头见，会向瑶台月下逢。（其一）
- 一枝红艳露凝香，云雨巫山枉断肠。借问汉宫谁得似，可怜飞燕倚新妆。（其二）
- 名花倾国两相欢，长得君王带笑看。解释春风无限恨，沉香亭北倚阑干。（其三）

[①] 白居易诗已见前引，王建《霓裳词十首》之五亦云："伴教霓裳有贵妃，从初直到曲成时。日长耳里闻声熟，拍数分毫错总知。"而杜牧《过华清宫绝句三首》之二则曰："新丰绿树起黄埃，数骑渔阳探使回。霓裳一曲千峰上，舞破中原始下来。"温庭筠的《过华清宫二十二韵》可见下文。

所谓"长得君王带笑看",不但烘托了贵妃"云想衣裳花想容""可怜飞燕倚新妆"的倾国之貌,而玄宗对贵妃的一往情深和无限爱怜也尽在其中。五代王仁裕《开元天宝遗事》卷三曾记载:"明皇秋八月,太液池有千叶白莲数枝盛开,帝与贵戚宴赏焉。左右皆叹羡久之,帝指贵妃示于左右曰:'争如我解语花!'"① 宋乐史《杨太真外传》也有一段温馨旖旎的描述:"(定情)是夕,授金钗钿合,上又自执丽水镇紫库磨金琢成步摇,至妆阁亲与插鬓。上喜甚,谓后宫人曰:'朕得杨贵妃,如得至宝也。'"② 这两处资料所谓的"解语花"和"如得至宝",都说明了除去表面的容色肤触之爱外,实则能结为精神共感、灵犀相通的生命伴侣,才是两人情感维系长达十六年并至死不变的首要原因③,对照于一般"色衰而爱弛,爱弛则恩绝"④的两性关系,足证玄宗对贵妃爱不弛、恩不绝且始终

---

① (五代)王仁裕:《开元天宝遗事》,收入《景印文渊阁四库全书》第1035册,(台北:台湾商务印书馆,1986年7月),页860。

② (宋)乐史:《杨太真外传》,(唐)王度等撰,汪辟疆辑:《唐人传奇小说》(台北:三人行书局,1984年1月),页307。

③ "以开元二十八年(公元740年)十月温泉宫相会为标志,揭开了李杨情爱史的序幕。"此后至天宝十五年(公元756年)六月马嵬坡事变贵妃枉死,期间约十六年。引文见许道勋、赵克尧合著:《唐玄宗传》(北京:人民出版社,1995年5月),页38。

④ 此语出自《汉书·外戚传》,汉武帝宠妾李夫人病危时云:"我以容貌之好,得从微贱爱幸于上。夫以色事人者,色衰而爱弛,爱弛则恩绝。上所以挛挛顾念我者,乃以平生容貌也。今见我毁坏,颜色非故,必畏恶吐弃我,意尚肯复追思闵录其兄弟哉!"(汉)班固著,(唐)颜师古注:《汉书》(台北:鼎文书局,1991年9月),卷97,页3952。

专一，乃是确然出于灵魂深处的真挚情感，以至能够超越帝王（以及一般男性）渔猎女色、流连花丛的弱点。则白居易《长恨歌》所谓的"后宫佳丽三千人，三千宠爱在一身"，也应由此进行诠释才具有较深刻的意义；换言之，贵妃所得者不仅是三千倍的宠爱，而更是那具备排他性以至排除其他三千佳丽的专一之情。同理，《上阳白发人》白居易原注所言："天宝五载以后，杨贵妃专宠，后宫无复进幸矣。"以及陈鸿《长恨歌传》所说："虽有三夫人、九嫔、二十七世妇、八十一御妻，暨后宫才人、乐府妓女，使天子无顾盼意。自是六宫无复进幸者。非徒殊艳尤态致是，盖才智明慧，善巧便佞，先意希旨，有不可形容者。"其不言之意即与此处所论类同。

正因为玄宗与贵妃的紧密结合，因此无论后世对杨贵妃的评价如何，整个玄宗朝的盛世荣华常常少不了贵妃的存在，进而成为聚集盛唐繁华和帝王光辉的焦点，如杜甫《哀江头》诗中的"昭阳殿里第一人，同辇随君侍君侧"，张祜《春莺啭》中的"兴庆池南柳未开，太真先把一枝梅"，元稹《连昌宫词》的"上皇正在望仙楼，太真同凭栏干立。……寝殿相连端正楼，太真梳洗楼上头"和《灯影》的"见说平时灯影里，玄宗潜伴太真游"，白居易《长恨歌》的"承欢侍宴无闲暇，春从春游夜专夜"和《江南遇天宝乐叟》的"贵妃宛转侍君侧，体弱不胜珠翠繁"，陈鸿《长恨歌传》的"时省风九州岛、泥金五岳、骊山雪夜、上阳春朝，与上行同辇，居同室，宴专席，寝专房"，温庭筠《过华清宫二十二韵》的"忆昔开元日，承平事胜游。贵妃专宠幸，天子富春秋。月白霓裳殿，风干羯鼓楼"，李商隐《马嵬二首》之二的"此日六军同驻马，当时七夕笑牵牛"，以及杜牧《过华清宫绝句三首》之一的"一骑红尘妃子笑，无人知是荔枝来"，都显示出贵妃是追忆中的乐园不可或缺的重要部分。人们固然有以"祸水论"和政治成败的角度来谴责两人的爱情关系，甚至连温柔敦厚的杜甫有时也不例外①，但绝不能否认贵妃点燃了玄宗暮年的生命之火，两人情感之恩爱真挚不但使得宫廷和都城弥漫着青春的气息，也成了传诵千古的文学题材。之所以如此，"爱情"本身所具有的普遍动人的力量只是部分的原因，最大的因素应该是在深挚纯一、不染杂质的真实爱情竟体现在极权帝王的身上，而又表现得如此温暖美好，反而使最终悲剧性的不幸结局更增添了令人低回的凄美，中唐陈鸿于《长恨歌传》中所说的"希代之事"②正足以传达此中消息。于是贵妃的欢笑便是玄宗的快慰，而玄宗的快慰又直接引带出时代的繁华，乃至于奢华，由此一脉贯通，遂使贵妃也成为乐园中一尊闪耀的雕像，那春天的意象有许多便是这尊黄金雕像的绚烂反光。因而后代诗人热衷于歌咏贵妃的题材，所谓"杨贵妃事，为唐人艳称。大历之后，其见于歌咏丛谈者尤备"的现象③，或许都可以从重返乐园的角度获得新的理解。

环绕着玄宗与贵妃之爱情的，是歌舞游宴之类数不清的娱乐活

---

① 如其《北征》诗中便以"不闻夏殷衰，中自诛褒妲"比喻玄宗之缢杀贵妃；此外，中唐陈鸿的《长恨歌传》谓其作乃是"不但感其事，亦欲惩尤物、窒乱阶"，可见以男性为中心的政治论述深植于历史评价之一斑。
② 此文收入（唐）白居易著，顾学颉点校：《白居易集》，卷12，页237。
③ 引自汪辟疆于陈鸿《长恨歌传》之题解，（唐）王度等撰，汪辟疆辑：《唐人传奇小说》，页191。

动,但是,从"娱乐活动"到"艺术活动"却往往只有一线之隔。玄宗本身的音乐造诣已见前述,就诗歌创作而言,也展现了娱乐与艺术这两种范畴之间的连带性,如明胡震亨《唐音癸签》在形容玄宗时长安风景游乐之鼎盛后,接着便叙述诗歌酬唱篇什之繁多的盛况,并进一步推究其间的因果关系:"所游地推曲江最胜……朝士词人有赋,翼日即留传京师,当时倡酬之多、诗篇之盛,此亦其一助也。"[1] 可见艺术的臻至有赖于娱乐的刺激,而娱乐的精致化也易于升华成为艺术的表现。又因为在一个繁荣富庶的环境中,对娱乐的重视和娱乐的精致化相对说来是比较容易发生的,盛唐物质文明之发达已如前言,因此,"经济的繁荣,必然要带来文化的高潮。当时诗人辈出,文采风流,英华竞吐,出现了一个中国文学史上的黄金时代"[2]。身处黄金时代中的李白便曾对当时诗歌蓬勃的盛况发出以下的礼赞:"群才属休明,乘运共跃鳞。文质相炳焕,众星罗秋旻。"(《古风五十九首》之一)而居此众星罗列之中心点,以及担任指引鱼龙腾跃之先导的,隐隐然仍有玄宗的影子,如方回便认为:"开元、天宝盛时,当陈、宋、杜、沈律诗,王、杨、卢、骆诸文人之后,有王摩诘、孟浩然、李太白、杜子美及岑参、高适之徒,并鸣于时。韦应物、刘长卿、严维、秦系亦并世,而不见与李、杜相倡和。诗人至此,可谓盛矣!为之君如明皇者,高才能诗,亦不

---

[1] (明)胡震亨:《唐音癸签》,页285。
[2] 翦伯赞:《杜甫研究》,中华书局编:《杜甫研究论文集》一辑(北京:中华书局,1962年12月),页150。

下其臣,岂非盛之又盛哉!"① 事实上,除了审音度曲与高才能诗之外,玄宗所爱好的娱乐种类或所擅长的艺术造诣还表现在好画、善书上。由经济繁荣、帝王爱好的影响,遂使音乐、舞蹈、诗歌、绘画、书法等艺文之鼎盛也是构成此一乐园不可或缺的一环。

然而,从杜甫诗集中我们可以注意到一个殊堪玩味的现象,亦即构成玄宗朝之艺术氛围的重要人物,大多数都是在安史乱生而乐园崩溃之后,出于因缘际会、萍蓬偶聚的机缘,才在乱离飘泊的岁月中被一一捡拾,而进入诗歌中为我们所认识。推究其故,除了如前文所言是因为"意识到自己失去了某种东西,由于这种失落,过去被视为理所当然的东西,现在有了新的价值";此外,由于时间和在时间中成形的空间都具有不可逆的特质,当空间上长安胜地已为战火劫掠而沦为废墟,与此同时杜甫自己也远离京城展开"飘泊西南天地间"②的晚年生涯时,乐园便已是一去不复返的明日黄花。此刻,唯一可以暂时对抗或超越时间与空间之不可逆性质的,便只有残留自过去时空的"断片"——也就是被放逐的遗民。但是,与中晚唐诗人所遇到的断片有所不同,杜甫借以触发回归之机缘的残余人物,并非元稹、白居易、韩愈、李洞等人所见的,大多以匿名形式出现的宫女、乐叟、宫中遗老和梨园弟子之类,属于较低层的边缘人物;而是真正学有专精、卓然成家,在各个艺术领域里引领风骚的一时之选,如:画家曹霸,书法家顾戒奢、李潮、韩择木、

---

① 方回评唐玄宗《早渡蒲关》诗批语,引自(元)方回选评,李庆甲校:《瀛奎律髓汇评》(上海:上海古籍出版社,1986年4月),卷14,页500—501。

② (唐)杜甫:《咏怀古迹五首》之一的诗句。

蔡有邻，舞蹈家公孙大娘，歌唱家李龟年等人，在经过战火的洗礼以及岁月的消磨之后，他们"既是一部失落沉淀的历史，也是一部寻而复得的历史"①，在杜甫的晚年里一一被重新翻阅与回味：

- 开元之中常引见，承恩数上南熏殿。凌烟功臣少颜色，将军笔下开生面。……至尊含笑催赐金，圉人太仆皆惆怅。(《丹青引赠曹将军霸》，代宗广德二年作)
- 国初已来画鞍马，神妙独数江都王。将军得名三十载，人间又见真乘黄。曾貌先帝照夜白，龙池十日飞霹雳。内府殷红玛瑙盘，婕妤传召才人索。盘赐将军拜舞归，轻纨细绮相追飞。贵戚权门得笔迹，始觉屏障生光辉。昔日太宗拳毛騧，近时郭家狮子花。今之新图有二马，复令识者久叹嗟。……忆昔巡幸新丰宫，翠华拂天来向东。腾骧磊落三万匹，皆与此图筋骨同。……君不见金粟堆前松柏里，龙媒去尽鸟呼风。(《韦讽录事宅观曹将军画马图歌》，代宗广德二年作)
- 惜哉李蔡不复得，吾甥李潮下笔亲。尚书韩择木，骑曹蔡有邻。开元以来数八分，潮也奄有二子成三人。(《李潮八分小篆歌》，代宗大历元年作)
- 哀筝伤老大，华屋艳神仙。南内开元曲，当时弟子传。(《秋日夔府咏怀奉寄郑监审李宾客之芳一百韵》，代宗大历二年作)

---

① 见[美]宇文所安著，郑学勤译：《追忆——中国古典文学中的往事再现》，页87。

- 昔在开元中，韩蔡同赑屃。玄宗妙其书，是以数子至。御札早流传，揄扬非造次。三人并入直，恩泽各不二。（《送顾八分文学适洪吉州》，代宗大历三年作）
- 开元五载，余尚童稚，记于郾城观公孙氏舞剑器浑脱，浏漓顿挫，独出冠时。自高头宜春、梨园二伎坊内人洎外供奉，晓是舞者，圣文神武皇帝初，公孙一人而已。往者吴人张旭，善草书书帖，数尝于邺县见公孙大娘舞西河剑器，自此草书长进，豪荡感激，即公孙可知矣。
- 昔有佳人公孙氏，一舞剑器动四方。观者如山色沮丧，天地为之久低昂。㸌如羿射九日落，矫如群帝骖龙翔。来如雷霆收震怒，罢如江海凝清光。（《观公孙大娘弟子舞剑器行并序》，代宗大历二年作）
- 岐王宅里寻常见，崔九堂前几度闻。正是江南好风景，落花时节又逢君。（《江南逢李龟年》，代宗大历五年作）[①]

并列诸诗以观之，我们再次清楚地看到"开元"一词是贯通于各首诗之间的共同钥匙，以此为轴心向四周延伸出去，每一道辐射线都引带出一门精湛的艺术和个中翘楚，由轴入辐，而得其全轮，为开元盛世织染出创造力蓬勃的图景：

于绘画艺术的领域中，曹霸是炙手可热的宫廷艺术家，可使凌烟阁绘制的功臣图颜色复光、别开生面，所画的马图更是写生如

---

① 以上所引诸诗之系年，乃依据刘孟伉主编：《杜甫年谱》。

活、真假莫辨，因此至尊含笑赐金，贵戚权门亦相与追索，成为"常引见"而"承恩数上南熏殿"的乐园一员。

在书法艺术上，玄宗精于书法中的"八分体"①，如《书苑》载："明皇好图画，工八分章草，丰茂英特。张说等献诗，明皇各赐赞褒美，自于彩笺上八分书之。"②正与杜甫所说的"御札早流传"相合，因此能以专业的眼光"妙其书"而识才擢能，招致济济如云的八分书法家韩择木、蔡有邻和顾戒奢等三人入直承恩，汇集于宫廷之中共享翰墨荣华。

歌唱表演方面，以出入于长安城中高官贵戚之府邸的李龟年最称独占鳌头，唐郑处诲《明皇杂录》卷下记载："唐开元中，乐工李龟年、彭年、鹤年兄弟三人皆有才学盛名，彭年善舞，鹤年、龟年能歌，尤妙制渭川。特承顾遇，于东都大起第宅，僭侈之制，逾于公侯，宅在东都通远里，中堂制度，甲于都下。其后龟年流落江南，每遇良辰胜赏，为人歌数阕，座中闻之，莫不掩泣罢酒。"③其中的"特承顾遇"之说，正可与杜诗所云"岐王宅里寻常见，崔九堂前几度闻"相互印证。

就舞蹈艺术而言，表演《剑器》《浑脱》之类以雄妆空手表演

---

① （唐）杜甫著，（清）仇兆鳌注：《杜诗详注》，卷18注引《蔡文姬别传》云："臣父邕言，割程邈隶字八分取二分，割李斯小篆二分取八分，故曰八分。"页1551。
② 引自（唐）杜甫著，（清）仇兆鳌注：《杜诗详注》，卷22，页1925。
③ （唐）郑处诲：《明皇杂录》，《景印文渊阁四库全书》第1035册（台北：台湾商务印书馆，1986年7月），页515。

军容武态的公孙大娘，虽然活动的范围主要是在长安之外的各个通都大邑，而与前述诸人直接关联于帝王本人的情况有别，但从她对幼龄的杜甫与书法界的怪杰"草圣"张旭心灵中所留下的鲜明印象和所造成的深刻影响，可知其令"观者如山色沮丧，天地为之久低昂"的绝艺必然名闻遐迩，而"一舞剑器动四方"的号召力也洵非虚言，其舞之伟丽劲健正是盛唐时生命力畅旺的一种表现。

虽然宇文所安曾说："假如我们把各种部分组合在一起，得到的是这件东西的本身；假如我们把全部断片集拢起来，得到的最多也只能是这件东西的'重制品'。断片把人的目光引向过去；它是某个已经瓦解的整体残留下来的部分：我们从它上面可以看出分崩离析的过程来，它把我们的注意力吸引到它那犬牙交错的边缘四周原来并不空的空间上。"① 但是，从以上的分述中，我们可以注意到这几项艺术活动并不能够全面涵盖一切的创作领域，所涉及的艺术家更是挂一漏万、处处遗珠，如绘画方面便刊落了画史上之大家如王维、李思训、吴道子等人。这些经过了主体的筛选之后浮现于意识中的断片，即便是玄宗朝的"重制品"也无法完整组成，更不要说是恢复玄宗朝的本身；因为它们跳过了个别的问题、单一的处境以及大部分的细节，也就是透过"追忆"活动所特有的选择性（乃至于偏执性），而集中拼贴出为光明所照耀的图景，反映着与美好乐园相关的特有形态，这才真正符合"追忆"的本质。同时，当杜甫企图再现一个失去的乐园时，也无法避免在这些断片上表现出

---

① 见[美]宇文所安著，郑学勤译：《追忆——中国古典文学中的往事再现》，页74。

"分崩离析的过程",而此一面相可以在以下两节的探讨中得到充分的展现。

第四节 "追忆"的情感运作与表现模式

由于是借着现在与过去彼此拉锯、交相织染的方式,而再塑一个永不朽灭的已逝乐园,两者角力之后相乘相加的力量强化了昔日的光辉,但也同时哀悼了一个盛世的一去不返,因此这类从追忆中寻回乐园的论述,莫不是以牧歌与哀歌并奏的结构,和欢笑与酸泪杂糅的笔调来表现。

但经过更进一步细部的分析,我们了解到:只说过去与现在互现,并不足以阐释追忆活动的纷杂度。在后人追忆中重现的乐园,其再现的方式固然都是循着万流归宗般的路线,来对过去特定的时空做定点的重建,因此必然以"归返"或"回溯"为情感思维运作的主要方向;但除此之外,"追忆"的活动之所以能够成立,根本上必须以时间上今昔对比、空间上中心与边陲异位的二元对立为大前提,如此才能完整地支撑起追忆活动的全部架构。观察的结果告诉我们:时间虽不可逆流,但回忆却恰好是有效突破此一性质的利器;同时旧地也能够重游,甚至在不同的地方都可以作为回忆的据点,如果再加上时空之外"人物"的因素,而让人物以遗民的角色所具备的延续性加进来,呈现失乐园的方式就不只有"归返"或"回溯"的单一向度了。对已逝乐园之追忆所展现的情感的运动方向,其实还涉及了往复穿梭于今昔时空的复杂关系与微妙联系，极为灵动地开展心灵活动的轨迹。

建构了回忆的时空人物因素，主要可以区分为四种不同的组织方式来对玄宗朝的乐园进行呈现，分别是"今—昔—今""昔—今""今—昔"与"今昔错综"这四大类表现的结构：

（一）许多经由"人物断片"与"旧地重游"之机缘触发而完成的诗歌，往往都适于应用"今—昔—今"的三段式叙述，杜甫的《哀江头》足为此一类型的代表。全诗在此一较精密的结构中让三个部分均衡发展，头尾各以第一段的"少陵野老吞声哭，春日潜行曲江曲。江头宫殿锁千门，细柳新蒲为谁绿"，和第三段的"明眸皓齿今何在？血污游魂归不得。清渭东流剑阁深，去住彼此无消息"等惨痛的现况双绾包夹、首尾呼应，使中段部分的"忆昔霓旌下南苑，苑中万物生颜色。昭阳殿里第一人，同辇随君侍君侧。辇前才人带弓箭，白马嚼啮黄金勒。翻身向天仰射云，一笑正坠双飞翼"此一对过去的描写益发彰显，更衬托出歌舞升平、欢情洋溢的金碧辉煌。此诗之外，杜甫尚有《丹青引赠曹将军霸》《千秋节有感二首》（二首视为一个整体结构），以及白居易的《江南遇天宝乐叟》和《梨园弟子》等作品皆属此类。较特别的是韩愈的《和李司勋过连昌宫》诗，其结构模式虽亦循此法叙写，但比例上十分偏倚不均，需略加钩稽始能明其脉络：全诗之前三句"夹道疏槐出老根，高甍巨桷压山原。宫前遗老来相问"所著墨的现在时刻，其效力甚至直达末句，而使得末句的"今是开元第几孙"单单在七个字之内便凝缩了时间指涉上的复杂变化：现在（"今是"）—过去（"开元"）—

现在（"第几孙"），如此具体而微的表现方式可视为此中特例，故另加标举说明。

（二）与前一类型都属常见手法的，是采取先"昔"后"今"的顺时间模式进行叙写，如杜甫的《忆昔二首》之二、《遣怀》《韦讽录事宅观曹将军画马图歌》《观公孙大娘弟子舞剑器行》《江南逢李龟年》，白居易的《长恨歌》，刘禹锡的《三乡驿楼伏睹玄宗望女几山诗小臣斐然有感》、顾况的《八月五日歌》和杜牧的《华清宫三十韵》主体等等皆属之。其中，杜甫的《江南逢李龟年》先回想"岐王宅里寻常见，崔九堂前几度闻"的昔日情景，再转向眼前"正是江南好风景，落花时节又逢君"的当前处境，末联所谓的"落花时节"不但点明了相逢的时刻，并委婉道出世变之离乱、人情之消散与生命之衰歇的感受；白居易的《长恨歌》在写尽了"春从春游"和"玉楼宴罢醉和春"的旖旎盛丽之后，便完全进入"西宫南内多秋草""鸳鸯瓦冷霜华重"而又"椒房阿监青娥老"的肃杀冷寂；刘禹锡的《三乡驿楼伏睹玄宗望女几山诗小臣斐然有感》亦在前三联的"开元天子万事足，唯惜当时光景促。三乡陌上望仙山，归作霓裳羽衣曲。仙心从此在瑶池，三清八景相追随"之后，才进入末联的"天上忽乘白云去，世间空有秋风词"，前后对比十分明显。此一类型十分宜于展现从乐园中放逐的强烈落差，以及放逐之后不可逆向复归的绝望之感。

（三）而元稹的《行宫》诗和李洞的《绣岭宫词》所运用的，则是先"今"后"昔"的倒叙法。元稹诗以眼前"寥落古行宫，宫花寂寞红。白头宫女在"的寥落、寂寞和苍老，来为末句"闲坐说玄宗"的忆往奠立无限追思的空间；李洞诗亦先描写"春日迟迟春草绿，野棠开尽飘香玉。绣岭宫前鹤发翁"的荒败、零落和朽迈，再接以"犹唱开元太平曲"来表达对昔日的沉湎之情。但展示此类结构的作品远较前两类为罕见，推究其故，应在于以乐园做结的结构发展所造成的心理效果，是最终抛离了现实的立足点，而一味沉沦于过去的幻影之中不能自拔，这不仅过于不切实际而有逃避之嫌，也有违乐园从具存而幻灭至于空无、人们从乐园中被放逐出来的失落的进程。因此元稹此诗于末尾忆昔的部分处理得特别简约而含蓄，以不着痕迹的抽象说明来表达，既制造了尽在不言中的想象空间，也避免了失根的危险。

（四）至于"今昔错综交迭"的结构，堪称是表现追忆的形态中最精致而复杂的一种。如元稹《连昌宫词》的中间一小段即尝试连续使用今昔对比的手法，以达到回环映衬的目的：其诗于描写"上皇偏爱临砌花，依然御榻临阶斜"的过去景致之后，便紧接以"蛇出燕巢盘斗拱，菌生香案正当衙"的当前荒败之象，此后随即叙写昔日"寝殿相连端正楼，太真梳洗楼上头"的浪漫风光，接着却又急转直下到目前"晨光未出帘影黑，至今反挂珊瑚钩"的残圮景象，诗人欲使今昔不断交错互生，而强化其间之对比效果的意图十分明显。

当然这种创作的手法自以杜甫的联篇诗章《秋兴八首》最为完整而具有最高的代表性，俞玚曾指出："身居巫峡，心忆京华，为八诗大旨。曰巫峡，曰夔府，曰瞿塘，曰江楼、沧江、关塞，皆言身之所处；曰故国，曰故园，曰京华、长安、蓬莱、昆明、曲江、紫阁，皆言心之所思，此八诗中线索。"① 透过这些现实与想象之时空往复错置的作用，使得整组诗缜密地连结成一整体，全然超越今昔判分、对比鲜明的表面形式，而以今昔交融、浑成一体的杂糅表现深入于回忆的深层结构中，将异时异地的不同时空元素驱遣自如：一首之中或以眼前所见为主体，或沉湎于往昔而对长安之繁华多所著墨，或设想如今长安之荒败景象，忽昔忽今、忽今忽昔，忽夔州忽长安、忽长安忽夔州，递见如轮而变化生姿；一句里面又今昔并存、夔州与长安交迭，真可谓回环往复、交织浑融，于是八首之间往往峰断云连，透过这些时空因素灵活呼应的互动关系而让彼此密不可分，也使得乐园中徘徊着失落的惆怅，而失乐园后又映照着重返的荣光。这种追忆乐园的形式展现了四度空间的微妙作用，或同地异时，观照今昔的对比；或不同的两地又分别与不同的时间相结合，于是产生了三个不同的"地方"：现前所在之地（现在的夔州）、想象的当前异地（现在的长安）、追忆的昔日异地（过去的长安），透过时间和空间奇特又精密复杂的表现形态，杜甫使乐园周边的围墙倒塌了又树立、树立了又倒塌，而他就在乐园的门口进进出出，表达了对乐园之曾经存在最执迷的依恋，以及对乐园之终究失落最深沉的哀悼。

---

① （唐）杜甫著，（清）杨伦笺注：《杜诗镜铨》（台北：汉京文化事业公司，1983年9月），卷13，页643。

第五节　失乐园："秋冬—悲剧境界"的类型展现

展现在追忆中的情感模式，无论是以前一节中所述的任何一种结构形态来表现，其最后的指向都在提醒诗人自己与读者：黄金已锈迹斑斑，乐园已沦为荒烟蔓草而一去不返。清何焯曾注杜甫《江南逢李龟年》一诗云："开元盛时，今已久矣；不意江南复与龟年相逢，故兴感焉。四句浑浑说去，而世运之盛衰，年华之迟暮，两人之流落，俱在言表。"① 因此，我们可以清楚地看到失落乐园之后，弗莱原型论所提出的文学普遍现象之中"秋冬—悲剧境界"的文学类型便将"春夏—喜剧境界"的地位取而代之，亦即失去乐园之后，反映于诗歌世界中的意象表现者，在在都属于"日落、秋天、挽歌"和"黑暗、冬天、解体"的类型，而进入了以荒野、废墟、野兽、海洋和孤独者为主要基调的悲剧境界。②

试就构成了玄宗朝之乐园的几个要素观察之。玄宗虽然身为乐园的光源和开创者，但在乐园被摧毁之后，"孑然一身之孤独者"的形象便成为其最佳写照，不但"先帝贵妃今寂寞，荔枝还复入长安。炎方每续朱樱献，玉座应悲白露团"（杜甫《解闷十二首》之九），白居易《长恨歌》更淋漓刻画道："夕殿萤飞思悄然，孤灯挑尽未成眠。迟迟钟鼓初长夜，耿耿星河欲曙天。鸳鸯瓦冷霜华重，

---

① （清）何焯：《义门读书记》（北京：中华书局，1991年11月），卷56，页1221。
② 详参前引佛莱 The Archetypes of Literature、黄维梁《春的悦豫与秋的阴沉——试用佛莱"基型论"观点析杜甫的〈客至〉与〈登高〉》等文

翡翠衾寒谁与共?"曲尽了昔日雄主失侣独活,唯有终夜开眼的落寞;此外,玄宗甚至以死亡的形象入诗,如杜甫于《韦讽录事宅观曹将军画马图歌》中尽写曹霸以挥洒自如的画艺在朝廷权贵中畅行无阻,与玄宗时代万马腾骧的盛况之后,末联便转入帝王埋骨于荒陵的感慨:"自从献宝朝河宗,无复射蛟江水中。君不见金粟堆前松柏里,龙媒去尽鸟呼风。"而《观公孙大娘弟子舞剑器行》亦云:"梨园弟子散如烟,女乐余姿映寒日。金粟堆南墓已拱,瞿唐石城暮萧瑟。"再加上杜牧《华清宫三十韵》的"孤烟知客恨,遥起泰陵傍",可见过去骑龙射蛟、不可一世的生命之源已熄灭成为金粟堆的一抔黄土。另以贵妃为例,诗人并不吝惜于描写其红颜横死的惨象,从杜甫《哀江头》的"明眸皓齿今何在,血污游魂归不得",到白居易《长恨歌》的"六军不发无奈何,宛转蛾眉马前死"等语句,都隐隐然有如一首首叹逝的挽歌。而就那些触发了诗人追忆之契机的"人物断片"而言,杜甫的《观公孙大娘弟子舞剑器行》诗前的序言指出:"玉貌锦衣,况余白首;今兹弟子,亦匪盛颜。"《丹青引赠曹将军霸》中的曹霸亦是"途穷反遭俗眼白,世上未有如公贫"的坎壈潦倒,此外还有元稹《行宫》诗中闲坐说往的"白头宫女",《连昌宫词》中泣言治乱的"宫边老翁",白居易《江南遇天宝乐叟》中哀诉飘零的"白头病叟",《赠康叟》中"乞寒衣"的康洽,以及"白头垂泪"的梨园弟子,再加上李洞《绣岭宫词》中犹唱旧曲的"鹤发翁",等等,几乎无一例外地进入了衰老贫病的风烛残年,而承受着日暮途穷的困蹇生涯。乐园崩溃之余,也连带地带走了乐园中人的青春、富裕、权柄,甚至于宝贵的生命。

除人物之外，我们也可以从空间的角度入手，以长安为主要观察的中心焦点，审视杜甫晚年所作回忆长安之诗，与中晚唐诗人有关此一"秦中自古帝王州"[①]的描写。除前文曾引述过元稹《行宫》诗的"寥落古行宫，宫花寂寞红"，《连昌宫词》的"往来年少说长安，玄武楼成花萼废。……荆榛栉比塞池塘，狐兔骄痴缘树木。舞榭攲倾基尚在，文窗窈窕纱犹绿。尘埋粉壁旧花钿，乌啄风筝碎珠玉。……蛇出燕巢盘斗拱，菌生香案正当衙。……晨光未出帘影黑，至今反挂珊瑚钩。……自从此后还闭门，夜夜狐狸上门屋"，以及白居易《江南遇天宝乐叟》的"我自秦来君莫问，骊山渭水如荒村。新丰树老笼明月，长生殿暗锁黄昏。红叶纷纷盖攲瓦，绿苔重重封坏垣。唯有中官作宫使，每年寒食一开门"，和杜牧《华清宫三十韵》的"碧槛斜送日，殷叶半凋霜。迸水倾瑶砌，疏风罅玉房。尘埃羯鼓索，片段荔枝筐。鸟啄摧寒木，蜗涎蠹画梁"等诗例之外，杜甫的《哀江头》《秋兴八首》等亦皆是如此：

- 江头宫殿锁千门，细柳新蒲为谁绿？……清渭东流剑阁深，去住彼此无消息。人生有情泪沾臆，江水江花岂终极？（《哀江头》）
- 瞿塘峡口曲江头，万里风烟接素秋。花萼夹城通御气，芙蓉小苑入边愁。珠帘绣柱围黄鹄，锦缆牙樯起白鸥。回首可怜歌舞地，秦中自古帝王州。（《秋兴八首》之六）

[①] 此乃杜甫《秋兴八首》之六的末句。

- 昆明池水汉时功，武帝旌旗在眼中。织女机丝虚夜月，石鲸鳞甲动秋风。波漂菰米沉云黑，露冷莲房坠粉红。关塞极天唯鸟道，江湖满地一渔翁。(《秋兴八首》之七)
- 斗鸡初赐锦，舞马解登床。帘下宫人出，楼前御曲长。仙游终一闷，女乐久无香。寂寞骊山道，清秋草木黄。(《斗鸡》)

综观杜甫及元稹、白居易之相关诗作，我们可以看到除了明显具备日落、秋天、挽歌、黑暗、解体的属性，以及荒野、废墟的残败背景之外，其中述及的蛇、狐狸、乌鸦、黄鹄、白鸥、石鲸等物亦恰恰与"野兽意象"相对应，而"荆棘栉比塞池塘""波漂菰米沉云黑""江湖满地"等描述与动荡险恶之"海洋意象"的类同关系也都若合符节。这种残破荒败的心灵图象和时代景观，甚且竟穿透了整个往后的岁月，反而有如为风雨飘摇、颠踬难行的中晚唐历史，宣示了一种预言式的哀伤。直到晚唐时候，长安依旧沉陷于秋冬型的悲剧性之中而无法回春复阳，如李商隐在《乐游原》诗中吟出了"夕阳无限好，只是近黄昏"的迟暮之情，在《曲江》诗里以"望断平时翠辇过，空闻子夜鬼悲歌"形容阴森诡魅的败落景象，而《暮秋独游曲江》诗亦于秋深荷枯的背景下写出"荷叶生时春恨生，荷叶枯时秋恨成"的诗句，自述其结穴于恨的悲剧人格与时代感受；杜牧的《登乐游原》也曾道："看取汉家何事业，五陵无树起秋风。"其残破肃杀同样令人不堪回首；韩偓的《故都》一诗对长安的遥想则是"寒雁已侵池篆宿，宫鸦犹恋女墙啼"，凄凉阴冷之寒雁啼鸦取代了杜甫回忆中曾在此栖宿的富丽彩耀之鹦鹉凤凰，温庭筠则以

《横卢寺有开元中锡宴堂楼台池沼雅为胜绝荒凉遗址仅有存者偶成四十韵》一诗表现出今昔盛衰之别的慨叹，如此种种都具体证明了乐园不可复返的结果。

而失落了开元、天宝的盛世之后，中晚唐的历史发展和时代心灵都不免笼罩在乐园崩溃的阴影里。由中晚唐诗歌的观察可知，此一精神处境不仅表现在对安史乱后的长安的描写上，也同时反映于对其他乐园主题的运用与诠释上，与下文第六章第五节和整个第七章等部分并观，正显示出随着时代的演化，唐人的乐园意识已经面临了结构性、本质性的转变，而在诗歌创作中留下了清晰的印记。

第五章
由迷而悟——"寻道"诗的类型探讨

第一节 "追寻"的原始类型

从唐诗的观察中,我们注意到一个特殊的追寻题材与原型结构,乃是借由对某种"道"的具形物(如佛寺、僧徒、道人或隐士)进行探访的历程,来展开一种追寻乐园的特殊形态。这种"寻道诗"不但是唐诗中一直持续出现、为不同诗人所共同采用的主题,而尤其引人注意的是不分时代与诗人个别性格的差异,针对此一主题敷陈衍述的方式也都大致遵循着某种普遍共通的模式,可谓完全具备了"原型"的意义。而此一诗歌原型形成背后所仰赖的"形式因"(formal cause),若依照学者弗莱的看法,正可以追溯到神话世界与文学领域一起共享的原始类型(archetype)中的追寻神话:

> "追寻神话"(quest-myth)既在祭礼与民间故事间居有中心地位——因此在文学内也居中心地位——一切的文学类型,很可能是从"追寻神话"伸延出来的。①

---

① 见[美]卫姆塞特、布鲁克斯合著,颜元叔译:《西洋文学批评史》(台北:志文出版社,1982年3月),第31章,页653。

因此，虽然在唐诗中"寻道诗"的主题表述已完全解消了神话的内容，但其支撑全诗整体的基本骨架依然不脱"追寻神话"的表达结构。当我们在对唐代诗歌进行乐园意识的阐述时，提出"寻道诗"的深层解析路线，将更有助于进一步认识有唐诗人完成乐园之追寻前，身心方面所历经的特殊过程和终极意义。

不过既然剥除了神话的血肉，追寻的具体对象也必然有所代换移转，因此在展开论析之前，首先必须对"寻道诗"之"道"界定清楚，才能正确掌握此一追寻主题的原型展现，并了解对唐代诗人而言，其所真心关切并付诸实践的精神价值究竟何在。

第二节 "道"的内涵厘清

于有唐这个儒、释、道三教蓬勃发展而又时见会通的时代，所谓的"道"指涉的对象，可兼涵释氏观想世间虚妄之本质的"佛理"①，与道家游心宇宙所把握万物消长变化之原理的"道"，乃至世俗化后的道教以长生不死为终极关怀的"仙道"②，此皆属于所谓

---

① 如王维《终南别业》谓自己中年好佛而暮年隐于辋川的生涯为："中岁颇好道，晚家南山陲。"又杜甫《赠蜀僧闾邱师兄》亦以"道侣"称僧人："漂然薄游倦，始与道侣敦。"韩愈《广宣上人频见过》诗中则说："学道穷年何所得？吟诗竟日未能回。"学道同样是指学佛法。可知"道"字具有佛法、佛理之义。

② 如中唐韦执中《陪韩退之窦贻周同寻刘尊师不遇得师字》一诗云："星郎同访道，羽客杳何之？物外求仙侣，人间失我师。"访道即是求仙侣；韩愈《华山女》诗中有句云："华山女儿家奉道，欲驱异教归仙灵。"所谓奉道，意同于（转下页）

的"出世法";此外,亦可通指儒家据以建立社会人伦秩序之准则的"道",此则属于立足人间的"入世法"。但是在以入世为重的儒家思想与人生哲学中也同样蕴涵着"出世"的考虑,此即"隐士"身份之所由来,则儒门堂庑之中,同时并存着入世的理念与出世的选择,而道的内涵便兼具了兼济与独善的双重色彩。① 因此在唐诗里,所谓的道最常见的指涉为同以出世为本质的"佛理之道"与"仙道之道",以及"隐者之道";而对道的追寻,则往往表现为对儒、释、道三派学术思想与人生哲学中都有所发展的出世法之体悟的企求。若就其具现的具体对象言之,其中对"佛理"之领会的企求表现在通往佛寺的道路或对僧人的寻觅上,而对儒、道两家"出世法"之体悟的企求,则一般地表现为探访道士与隐者的历程。

然而,虽然三家哲学各有其思想脉络与救赎之道,对寻道者所提供的帮助也有不同的重点,但在唐朝的历史背景与诗歌的艺术效果双重影响之下,"寻道"的主题却展现了极高的共通性和一致性。首先,完全源于本土的"仙"和"隐"的追求往往殊途同归,避居之地与生活情境本就有其相通之处,不但史传轶闻中常有隐者以采

(接上页)对道教的遵奉,以排除佛门"异教"。此皆其证。而道家或道教本身即以"道"字为名,其义尤为顺理成章,较无疑义。

① (五代)刘昫等撰《旧唐书·隐逸传》有谓:"高宗天后,访道山林,飞书岩穴,屡造幽人之宅,坚回隐士之车。"据其文意,"访道"即访求隐士之谓,此则"道"之又一义。

药而终的故事流传①，单从诗歌史的观察中也发现：至少早在南朝时代，"仙与隐"便已产生了明确汇流的证据，如南朝时谢灵运《衡山诗》中曾道："一老四五少，仙隐不可别。"陈代周弘让于《留赠山中隐士诗》末联也说："相看不道姓，焉知隐与仙。"② 而初唐的张九龄《奉和圣制经河上公庙》亦曾云："昔者河边叟，谁知隐与仙。"③ 可见仙、隐之间的融通莫辨，逐渐地促使道士与隐者形象的合一。

事实上，两者间除了是否以长生不死为终极目标的差别外，其出世情境的高度近似性，当是常被相提并论的主要原因。④ 此外，隐士的生活形态又可旁通于佛僧的游心世外，故而唐时有名为"招隐寺"的佛院，刘禹锡、张祜两人也都分别作过《题招隐寺》诗，

---

① 如《后汉书·逸民列传》便记载：东汉隐士庞公"居岘山之南，未尝入城府。夫妇相敬如宾。荆州刺史刘表数延请，不能屈，乃就候之。……因释耕于垄土，而妻子耘于前。……后遂携其妻子登鹿门山，因采药不反"。庞德公之隐者身份殆无疑义，但其生平又以托言采药而不知所终做结，却为之染上浓厚的仙化色彩。此外，东汉之隐逸者台佟，其"凿穴为居，采药自业"的行迹也近似道家修炼之流，见王仁祥：《先秦两汉的隐逸》（台北：台湾大学文学院，1995年5月），"东汉时期"部分，页26。
② 引自逯钦立辑校：《先秦汉魏晋南北朝诗》（台北：木铎出版社，1983年9月），页1186、2465。
③ 见（清）康熙敕编：《全唐诗》（北京：中华书局，1990年2月），卷49，页595。
④ 李丰楙也表示过："道教中人的希企神仙，本质上虽有异于隐逸性格者，但由于超越现实的理想性与实际隐处求道的生活，有相当一致之处，所以仙境、神仙等也就易于成为一种方外、世外的隐喻符号，对于隐居型文士特别具有吸引力。"李丰楙：《唐人游仙诗的传承与创新》，《忧与游：六朝隋唐游仙诗论集》（台北：台湾学生书局，1996年3月），页80。

可见隐居者的方外性格有时也无妨与弃俗离世的宗教信仰相结合，而投身托庇于佛门之中，形成了"以寺招隐"的特殊宗旨与新鲜趣味。至于佛门与仙乡的相提并论，早在隋朝孔德绍的《登白马山护明寺诗》中便已直称佛门净地的护明寺为充满神仙色彩的"阆苑""仙都"①，而带有道教语汇的"金仙"一词，有时也被用作佛的代称，如岑参《登总持阁》之"早知清净理，常愿奉金仙"者。这种汇通了道士、僧人与隐者的文学现象固然有其政治上与学术上三教融合的历史因素存在，但此三者同样不以尘务经心的出世追求与避离于山林之中的生活情境，所提供的诗歌想象上抒情意境的近似性，更是唐诗里此种"追寻主题"赖以表现的一大原因。正是因为佛寺所在与僧人、道士、隐者所居之地，大多是位于远离人烟的山林幽僻之处，属于出尘的世外圣地，其所提供的人生体验又是超凡脱俗的清净境界，虽然思路上有儒、释、道的殊途异法，但却都同归于超越自我与世俗以得到净化与提升的终极目的，因此提供了追寻的根源与动力，故本节便将对三者的探访总名之为广义的"寻道"，而抽象的道赖以具形的所在则为悟道之圣地。

但在阐述此一"寻道诗"的原型结构与主要特质之前，我们应了解到：佛寺与隐士所以选择山林以为出世之地的道理究竟何在？而此种选择的地缘条件，其与"寻道"的结构和结果又有何必然的关连性？解答了第一个问题之后，第二个疑问也就迎刃而解。先就

---

① 其诗云："名岳标形胜，危峰远郁纡。……暂同游阆苑，还类入仙都。"见逯钦立辑校：《先秦汉魏晋南北朝诗》，页 2721。

佛寺而言，佛寺与道观一样，做为宗教清修体系中的圣地，以烟尘不到的山林为营建的所在来避免俗众的侵扰，其道理似乎较容易理解，例如《楞伽师资记》记载五祖弘忍主张学禅时，"不向城邑聚落，要在山居"，如此则可"养性山中，长辞俗事，目前无物，心自安宁"。《抱朴子·内篇》也表示："山林之中非有道也，而为道者必入山林，诚欲远彼腥膻，而即此清净也。"① 因此才肯定山林乃"养性之家"，为"遗俗得意之徒"弃世事如忘而遐栖幽遁之处。② 但隐士身份的形成既无宗教上清修的要求，其心灵成分又与非宗教人士的俗众有异，而在展现寻道过程的诗例中，诗人所往访的对象更以隐者的身份居多，于此一乐园追寻形态中具有内容诠释上的关键地位，因此对诗中常常缺席的隐士所象征的意义，便有加以充分厘清的必要。

"隐士"与"隐者"是中国文化的特殊结构里所孕育出来的特殊人物，在一人独尊为万法之源的封建王朝统治之下，士人（即知识分子）对政治、乃至于对整个时代的参与，往往有赖于所谓的"君臣相得"才能确保理想的实践与志业的完成；但若一旦君臣失欢交恶，整个官僚体系所提供的出路便只有官小职卑的沉沦下僚，甚至远谪蛮荒与杀身之祸亦时有所闻。而除此之外，整个文化只提供了士人唯一一个自我能够主宰的人生选择项，那便是退守隐居、不问

---

① 见（晋）葛洪著，王明校释：《抱朴子内篇校释》（北京：中华书局，1988 年 7 月），卷 10 "明本篇"，页 187。
② 引自（晋）葛洪著，王明校释：《抱朴子内篇校释》，卷 5 "至理篇"，页 111。

天下，此外便难有其他实现自我的可能。《易经·坤文言》言："天地闭，贤人隐。"《论语·泰伯》亦谓："天下有道则见，无道则隐。"于是"仕"与"隐"的二元对立便造成传统知识分子人生选择与活动形态的绝对极端化，而其处世方式、人生遭遇与人格养成也莫不受此影响，因此韩愈《上宰相书·后廿九日复上书》便云：

> 古之士三月不仕则相吊，故出疆必载质。然所以重于自进者，以其于周不可，则去之鲁；于鲁不可，则去之齐；于齐不可，则去之宋、之郑、之秦、之楚也。今天下一君，四海一国，舍乎此则夷狄矣，去父母之邦矣。故士之行道者，不得于朝，则山林而已矣。

又曰：

> 山林者，士之所独善自养而不忧天下者之所能安也。如有忧天下之心，则不能矣。①

这两段说明清晰地指出，知识分子在大一统的王朝中断丧了以仕进行道的出路时，若仍要坚持理想、维护自我（亦即"独善自养"），则归隐山林便成了唯一能够采取的必然选择，不但呼应了自孟子所

---

① 见（唐）韩愈著，马伯通校注：《韩昌黎文集校注》（上海：古典文学出版社，1957年12月），卷3，页95。

谓"穷则独善其身，达则兼善天下"①以来，绵亘了一千多年（且此后仍将持续千年以上）知识分子出处进退的二元对立，而"荒涂横古今"②的"荒途"之所以在山林间蜿蜒曲展其寂寞荒凉的道路，也得到了一番解释：在无可遁逃的天地之间，犹然处于原始状态而为人力所不及的自然山林，便成为抛除俗世之忧而足以恣意安排己身的最佳去处。

选择了隐居山林的"荒途"之后，走在荒途上的人们在诗歌文献中便被冠以"逸人""幽人""山人""野人""征君""处士"等称呼，这些都是"隐士""隐者"的同义语，彼此虽有代换而指涉无异，展开的皆是脱身于官场及世俗之外，以简朴自资而狎游于烟霞泉石之间孤寂却自由的人生道路；与西方文化源头的希腊相较，希腊文里"隐士"一词原意是指沙漠，而以荒漠带给人一种孤寂感，此与东方的隐士所连带的联想可谓同中有异：在中国，身心自由与大自然蓬勃的生机联系在一起，形成人与自然相互涤清、彼此提升的共生结构体。这个由"隐士"的存在来具体实现的共生结构体，镕铸了人类的自由意志与开放心灵，以及自然界的流转生机与美感表现；而借着对此一由"隐者"所具现的理想情境的寻访，导致了

---

① 见《孟子·尽心上》："古之人，得志泽加于民，不得志修身见于世，穷则独善其身，达则兼善天下。"（宋）朱熹：《四书章句集注》（台北：大安出版社，2013年8月），页492。

② 语出（晋）左思：《招隐诗二首》之一，见逯钦立辑校：《先秦汉魏晋南北朝诗》，页734。

更高的领悟,整个过程便展示出耐人寻味的深意。①

第三节 "寻道不遇"诗的原型分析

在追寻的过程中,我们首先注意到的,是一种特属于唐诗才有

---

① 此处应加补充的是:隐于山林时,自然的环境条件自属必需,但即使是所谓"大隐隐朝市"([晋]王康琚:《反招隐诗》)的隐士逸人,也莫不极力将隐居之所营建为一处与世隔绝的静僻之地,不为咫尺之外的俗尘所扰,因之亦属同一范畴而应并观同论。如王维《春日与裴迪过新昌里访吕逸人不遇》便是其例:"桃源四面绝风尘,柳市南头访隐沦。到门不敢题凡鸟,看竹何须问主人。城外青山如屋里,东家流水入西邻。闭户著书多岁月,种松皆作老龙鳞。"诗中被访的吕逸人,选择了长安"朱雀街东第五街,即皇城东之第三街,街东从北第一坊"向南第八坊的新昌里为隐遁所寄,原本即脱离不了繁华都城的背景,引文见(宋)宋敏求:《长安志》,卷9,《景印文渊阁四库全书》第587册(台北:台湾商务印书馆,1986年7月),页136;再由"东家流水入西邻"之句也可知此乃邻舍相依的人烟聚集处。但就全诗而言,其地之根本性质仍是与山林无异:四周松竹围绕,营造出隔绝了四周烟尘的一带绿荫,其清幽宁静之雅趣可想;城外青山透窗入眼、近如屋里,有如装饰室内的窗画般,因而随时皆有朝烟夕岚之景可观,加以此间主人长久以来"闭户著书"的生活形态,可见其刻意隔绝外界、自成天地的坚持,正是一处首联称为"四面绝风尘"的"桃源"。其全力固守,以贞心长青之松竹为藩篱,使之不与外界杂厕的高度封闭性,完全与山中隐者一致,故虽在红尘之中,世外之意却与山林无异,正如王维《济州过赵叟家宴》诗所言:"虽与人境接,闭门成隐居。"与李白《别韦少府》诗所说:"筑室在人境,闭关无世喧。"都是承袭自陶渊明"结庐在人境,而无车马喧"的隐居系统,应视为同一类型的展现。

的"寻道而不遇"的原型①,透过被访者的缺席,而引发寻访者内在精神转化的契机,从而启发了超凡入圣的心灵体验。

从初唐开始,"寻道而不遇"的题材便已露端倪,魏知古《玄元观寻李先生不遇》诗即为首例,其诗云:"羽客今何在,空寻伊洛间。忽闻归苦县,复想入函关。未作千年别,犹应七日还。神仙不可见,寂寞返蓬山。"但观其内容与结构,明显可见此一原型尚未成熟,仅仅堪称雏形初具。然而随着时间的延展,此后却于整个有唐一代浸假成为一个诗人习用的诗类。其中包括:

丘为(天宝进士)的《寻西山隐者不遇》,孟浩然的《寻菊花潭主人不遇》,王维的《过香积寺》与《春日与裴迪过新昌里访吕逸人不遇》,裴迪的《春日与王右丞过新昌里访吕逸人不遇》,崔曙的《嵩山寻冯炼师不遇》,李白的《访戴天山道士不遇》和《寻山

---

① 1983年东京汲古阁书院所出版的《小尾博士古稀记念中国学论文集》中,收录有汉学家石川忠久发表的《"寻隐者不遇"诗的生成について》一文,首度注意到唐诗中这类描写寻隐者不遇的题材,唯其论述仅以"隐者"为对象,并主要是以六朝诗为探讨范围。其后,于1995年中国大陆所举办的"魏晋南北朝文学国际学术研讨会"上,加拿大学者方葆珍(Paula Varsano)亦曾提出由英文撰写的《荒野中的乐园:寻隐士而不遇》一文,除了将此一次级体裁(sub-genre)抉发出来,并进一步对其惯例手法与叙述结构有精辟的阐释,可谓颇具创发性,使笔者深受启发,见[美]方葆珍:《荒野中的乐园:寻隐者不遇》,南京大学中国语言文学系主编:《魏晋南北朝文学论集》(南京:南京大学出版社,1997年9月),页307—322。本节的探讨将在其基础上加以扩大,不但在范围上由隐士拓展到佛僧与道士,而从更超越的"道"的层面来观察;同时在方法论上也另辟蹊径,除了一些相关的文学理论之外,主要是采取神话学的分析来展现此一原型的内蕴,或可为其文之补充。

僧不遇作》，皎然的《寻陆鸿渐不遇》《访陆羽处士不遇》和《往丹阳寻陆处士不遇》，王建的《寻李山人不遇》，韦应物的《因省风俗访道士侄不见题壁》，刘长卿的《寻南溪常山道人隐居》《过白鹤观寻岑秀才不遇》《过郑山人所居》和《寻洪尊师不遇》，姚鹄的《寻赵尊师不遇》，白居易的《寻郭道士不遇》，元稹的《寻西明寺僧不在》，皇甫冉的《福先寺寻湛然上人不遇》，孟郊的《访嵩阳道士不遇》，窦牟的《陪韩院长韦河南同寻刘师不遇得同字》，刘禹锡的《寻汪道士不遇》，韩愈的《陪韩院长韦河南同寻刘师不遇得寻字》，韦执中的《陪韩院长韦河南同寻刘师不遇得师字》，鱼玄机的《访赵炼师不遇》，贾岛的《寻隐者不遇》，许浑的《寻周炼师不遇留赠》《与张道士同访李隐君不遇》和《访别韦隐居不值》，李商隐的《北青萝》和《访隐士不遇成二绝》，刘得仁的《山中寻道人不遇》，皮日休的《访寂上人不遇》，陆龟蒙的《和访寂上人不遇》和《访僧不遇》，于邺的《访僧不遇》，薛莹的《访武陵道者不遇》，聂夷中的《访嵩阳道士不遇》，温庭筠的《题卢处士山居》，顾非熊的《题马儒乂石门山居》，于武陵的《夜寻僧不遇》，韩翃的《寻胡道士不遇》，杜荀鹤的《访道者不遇》，韦庄的《访含弘山僧不遇留题精舍》，孟贯的《山中访人不遇》等，洋洋洒洒地贯穿了整个唐代诗歌的历史。

一. 典型诗作的个别阐释

在这些诗中，《过香积寺》是一首表现"寻道"历程之典型结构的代表作。综观全诗，似乎表面上只是一个寻幽访胜的偶发事件，只是一段余暇时短程游历经验的诗意记录，但是透过其内在深层结构与象征意义的分析，我们可以清楚地看到"由迷而悟"的线索环环相扣地一路展开，贯穿并浮现于全诗之中，其诗云：

> 不知香积寺，数里入云峰。古木无人径，深山何处钟。泉声咽危石，日色冷青松。薄暮空潭曲，安禅制毒龙。

首联以"不知"突兀而起，极深刻地把握住"追寻"之行动的微妙本质：事实上，一切的追寻都奠基在追寻对象的不明确上，追寻者内心深处朦胧地酝酿着一个更高于目前所知、而足以引领自我超越的"道"，但对道的形貌及其究竟意义，却并不能在追寻历程的出发点上就充分在握，否则又何来追寻的必要？只有在对象处于一种令人"心向往之"的高度，而且与追寻者之间横亘着一段遥远的距离，才能引发追寻的动力并化为实际的行动；而这个"道"向追寻者开显的内涵，可以说就是一种人生目标、理想生命境界或美好乐园的代名词，但正是因为一切崇高的理想、境界和乐园向往都只提供精神性的"方向"，而不以具体可见的物质性目标为限，于是不但其结果可以因人而异，其程度更有高下之别，而"道"的本身也就禀具了不可究诘的未知性。因此诗中象征着道之展现的香积寺，是一个只知距离有"数里"之遥、高度在"云峰"之上，但其确切位置又显然"不知"的奇妙圣地。由此出发，诗人展开了追寻的旅程，但显然地，这是一条不同于凡俗之追求因而人迹罕至的"荒途"，小径上很可能连前辈的足迹都已湮灭难辨，唯有活过漫长岁月的参天古木屹立在旁，见证着古往今来极少数不畏寂寞而敢于向未知叩门的寻道者才会踏上的"无人径"，正与天下人熙熙攘攘、摩肩擦踵的喧阗大路迥然有别。虽然没有成功的保证与外来的鼓励，然而寻道者的毅力和执着终究不会使自己迷失，接下来所说的"深山何处钟"便仿佛是那仍旧不知隐身何处的"道"所发出的回声，就在这适时的呼应之中诗人便取得了一种肯定和保证，足以使自己虽迷而不疑，临危而不惧，继续循声向着"未知"而去。因此当追寻的过程中遭遇到外在环境所造成的横逆和阻碍，有如"泉声咽危石，日色冷青松"一联所示，不只是泛写"深山恒境每每如此，下一'咽'字，则幽静之状恍然；着一'冷'字，则深僻之景若见"[①]。而更可以视之为如"咽危石"之不顺、如"日色冷"之寒寂般的一种困顿的象征，这是心理学家所指出的"学习高原"（plateau of learning）[②]，乃一切求道者在追寻的过程中到达一定的程度时必然面对的关卡，王维在《与胡居士皆病寄此诗兼示学人二首》之一亦曾以"洗心讵悬解，悟道正迷津"来明示"学人"此种迷妄窒碍的存在；但只要一旦尽全力突破此一瓶颈而超克了挑战，便能跃升进入一个崭新的境界而脱胎换骨，亦即是由"不知"而"知"，由"迷"而"悟"，由"凡"而"圣"，因此末联便以"薄暮空潭曲，安禅制毒龙"做结，显示了作为一个求道者的诗人终于完成其追寻的旅

---

① 见（唐）王维著，（清）赵殿成笺注：《王摩诘全集笺注》（台北：世界书局，1996年6月），卷7，页103。
② 此种"高原现象"为在学习曲线上显示的一段有练习而不进步的水平线现象。见张春兴：《张氏心理学辞典》（台北：东华书局，1995年11月），页491。

程，在未必到达香积寺或入寺与僧徒当面晤谈析疑的情况下[①]，便已自我洗涤与净化，达到了从未知的迷障中超越，并获取更高之开悟的最终目的。

其次，晚唐时李商隐的《北青萝》一诗也借由探访孤僧而展现此一结构模式：

残阳西入崦，茅屋访孤僧。落叶人何在？寒云路几层？独敲初夜磬，闲倚一枝藤。世界微尘里，吾宁爱与憎？

综观全诗，知诗人在黄昏时节至青萝山寻访某位孤居茅屋的僧人，且犹如王维《过香积寺》首联的"不知香积寺"般，很快地直接切入未遇的主题——"落叶人何在"；而后有关探访的路程虽只有"寒云路几层"一句的简述，便进入腹联的"独敲初夜磬，闲倚一枝藤"，用以描写诗人于访僧未遇后，独自盘桓于充满僧人活动痕迹与其心灵余韵之茅舍的情景[②]，但此三句已然勾勒出由迷将悟之时，作为寻道者的诗人内心中层层递进的种种轨迹：从一开始

[①] 从诗题《过香积寺》中的"过"字，似乎王维曾亲临其地；但检视地理籍志的记载，并未明指寺前有潭，而如《长安志》言其"与麻池相近"，仍不能确定此池是否即紧邻寺边之水潭，王维领悟"安禅制毒龙"之道理的"潭曲"或也可能只在通往佛寺的路上。不过可以肯定的是诗人并未进入寺中，也未尝与寺僧面晤，便已完成追寻的意义，故仍属于"寻道而不遇"的原型表现。

[②] 或谓此乃想象僧人平日应有的活动形貌，亦无不可。而此种于寻访过程中，除沿途景物描写之外又间以想象对方、虚拟现实的结构，亦为同类诗歌常见（转下页）

第五章 由迷而悟——"寻道"诗的类型探讨

由"寒云路几层"所代表的未知性引发的疑虑困惑中勇于迈步向前探索，再到"独敲初夜磬"的敲磬之举，颇有躬自践行其日常修道功夫以进一步锻炼自我、努力超越的象征意味，终而在"万籁此俱寂，唯闻钟磬音"①的空灵境界中得到初步净化，达到"闲倚一枝藤"所展现的闲适自在、悠然自如的体会。而经历此一阶段的心理转折，最终便顺理成章地越过门槛，对自己深深陷溺于爱憎之情而执着不悔的个性投射一道理性认知的光照，进而提醒自己在认清了世界本如微尘般微不足道的真理时，又岂能继续沉沦于爱恨笑泪的情感束缚中不愿自拔？"吾宁爱与憎"的"宁"字为"岂可"之意，乃以质疑反诘之词表达一种对现时之我的反省与否定，而正是在此觉醒之际便达到了超越自我的终极境界。

固然李商隐乃是一往情深、"往而不返"的情感典型②，因而有"春蚕到死丝方尽，蜡炬成灰泪始干"（《无题》）、"荷叶生时春

（接上页）的手法，正如李商隐《访隐者不遇成二绝》之二云："城郭休过识者稀，哀猿啼处有柴扉。沧江白石渔樵路，日暮归来雨满衣。"全诗便是勾勒隐者日常活动的想象之词，冯浩即注曰："此章想其归途也。既不入郭，则当从渔樵之路而归矣，非义山自归也。"见（唐）李商隐著，（清）冯浩笺注：《玉溪生诗集笺注》（台北：里仁书局，1981年2月），页752。

① 此联为盛唐诗人常建《题破山寺禅院》诗中语，其"空人心"之境界亦可移置此处互参。

② 此乃缪钺所提出的见解，谓："李义山盖灵心善感，一往情深，而不能自遣者。"在深于哀乐的两种方式中，属于由屈原所代表的"往而不返者缠绵"一派，与由庄子所代表的"入而能出者超旷"一派相对。缪钺：《论李义山诗》，《诗词散论》（台北：台湾开明书店，1979年3月），页57。

恨生，荷叶枯时秋恨成。深知身在情长在，怅望江头江水声"（《暮秋独游曲江》）之类的诗句，显示一种与悲剧相始终的生命情调，却又有着充分自觉而不欲解脱的陷溺执着，所谓"深知身在情长在"，正是这种自甘沉沦于爱憎之情的夫子自道。因此在《北青萝》诗中末联部分所提出"吾宁爱与憎"的开悟之语，便似乎和他的人格形态产生了矛盾与冲突，但与其说是诗人一时敷衍的媚俗讨好之词，毋宁将之视为诗人努力自我救赎却终其一生徒劳无功之余，所保留下来的挣扎痕迹；同时更可以显示出"寻道不遇"此一诗歌原型强大的规范力量，连陷溺至此的诗人李商隐都不免于其深层结构的影响，而表现了超越本性的另类风貌。

除此二首之外，刘长卿的《寻南溪常山道人隐居》也是此一诗歌原型结构完整而又明确有力的具体表现，而寻访对象则由佛僧转为道人：

> 一路经行处，莓苔见履痕。白云依静渚，芳草闭闲门。过雨看松色，随山到水源。溪花与禅意，相对亦忘言。

章燮《唐诗三百首注疏》评本诗云："此诗不分起承转合，句句寻不见道士意。以'不见道士意'为主，偏写出所见者，如此热闹。"[①]自首联踏上此一莓苔滋漫的清寂小路开始，经由触目所见的山水景观，"静"与"闲"的自然本貌就逐渐透过感官的媒介而作用于心

---

① 转引自欧丽娟：《唐诗选注》（台北：里仁书局，1998年10月），页394。

灵层次，形成了不断自我沉淀的精神工作；此后又随着山雨涤净松色使之清润如新，以及行步至水源尽头到达寻道旅程的终站，遂一点一点地剥落尘心俗念而完成了与溪花相对忘言的理想心灵状态。这时，诗人从"不遇"所取得的报偿早已超出了寻访伊始所怀抱的预期，因为"花与禅本不相涉，而连合言之，便有妙悟"[①]，这种"妙悟"乃是产生于终止理性判断与思想运作后，所引发的感性意识与原始机趣交互综摄、彼此融通的结果；而"忘言"的境界更是摆脱了言语机制并超越了智性束缚始得臻至，王弼称："故言者所以明象，得象而忘言；象者所以存意，得意而忘象。"[②] 顺着此一由外而内、由具体物象而抽象语言而心灵感悟的深化原则，诗人在面对溪花之"象"而"忘言"，同时又且把握住其中涵蕴的"禅意"——一种关乎人生与万有存在的内在本质，这正是与寻访对象面遇会谈时绝对无法提供的深刻体验。因此唯有"不遇"的形态才能制造适切的情境，使自我一方面向静美的自然山林开放，以撷取调适净化的外在契机；一方面也促使自我向深层的精神内部挖掘，以期获得超越和解悟的可能性。由此可知，"寻道而不遇"的原型正是自我追寻的诗歌表述。

同样地，有别于前述数首以佛、道为对象，而转访隐士的丘为《寻西山隐者不遇》诗，并没有因对象的改换而动摇到此一原型的根本结构，此处先录其诗如下：

---

① 语见俞陛云：《诗境浅说》（天津：天津人民出版社，2008年9月），页14。
② 见（魏晋）王弼：《周易略例》（台北：台湾中华书局，1980年），卷10"明象"，页9。

绝顶一茅茨，直上三十里。扣关无僮仆，窥室惟案几。若非巾柴车，应是钓秋水。差池不相见，黾勉空仰止。草色新雨中，松声晚窗里。及兹契幽绝，自足荡心耳。虽无宾主意，颇得清净理。兴尽方下山，何必待之子。

在这首作品中，首联先指出隐者所居的高远，正与王维《过香积寺》中"不知香积寺，数里入云峰"的起句相仿；次联则跳过寻访的路程而迅速切入"未遇"的结果，表面上似乎与前文之分析有所出入，其实根本结构仍然十分稳固，试看第三联所言乃对隐者之活动行止的想象，恰与李商隐《北青萝》中的"独敲初夜磬，闲倚一枝藤"如出一辙[1]，而接着在第四联感叹彼此错过的缺憾之后，以下便完全进入对周遭景物如新雨草色、晚窗松声的描写，从美感观照的欣赏以迄物我交融的无声转换中，诗人的内在心灵也同时展开了不假外求的调整与净化，最终亦达到"颇得清净理"的终极领悟。而从末二联中"虽无宾主意"和"何必待之子"之语，似乎诗人也已经体会到寻访对象的缺席非但不是此行落空的挫折或失败，而是正好恰恰相反，寻访之特定对象的"虚位"反倒促进了寻访者注意力的转移，并因此开拓出更丰富的可能性和更高深切己的领会，这可以说是此类诗歌中超出"用而不知"或"知而不言"之层次而现身说法的极少数例子，适足以作为吾人探讨的旁证。

---

[1] 参本章第214页注2之分析。

通过以上四首分别以寺庙、僧人、道士、隐者为寻访对象之诗作的具体分析，首先是我们可以更清楚地看到：在唐诗中确然存在着禅佛、仙道与隐逸三种不同身份之重迭与生命意境之交会融通的现象，故刘长卿探访"道人"之住处而称"隐居"，于"道人隐居"之处所领会者又为释家的"禅意"；丘为于"西山隐者"之处所掌握的，则为与王维在佛门中习效者近似的"清净理"①，可见寻道者殊途同归，摆落了或会通了不同家数作法上的差异，而在出世、超俗的境界上达到对某种超越意义的"道"的共同解悟。除此之外，最重要的是我们透过这些诗歌的探讨，可以厘清并归纳此类作品借由"寻道不遇"之主题来展现"由迷而悟"之心理历程，其中所蕴涵的典型结构与深层意义。

二、结构与意义的综合分析

事实上，"寻道而不遇"的诗类本就是"追寻主题"的一种表现，虽则其中非理性的神话色彩早已荡然无存，但学者投入神话情节的研究之后所揭示出的人类情感的共通性和心灵结构的普遍性，依然能在此处提供深刻而有效的诠释。正如当代神话学者乔瑟夫·坎伯所指出的：

---

① 如王维《饭覆釜山僧》诗曰："晚知清净理，日与人群疏。"又岑参《登总持阁》云："早知清净理，常愿奉金仙。"其中的"清净理"指的即是以空寂为无上之至乐的佛法，可与此处互证。

> 有一种特定的神话,你或许可以称它做心象追求,追求一种恩赐,一种心象。这在每个神话中的形式都一样……都给我们同样的基本要求。你离开你现在的世界,然后深入、远行或攀高,在那里你找到你平日生活的世界里欠缺的东西。之后的问题是,要不就坚持它,抛掉现实世界,不然就是带着那个恩赐回来,并且在你回到你的社会时,仍然紧紧的抱着它不放。那不是件容易的事。①

当人们在进行某种"心象追求"时,所依循的"你离开你现在的世界,然后深入、远行或攀高,在那里你找到你平日生活的世界里欠缺的东西"此一路径与此一目的,正与唐诗中"寻道而不遇"之原型意义相通。而在探讨"寻道不遇"的诗歌类型时,我们可以解析出下列几项特点:

首先,诗人离开日常所处的凡俗世界,然后"深入、远行并攀高",向一个位于"数里入云峰""直上三十里"之绝顶,或"云深不知处"的水源所在展开了追寻之路,朝着一个具有"代表人类实践其意识状态的最高精神潜能"之意义,而足以使自己得到启蒙的某个对象前进,有如英雄寻找圣杯(Holy Grail)以发现生命之真理的旅程一般②,故其本身就蕴涵着"超凡入圣"的潜在意图,而且更重要的是能够将此一潜在意图加以具体实践。

---

① 见[美]坎伯著,朱侃如译:《神话》(台北:立绪文化事业公司,1995年6月),"英雄的冒险"部分,页219。

② 此意本于坎伯之说,[美]坎伯著,朱侃如译:《神话》,页334。

其次，整个追寻所展开的过程，主要是建立在与世隔绝的大自然辽阔而雄伟或清寂而优美的背景上。其最大的功能便是对刚刚脱离凡俗的尘心施予净化与涤清的工作，仿佛"仪式"的作用一般，正如神话学者所言：

> 就像一切意欲进入更高真理境界的人一样，必须在实现这一目的之前做一番具有净化作用的准备仪式，然后他才能最终企及人马的境界。(按：此处"人马的境界"即最高智慧的展现)①

因此寻道过程中所经的以大自然为背景的路途，其本身即是求道过程之整体结构中不可或缺的主体。寻道者由凡俗的外界介入，在到达目的地之前，这段长远的上坡山路不但是形式上全诗构成的主体部分，因而必定占有一定的篇幅；同时更具有内容上引带了心境转折的关键意义。随着路途的深入、远行与攀高，其沿途风景物色也一一呈现，即使这些景物的描写是在诗人到达而不遇之后才开展，其所发挥的净化作用亦无不同，因为此时兼具求道者之身份的诗人所进行的不只是景物的游览而已，所有这些眼之所睹的白云、青松、幽泉、水雾、落叶、溪花、芳草，以及耳之所闻的松涛、钟声、磬音等山景，非徒寓目所见、耳遇成声的外部描绘，更是主观心境与外在自然环境正在不断地交互作用、互相开放的显露。故这

---

① 引自[英]威廉·比希·斯泰恩：《〈华尔腾〉：人马的智慧》，[美]约翰·维克雷编：《神话与文学》(上海：上海文艺出版社，1995年4月)，页282。

段表面上的风景描写（即所谓的"景语"），并不是经验主义者心目中所认为的种种"形象只是使外物把自己印在心灵之蜡上的方式得以具体化"[①]。换言之，也就是如印之印泥般客观地复制其形貌而已；事实上，其中随着路程延伸而纷然呈显的自然景物，代表的"不仅是外在事物的影子，也不仅是主观的妄想，而是人与自然的结合。这个结合保证人与自然可同时参与到某种超越的存在里面去"[②]。而这种人与自然结合的关系，内外交织莫辨地记录了求道过程中心灵层层蜕变的轨迹，有如接受了身心的洗礼。

同时，就在此追寻的过程中，自然景物除了具有净化作用的仪式性质之外，往往也是表现外来之障碍与内发之疑惑相结合的媒介，诸如"泉声咽危石，日色冷青松""落叶人何在，寒云路几层""芳草闭闲门"或"差池不相见，黾勉空仰止"等抒发忧疑感叹之情的词语，在在都隐示着一种心灵遭受的困境，而造成追寻之路的一大转折。此一结构及其意义正与西方"抒情浪漫长诗"颇有类同之处，可资并观互参：艾布拉姆斯（Meyer H. Abrams, 1912—2015）在描述"浪漫抒情长诗"（greater romantic lyric）时，除了提出其"以山水景物起，以情语结"的特色之外，还指示其诗中间的结构部分常出现一种由某种遭遇所导致的心灵变化，亦即："承受

[①] 引自现象学者［德］乌夫岗·衣沙尔（Wolfgang Iser, 1926—2007）著，岑溢成译：《阅读过程中的被动综合》，收入郑树森编：《现象学与文学批评》（台北：东大图书公司，1991年4月），页84。

[②] 引自［美］卫姆塞特、布鲁克斯著，颜元叔译：《西洋文学批评史》，第26章，页538。

第五章　由迷而悟——"寻道"诗的类型探讨　223

了一种悲剧的损失而做了某种道德的决定或解决了某种情感的困难。"① 此一叙述所提出的现象及其因果关系似足以与"寻道不遇"诗相互发明："以山水景物起"固然十分类似，"以情语结"也符合"寻道不遇诗"末尾部分的证道之语（此点详待下文再述）；而所谓"悲剧的损失"若不拘泥于字句上的强烈性而视之为一种危疑不定、失落挫败的负面情境，则亦相通于此处由"泉声咽危石""落叶人何在""寒云路几层""芳草闭闲门"以及"差池不相见，黾勉空仰止"等诗句所展现的性质。于是我们便深切了解到，在寻道过程中，外来障碍与内发忧疑等"悲剧的损失"存在的必要性，乃在于它就是逼出"做某种道德决定或解决某种情感困难"的关键，是使最终的证道成为可能的先决条件。

于是这蜿蜒的山路就隐含了神话学者艾利亚得所谓的"门槛"的意义：

> 分隔两个空间的门槛也标示着介于两种生存模式之间的距离，即凡俗的与宗教的。门槛是区别与对立两个世界的界限、边界与边境——同时也是那些世界互相沟通，使由凡俗通往神

---

① 见其"Structure and Style in the Greater Romantic Lyric", Harold Bloom: *Romanticism and Consciousness* (New York, 1970), p.201。引自叶维廉：《中国古典和英美诗中山水美感意识的演变》，《饮之太和——叶维廉文学论文二集》（台北：时报文化公司，1980年1月），页126。

圣的世界之通道成为可能的矛盾地带。①

　　山路的两端所联系的，一是此行的起点——即诗人以"一般我"和"社会我"为生存模式的凡俗世界，是充满妄心执念与种种束缚苦恼的低地尘寰；而与此相对立的另一端则是已然实践"人类意识潜能的最高状态"的高人所活动的崇高圣地（sacred place），代表的是"超我"或"精神我"的终极实现。在这个通道上，寻道者脱离了凡俗的生存模式，但又尚未企及那未知的神圣世界，因此便不免产生来自于两头蹈空而无所依恃的忧疑之感；但只要寻访的目标不变，也不为此中无论是心灵的或环境的障碍所阻，从而努力地"做某种道德决定或解决某种情感困难"而坚持下去，终究会突破门槛的矛盾性而取得入门的资格，成为由俗而圣的真正通道，并获取登堂入室的保证。

　　但是，在这道门槛之后还有一个关键性的考验，那便是作为一个"被引见者"，正当诗人已通过层层净化涤清与危惧挫折的步骤而到达圣地之际，所面对的却是寻访对象的缺席。就一般情况而言，此一遭遇应该是朝圣之旅的中断与否定，但在此类诗歌原型中结果却正好相反，诗人有如坎伯所说的一般，得到了超乎寻常的恩

---

① Mircea Eliade: *The Sacred and the Profanee: the Nature of Religion,* trans. by Willard R. Trask（New York: Harcourt, Brace & World, Inc. 1959），p.25. 此处中文译文录自张淑香：《邂逅神女——解〈老残游记二编〉逸云说法》，台湾大学中文系编印：《语文、情性、义理——中国文学的多层面探讨国际学术会议论文集》（台北：台湾大学中文系，1996年7月），页449。

赐——在"平日生活的世界里欠缺的东西",领受了某种"终极真理"或更高的、超越性的"生存原则",诸如前述诗例中王维的"安禅制毒龙"、丘为的"颇得清净理"、李商隐的"世界微尘里,吾宁爱与憎"和刘长卿的"溪花与禅意,相对亦忘言",以及李白《寻山僧不遇作》末联所云的"了然绝世事,此地方悠哉"等,都印证了寻访对象的虚位化恰恰是促使求道者转向内心顿悟的契机。这正是追寻主题的展现中足堪玩味的现象。

推究其之所以能够免于由形式层面的失败而转向精神意义的再生,其中道理应在于具体有限的"形体人"的消失,不但无损于"无形道"的存在,反而使"道"拥有更加普遍开阔的显现空间,使周遭一切景物都莫不是体察意义的可能媒介,因为一旦将对象"存而不论"地纳入括号中不使出现,将因此保留更丰富的可能性和更深邃的诠释空间;同时,被访者的缺席又能激起寻访者的充分想象,而此种想象反而可以导出亲见对象时所无法提供的无形感悟,正如现象学者衣沙尔所说:

> 想象并非对象在休谟所谓的"感觉"之基础上形成的印象,也不是亲眼所见的景象;其实,它是要呈象(vorstellen)我们永远看不到其本身的事物的试图。……那么,我们显然要把感知和呈象分为两种不同的通向世界的方法:感知需要对象之实际存在,而呈象则依赖对象之不存在。在对于一个对象所形成的形象中,我们"看见"一些当对象实际存在时

所看不见的东西。①

可见当对象实际显露于眼前之际，人们所获得的只是直接印象上的"感知"；而在对象不存在的时候，想象便开始发挥作用，某种"我们永远看不到其本身的事物"或"看不见的东西"就会被"呈象"出来，而为我们所"看见"。这种想象，就是通向世界的另一种方法，正可以说明适逢寻道而不遇的"不遇"时刻，对道的解悟之所以会恰恰在此际发生的原因之一。

然而除此之外，还有一个使"不遇"发挥积极效用的更重要的因素，那便是由于目的地中被访者的"虚位"，使得求道者无法获得直接而方便的解答，于是诗人只有被迫反求诸己，尝试从"外在超越"转向"内在超越"②，在别无依傍的情况下向内心寻求自我开悟的钥匙，以免于这趟求道的努力完全落空；何况在到达目的地前，沿路层层累积而步步深化的省思也可以在别无依傍的情况下，顺着本身的脉络进一步获得自我完成的机会，而到达最终的觉醒阶段，因此末联所提出的悟道之说，可以视为前述过程发展到最后水到渠成的自然结果。适其上山寻道之初，诗人内心蕴蓄的迷惑原即

---

① ［德］乌夫岗・衣沙尔著，岑溢成译：《阅读过程中的被动综合》，收入郑树森编：《现象学与文学批评》，页 85、87。
② 此处所用之"外在超越"乃与"内在超越"一语相对为说，后者乃借自余英时：《从价值系统看中国文化的现代意义》，《中国思想传统的现代诠释》（台北：联经出版事业公司，1987 年 3 月）。

是从自我之内部所形成的,一路上经由内在不断反复辩证的充分发酵之后,终于在自身心灵的土壤上得到自发性的成长与觉醒,使得种种有关自我认知、终极命运与生存意义等迷惑之处,都因为有所领悟而至少得到暂时的廓清,并且更进一步获得了俗界所难能的超越体验;而唯有不假外求的答案才最真实、也最为切己,对"自我追寻"的完成也最为有力而彻底,于是"未遇"的结果,反而正是促进心灵彻底完成自我调整的有效策略。

  在以上详析其深层意义之后,于此便可以综合性的简图将其典型结构表列如下:

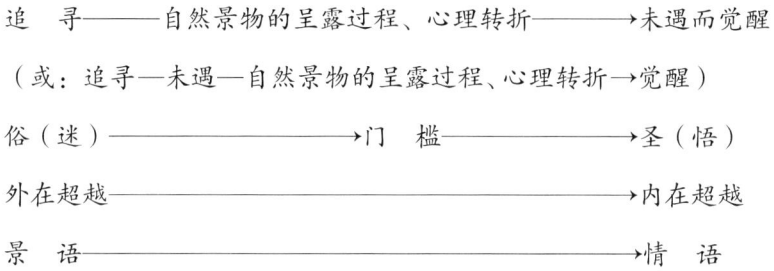

  由此可知,乐园的"追寻主题"于此处表现的是一种正面的形态和积极的意义,所展现的是一种对知识、体验和智能悟性的追求;而在这个经验中,诗人会经历一连串的启发,不断被引领至更深入的自我,而到达更超越的境界,从而清除了某些障蔽、或从某些执着中解放出来,因此可以说是一个"内在的旅程"的完成。而此一由迷而悟的内在旅程,也显示了一种以心为觉醒的枢纽,"以

迷悟为凡圣之间的根本差别所在"的终极价值①，因而树立出一种个人化的、却又同时具备了普遍意义的乐园追寻的模式，在唐代诗歌中呈现了别树一帜的乐园形态。

第四节　圣地的启悟与净化

经由前面一节的探讨，唐代诗人透过"寻道不遇"的模式而获致的乐园体验大致已明，接下来必须补充的是：除了因为道之中介者（medium 或 agent）的缺席，即道士、僧侣、隐者等对象的不遇，反而使寻访者得到内在超越之契机的特定形态之外，唐诗中还有一种与之稍稍不同的追寻（quest）的类型，也就是毋须经过"道之中介者"的关卡，而直接从寻访者最终所到之处来取得启悟与净化的神圣体验。就数量而言，这类"探访圣地"的作品还更多于"寻道不遇"诗，因此此处亦应加以阐明，使追寻乐园的类型更为周延。

从唐诗的观察中，我们可以发现：能使寻访者取得启悟与净化之神圣体验的最终所到之处，主要是以道士、僧侣、隐者等超俗

---

① 这是一切重视心性之主动性和根源意义的宗教或学术思想所共同接受的看法，如任继愈谓："隋唐重玄家还仿佛教天台等宗的心性说，指出道性即是众生的'神'、'心源'或'清净心'，以心为轮回生死及得道成真的枢纽，以迷悟为凡圣之间的根本差别所在。"隋唐佛、道两派宗教的此一共同趋势，也正与本节所探讨"寻道不遇"的原型表现有异曲同工之妙。任继愈主编：《中国道教史》（上海：上海人民出版社，1990 年 6 月），第 6 章，页 258。

者所居之地，其中特别是经由宗教信仰所提供的庙宇、道观等硬件建筑物，再加上其周遭花木围绕的自然景观为最大宗，因此这些宗教场所往往成为取得乐园经验的圣地。就此一现象而言，伊利亚德早就认为宗教本身即有划分圣与俗的功能，而宇宙山（the cosmic mountain）所具有的"天地之中心"的象征，也同样表现在庙宇之类的宗教圣地上，他说：

> "中心"的象征主义同样解释了其他系列的宇宙论意象与宗教信仰，在这其中最重要的有：（a）神址和圣域被相信是处于世界的中心；（b）庙宇是宇宙山的复制品，因此构成了尘世与天堂之间显著的"联系"；（c）庙宇的基底深降于较低的地区。①

确然如此，这些宗教圣地虽然位居烟尘不到的自然山林之中，但也并不是完全离世的天堂，它们的基底深降于低处的人间，同时迎接从"深降于较低的地区"而来的寻访者，并进而促使寻访者进入天堂式的超然的体验，因此可以说是处于"尘世与天堂"之临界点上的特殊空间。在这样迥异于世俗生活环境的特殊空间里，其中所提

---

① Mircea Eliade, *The Sacred and the Profane: the Nature of Religion*, trans. by Willard R. Trask, p.39. 原文如下：This same symbolism of the center explains other series of cosmological images and religious beliefs. Among these the most important are: (a) holy sites and sanc-tuaries are believed to be situated at the center of the world; (b) temples are replicas of the cosmic mountain and hence constitute the pre-eminent "link" between earth and heaven; (c) the foundations of temples descend deep into the lower regions。

供的乃是一种精神转化的可能性，正如神话学者坎伯所指出：

> 庙堂是心灵活动的空间与世界。当你走入一间教堂时，你是进入一个充满精神影像的世界。它是你精神生活的发源地——就像教会的本部（mother church）。四周围所有的外观形态都在表示精神价值的意义。①

这样一个"心灵活动的空间与世界"，其本身即是一个"转化中心"，因为在此一"神圣的地方，时间之墙可能会消溶，而显露出世界的秘密"②。这便是当世人陷溺于俗界中过久，而思欲暂时解脱尘世之束缚时，宗教圣地往往成为追寻之对象的原因。

因此之故，唐诗中许多乐园的体验便是藉由宗教圣地而达成的，以下试举数首以观之，其中以常建的《题破山寺后禅院》为最称典型的作品：

> 清晨入古寺，初日照高林。曲径通幽处，禅房花木深。山光悦鸟性，潭影空人心。万籁此都寂，但余钟磬音。

清代诗评家吴景旭《历代诗话》分析此诗云：

> 劈头劈脑喝出"清晨"两字，次句云"初日照高林"，接

---

① [美]坎伯著，朱侃如译：《神话》，页145。
② [美]坎伯著，朱侃如译：《神话》，页164。

得有力；竹与花皆从高林带出，而映之以初日，虽欲不幽且深，不可得矣。此际声闻色象，种种销灭，惟有一寺与入寺者，同摄入光影中，佛性、人性、鸟性，无动不静，无二不一，故结语"万籁此俱寂"，昔人所以美旦气、快朝来也。①

试观其中诗意的展开，一步步净化的历程宛然在目：由初入古寺，首见日照高林，到通过入幽之曲径与荫深之花木的涤清，俗虑已尽的诗人领略到山光鸟性的悦乐之情，更在潭水的波影幽荡之中进入了空灵忘我的境界，所谓"此际声闻色象，种种销灭"，于是"时间之墙消溶"了，外界的音声响动皆归于静寂，而在此万籁俱寂之中，周遭景物彷佛"显露出世界的秘密"，令诗人进入一种佛性、人性、鸟性皆如一体的神圣氛围之中；此时禅院里不知名的僧徒敲击钟磬而传来袅袅的余音，使四周的宁静更加深沉，诗人那被深沉之宁静所彻底涤清的心灵，也因之更形超逸出尘了。故吴景旭又云："不过四十字尔，一尘不到，万虑清归，直与无始者往来……此真正一篇尽善者也。岂仅称警策而已哉！"②可谓深得个中三昧之言。

由常建的《题破山寺后禅院》一诗所展现的在圣地中取得净化的体验模式，同样也表现在其他诗人的类似作品之中，诸如：

---

① 见（清）吴景旭：《历代诗话》，卷47，《景印文渊阁四库全书》第1483册（台北：台湾商务印书馆，1986年7月），页410—411。
② （清）吴景旭：《历代诗话》，卷47，《景印文渊阁四库全书》第1483册，页410。

- 误入花源里，初怜竹径深。方知仙子宅，未有世人寻。舞鹤过闲砌，飞猿啸密林。渐通玄妙理，深得坐忘心。（孟浩然《游精思题观主山房》）
- 朝游访名山，山远在空翠。氤氲亘百里，日入行始至。谷口闻钟声，林端识香气。杖策寻故人，解鞍暂停骑。石门殊壑险，篁径转森邃。法侣欣相逢，清谈晓不寐。平生慕真隐，累日探灵异。野老朝入田，山僧暮归寺。松泉多清响，苔壁饶古意。愿言投此山，身世两相弃。（孟浩然《寻香山湛上人》）
- 胜景不易遇，入门神顿清。房房占山色，处处分泉声。诗思竹间得，道心松下生。何时来此地，摆落世间情。（钱起《题精舍寺》）
- 汲井漱寒齿，清心拂尘服。闲持贝叶书，步出东斋读。真源了无取，妄迹世所逐。遗言冀可冥，缮性何由熟。道人庭宇静，苔色连深竹。日出雾露余，青松如膏沐。澹然离言说，悟悦心自足。（柳宗元《晨诣超师院读禅经》）

从这些诗中，我们可以看到在追寻的终点站上，诗人暂时抛开了世俗之轭，如孟浩然所谓的"解鞍暂停骑"也者，便颇有息劳务、绝俗情以跨入圣地门槛的象征意味，由此遂感到"清心拂尘服""入门神顿清"，或是索性比诸桃花源而深致爱怜之意。当跨入门槛而身处圣地之中时，经由"道人庭宇静，苔色连深竹。日出雾露余，青松如膏沐""舞鹤过闲砌，飞猿啸密林""松泉多清响，苔壁饶古意"

和"房房占山色,处处分泉声"等对周遭景物进行耳听目视的幽赏过程之后,坎伯所谓的"精神转化"发生了,表现于诸诗之末联,可以说是诗人对此种精神转化的自觉的宣言,所谓"澹然离言说,悟悦心自足""渐通玄妙理,深得坐忘心",以及"身世两相弃""摆落世间情"的自白,都清楚显示出诗人心中已产生了一种新的价值观,或有别于俗世的心灵体验,不但可以超越语言的拘限,而获取全然自足的悟悦之感;也可以避免心智之辨析所带来的障蔽,而通悟于坐忘的玄妙之理;更可以摆落种种来自世间令人志乖神疲的俗情的纠缠,而在松下领略一份出尘的"道心"。其间转化的历程可归纳如下:

进入圣地→景物幽赏→精神转化→新价值观或心灵体验

可见这些禅院、道观、僧寺、精舍之类的宗教庙堂,的确是激发心灵活动的特殊空间,是帮助人们提升自己,以便从尘俗低地中超拔出来的"精神生活的发源地"。在这样的圣域里,诗人所启悟的精神价值,不论是儒家的避世自放、道家的洗心逍遥或佛家的离垢观空,其本质都归向于一种广义的宗教情感,而与艺术的精神世界具有某种相通之处。卡西尔曾指出:

> 在艺术的领域中,一切符号都具备了一种兼具"分裂"与"重新结合"的双重功能,同时,"甚至在宗教情感中,我们一样可以发现这一种双联性。这些情感越是深邃内在,便愈显得

与世界割离,也愈显得不为一切人与人间的乃至人与其社会实在性之间的枷锁所樊囿。"①

于是,在此种与世界分裂、割离的深邃内在的情感作用之下,使得诗人可以"不为一切人与人间的、乃至人与其社会实在性之间的枷锁所樊囿",从而能够由俗入圣,由迷而悟,终竟得到了身心的自由。这便是唐诗中十分常见的一种乐园体验。

---

① 本段引文中,引号外的部分为笔者对卡西尔所言之曌梧,出于[德]恩斯特·卡西尔著,关子尹译:《人文科学的逻辑》(台北:联经出版事业公司,1994年12月),第2章;引号内的文字为卡西尔原文,出处亦同,见页87。

第六章
桃花源主题的流变——继承、转化与发扬

在先唐的文学演进历程中，标志着乐园意识发展之重要里程碑的，是由东晋末隐逸诗人陶渊明创作的《桃花源记》所提出的构想；而自从桃花源世界被陶渊明塑造成型以后，随着时间纵轴的延伸，不久也进入了诗歌之中而构成意象，并在诗坛中逐渐受到重视，成为南朝诗人偶一为用的据以描述理想世界的一个简便套语。这个现象到了唐朝时更是有增无减、蔚为大观，形成了被众多诗人广泛使用的盛况，也直接构成了一个突出而醒目、普遍而有力的乐园主题。

实际上，在唐代诗歌里，如果只能找出某个特定的单一意象，而以之作为充分展现唐朝诗人于建构乐园方面之心智活动与具体成果的凭借，其结果必非桃花源莫属。这是因为桃源意象在唐诗人手中所展现的丰富性与多元化，早已突破了桃花源的原始内涵与前人使用上的单一手法，不但在时代的横断面上并存着随不同诗人而来的不同诠释，呈现出百花齐放的迥异风貌；而从时代的纵向观察中，又能具体而微地展现了唐代由初盛唐时的"建构乐园"，而转向中晚唐时"解构乐园"的结构性变化。因此我们可以说，桃花源意象的运用有效地传达了唐诗人多彩多姿的心灵处境与个性原则，值得另辟一章以较大的篇幅详尽探析，以穷其意蕴。

第一节 "桃花源"原始文本之分析

欲探索唐诗中由桃源意象所蕴涵的乐园意识,首先应返本归源,回归其原始文本的分析,这是因为唐诗人对此一故典的熟悉与爱好到达极高的程度,才得以将此一理想世界转化出更多的形态,故须以此为全幅开展的基础,始能提供坚固的参考架构。陶渊明的《桃花源记》全文虚实交杂、真幻互见,以寓言故事的虚构方式呈现,却又处处糅合了具体可验的现实色彩,因而引发了无数后人的追慕神往。文中谓:

> 晋太元中武陵人,捕鱼为业。缘溪行,忘路之远近。忽逢桃花林,夹岸数百步,中无杂树,芳草鲜美,落英缤纷。渔人甚异之。复前行,欲穷其林。林尽水源,便得一山。山有小口,仿佛若有光。便舍船从口入。初极狭,才通人。复行数十步,豁然开朗,土地平旷,屋舍俨然,有良田、美池、桑竹之属。阡陌交通,鸡犬相闻,其中往来种作,男女衣着,悉如外人。黄发垂髫,并怡然自乐。见渔人,乃大惊。问所从来,具答之。便要还家,为设酒杀鸡作食。村中闻有此人,咸来问讯。自云先世避秦时乱,率妻子邑人,来此绝境,不复出焉,遂与外人间隔。问今是何世,乃不知有汉,无论魏晋。此人一一为具言所闻,皆叹惋。余人各复延至其家,皆出酒食。停数日,辞去。此中人语云:"不足为外人道也。"既出,得其船,

第六章 桃花源主题的流变——继承、转化与发扬

便扶向路,处处志之。及郡下,诣太守说如此。太守即遣人随其往,寻向所志,遂迷不复得路。南阳刘子骥,高尚士也,闻之,欣然规往;未果,寻病终。后遂无问津者。

此文后尚有一首《桃花源诗》,而必待诗、记合观,互为参证,始能尽得其义,故附诗于此,诗云:

> 嬴氏乱天纪,贤者避其世。黄绮之商山,伊人亦云逝。往迹浸复湮,来径遂芜废。相命肆农耕,日入从所憩。桑竹垂余荫,菽稷随时艺。春蚕收长丝,秋熟靡王税。荒路暧交通,鸡犬互鸣吠。俎豆犹古法,衣裳无新制。童孺纵行歌,斑白欢游诣。草荣识节和,木衰知风厉。虽无纪历志,四时自成岁。怡然有余乐,于何劳智慧。奇踪隐五百,一朝敞神界。淳薄既异源,旋复还幽蔽。借问游方士,焉测尘嚣外。愿言蹑轻风,高举寻吾契。

由《桃花源记》与《桃花源诗》合而观之,我们可以发现到这个完整而典型化,且日后成为唐诗乐园思想主流之一的桃花源,也展现了前面所述乐园建构上的几项特色:其一,此一乐园的进入者,乃"忘路之远近"的渔人,是出于漫无机心的因缘凑泊的结果,而那些不管是具有世俗富贵地位的武陵太守,或是具有高尚道德情操的南阳刘子骥,却都因为有知有识、有预谋有计画地"寻向所志""欣然规往",于是最终得到的便是"未果"和"迷不复得路"的失落

下场。由此可知，乐园的进入本非人力所能及，一切来自世俗所认定的价值（如官衔地位、高行清德等）都不足以被认可为打开乐园之门的钥匙；相反地，开放进入桃花源的是一扇具有特殊选择性的窄门，由《记》中所谓："山有小口，仿佛若有光……初极狭，才通人。"以及《诗》中所说："往迹浸复湮，来径遂芜废。"可见这是一条狭窄湮废、不为人所知的小路，而它所允许通过无阻的，只有浑然未凿、无求而忘机的有缘人，一旦来自尘俗的有心人妄想闯入，它便紧闭无踪，使人迷失徒劳，怅然而返。此点与《山海经·海内西经》所称的"非仁羿莫能上冈之岩"彼此有异曲同工之妙，差别只在于选择的对象一为无心忘机的佚名渔人乃至其同类，一则为在历史中功成名就的"仁羿"，进入的资格容或有所不同，而高度的封闭性与选择性以及严格把关的程度却不相上下。

其二，桃花源所展现的乐园建构，是凡人不易到达的"绝境"，但却又在人间之中。清吴楚材、吴调侯选《古文观止》卷七云："桃源人要自与尘俗相去万里，不必问其为仙为隐。"[1]同朝邱嘉德《东山草堂陶诗笺》卷五亦曰："设想甚奇，直于污浊世界中另辟一天地，使人神游于黄、农之代。"[2]在污浊世界中另辟天地，其风貌自然与尘俗相去万里，绝非常人窃攀可得，因此除无心闯入的渔人之外，桃花源终究只是遥不可及的幻念悬想。但进入到桃花源中之后，所见景观便豁然开朗，《记》中所述之"土地平旷，屋舍俨然，

---

[1] 引自（南朝梁）萧统等评：《陶渊明诗文汇评》（台北：世界书局，1974年12月），页352。

[2] （南朝梁）萧统等评：《陶渊明诗文汇评》，页353。

有良田美池桑竹之属，阡陌交通，鸡犬相闻，其中往来种作。……设酒，杀鸡作食"，与《诗》中所描写之"相命肆农耕，日入从所憩。桑竹垂余荫，菽稷随时艺。春蚕收长丝，秋熟靡王税"，展现的完全是一幅农村丰足图，为中国广大幅员之地在太平时代中处处可见的习常景象，甚至可以说是直接复制的摹本，无怪乎清贺贻孙评道："如桃源异境，鸡犬桑麻，非复人间，究竟不异人间。"[①]此一特质使得桃花源稍稍染上了乌托邦的色彩，由此也可管窥中国式的乐园不能彻底免除人间性的一面。

其三，在桃花源的这块乐土中，有父子人伦之亲而无君臣上下之义，因此剥除了政治责任和经济剥削，只留下血浓于水的血缘之爱与互依互存的里仁之美。最早看出这一点的是王安石，其《桃源行》一诗云："儿孙生长与世隔，虽有父子无君臣。"[②]此后明代阙士琦《桃源避秦考》亦谓："桃源之所以与世绝，与渊明《记》中谓其地上有桑麻，无征输贸易之事；其人止有父子，无君臣恩怨之情；其岁止有秦，无汉、魏、晋篡夺之日月，固居然人也。"[③]而现代学者余英时则以今日之术语称之为"桃花源中虽无政治秩序，却

---

① 见（清）贺贻孙：《诗筏》，郭绍虞辑：《清诗话续编》上册（台北：木铎出版社，1983年12月），页162。
② 收入（宋）王安石：《临川先生文集》（台北：台湾商务印书馆，景印《四部丛刊》本，1979年），卷4，页79。
③ 见（清）余良栋等修：《桃源县志》，卷13，(南朝梁)萧统等评：《陶渊明诗文汇评》，页348。

仍有伦理秩序"。①之所以有这种取舍的现象发生，一则是为了追拟远古之风范，以表现出"帝力于我何有哉"的淳朴逍遥②，另一方面则是针对当时现实乱象和生活困境的反动，盖"自魏、晋以来，君臣、父子、兄弟之际，操戈攘臂，斗争纷纭，其为耳目之所不忍见闻者多矣"③。而首当其冲的百姓无所逃于政治体系中腐化官僚的侵夺，于是便只有如《诗经·魏风·硕鼠》里深受君主横征暴敛之害的人民一样，以想象力幻设出一个不受政治压迫及随之而来的经济剥削的民生乐土，并充满追寻的向往与渴望：

> 硕鼠硕鼠，无食我黍！三岁贯女，莫我肯顾。逝将去女，适彼乐土。乐土乐土，爰得我所。
>
> 硕鼠硕鼠，无食我麦！三岁贯女，莫我肯德。逝将去女，适彼乐国。乐国乐国，爰得我直。
>
> 硕鼠硕鼠，无食我苗！三岁贯女，莫我肯劳。逝将去女，适彼乐郊。乐郊乐郊，谁之永号。

诗中所谓的"乐土""乐国""乐郊"正是《桃花源诗》中"秋熟靡王税"

---

① 余英时：《红楼梦的两个世界》，《历史与思想》（台北：联经出版事业公司，1982年11月），页430。

② 先秦歌谣《击壤歌》云："日出而作，日入而息。凿井而饮，耕田而食，帝力于我何有哉！"见逯钦立辑校：《先秦汉魏晋南北朝诗》上册（台北：木铎出版社，1983年9月），页1。

③ 见（清）汪琬：《尧峰文钞》，卷37《陶渊明像赞并序》，明伦出版社编：《陶渊明研究资料汇编》（台北：明伦出版社，1970年12月），页185。

之理想实现的地方。事实上，整个《桃花源记》所呈现的农村富足图景，也必得在"秋熟靡王税"的前提下才得以成就，否则一经苛捐杂税的蚕食鲸吞，所剩能有几何？往往连起码的温饱亦如同缘木求鱼，又何来"良田美池桑竹之属"与"设酒杀鸡作食"的丰足之乐！于是陶渊明在创设桃花源的乐土时，便撤销了君臣之义所代表的政治、经济合一的权力框架，唯余"黄发垂髫，并怡然自乐"的父子人伦之亲，世世代代享有和谐无争的愉悦生活；当外界正处在君臣相乱、物业萧条的乱世时，桃花源就成了父子、夫妇、兄弟和邻里之间能够相濡以沫、互为依靠，而圆满自足、无待于外的小天地。这是讲求君臣大义的中国文化所孕育出来的特有的乐园特色。

其四，桃花源始终都处于一种脱越历史之演进而抽离于时间序列之外的凝静状态，因此徒有四时之反复循环，却无年岁往逝的沧桑变迁，遂而表现出一种悬绝于人境之外、且固化不变的静定空间形式。如《记》中云："问今是何世，乃不知有汉，无论魏晋。"又《诗》中亦谓："虽无纪历志，四时自成岁。怡然有余乐，于何劳智慧！"都明确地表露出一股对于改朝换代的依违彷徨之痛，乃至于解脱了随时间而来的变动代谢之苦的强烈渴慕。不论其中所居住者为自秦至晋历久不坏的神仙之身，或是代代相传绵延不断的凡人子孙[①]，其本质都是一般无二，皆具有乐园神话中永恒而怀旧的特性，因为

---

① 桃花源中的居民究竟为人为仙，自唐朝已启争端，后代聚讼犹烈，如韩愈《昌黎先生集》卷三《桃源图》云："神仙有无何眇芒，桃源之说诚荒唐。"而苏轼之辩证尤其著名，《苏文忠公诗集》卷43《和桃源诗序》曰："世传桃源事，多过其实。考渊明所记，止言先世避秦乱来此，则渔人所见，似是其子孙，非秦人不死者也。又云杀鸡作食，岂有仙而杀者乎？"

桃花源中从来不曾汰旧求新，情愿只维持着旧时衣冠和昔日生活形态，并欲以之传承久远，绝不思与时俱进而加以改变，此观《桃花源记》中渔人所见者乃是"男女衣着，悉如外人"之形景，以及临别之际其中居民对渔人殷殷嘱咐的乃是"不足为外人道也"之语，可知桃花源中具有何等固执的封闭自足性。因为第一个"外人"是对渔人所在的时代而言，意谓那些身着秦服的居民有如"化外之人"一般，这是第一层的隔离；而第二个"外人"则是渔人进入桃花源，并融入于他们的世界之后，以当地人的角度指称并列的外在世界，这是第二层的隔离①，由此遂使里外两个时间流动速度完全不同的世界，即使在空间并置的前提下，却形成了坚固而牢不可破的悬绝

---

① "男女衣着，悉如外人"的"外人"一词，原为渔人自外闯入时乍见之初的印象，应解作相对于渔人此刻身为晋人之立场而言的"化外之民"，如王维于《桃源行》中所谓的"居人未改秦衣服"者为是，此乃第一层隔离所产生的内外之别；或解之为"桃花源外之人"，如此则里外无别，与后文"不知有汉，无论魏晋"形成前后冲突的矛盾，因为在历经时代的悬绝达数百年之久的情况下，所穿服饰形制竟与外界同步流行，实为难以令人置信的情节，故此一造成情节矛盾的解释应非作者本意，亦非作者不自觉的行文疏漏；只要以"化外之民"解之，则此疑问便迎刃而解，而前后脉络亦豁然贯通。至于文末"不足为外人道也"的"外人"一词则为渔人已入桃花源且与居民相熟后，以桃源中人之立场指称渔人之所从来的世界，这时就进一步形成了第二层隔离的内外之别，而与"悉如外人"之"外人"名同而实异。如此一来，"悉如外人"与"不足为外人道也"的两个"外人"其实是在不同层次上的不同指涉，为随着渔人对桃花源之亲疏关系而变换陈述角度的自然结果，而学者们的质疑也可彻底澄清。此外，若将这里所谓的"双重隔离"再加以扩大，则有"五重隔离"的诠释，廖炳惠谈到："其中的放逐感至少有五重：桃花源居民'先世避秦乱'已和早先祥和乐利的日子隔了一层；居民'乃不知有汉，无论魏、晋'，与外在世界又加一重疏离；渔人所留下的（转下页）

状态，而此一彻底悬绝的力量则来自于此中天地果然是别具一格的福地洞天，以一个静止凝定的状态来超越变动不居、瞬息万变的历史而存在，对外界容或有一些探知的好奇，但却绝不愿投身其中，为历史所同化；也完全弃绝外来的参与或干扰，以免内部情况发生变质而崩溃。于是这悬隔于人世之外的乐园只在渔人无心闯入时昙花一现，刹那地绽现于世人眼前，可是在一闪即逝的瞬间之后便又封闭起来，回到它茫茫渺渺、有始无终的恒定时空中，不再增减消长，也不容侵蚀毁损，有如神话般永远凝固在人们的记忆和向往之情里。

由以上之分析可知，作为中国文化及文学史上乐园（或乌托邦）之最高典型的桃花源，以第一章第二节所定义区分的"乐园"与"乌托邦"的差异而言，其实应属于"乐园"范畴，虽然它具有"不异人间"的浓厚现实性，但其怀旧、静止、出世、具备高度封闭性和选择性，以及解消政治箍束之后放任无为与独善其身的特质，却都与"乐园形态"若合符节。而由于桃花源对后世影响深远，尤其是自从唐代文人大量歌咏、形诸诗句之后，"桃花源"的意象与象征

（接上页）符号语言（"寻向所'志'"）与理想世界再度无法会合（"遂'迷'不复得路"）；作者陶渊明又与传闻中的桃花源有一层差距，……即抒发第四重的放逐感；而我们读者在语言、时代上更远离诗人，尚须依赖学者、古人的校勘注释，才能读懂作品，读者在阅读此作品时，与理想世界的距离入矣——阅读活动本身便是失落和匮乏感。"附此以供参考，见廖炳惠：《向往、放逐、匮缺——"桃花源诗并记"的美感结构》，《中外文学》第10卷第10期（1982年3月），页135—136。

才越发突显其代表性的地位，因此堪称唐代诗歌中表现乐园意识的主要媒介之一。

第二节　南朝阶段
——以仙化为主流而启山水化之肇端

自从距离唐朝创立（公元618年）之前约两百年的陶渊明，在举世一片滚滚浊流之外塑造了一处遗世独立的理想世界——桃花源之后，这一个幻设中的乐园并没有立刻获取世人的了解，以及此后两百多年间文学家的认同与肯定。检视渊明身后南朝诗歌的发展过程，在文献中我们看到的是一股沛然不断地追求外在世界之物质性认识的潮流，由谢灵运的山水诗首先领导风骚，接着引带出咏物诗和宫体诗的创作热潮，期间虽有废兴代变，但就其本质而言，却往往趋向于在刻肖形似上下功夫，所谓"尚巧似""巧构形似之言"等出自时人笔下的评论[①]，更明确道出了此中消息。因此之故，采取了反求内心而自抒怀抱之态度来援笔写作的陶渊明，其明显地悖离时尚所构筑的桃花源，作为个人性的精神寄托，是无法在时代群

---

① "尚巧似"及"巧构形似之言"语出自南朝梁人钟嵘所著之《诗品》，其卷上称谢灵运"尚巧似"、张协"巧构形似之言"，卷中称颜延之"尚巧似"；此外，齐梁之际的文学批评家刘勰在其《文心雕龙·明诗篇》亦谓宋初山水诗为"俪采百字之偶，争价一字之奇。情必极貌以写物，辞必穷力而追新"，可见其时文学大势如此。

体中生根立足的,从《先秦汉魏晋南北朝诗》中"后陶渊明时期"的诗歌作品里观察[①],我们可以发现:从晋末开始,历经南、北朝直到隋代结束为止,在总数约五千首的诗作中,提到桃花源的例子寥寥可数,其中还有一些只不过是字面上仿佛近似的词语,如下列诗例中所言:

- 桃花水上春风出,舞袖逶迤莺照日。(汤惠休《白纻歌三首》之一)
- 遽发桃花渚,适宿春风场。(江淹《还故园诗》)
- 芙蓉池畔涵停影,桃花水脉引行光。(刘孝威《禊饮嘉乐殿咏曲水中烛影诗》)
- 渔人惑澳浦,行舟迷沂沿。(伏挺《行舟值早雾诗》)
- 桂影含秋月,桃花染春源。(元帝萧绎《芳树》)
- 春水望桃花,春洲藉芳杜。(庾信《对酒歌》)
- 春洲鹦鹉色,流水桃花香。(庾信《忝在司水看治渭桥诗》)
- 流水桃花色,春洲杜若香。(庾信《咏画屏风诗二十五首》之十)
- 沅水桃花色,湘流杜若香。(阴铿《渡青草湖》)
- 浪涌榜人愁,樟折桃花水。(张正见《公无渡河》)
- 漾色随桃水,飘香入桂舟。(张正见《赋得岸花临水发诗》)
- 日照源上桃,风摇城外柳。(后主叔宝《上巳宴丽晖殿各赋一字十韵诗》)

---

① 详参逯钦立辑校:《先秦汉魏晋南北朝诗》。

- 桃花春水木兰桡，金羁翠盖聚河桥。（江总《乌栖曲》）①

我们看到在这些诗里，出现了"桃花水""桃花渚""桃花涧"，甚至于"源上桃""桃花春源"以及"渔人行舟迷"等词面暗合的字句，但由其各自嵌入的诗作整体以观之，这些表面上似乎若有暗合的字词语句却都只不过是作为一般桃红柳绿的美景点缀而已，所谓"桃花水"等语乃出自《汉书·沟洫志》所述"来春桃华水盛，必羡溢"之春景，如颜师古所注："《月令》：'仲春之月，始雨水，桃始华。'盖桃方华时，既有雨水，川谷冰泮，众流猥集，波澜盛长，故谓之桃华水耳。"② 此种经由桃花开、水盈盛结合而成的联想，仅仅只具有担任情节"零件"的偶合意义，不但连表面的袭用都称不上，更遑论是否传达了陶渊明借由"桃花源"所塑造的乐园内涵。而确定是出自陶渊明影响，真正可断言为使用"桃花源"故事原型者，则为以下数例，此处先加以全数罗列并观：

- 玄都府内驾青牛，紫盖山中乘白鹤。浔阳杏花终难朽，武陵桃花未曾落。已见玉女笑投壶，复睹仙童欣六博。……神岳吹笙遥谢手，当知福地有神才。（张正见《神仙篇》，节录）
- 桃源惊往客，鹤峤断来宾。复有风云处，萧条无俗人。山寒

---

① 以上十三首引自逯钦立辑校：《先秦汉魏晋南北朝诗》，分见页 1244、1560、1884、1888、2031、2347、2374、2396、2452、2480、2495、2515、2573。

② （汉）班固著，（唐）颜师古注：《汉书》（台北：鼎文书局，1991 年 9 月），卷 29《沟洫》，页 1690。

微有雪,石路本无尘。竹径蒙笼巧,茅斋结构新。烧香披道记,悬镜厌山神。砌水何年溜,檐桐几度春。云霞一已绝,宁辨汉将秦。(徐陵《山斋诗》)

- 学仙未成便尚主,寻源不见已封侯。富贵功名本多豫,繁华轻薄尽无忧。讵念嫖姚嗟木梗,谁忆田单倦土牛。归去来,青山下,秋菊离离日堪把。(卢思道《听鸣蝉篇》,节录)
- 名岳标形胜,危峰远郁纡。成象建环极,大壮阐规模。层台耸灵鹫,高殿迩阳乌。暂同游阆苑,还类入仙都。三休开碧题,万户洞金铺。摄心罄前礼,访道挹中虚。遥瞻尽地轴,长望极天隅。白云起梁栋,丹霞映拱枅。露花疑濯锦,泉月似沉珠。今日桃源客,相顾失归涂。(孔德绍《登白马山护明寺诗》)
- 寓目幽栖地,驾言追绮季。避世桃源士,忘情漆园吏。抽簪傲九辟,脱屣轻千驷。沉冥负俗心,萧洒凌云意。苍苍耸极天,伏睇尽山川。迭峰如积浪,分崖若断烟。浅深闻度雨,轻重听飞泉。采药逢三岛,寻真值九仙。藏书凡几代,看博已经年。逝将追羽客,千载一来旋。(李巨仁《登名山篇》,节录)[①]

除此之外,北周的庾信是整个南朝阶段中使用桃源意象较多的诗人,其《咏画屏风诗二十五首》之五有"逍遥游桂苑,寂绝到桃源"

---

① 此处五首诗见逯钦立辑校:《先秦汉魏晋南北朝诗》,页2482、2530、2637、2721—2722、2726。

之句,另一首《徐报使来止得一相见诗》中亦云:"一面还千里,相思那得论。更寻终不见,无异桃花源。"还有《拟咏怀诗二十七首》之二十五曰:"怀抱独惛惛,平生何所论。由来千种意,并是桃花源。"又《奉报赵王惠酒诗》谓:"梁王修竹园,冠盖风尘喧。行人忽枉道,直进桃花源。"① 以一人之力而使用有四处之多,实为当代之异数。合计从南朝至隋代有关桃源意象的诗作总数约有九首,从这九首作品中,我们可以注意到在南朝时代的诗歌里,有关"桃花源"原型运用上的几个特点:

第一,直到南北朝后期的陈和隋两代,桃花源才逐渐地为诗人所接受,而在诗歌创作里真正成为一个表情达意的语词单位,不但完全摆脱了来自于字面上模糊的形似关系而导致的尴尬,并且和特属陶渊明之处世态度与人生内容的其他专称,如:"避世""田居""武陵""归去来""东篱秋菊"和"彭泽"等合组成为一个更完整的情志系统。就以其中的陈代诗人张正见为例,他除了屡用"桃花水"之意象和"武陵桃花"之语外,尚复有《秋晚还彭泽诗》言:"自有东篱菊,还持泛浊醪。"又有《还彭泽山中早发诗》谓:"空返陶潜县,终无宋玉才。"② 而在陈正见之外,较早时刘宋的鲍照已先有《学陶彭泽体》,梁朝的江淹也有《陶征君潜田居》诗③,浸假至陈、隋之时乃益发彰显。可见陶渊明其人及其诗的几项代表性构成因子,已在这个时代的视野中浮显出来,被接受为认同的对象,进而融入当

---

① 逯钦立辑校:《先秦汉魏晋南北朝诗》,页 2395、2402、2370、2378。
② 此二诗皆见逯钦立辑校:《先秦汉魏晋南北朝诗》,页 2498。
③ 逯钦立辑校:《先秦汉魏晋南北朝诗》,两首分见页 1300、1577。

时的创作意识之中，成为在自觉层面可加以运用的文学素材；也为日后到了唐朝时陶渊明地位的再提升铺路，打下了初步的基础。此一现象正显示出文学史的演进乃如光谱般逐步渐进的特质。

第二，更重要的是，在南北朝后期的陈、隋两代中，"桃花源"此一原型于受到注意之余，同时也开始了"神仙化"的初步历程。于陈张正见的《神仙篇》里，有"武陵桃花未曾落"之句，不死的意味已然十分浓厚，再加以构成全诗的各个部分如玄都青牛、紫盖白鹤、玉女投壶和仙童六博等"福地神才"的种种意象，更强化了武陵桃花源的仙道色彩；隋朝孔德绍的《登白马山护明寺诗》中，"相顾失归涂"的桃源客之所以失去归返人间之路的原因，似乎正因为其探访的历程乃是"还类入仙都"，而他们进入"仙都"的目的也在于"访道"，如此便为桃花源深深烙印上仙化的痕迹；而同代的李巨仁在其《登名山篇》中则将桃源的避世与庄子（即漆园）的忘情对举，既使得两者同时兼具的"潇洒负俗"之共通性质越发彰显，又让精神性之道家境界世俗化后所产生的物质性之道教内容，在无形中渗透进桃花源的想象世界里，因而在全诗后段才会出现"采药""寻真""值九仙"和"追羽客"的求仙之语。

从这些证据显示，桃花源被仙化的最早源头并非自唐朝王维的《桃源行》肇始[①]，而应是在先唐以前的陈、隋之世便已发其端倪，

[①] 持此说者，如柯庆明先以保留的语气谓：王维此诗"可能就是'桃源—仙境'的始作俑者"，后又肯定地说："桃花源的仙境化，在今日可见的资料中，当以王维为最早。"柯庆明：《试论王维诗中的世界》，《文学美综论》（台北：长安出版社，1986年10月），页348、395。

且其仙化的迹象十分显著，使得最初在陶渊明心中原本是对"不异人间"、而又无现实侵害之自然田园的追求，明显地为对可长生神游之福地仙境的向往所取代，这可以说是六朝以来游仙文学和道教文化蓬勃发展的影响所造成的结果。

第三，由于仙境构设的环境绝大部分是在风景优美脱俗的山林丘壑之中，以超越现实界污浊、有限之框架而尽享世外悠游之趣；兼且在陈、隋两代之前，游仙诗和山水诗都早已身居诗坛主流的地位风行过一段很长的时间，其末流波荡至此时犹然不衰而迭有所见，甚至两者更进一步互相结合，表现了南朝宗炳所说"山水以形媚道"的融通说法[①]，因此被仙境化了的桃花源，其景物描写也偏向于游仙诗或山水诗，或游仙与山水此二者之综合，反而距离原创者陶渊明所塑造的田园风光与农家景象甚远。观前引诸诗中几乎全着墨于名山丹霞、白云泉月、度雨飞泉和叠峰分崖的描绘，而无一语及于桑竹菽麦、鸡犬阡陌与种作之事，可知自此时伊始，桃花源已非原创时的本貌，其实质内容已几乎完全被游仙和山水所取代。

原本桃花源作为表情达意的原型，主要是就其避世远俗、终难寻觅的空间条件，以及不辨秦汉、悠游于历史时间的束缚之外

---

① 宗炳为南朝刘宋时画家，其《画山水序》云："山水以形媚道，而仁者乐焉。"此说正是六朝诗歌演变史上，从"游仙"到"山水"的过渡期所产生的融通说法，较之《文心雕龙·明诗》所谓"宋初文咏，体有因革，庄老告退，而山水方滋"的断代式观察，似乎更能掌握住"因革"之际，前后潮流在转换的历史脉络上赖以引带接榫的内在契机。

的时间特质为此时之诗人所采用，而这两项构成桃花源的要素，可以说是在历经各时代种种不同之转化运用的同时，却一直持之以恒而未被动摇或代换的根本架构，成为一个足以综摄多元之内容的基本形式，如同可供上演不同戏码的固定舞台一般。因为这正是一切乐园赖以成立的先决条件，人们心中对理想世界的趋向莫不以此为前提，当无数后人一旦产生了对乐园的向往之情时，掌握了这两项本质的陶渊明因之创建成型的桃花源，便成为他们可以不断回归的永恒原乡，而在此骨架上赋予多种不同的血肉。桃花源的山水化正和游仙化一样，是同一"原型"循着不同方向进行具体化的结果。

第四，正由于桃花源之塑造乃以不辨秦汉、悠游于历史时间的束缚之外为基本架构，而此一特色又与道教中仙寿不死的追求具有形式上和本质上都可以相通的地方，彼此之间极容易发生联想，进而造成两者的交融会通，这便是桃花源仙化的主要原因。在南朝诗坛上，我们找到一首作品可以说明其间联想的脉络关系，此即南朝宋徐爰所作的《游庐山观道士石室诗》：

> 蒙茸众山里，往来行迹稀。寻岭达仙居，道士披云归。似着周时冠，状披汉时衣。安知世代积，服古人不衰。得我宿昔情，知我道无为。①

---

① 引自逯钦立辑校：《先秦汉魏晋南北朝诗》，页1321。

此诗所描写的，是辟室幽居于庐山的一位道士，观其用以称述的"仙居""披云"之语，其人应是寻道求仙之有所成者。足堪玩味的是，诗中所谓的"似着周时冠，状披汉时衣"与《桃花源记》里的"男女衣着，悉如外人"正差相仿佛①；而"安知世代积"也恰如"不知有汉，无论魏晋"的同义语，都以一种超越了历史变动而不与时俱进的恒定性，来保持住自身的完整。而此共通的性质既可用在求仙的道士身上，也适用于桃花源乐土的描述上，透过如此的共通性，于是乎就搭起了转化的桥梁，只要在联想上再进一步，桃花源的仙化便水到渠成了。经过如此的探析，我们就更能从根本上清楚地掌握到，原始桃花源原型之所以为后代加以仙化的内在原因。因为这种转化不但有时代风气的因素，也兼具了来自桃花源本身之创设性质的必然结果。

此外，导致桃花源之仙化还有两个次要的因素，其一乃《桃花源诗》所引发的误导，试看陶渊明在诗中所谓的"奇踪隐五百，一朝敞神界""借问游方士，焉测尘嚣外"和"愿言蹑轻风，高举寻吾契"等语，皆明显带有道教神仙的神幻色彩，自易令人产生仙境的联想。其次则是"桃花"本身即蕴有不死的仙化色彩。《汉武内传》中曾记载西王母所居的瑶池种有仙桃，而"此桃三千年一生实，中夏地薄，种之不生"②。不但花开时烂然如锦，果实亦味甘津美，

---

① 所谓"外人"实指身着秦服而有异于晋时中土的化外之民，其义之辨正详参第242页注1。
② 见（宋）李昉等编：《太平广记》（台北：文史哲出版社，1981年），卷3，页15。另《汉武故事》亦载此事，内容大同小异。

其生长循环的速度更是缓慢到近乎永恒的地步，是故足配仙境，与仙人共寿不死，至日后便形成了由"桃花"联系到"仙境"时一脉相贯的象征传统。如陈周弘正《和庾肩吾入道馆诗》诗便谓："桃花经作实，海水屡成田。逆愁归旧里，追问斧柯年。"① 其中的"桃花作实"正是"永恒"的代名词与"仙境"的具体表征，恰恰是用以彰显人间瞬息沧海桑田的对照面。从"桃花"的仙化到"桃花源"的仙化，此一推衍关系也是桃花源在仙化的过程中，我们所不能忽略的又一内在因素。

第三节　初唐阶段——隐逸调性的显扬

　　讨论了唐朝以前有关桃花源的文献运用与意象流变，接下来便进入唐代的主要领域，分析唐诗中桃花源原型的表现与其象征意涵。虽然入谷仙介（1933—2003）已经注意到陶渊明身后自南朝到初唐的影响，包括田园诗与桃源题材，但由其所言："陶渊明影响同时代诗人的痕迹，只留下鲍照（《全宋诗》卷四鲍照《学陶彭泽体》），江淹（《全梁诗》卷五江淹《拟陶征君田居》）的各一篇拟作。继承陶渊明田园诗成就的使命，不得不落到初唐诗人王绩（585—644）身上。而整个这一时期，诗歌中以桃源为典故的，似乎只有王绩的'不知今有汉，唯言昔避秦'（《田家三首》其二，《全唐诗》

---

① 逯钦立辑校：《先秦汉魏晋南北朝诗》，页 2462。

卷三七）一例。"① 可见此一观察并不切合诗坛的实况。从上一节的讨论中，已经清楚可知陶渊明影响同时代诗人的痕迹，并非只有鲍照、江淹的各一篇拟作，同样地，初唐诗歌中以桃源为典故的，也不是只有王绩一人。

初唐大约一百年的时间中②，诗歌风气与创作手法大体上是南朝的延续，明陆时雍《诗镜总论》中曾道："调入初唐，时带六朝锦色。"③ 观诸桃花源的运用，也莫不如此。以《全唐诗》所录之前一百一十卷为例，扣除了因编排体例而收入的后期诗作，在总数大约三千首的作品中，所展现的桃花源意象可以说和南朝是一脉相承的。为便于观察起见，先试将其诗依不同属性区分为两类，第一类为仙化的例子，如：

- 结衣寻野路，负杖入山门。道士言无宅，仙人更有村。斜溪横桂渚，小径入桃源。玉床尘稍冷，金炉火尚温。心疑游北

---

① [日]入谷仙介著，卢燕平译：《王维研究（节译本）》（北京：中华书局，2005年10月），第1章"少年时代"，页20。
② 此依元朝杨士弘所著《唐音》之分法，约自唐高祖武德元年至睿宗太极元年（公元618—712）。
③ 收入丁福保辑：《历代诗话续编》下册（北京：中华书局，1983年8月），页1411。此处可加以补充的是：初唐诗坛上，出现了一些与桃花源音近貌似而名实俱异的"桃花园"一词，如李峤、苏颋、赵彦昭三人俱有《侍宴桃花园咏桃花应制》诗，此外尚有徐彦伯《侍宴桃花园》、张说《桃花园马上应制》等诗，此皆随帝王游幸的奉诏之作，而"桃花园"乃是宫中苑囿，如杏园、曲江之类的风景区，与"桃花源"实无干系，可略而不论。

极，望似陟西昆。逆愁归旧里，萧条访子孙。(王绩《游仙四首》之三)
- 不知今有汉，唯言昔避秦。(王绩《田家三首》其二)
- 不知名利险，辛苦滞皇州。始觉飞尘倦，归来事绿畴。桃源迷处所，桂树可淹留。迹异人间俗，禽同海上鸥。古苔依井被，新乳傍崖流。野老堪成鹤，山神或化鸠。泉鸣碧涧底，花繁紫严幽。日暮飧龟壳，天寒御鹿裘。不辨秦将汉，宁知春与秋。多谢青溪客，去去赤松游。(卢照邻《过东山谷口》)
- 道书编竹简，灵液灌梧桐。草茂琼阶绿，花繁宝树红。石楼纷似画，地镜森如空。桑海年应积，桃源路不穷。黄轩若有问，三月住崆峒。(杨炯《和辅先入昊天观星瞻》，节录)
- 地轴楼居远，天台阙路赊。何如游帝宅，即此对仙家。座拂金壶电，池摇玉酒霞。无云秦汉隔，别访武陵花。(郑愔《奉和幸上官宛容院献诗四首》之一)①

此四首诗中，点染铺设桃花源景象的，是玉床金炉、龟壳鹿裘、道书灵液和金壶玉酒等成仙所需之物；其进入或所在之地，则被构想为北极、西昆、崆峒、地轴和天台等天外神居之仙境；其所幻想或实际从游者，则有道士、仙人、山神、赤松、黄轩及堪成鹤之野老，率皆为悠游于生死之外的仙骨之才，如此便总合为一座仙风弥

---

① 引自（清）康熙敕编：《全唐诗》（北京：中华书局，1990年2月），四首诗分见页483、529、617、1105。

漫的桃源异地。无怪乎王绩索性以"游仙"命题，全诗不但表现出仙境游历传说所遵循的原型结构："出发—历程—回归"[1]，且其诗末以"逆愁归旧里，萧条访子孙"做结，完全袭用了前引陈周弘正《和庾肩吾入道馆诗》中"逆愁归旧里，追问斧柯年"一联的诗意，尤其上句之文字更是一字不差，更强调了历经仙境归来之后，子孙萧条、人事已非的惆怅失落之感，而突显了仙凡有别的强烈对比。这可以说是诗史上桃花源原型在仙化的过程中最终的九仞一篑，与陈张正见《神仙篇》中之"武陵桃花未曾落"前后呼应，而至此彻底完成了名实相符的阶段，比诸南朝时名同而实异的运用手法，无疑是完全成熟的表征。

初唐诗中桃花源意象运用上的第二种类型，则朝向隐逸的方向发展，不论是完全从仕途上抽离后的长期退隐，而成为自由精神的寄托；抑或是游历于山林名胜时当下的短暂闲逸，内容偏向于山水清景的描写，总之，当其发而为诗时，都同样着重在身处"此岸世界"却能够同时兼得离俗之趣的身心安顿，而有异于仙化之路对超脱死亡的"彼岸世界"的追求。[2] 比较起来，此一田园化、隐逸化类型的诗作反倒多于仙化的类型，试举出相关诗例如下：

---

[1] 仙境游历传说的原型结构，详参李丰楙：《六朝仙境传说与道教之关系》，《中外文学》第 8 卷第 8 期，后收入李丰楙：《误入与谪降：六朝隋唐道教文学论集》（台北：台湾学生书局，1996 年 5 月），"附录"，页 295—296。

[2] "此岸世界"（this world）指的是现实人生眼前所面对的世界，其对立面则是"彼岸世界"或"他界世界"（other world），所关注的角度则建立在超越现实人生以外的追求或向往上，如宗教与神话即是他界思考的重要成果。

- 聊从嘉遯所，酌醴共抽簪。以兹山水地，留连风月心。长榆落照尽，高柳暮蝉吟。一返桃源路，别后难追寻。(陈子良《夏晚寻于政世置酒赋韵》)

- 同方久厌俗，相与事遐讨。及此云山去，窅然岩径好。疑入武陵源，如逢汉阴老。清谐欣有得，幽闲欻盈抱。我本玉阶侍，偶访金仙道。兹焉求卜筑，所过皆神造。岁晚林始敷，日晏崖方杲。不种缘岭竹，岂植临潭草。即途可淹留，随日成蘔藻。期为静者说，曾是终焉保。今为简书畏，只令归思浩。(张九龄《与生公寻幽居处》)

- 竹径桃源本出尘，松轩茅栋别惊新。御跸何须林下驻，山公不是俗中人。(崔湜《奉和幸韦嗣立山庄应制》)

- 云峰苔壁绕溪斜，江路香风夹岸花。树密不言通鸟道，鸡鸣始觉有人家。人家更在深岩口，涧水周流宅前后。游鱼瞥瞥双钓童，伐木丁丁一樵叟。自言避喧非避秦，薜衣耕凿帝尧人。相留且待鸡黍熟，夕卧深山萝月春。(沈佺期《入少密溪》)

- 蓬阁桃源两处分，人间海上不相闻。一朝琴里悲黄鹤，何日山头望白云。(李峤《送司马先生》)

- 仆本多悲者，年来不悟春。登高一游目，始觉柳条新。杜陵犹识汉，桃源不辨秦。暂若升云雾，还似出嚣尘。赖得烟霞气，淹留攀桂人。(乔侃《人日登高》)

- 闻君招隐地，仿佛武陵春。绁芝知还楚，披榛似避秦。崩查年祀积，幽草岁时新。一谢沧浪水，安知有逸人。(骆宾王《同辛簿简仰酬思玄上人林泉四首》之一)

- 池果接园畦，风烟迩台殿。高寻去石顶，旷览天宇遍。千山纷满目，百川豁对面。骑来云气迎，人去鸟声恋。长揖桃源士，举世同企美。（张说《岳阳石门墨山二山相连有禅堂观天下绝境》，节录）
- 昔日接篱倒，今我葛巾翻。宿酒何时醒，形骸不复存。忽闻有嘉客，蹁步出闲门。桃花春径满，误识武陵源。（张说《翻着葛巾呈赵尹》）

从以上罗列的九首，再加上下文所引宋之问《游陆浑南山自歇马岭到枫香林以诗代书答李舍人适》等诗作中，可以看到桃源所指涉的对象，或为"嘉遁所""招隐地"，或为"清谐幽闲""云山岩径""避喧非避秦"的幽居之处；活动于其中者，则有"厌俗"之"静者"、登高之"攀桂人"、濯足"沧浪水"的"逸人"和"避喧"的"帝尧人"，甚至"酌醴抽簪""宿酒不醒"的放旷脱略之辈，在登高、访友、探胜、闲居之际，充满了闲逸素心之乐。而尤其可注意的是，随着隐逸的指涉受到强化的潮流，桃花源的意象也同时开始明显地田园化了，观其中点染铺设的景色风物不外是长榆高柳、粳稻芋栗、暮蝉药苗、鸡鸣黍熟，还有竹径茅栋、池果园畦、接篱葛巾、钓童樵叟，再加上主客之间忘形尔汝、杯酒言欢的场景，正是平日忙于"攀桂"求取功名，或俗务缠身不得喘息者，于神劳志乖、疲于征逐之余，可赖以舒展身心的暂时栖身之所。

这样一种描述并不只是展现一种普泛的诗歌现象而已，进一步深究之后，可知其中还蕴藏着乐园意识从本质上转变的讯息。我们

第六章 桃花源主题的流变——继承、转化与发扬

可以说,桃花源意象在初唐时期所浮显出来的隐逸化趋势是饶富意义的,首先,陶渊明早在南朝时期便被列为隐逸之流,如齐梁间钟嵘《诗品》云:"陶诗风华清靡,岂直为田家语耶! 古今隐逸诗人之宗也。"[1] 此外沈约的《宋书》与李延寿的《南史》皆将陶渊明归入《隐逸传》,可见陶渊明的隐逸性格已是当时文人所一致公认的特质;而微妙的是,这样一个"古今隐逸诗人之宗"的风范建立者,其所塑造的桃花源理想世界却同时遭受到严重的异化,完全脱离了原创者本身的性格规定,而朝向外在环境中仙化和山水化的潮流发展。此一异化的情形一直到初唐时才有所改观,桃花源开始明确地归返陶渊明所赋加的隐逸与田园的原始属性,达到"桃花源之名"与"隐逸田园之实"的统一,而完成了回归原点,使创作初衷与其根本调性再度复现的任务。

其次,从游仙与山水这种南朝诗歌表达范式中脱离出来的桃花源,不但扩大了内涵与层次,使素材本身自我开展的空间更形宽广,更重要的意义是:通过隐逸化的转型,恰好成功地将此一理想世界的涵摄层面由"彼岸"过渡到"此岸",由"世外"转向于"方内",而成为从南朝到盛唐的接榫。宋之问《游陆浑南山自歇马岭到枫香林以诗代书答李舍人适》一诗恰恰足以作为此一历时性观察的印证:

---

[1] 见(南朝梁)钟嵘著,陈延杰注:《诗品注》(台北:里仁书局,1992年9月),卷中,页41。

> 晨登歇马岭，遥望伏牛山。孤出群峰首，熊熊元气间。太和亦崔嵬，石扇横闪倐。细岑互攒倚，浮巘竞奔蹙。白云遥入怀，青霭近可掬。徒寻灵异迹，周顾惬心目。晨拂鸟路行，暮投人烟宿。粳稻远弥秀，栗芋秋新熟。石髓非一岩，药苗乃万族。间关踏云雨，缭绕缘水木。西见商山芝，南到楚乡竹。楚竹幽且深，半杂枫香林。浩歌清潭曲，寄尔桃源心。

试看全诗前半段所描述的内容，几乎是结合了南朝时游仙与山水之典型手法的展现，然而中间承接的"徒寻灵异迹，周顾惬心目"一联却发挥了转换的功能，成为乐园内涵转型的关键，它指出："灵异迹"是"徒寻"的、是虚幻难求的，于是诗人从游仙与山水的超俗氛围中退出，转向眼前四周熟悉切近的景物而取得"周顾惬心目"的愉悦之情，遂使以下的篇幅大幅转向田园之类景致风光的描绘，而人烟之中不但有粳稻远秀、栗芋秋熟，而药苗生长、楚竹幽深之景亦宛然可见，最后诗人终于就此欣然写道："浩歌清潭曲，寄尔桃源心。"这就清楚展示了桃源意象中所蕴涵的乐园概念变化的轨迹，而整首诗也在时代的推移中具体而微地浓缩了由彼岸过渡到此岸、由世外转向于方内的转型过程。

此一转型的结果为盛唐桃源意象的多元化运用奠定了初步的基础，在这个方内的、此岸的世界里，盛唐诗人得到了使个性化原则充分实践的更大空间，也使理想世界的主题益发丰富而开阔，标志了一个诠释上繁盛阶段的来临。

第四节　盛唐阶段——个性化原则的充分实践

　　桃花源意象在陶渊明始创之后，历经三百年各代诗人的采择运用，表现出一个越来越受重视的渐兴历程。尤其到了盛唐阶段，桃花源的典故素材不但赢得了如云的追随者，由少数诗人个别的零星偶用而逐渐地扩延成线，成为几位重要诗人习用的创作材料，具有更强烈的暗示性；而且诗人在运用此一意象之际，并非仅仅单纯地"重演"以往的思想，而是把它放在个人的情志系统中加以重演的，因之在重演时，便注入了个人的价值取舍或着重面相①，于是桃花源在经过了此一"以我观物，故物皆着我之色彩"②的主观诠释之后，更进一步转化为具有独特意义的个人语汇，在运用手法上也从零件的角色晋升为主题的地位，进一步脱离了"单独意象"之个别偶见的情形，而进入到"整体意境"之全面塑造的里程。它不再只是点染殊地奇景或异常经历的一个现成词汇，如求仙问道、游历山水时据以烘托其中之非现实性的简便套语，而是诗人人格锻炼的成果和生命境界的表征，是可以在

---

① 此处"重演"的说法乃借自〔英〕柯林伍德（Robin G. Collongwood）著，陈明福译：《历史的理念》（台北：桂冠图书公司，1992年8月）。柯氏认为"历史即过去经验的重演"，但历史家重演时是放在他的知识系统中加以批评，并形成自己的价值判断，因此"一切历史都是思想的历史"。事实上文学的表现更适合此一学理，故此处参酌为用。
② 语见王国维著，滕咸惠校注：《人间词话新注》（台北：里仁书局，1987年8月），页58。此处引文为一般通行本。

当下人生中，借由人格、生命的实在力量而得到充分实践的"乐园"的代称。是以"桃花源"往往已等同于个人理想境界的代名词，是一个被完成的、已达致的身心安顿之所，展现了别具象征意义的新风貌，而不再是想象中虚构的、偶至的，甚至是遥不可及的寄托。

这个现象主要是通过盛唐的几位大诗人，如孟浩然、王维、李白、杜甫等诗集中呈显出来的。当我们检阅这些重要作家的诗篇时，可以看到桃花源意象不但大量涌现，形成更集中的、数量上的外在优势，而且益发强而有力地做为一种象征系统的表达，因此也占有质的内在张力，具备了希利斯·米勒（J. Hillis Miller, 1928—）所谓的"想象力的特殊性质"，而成为能够在其全部作品的繁复多面性里，被彰显出来的"持续不断出现的独特而又相同的世界观"；同时，透过对所有相关作品的分析，亦能使我们"窥看到创作心灵的原始统一性"。① 就是在这样的意义下，桃花源意象在盛唐孟、王、李、杜等大诗人的作品中展现了新的意蕴：既有个别诗人鲜明的烙印，表现出强烈的能动性与自主性，又因多数诗人的广泛使用而互相连结，被扩充为涵盖了整个时代面的普遍套语。这就是"桃花源"意象主题运用的新境界。

---

① 两句引文出自[美]米勒：《狄更斯小说的世界·序说》，引自郑树森编：《现象学与文学批评》，"前言"，页14。

一、孟浩然：老庄境界中形上道心的提出

在对四位诗人全集作品进行了查核的工作之后，我们发现在盛唐作者群中，首先是孟浩然（689—750）以自然诗派的宗师身份和隐逸山林的生活体验，对出世色彩极为浓厚的桃源意象多所著墨。检视其总数两百多首的诗作中，前后至少有九处涉及，数量上的优势已明显地超越前人，宣告了桃源意象之运用已进入鼎盛期的先声。以下试先节录相关片段分别胪列如下：

- 春余草木繁，耕种满田园。酌酒聊自劝，农夫安与言。忽闻荆山子，时出桃花源。采樵过北谷，卖药来西村。……何时还清溪，从尔炼丹液？（《山中逢道士云公》）
- 征马分飞日渐斜，见此空为人所嗟。殷勤为访桃源路，予亦归来赤松家。（《高阳池送朱二》）
- 误入花源里，初怜竹径深。方知仙子宅，未有世人寻。舞鹤过闲砌，飞猿啸密林。渐通玄妙理，深得坐忘心。（《游精思题观主山房》）
- 武陵川路狭，前棹入花林。莫测幽源里，仙家信几深。水回青嶂合，云渡绿溪阴。坐听闲猿啸，弥清尘外心。（《武陵泛舟》）
- 傲史非凡史，名流即道流。隐居不可见，高论莫能酬。水接仙源近，山藏鬼谷幽。再来迷处所，花下问渔舟。（《梅道士水亭》）

- 晴明试登陟，目极无端倪。云梦掌中小，武陵花处迷。(《登望楚山最高顶》)
- 川暗夕阳尽，孤舟泊岸初。岭猿相叫啸，潭影似空虚。就枕灭明烛，叩船闻夜渔。鸡鸣问何处，人物是秦余。(《宿武陵即事》)
- 花半成龙竹，池分濯马溪。田园人不见，疑向武陵迷。(《檀溪寻古》)
- 沿沂非便习，风波厌苦辛。忽闻迁谷鸟，来报武陵春。岭北回征帆，巴东问故人。桃源何处是？游子正迷津。(《南还舟中寄袁太祝》)

分析这九首作品，我们可以看到其中有一些是即地而做的即景诗，如《登望楚山最高顶》《武陵泛舟》《宿武陵即事》等，乃是游历至传说中桃源所在的武陵一带时，就近取譬、以点染诗境的结果：武陵在今湖南常德县，自古为楚地，本在云梦大泽的涵盖范围之内，以武陵桃源入诗乃是一种自然的联想，故其中往往有撷取陈套的泛泛之语。而《南还舟中寄袁太祝》一诗则是因其好友袁太祝被谪为武陵丞而作，其中桃源的意象同样是因为地缘关系而入诗的，所谓"桃源何处是"乃指实之语，为对好友贬官去处的怀想。再将这类诗的内容与全部作品并观，以进行整体性的探察与分析，可以区分出其中有一类是承袭将桃花源仙化的传统手法，包括《山中逢道士云公》《高阳池送朱二》《游精思题观主山房》《梅道士水亭》和《武陵泛舟》五首在内，所占比例约占二分之一强；但值得我们注意的是，虽然走上

第六章　桃花源主题的流变——继承、转化与发扬　　265

的是仙化之路线,其处理方式却明显地亲切近实得多,如五首中桃源意象的主要功能乃在用以美称道士所居之处,不但所比称的对象信而有征,举凡道士云公、精思观主和梅道士等人都与作者有时相往来之谊,而所谓采樵、卖药的活动与"竹径深"的宅边景物,亦加重了俗化的成分和方内的性质,尤其是其中《梅道士水亭》的"隐居不可见"一句更是承袭自南朝以来仙隐合流的余绪(参第五章第二、第三节),隐居的情调实远胜于求仙的旨趣。何况当其以仙化的桃花源入诗时,往往也只是点到为止,未若以往的极力夸饰、渲染方外神仙的福地洞天之感,而不至于充满浓厚的道教色彩,这可以说是从传统过渡到盛唐所留下的遗迹。

此外更值得注意的是,孟浩然在身处此种遭到仙化的桃源中时,所兴发的情志向往并不因袭传统中趋向于炼丹求仙、以求长寿不死等属于"外在超越"的模式,反而转向"内在超越"的层次,如《游精思题观主山房》的"渐通玄妙理,深得坐忘心"和《武陵泛舟》的"坐听闲猿啸,弥清尘外心"都清楚地点明此中天地乃是着重于"坐忘心"和"尘外心"的养成,而所谓"坐忘"和"尘外"都是出于道家经典的词汇[①],指涉的也都是一种逍遥离俗的胸怀和无我忘己的境界,这就意味着心灵的解脱和精神的自由已成为

[①] "坐忘"一词出于《庄子·大宗师》:"堕枝体,黜聪明,离形去知,同于大通,此谓坐忘。"而有关"尘外"一词,殷仲文《南州桓公九井作》李善注云:"《庄子》曰:孔子彷徨尘垢之外,逍遥无为之业。郭象曰:所谓尘垢之外,非伏于山林而已。"见(南朝梁)萧统编,(唐)李善等注:《文选》(台北:华正书局,景印胡刻宋本,1986年7月),页311—312。

进入桃源的终极意义。如此一来，桃源就不是架空于现世之外的殊异之地，更不复是寻求肉身不朽的道场，只要在远离尘嚣的道观、山水等任何一处清净之地，甚至于屏绝风尘、无车马喧扰的"人境"（此正是王维桃源境界之所在），便可直接向内在于我的方寸之地认取。借由"坐忘心"和"尘外心"的提出，不但减弱了传统桃源意象中道教游仙的浓厚色彩，使精神性的道家涵养得以登堂入室，进入此一理想世界的论述系统之中，而心灵所具备的内在超越的主动性也获得了前所未有的重视。这可以说是桃花源主题转型的第一个表征。

至此，盛唐时代对桃花源此一乐园主题的开展，已初步见其多元化、个性化的创发价值之一端，此后则有王维、李白和杜甫等人的踵继发扬，而更进一步蔚为大观。

二、王维：佛门净土的指涉与庄禅合一的境界

在有关桃花源理想世界主题的流变过程与诠释角度中，最早将"尘外心""坐忘心"等道家精神境界提出，而明显超越了道教游仙传统的诗人是孟浩然；但真正进入此一不为外物所动之境界，而彰显出人格的力度与一贯性的诗人，却是时代稍晚的王维（701—762）。

就王维而言，在其总数约四百首的作品中，至少有八处采用桃源意象为传示其理想世界与个人终极追求的媒介。其中，最早于其集中出现此一意象的《桃源行》，不但是其个人创作史、乃至于整

个诗歌史上第一首专咏桃花源的主题诗作,正好印证了前文所说,桃花源意象是在盛唐阶段中晋升到整体意境之塑造,因此具有一定代表性的历史意义;同时,作为王维这位早熟诗人的杰出少作之一,这首诗也在重新诠释桃花源之存在条件时,传达了一种特属于王维个人的生命情调与人生理想,其诗云:

> 渔舟逐水爱山春,两岸桃花夹去津。坐看红树不知远,行尽青溪不见人。山口潜行始隈隩,山开旷望旋平陆。遥看一处攒云树,近入千家散花竹。樵客初传汉姓名,居人未改秦衣服。居人共住武陵源,还从物外起田园。月明松下房栊静,日出云中鸡犬喧。惊闻俗客争来集,竞引还家问都邑。平明闾巷扫花开,薄暮渔樵乘水入。初因避地去人间,及至成仙遂不还。峡里谁知有人事,世中遥望空云山。不疑灵境难闻见,尘心未尽思乡县。出洞无论隔山水,辞家终拟长游衍。自谓经过旧不迷,安知峰壑今来变。当时只记入山深,青溪几曲到云林。春来遍是桃花水,不辨仙源何处寻。

此诗题下原注:"时年十九。"从表面看来,《桃源行》一诗似乎只是原《桃花源记》的诗歌版,整个作品亦步亦趋地再现原故事的情节,唯一的差别仅是以诗的形式与韵律赋予故事原型以一种流畅优雅的美感;而且全诗似乎依然遵循了传统仙化的道路,尤其是"及至成仙遂不还"与"不辨仙源何处寻"两句,更加重了不辩自明的意味。然而,表面的雷同往往模糊了本质上的歧异,形式上的接近也使得内容上不同的特性容易受到忽略，必待精细的分析始能还其本来面目，而王维此诗正是如此。与南朝、初唐，乃至于盛唐的孟浩然等前人相较，《桃源行》中的仙化色彩全然与道教系统毫无相涉，王维不但对金炉丹液、餐霞舞鹤之类的道教景物无一着墨，即连桃源其中的"居人"也非道士灵侣之辈，其中唯有云树花竹、青溪红树等诗人再三致意的清丽风光，以及与世隔绝的"居人"而已。由整体诗境以观之，所谓的"仙"字，其实质的含义便是一种遗世独立、与尘俗不杂不染而展现空灵韵致的质性，所谓"还从物外起田园""初因避地去人间"而终至不还，以及"峡里谁知有人事，世中遥望空云山"等句的诠解，都清晰地指向一种超然脱俗的物外之趣，既不同于求道之士超出理性的刻意执着，也不同于隐逸者流孤意避世的弃绝之感。

因此，就创作的时间与其内容的特质而言，这首诗一方面以郑重的态度和专注的笔调初试啼声，在王维人生的出发点上就展露早熟的创作才华，但另一方面它更明白地揭橥王维个人追寻一个与众不同的乐园的强烈愿望，而提供了一条贯串于王维一生的乐园意识的重要线索。就此，荆立民指出：

> 十九岁时，诗人的《桃源行》问世，那种悠然向往一个没有纷争、没有压抑的自由平静世界的心情，先已跃然纸上。桃花源本来是陶渊明心中的"乌他邦"，但王维却按照自己的人生追求，有意把它改造成"尘外极乐世界"：原先的桃花源是"土地平旷，屋舍俨然，有良田、美池、桑竹之属"，同现实社

会的物质生产、经济生活没有差异,而王维笔下的桃花源却全
然消失了人间烟火气,成为一片永恒的平静……原先的桃源居
民是现实社会战乱、兵灾下的幸存者,而王维笔下的桃源居民
俨然是一群超脱于一切灾难、纷扰之外的"仙人"……与原先
的居民相反,他们已全然不问人间社会的任何变迁,甚至把当
盛唐渔人视为"俗客",把他的"思乡县"视为"尘心未尽"。……
当盛唐年轻一代渴望跃登政治舞台,大显"兼济"身手的时候,
青年的王维,不但没有任何一句"济世"的表白,而且满怀深
情、一唱三叹地讴歌另一个超然于人间纷扰、争斗、痛苦、烦
恼之外的世界。这种在当时十分罕见的现象,既和王维的生活
实践有关,也和他的佛教家世渊源有关。[1]

从这段话中,我们可以注意到荆先生虽未突破或厘清"仙化"的迷
障,而犹以"仙人"指称桃源居民,但却已十分可贵地明确把握住
王维心目中桃花源的重要特质,亦即解除了现实人生之种种束缚与
烦恼,而取得心灵之自由与平静的超脱境界;同时也为我们指出:
这样的精神追求最与众不同的地方,就在于它是出自一个青少年早
熟的心灵,竟在未入世之前便已孕育出一种成熟的出世心理,不但
有别于一般人总是在历尽沧桑之后才返璞归真的人生规律,也与当

---

[1] 引自荆立民:《寻找另一个"理想王国"——论王维的人生追求》,王维研究编委会:《王维研究(第一辑)》(北京:中国工人出版社,1992年9月),页77—78。

时积极入世的时代风气大为抵触。① 其次，这样的理想是与其生活实践之形态和其日常熏陶之思想家数密切相关的，虽然透过下文之辩证，可知王维的意识内容并不只有荆文所说的"佛教家世渊源"而已，但其思想形态确然是以佛门禅法为中心枢纽。我们可以看到：直到晚年，历经安史之乱与陷贼之辱的王维仍将一腔难言之隐痛托诸佛域，如《叹白发》一诗曾道："一生几许伤心事，不向空门何处消？"可见倡导万法皆空、诸色虚妄的佛法提供了消忧解愁的一帖良方，而对于王维而言，除了以空观物，将现象界之实在性予以彻底消解，以免于因沾滞、黏着而生种种迷妄怨悔的世界观之外，便再也别无其他安排此心去处之法。

正因为这种以去除尘心、脱俗超凡为终极目标的人生态度，遂使王维的诗呈现出"无血气"②的风格，连带地也致使根植于同一

---

① 荆立民曾更进一步申论道："在'开元全盛日'的辉煌历史时期，几乎所有诗人，甚至一般士大夫，都曾公开'发表'过'济世的宣言'……（形成）一场'建立不朽功业愿望'的大合唱。它始自初唐四杰，中经陈子昂，至'开元全盛日'形成高潮，且一直持续到天宝年间，可以说是一曲长达百年的反映了出盛唐知识分子普遍愿望的时代强音。但是，青年时代的王维，尽管也曾产生热情的心理萌动，然而却基本上游离于'合唱'之外。"荆立民：《寻找另一个"理想王国"——论王维的人生追求》，王维研究编委会：《王维研究（第一辑）》，页76—77。
② "无血气"，形容的是一种人间性格与存在实感都极为淡漠的表现，也就是看不到喜怒哀乐的情绪变化，而充满不食人间烟火的超然感。方东树即云：辋川诗"兴象超远，浑然元气，为后人所莫及；高华精警，极声色之宗，而不落人间声色，所以可贵。然愚乃不喜之，以其无血气、无性情也。"（清）方东树：《昭昧詹言》（北京：人民文学出版社，1961年10月），卷16，页387。又黄周星《唐诗快》于王维《青溪》诗下注曰："右丞诗大抵无烟火气，故当于笔墨外求之。"引自陈伯海主编：《唐诗汇评》上册（杭州：浙江教育出版社，1996年5月），页287。

土壤的桃源意象出现了"全然消失了人间烟火气"的特色。就是在这样的基础上,《桃源行》所具备的特点并不是偶然的殊例,而是遍存于王维诗中的共同因素,因此提供了指标性的意义。由《桃源行》一诗出发,循着生命的轨迹向前延伸,《桃源行》中所描绘的一片悠然于世俗尘缘之外的心灵乐土,也不断地重生、再现,成为王维集中反复低回的理想世界的主题:

- 落日山水好,漾舟信归风。玩奇不觉远,因以缘源穷。遥爱云木秀,初疑路不同。安知清流转,偶与前山通。舍舟理轻策,果然惬所适。老僧四五人,逍遥荫松柏。朝梵林未曙,夜禅山更寂。道心及牧童,世事问樵客。眠宿长林下,焚香卧瑶席。涧芳袭人衣,山月映石壁。再寻畏迷误,明发更登历。笑谢桃源人,花红复来觌。(《蓝田山石门精舍》)
- 草色日向好,桃源人去稀。(《送钱少府还蓝田》)
- 桃源迷汉姓,松树有秦官。……羡君栖隐处,遥望白云端。(《酬比部杨员外暮宿琴台朝跻书阁率尔见赠之作》)
- 桃源四面(或本"四面"作"一向")绝风尘,柳市南头访隐沦。到门不敢题凡鸟,看竹何须问主人。城外青山如屋里,东家流水入西邻。闭户著书多岁月,种松皆作老龙鳞。(《春日与裴迪过新昌里访吕逸人不遇》)
- 墨点三千界,丹飞六一泥。桃源勿遽返,再访恐君迷。(《和送中丞夏日游福贤观天长寺之作》)
- 安得舍尘网,拂衣辞世喧。悠然策藜杖,归向桃花源。(《口

号又示裴迪》）
- 采菱渡头风急，策杖村西日斜。杏树坛边渔父，桃花源里人家。（《田园乐七首》之三）

在这些桃花源意象中，表面上似乎因为杂入儒、释两家不同的思想来源与典故运用，而呈现出纷然不一的局面：有以桃源指称焚香夜禅之佛寺精舍者，有用以比拟隐逸者所居之处，但实际上从王维的思想特质以观之，却能有所融通而互不相碍。首先就其外缘因素而言，儒释道这三个思想家派的理论结构和生活情调中本就有其相通之处，可以彼此勾连援用（此点第五章第二节已加细论）；而就内缘方面来说，对于自由吸收各家思想之精髓，并加以灵活运用于生活实践中的诗人而言，就更能以一己之生命格局为主宰，将诸法融摄于一炉，使实际上彼此有别的学术体系都染上了同样的心灵色彩。观察王维对桃源意象（乃至其他诗料）的使用中，情况正是如此。不过在融冶的过程里，各家学派仍有主从之分而起了程度不同的作用，于此一融冶诸般学术思想与人生智慧的心灵运动中，最突出的当属佛学的优先性与枢纽地位，此乃文学史上对于王维思想渊源一致公认的定论；而此一精神特质亦自然而然地渗透进入王维的桃花源概念之中。

因此分析王维的桃源意识，第一个首要的特点便是明显的佛道化，而标志了桃花源主题进入了崭新的诠释格局。

观前引诗例中，明确地用以指称佛门净土的作品便有《蓝田山石门精舍》与《和送中丞夏日游福贤观天长寺之作》两首，此一"桃源—佛门"的联系已属前所未有,与一般诗人据以美称道观或道士居处的习用手法迥然有别,形成了诗史上桃源主题之流变过程中罕见的现象;同时其分量之重也显示出这个特殊的联系不是随性的、机缘偶至的,而是出于一种心灵原则与深层意识之必然所产生的结果。尤其是《蓝田山石门精舍》一诗,其整体内在思路之进行与游历情节之开展,结构和命意几乎与《桃源行》完全契合为一:从漾舟穷源以寻云木之秀,接着随清流一转而偶然误入前山;舍舟探路之后,诗人彷佛印证了先前的猜测与期待般地道出"果然惬所适"之欣喜,从此便着力铺陈出一个老僧逍遥、梵音悠扬的清净之地,景物充满清寂幽静之感;最终至末尾二联亦不例外地出现"再寻"的最后余响。这样一首头尾具足、结构完整的游历诗,不但是刻意模仿《桃花源记》的一个翻版,也是诗人自己在早期《桃源行》的创作之后,透过再次的自我重复,而使个人之乐园意识取得进一步强化的主题再现。它清楚地告诉我们,桃花源俨然已是王维之理想世界的寓托,而此一寓托的内在思路是自觉的、深沉的,此点殆无疑义;此外更具有深刻意义的是:传统桃花源被赋予的仙道内涵已面临了抽换取代的契机,由道入佛,由仙而僧,王维心目中的桃源乐园在佛门圣地之中获得了最高的实现。

此一桃花源之佛道化的现象,不但使乐园主题进入了崭新的领域,也可以证明盛唐的确是一个个性化原则被充分发挥的时代,而王维的佛学倾向自然益发显豁。然而,我们必须就此更进一步探问的是:在王维佛道化的桃源乐土中,所灌注的精神究竟为何?繁复的佛学思考又产生了何种影响,打造了哪一条通往乐园的径路?而前面已提及被诗人融冶于一炉的其他学派,更在何种层面上提供了契入的助缘?这些都是应予深入辨析的课题。

　　首先,我们注意到要更彻底而周延地阐发王维之桃源意象乃至其整体诗境的内蕴,除了借助佛家学理之外,对诗人的道家修养也必须一并观察,才能尽得其义,张惠民也曾指出:"王维接受佛教禅宗而产生隐逸出世的思想,表现于诗歌中的一个特别突出的特点是以庄说禅,庄禅并用。"[①]的确如此,我们发现王维融通了"庄学与禅思"这两者之间的近似处,他一方面从佛法中取得了一种"色空不二"的中道思想,如《维摩经》中那罗延菩萨所称:"世间、出世间为二,世间性空即是出世间。"[②]意谓一旦透过心的升华作用,使凡俗世间之性空义被观照出来之后,则世间本身即已转化到另一层次并达到本质性的改变,而与出世间无异;另一方面,这与《庄子·知北游》中,无论是蝼蚁、稊稗、瓦甓等卑微之物都足以成为具显"道"的媒介,所阐述的"道无所不在"的思想可谓具有异曲同工之妙。因此,在王维集中出现了"以庄说禅"最直接的例子,那便是王维于《山中示弟等》一诗所展示者:

　　　　山林吾丧我,冠带尔成人。莫学嵇康懒,且安原宪贫。山
　　　　阴多北户,泉水在东邻。缘合妄相有,性空无所亲。安知广成

---

① 张惠民:《论王维隐逸思想的多元构成》,王维研究编委会:《王维研究(第一辑)》,页101。

② 此义详参萧丽华:《试论王维之宦隐与大乘般若空性的关系——兼论王维诗中"空"的境界美》,《台大中文学报》第6期(1994年6月)。

子,不是老夫身。

此诗起首即原封不动地引述《庄子·齐物论》之语,谓其身处山林之中时,所体认到的乃是"吾丧我"的境界,意味着一种以真我、精神我,来超越假我、形躯我、物质我的努力,而破除物我之拘执限碍,取得最高的、无限的精神自由;这种"吾丧我"的说法,其实就是孟浩然在其桃源世界中所领略的"坐忘心""尘外心"的同义词,其最终所指向的便是达到"至人无己"的体验,亦即一种撤离了主观判断之后,"以物观物"的"无我"的境界[①];而在引述道家经典之后,王维于诗中后半段则又转向佛理的体认,声称:"缘合妄相有,性空无所亲。"亦即破除了世间因缘法之迷妄而认识到一切法本性皆空的本质,遂不亲私、亦无执着,而随遇皆安,得大自在,于是"坐忘丧我"与"性空无亲"无形之中便被联系起来,并循着其间精神血脉的共通处互相渗透而融通为一,产生了从我执之陷溺与种种世俗价值判断之偏执中解脱出来的智慧,无是非之分,无物我之别,世间即是出世间,世间即可入道。

便是在这种"即世而又同时离世"之乐园观的基础上,产生了王维桃源意识的第二个特质,亦即此一理想世界的存在并不是架空的,而是可以借由心灵的力量获得实践的;不是外求的,而是内蕴而生的,因此身之所之,乐园已在其中。观前引诗作,桃源所指涉的对象不论是精舍寺院、隐逸幽栖,或者是村居田园,只要符合诗

---

① "无我"与"以物观物"乃借自王国维《人间词话》,以助其义之阐发。

人"惟好静"之天性[①]与艺术家之审美意趣的地方（这是王维之理想世界唯一的现实条件），便处处是桃源，处处是乐土，即使在长安新昌里的繁华之中，也可以造就一个"桃源四面绝风尘"的理想世界，所谓"行到水穷处，坐看云起时"（《终南别业》），正是此种超旷自在而不拘执牵滞之心境的流露。这就是学者所说：王维总是"借'平常之境'，'神游象外'地创造了一个禅宗哲理上的彼岸世界"[②]。可见当心灵的能动性与主宰力超过了环境的制约与限制时，就可以不假外求地直接向心认取，不必名山大川、奇景异域，只要能够心远神游，静观自得，便能写出《春日与裴迪过新昌里访吕逸人不遇》这样一首闹中取静的清新自在的作品，而这也即是"虽与人境接，闭门成隐居"[③]的深意所在。则明钟惺所言："右丞庙堂诗，亦皆是闲居。"[④]亦可由此得到更深的了解。

再者，正因为此一乐土是"平常之境"的升华，因此在进入桃源之后，即使因缘尽而不得不辞去，其结果也只是暂别而已，诗人依然被允许日后随时可以一再归返，而不至于问津无路，这便是王

[①] 王维《酬张少府》诗云："晚年惟好静，万事不关心。"实则"好静"乃其一贯之天性，非独晚年而已。

[②] 荆立民：《寻找另一个"理想王国"——论王维的人生追求》，王维研究编委会：《王维研究（第一辑）》，页88。不过此处所言"禅宗哲理"似过于拘限，可依前述庄禅互证的角度使其境界更加扩大。

[③] （唐）王维：《济州过赵叟家宴》诗中语，（清）康熙敕编：《全唐诗》，卷127。

[④] （明）钟惺、谭元春：《唐诗归》，收入《四库全书存目丛书》集部总集类第338册（台南：庄严文化公司，影印"清华大学"图书馆藏万历四十五年刻本，1997年），卷9《酬张少府》评，页178。

维诗中桃源意识的第三个特质。如《蓝田山石门精舍》的"笑谢桃源人，花红复来觌"、《口号又示裴迪》的"悠然策藜杖，归向桃花源"等，都显示出这样一个绝尘的理想世界并非遥不可及的所在，相反地，如前述所指出的，它是透过心灵的作用而当下获致的成果，是一个借由心灵的创造而开辟出来的地方，因此可以自主地不断回归，一访再访，如同长安城中近在咫尺的新昌里一样。

不过，这里必须另行强调的是：这样一个可以不断归返的桃花源依然是一个与俗世相对立的物外之地，其"静"与"自然之美"的特质不容"俗客"的混淆搅扰，所谓"王维对自己'王国'那种默默无声的暗示性赞美"①，正清楚指出其桃花源的根本构成条件，因此《口号又示裴迪》诗中所谓的"安得舍尘网，拂衣辞世喧"即呼应了《桃源行》中的"避地去人间"，故而仍不失其圣地的意义；只是圣与俗的区别主要是维系于一心的醒悟，其间距离也不若以往的遥远而已。由此我们也把握到王维之桃源意识的第四个特质：以宁谧沉静的心理氛围和优美清丽的自然景致为建构的条件或基础，而与陶渊明的原始桃花源中所开展的田园景致和村野风光有所不同，此观其作品即显而易见。

明乎以上诸义之后，最终还必须申明的是：借由桃花源所展现的乐园向往，于别的诗人可能只是理想的一部分，却是构成王维人生价值的首要部分或根本基调，而且由少至老极为一贯，因此我们

---

① 荆立民：《寻找另一个"理想王国"——论王维的人生追求》，王维研究编委会：《王维研究（第一辑）》，页89。

可以同意：王维"这种一以贯之的'理想'和'追求'，同一心想'建立不朽功业'的绝大多数盛唐诗人，原本就不一样"①。如此早熟、稳定而与众不同的生命形态，正是王维其人与其诗的特殊魅力所在，也是其桃源意识的深层本质。

三、李白：与和谐闲适相结合的名山圣地

除了王维之外，盛唐诗人将其个性化原则充分发挥在桃花源主题之运用上的，李白也是个中翘楚，其诗中出现的相关作品为数更多，约十数首。就其中最精要而较具代表性的诗作进行观察的结果，我们发现李白的桃源意识最鲜明的个性化表露，厥在其断然弃世离俗的强烈割离的性质，而此一性质主要是融入于对自然名山的热爱以及对仙境的向往中。因此就素材的属性而言，表面上李白诗中的桃花源似乎颇接近于盛唐以前仙化、山水化和隐逸的传统，但是经由李白绝俗弃世、割离尘寰之鲜明性格的浸染之后，这个唐诗（乃至于整个中国文学）中十分显要的乐园主题，其实也进入了超越传统的阶段，而成为个性化原则充分展现的一大指标。

对李白而言，自然山水与仙境乐土除了都具备弃世离俗的割离性质之外，在永恒与美感的意义上，两者也完全可以互通，因为它们都是彻底免除了尘俗之累，而又能开展出雄伟阔大之力量与壮

---

① 荆立民：《寻找另一个"理想王国"——论王维的人生追求》，王维研究编委会：《王维研究（第一辑）》，页76。

丽脱俗之美感的场域，是力与美高度结合的完美表现；更可贵的是这样超俗、纯粹的世界提供了永恒不灭的存在特性，因为仙境固然是道教对死亡所进行的终极救赎，保障了生命不灭的希望，但自然山水的亘古如新，更是诗歌里据以对照出人生之短暂无常的习见素材，两者都可以暂时破解诗人心灵底部对幻灭的深层恐惧。因此李白不但终身未曾放弃求仙问道之志，对名山所荟萃的美感与永恒的追求，更是由少至老殷殷不倦地执着不放，所以其诗中往往一再地申述对名山的神往，致使对山水与仙境的热爱形成了双轨并行的现象，彼此并具有内在呼应的逻辑关系，由此遂有"五岳寻仙不辞远，一生好入名山游"（《庐山谣寄卢侍御虚舟》）以及"愿游名山去，学道飞丹砂"（《落日忆山中》）之类双绾两端的诗句。

先就李白桃源意识中有关神仙寄托的部分而言，其例有以下数首：

- 仙人骑彩凤，昨下阆风岑。海水三清浅，桃源一见寻。……琴弹松风里，杯劝天上月。风月长相知，世人何倏忽？（《拟古十二首》之十）
- 五色粉图安足珍？真仙可以全吾身。若待功成拂衣去，武陵桃花笑杀人。（《当涂赵炎少府粉图山水歌》）
- 始探蓬壶事，旋觉天地轻。澹然吟高秋，闲卧瞻大清。……桃花有流水，可以保吾生。（《秋夕书怀》）

于这些诗例中，我们看到纵身于"蓬壶"与"仙人骑彩凤，昨下阆风岑"之仙境的李白，自认为进入了超越生死与时间变动的乐园里，因之确信自己"可以保吾生""可以全吾身"，而外生死、养全真，由此又可以旁观"海水三清浅"的宇宙循环，而生"旋觉天地轻"的超然之感；相对于"世人何倏忽"的俗世间，有着桃花流水的桃源乃是永恒的仙境，置身其间的李白遂进入了虚妙自得的和谐情境中，不但能够"风月长相知"，也可以"琴弹松风里，杯劝天上月"，或是"澹然吟高秋，闲卧瞻太清"，而解脱了人文世界里分分秒秒变动不居且毫不止歇的历史时间，与悠然凝定的大化泯合为一，彼此交融成一个有情共感的世界；而这正是李白闲适诗的一大特点。①

从诗例的举证可知，李白诗中桃花源与仙境的等同关系，最终往往诉诸一种心灵解放的闲适之情，因而构成了"桃源—仙境—闲适"的内在联系，在《奉饯十七翁二十四翁寻桃花源序》里，此种情感理路亦十分明显，所谓："卷舒天地之心，脱落神仙之境，武陵遗迹可得而窥焉。问津利往，水引渔者，花藏仙溪。"正透出其中脉络。但是，透过桃源以至闲适之路，并不一定要通过仙境的中介，最常见的情况反而是以山林为引带的关键，形成"桃源—名山—闲适"的关系模式。因此应该说，李白心目中所构设的桃源乐土，其最深沉的本质主要乃是与对名山之热爱，以及身在名山之中时所产生的闲适之情密不可分。

这是因为人世之庸俗纷扰既不堪闻问，李白唯有寄情于山林

---

① 详参欧丽娟：《李、杜"闲适诗"比较论》，《编译馆馆刊》第 27 卷第 2 期（1998 年 12 月），页 35—61，后收入欧丽娟：《唐诗的多维视野》（台北：五南图书出版公司，2017 年 7 月）。

与神仙之境以求安顿；但仙境之所在本就具体化于山水之间，此义于本章第二节之论析已申明其理，故对诗人之宗教信仰而言，山林之地缘本已具备了先决条件的优先性；更何况仙境只存在于想象与信仰之中，存在的理性基础可谓十分脆弱，于是唯有"名山"才是李白在幻灭于仙境之眇不可得时，唯一能够具体实践而真切在握的心灵依靠，而大自然的名山胜景便成为李白终其一生可以不断地永恒回归的乐园。试观李白集中的全部作品，随处可见李白对名山不断殷殷致意的热切情感，而有"爱名山""乐名山""求名山""访名山""游名山""随名山""入名山""归名山"等等坦诚挚烈的宣言[①]，此外如《图经》也曾记载道：

> （李）白性喜名山，飘然有物外志，以庐阜水石佳处，遂往游焉。卜筑五老峰下，有书堂旧基，后北归犹不忍去，指庐山曰："与君再会，不敢寒盟；丹崖绿壑，神其鉴之！"[②]

---

① 除了前引《庐山谣寄卢侍御虚舟》的"五岳寻仙不辞远，一生好入名山游"、《落日忆山中》的"愿游名山去，学道飞丹砂"之外，复有《秋下荆门》的"此行不为鲈鱼鲙，自爱名山入剡中"、《望庐山瀑布二首》之一的"而我乐名山，对之心益闲"、《梦游天姥吟留别》的"且放白鹿青崖间，须行即骑访名山"、《下寻阳城泛彭蠡寄黄判官》的"名山发佳兴，清赏亦何穷"、《金陵江上遇蓬池隐者》的"心爱名山游，身随名山远"、《闻丹丘子于城北营石门幽居中有高凤遗迹仆离群远怀亦有栖遁之志叙旧以寄之》的"久欲入名山，婚娶殊未毕"，此外还有《冬夜于随州紫阳先生餐霞楼送烟子元演隐仙城山序》的"历行天下，周求名山"和《秋于敬亭送从侄端游庐山序》的"孤负宿愿，惭未归于名山"等，都清楚指向李白心中的乐园乃是清拔独出的名山。

② 引自（宋）祝穆：《方舆胜览》（北京：中华书局，2013年6月），卷17，页312。

所谓"与君再会"的承诺,正显示出诗人意欲回归以名山为代名词之乐园的心理;而"不敢寒盟"与"神其鉴之"的誓言,则以近乎宗教的神圣性来表现出此一乐园回归的坚定与执着。于是在"乐园"的意义上,"名山"与"桃花源"得到了融合为一的基础,同时在此基础上也产生了特属于李白之清拔净绝的闲适境界,而构成"桃源—名山—闲适"的另一思路。以下诸诗可为此说之证:

- 问余何意栖碧山,笑而不答心自闲。桃花流水窅然去,别有天地非人间。(《山中问答》)
- 春风尔来为阿谁?胡蝶忽然满芳草。秀眉霜雪颜桃花,骨青髓绿长美好。称是秦时避世人,劝酒相欢不知老。各守麋鹿志,耻随龙虎争。(《山人劝酒》)
- 回溪碧流寂无喧,又如秦人月下窥花源。了然不觉清心魂,秖将叠嶂鸣秋猿。与君对此欢未歇,放歌行吟达明发。(《同族弟金城尉叔卿烛照山水壁画歌》)
- 学道三十春,自言羲皇人。轩盖宛若梦,云松长相亲。偶将二公合,复与三山邻。喜结海上契,自为天外宾。鸾翮我先铩,龙性君莫驯。朴散不尚古,时讹皆失真。勿踏荒溪波,揭来浩然津。薜带何辞楚,桃源堪避秦。世迫且离别,心在期隐沦。(《酬王补阙惠翼庄庙宋丞沘赠别》)
- 一时相逢乐在今,袖拂白云开素琴,弹为三峡流泉音。从兹一别武陵去,去后桃花春水深。(《答杜秀才五松山见赠》)

诸诗之中据以展开桃源意象之地,皆与山脱不了关系,此点细察即可知晓。其次,试比较李白诗中对于"名山之爱"与"桃源之向往"两者所表达的诗歌结构与内容文意,可发现两者极为近似:就李白的名山之爱而言,《望庐山瀑布二首》之一先云"而我乐名山,对之心亦闲"之后,再述"无论漱琼液,且得洗尘颜。且谐宿所好,永愿辞人间"的弃世宣言;《梦游天姥吟留别》亦于"且放白鹿青崖间,须行即骑访名山"的陈述后,接以说明其一心欲访名山的理由,乃在于"安能摧眉折腰事权贵,使我不得开心颜!"以脱离现实社会之不义不平;此外,《庐山谣寄卢侍御虚舟》也是先宣告自己"五岳寻仙不辞远,一生好入名山游"的癖性,然后接着表示这是想要"早服还丹无世情"的缘故,充满了绝俗的强烈渴望。而对于"桃源之向往"的表达脉络也是如此,以《山中问答》一诗为例,诗曰:

问余何意("意"一作"事")栖碧山,笑而不答心自闲。
桃花流水窅然去,别有天地非人间。

诗中的碧山即诗人一生钟情之山岳的泛称,不必限定为某地的专名①,代表的正是李白之离俗精神的归属、安顿之地,而由"桃花流水"所联系的两端,乃是此一"别有天地"的"碧山",以及与

---

① 有学者将此诗编入开元十五年李白"酒隐安陆"之时,并谓其山即安陆县西北六十里之寿山,似过于拘狭指实。安旗主编:《李白全集编年注释》(成都:巴蜀书社,1992年4月),页920。

碧山相对立的"人间",两者判分为不容相混的异质世界;同时,此诗诗题宋本又作《山中答俗人》,圣与俗的区隔之意更是十分明显。再则就诗中的"笑而不答"一语而论,学者曾指出此乃李白有意为了表达其中的某种浑然真意,而以放弃语言之使用来超越语言之限制的"忘言"表现①,然而,如从李白的性格与其闲适诗的整体特质以观之,此实乃出于对象之不足与言,而索性一笑置之的自然反应,是圣地与俗世断然分隔的结果;"闲"固然是栖碧山的心理状态,但"笑而不答"却是拉开距离的策略,是对付无法沟通的方法。②如此遂有"一往桃花源,千春隔流水""翛然远与世事间,装鸾驾鹤又复远"之类显示远隔自外之心态的诗句(见下文所引诗例)。

因此,一旦离世而去,进入了全然和谐自适的境界中时,李白的桃花源也充满了圆足冲融之感,与忘我忘机的闲放之情,这就是除了仙境与名山之外,李白诗中的桃花源更与隐逸的传统相结合的内在因素。此一类型的诗作或写归隐的无奈与潇洒,或写隐居之景物情趣,如:

---

① 吕兴昌表示,李白在《山中问答》诗中所表现的基本心态乃根源于"忘言"的意识,据此以超越语言的有限性,而不至于扭曲或损伤"真意"的全幅内涵,故把"笑与闲"视为栖碧山的心理状态。吕兴昌:《和谐的刹那——论李白诗的另一种生命情调》,收入吕正惠编:《唐诗论文选集》(台北:长安出版社,1985年4月)。
② 欧丽娟:《李、杜"闲适诗"比较论》,《编译馆馆刊》第27卷第2期,页43,后收入欧丽娟:《唐诗的多维视野》。

- 秦人相谓曰,吾属可去矣。一往桃花源,千春隔流水。(《古风五十九首》之三十一)
- 功成拂衣去,归入武陵源。(《登金陵冶城西北谢安墩》)
- 绿水接柴门,有如桃花源。忘忧或假草,满院罗丛萱。(《之广陵宿常二南郭幽居》)
- 石门流水遍桃花,我亦曾到秦人家。不知何处得鸡豕,就中仍见繁桑麻。翛然远与世事间,装鸾驾鹤又复远。(《下途归石门旧居》)
- 行尽绿潭潭转幽,疑是武陵春碧流。秦人鸡犬桃花里,将比通塘渠见羞。(《和卢侍御通塘曲》)
- 闻君卧石门,宿昔契弥敦。方从桂树隐,不羡桃花源。(《闻丹丘子于城北山营石门幽居中有高凤遗迹仆离群远怀亦有栖遁之志因叙旧以赠之》)

此中之桃源意象明显表现出一般的隐逸情调,有绝世离俗之意;此外,当李白从弟谪官武陵,而李白以桃源实指其迁谪贬官之去处时,笔端依然充满了温馨自足的描写:

  谪官桃源去,寻花几处行?秦人如旧识,出户笑相迎。(《赠从弟南平太守之遥二首》之二)

我们清楚地看到:对胸次超然的诗人而言,人世中一切有关得失、荣辱、升降、好恶的世俗价值观俱不在其眼目之内,唯有性情之真假与心灵境界之高低，才是他关切的所在。因此非但对迁谪之事可以不悲不怨，反而因其地"秦人如旧识，出户笑相迎"的淳朴民风而被视为桃源乐土的实现，这不但呼应了前引《酬王补阙惠翼庄庙宋丞泚赠别》诗中对现实世界"朴散不尚古，时讹皆失真"的感慨，也完全符合李白身处于闲适之际心灵的状态，亦即"消解了深沉的虚无感，泯化了逼人的时间意识，更超越了种种因社会参与而带来的挫折与悲愤，最终达到'身世如两忘'的'忘机'或'忘情'的境界"①。

综合李白的桃源意识以及与之相关的深层思路，并分析其内容与结构之特点，可以发现其中高度的一致性，使彼此已连结成一个互通而相对应的乐园体系，其整体结构若以简图标之，则如下表：

乐园（闲适情境）—— 弃俗绝世
乐名山、访名山、入名山 —— 无世情、永愿辞人间
桃花流水窅然去、桃源堪避秦 —— 世迫且离别、别有天地非人间
对之心亦闲、笑而不答心自闲 —— 尘颜、不得开心颜、世人何倏忽

李白之桃源意识所蕴涵的体系架构既明，此处须更进一步指出的是：李白诗中的桃花源与山水、仙境、隐逸三种不同的范畴相结合（前引《酬王补阙惠翼庄庙宋丞泚赠别》之作可谓融三者于一炉的最佳诗例），且一致地反映出与俗世远隔迥分的割裂态度，并归

---

① 欧丽娟：《李、杜"闲适诗"比较论》，《编译馆馆刊》第 27 卷第 2 期，页 62，后收入欧丽娟：《唐诗的多维视野》。

结于栖遁自放的闲适之情，但此种闲适情境在李白一生中的分布状况，也有其特殊而与他人迥异之处，我认为："就闲适诗的创作时机和分布情形而言，李白是穿插在一生中各个阶段里短暂而随兴的抒发，是分布于生命流程中一个个'和谐的刹那'，与他奔腾愤激的狂放性情形成高度反差的鲜明对比，而不断在其生活中交替互补，展现了一再向此一闲适乐园'永恒回归'的模式。"[1] 而与舒展其闲适之情以获得身心短暂安顿的名山相通的桃花源，自然也成为他永恒回归的乐园圣地了。

可见李白的桃花源是属于壮美的、动态美的，这不仅是其内部景物所展现的特征，同时就其作为现实界的对立面而言，也表现在李白不断地回归的动态模式上，因此非但不同于王维的优美、静态美，也具备了更强烈的离俗弃世的风格。如果说王维是透过"静心观境"而对平常之境进行提升或转化，来达到超越的目的，则李白乃是断然弃之而投身于"非人间"之天地里，来取得净化的契机。但无论王、李二人有着如何的差异，在杜甫的桃源意识对照之下，两者皆清楚界分圣与俗的诠释法，反而促使双方归属于较近似的范畴；至于杜甫将圣与俗交融为一，而把桃花源从精神上的俗外境界转向到身之所在的俗世人间，则是桃花源主题的又一奇峰突起。

---

[1] 欧丽娟：《李、杜"闲适诗"比较论》，《编译馆馆刊》第 27 卷第 2 期，页 62，后收入欧丽娟：《唐诗的多维视野》。

四、杜甫：万物均等、一慈同化的乌托邦

由于杜甫是盛唐诸家中一位全然立足于现实世界的诗人，对超越的存在如宗教信仰或世外乐园等，向来都一贯抱持着"存而不论"、敬而远之的态度，同样的立场也表现在桃花源意象的使用上，因此展现出现实性浓厚的乐园意识；换言之，杜甫将桃花源从先前任何一种多少都带有超越性质的形态中解脱出来，使之奠基于人们具体生活着的大地上，而与眼前的世界紧密地迭合为一或互相关联。在其一千四百多首作品中，约有十四处相关的诗句，为便于观察、比较和分析起见，兹全数罗列如下：

- 儒术诚难起，家声庶已存。故山多药物，胜概忆桃源。欲整还乡斾，长怀禁掖垣。谬称三赋在，难述二公恩。（《奉留赠集贤院崔于二学士》，作于玄宗天宝十一年，752）
- 青云动高兴，幽事亦可悦。山果多琐细，罗生杂橡栗。或红如丹砂，或黑如点漆。雨露之所濡，甘苦齐结实。缅思桃源内，益叹身世拙。（《北征》，作于肃宗至德二年，757）
- 传道东柯谷，深藏数十家。对门藤盖瓦，映竹水穿沙。瘦地翻宜粟，阳坡可种瓜。船人近相报，但恐失桃花。（《秦州杂诗二十首》之十三，作于肃宗乾元二年，759）
- 跻险不自安，出郊已清目。溪回日气暖，径转山田熟。鸟雀依茅茨，藩篱带松菊。如行武陵暮，欲问桃源宿。（《赤谷西崦人家》，作于肃宗乾元二年，759）

- 乾坤万里眼，时序百年心。茅屋还堪赋，桃源自可寻。艰难昧生理，漂泊到如今。（《春日江村五首》之一，作于代宗永泰元年，765）

- 悲哉宋玉宅，失路武陵源。淹泊俱崖口，东西异石根。（《奉汉中王手札》，作于代宗大历元年，766）

- 多垒满山谷，桃源何处求？（《不寐》，作于代宗大历元年，766）

- 云嶂宽江北，春耕破瀼西。桃红客若至，定似昔人迷。（《卜居》，作于代宗大历二年，767）

- 传语桃源客，人今出处同。（《巫峡敝庐奉赠侍御四舅别之澧朗》，作于代宗大历二年，767）

- 来往兼茅屋，淹留为稻畦。市喧宜近利，林僻此无蹊。若访衰翁语，须令剩客迷。（《自瀼西荆扉且移居东屯茅屋四首》之二，作于代宗大历二年，767）

- 庞公隐时尽室去，武陵春树他人迷。（《寄从孙崇简》，作于代宗大历二年，767）

- 多忧污桃源，拙计泥铜柱。（《咏怀二首》之二，作于代宗大历二年，767）

- 赠粟囷应指，登桥柱必题。丹心老未折，时访武陵溪。（《水宿遣兴奉呈群公》，作于大历三年，768）

- 为丈沙海贽时节，玄圃寻河知有无？慕年且喜经行近，春日兼蒙暄暖扶。飘然斑白身奚适？傍此烟霞茅可诛。桃源人家易制度，橘洲田土仍膏腴。潭府邑中甚淳古……今幸乐国养

微躯。(《岳麓山道林二寺行》,作于代宗大历四年,769)

第一首《奉留赠集贤院崔于二学士》诗作于天宝十一年安史乱发之前,主旨在申言"儒术难起"、自己不能奋起在位以舒展怀抱的失意思归之情,朱鹤龄注云:"忆桃源,欲如秦人之避世耳,不必亲至桃源也。"[①] 可见就杜甫而言,此时对桃源意象的使用仍遵循一般传统的手法而较缺乏特性。但是,从作于安史乱生之后的《北征》这首长篇诗歌开始,特属于杜甫而带有其深刻人格之烙印的桃花源便完全成形了,其中于铺叙途中可伤可畏、可忧可怖的经历时,中间部分忽然以截然不同的欣悦笔调插入一段生动的景物描写,对杜甫心目中桃花源的具体样貌进行了有力的显示:"青云动高兴,幽事亦可悦。山果多琐细,罗生杂橡栗。或红如丹砂,或黑如点漆。雨露之所濡,甘苦齐结实。缅思桃源内,益叹身世拙。"在诗人认定为桃源乐土而对照出自己"身世拙"的地方,杂生罗布着山果、橡栗,在青云雨露的濡润滋养之下,不但绽放出蓬勃旺盛的生机而开花结果,而且点染了"或红如丹砂,或黑如点漆"这鲜明而缤纷的色彩;最重要的是,这是一个不论其果实是甘是苦,其颜色是红是黑,其种类是山果还是橡栗,都能均沾雨露而共同成就其最大之生存意义——也就是"结实"的成果。所谓"雨露之所濡,甘苦齐结实",正呼应了后来作于夔州的《秋行官张望督促东渚耗稻向毕

---

① 见(唐)杜甫著,(清)仇兆鳌注:《杜诗详注》(台北:里仁书局,1980年7月),卷2,页132。

清晨遣女奴阿稽竖子阿段往问》一诗所说的"上天无偏颇，蒲稗各自长"，杜甫在这里看到了一个至高无上、却无私而均等的力量，远远地超乎于人类浅俗偏倚的分别心或差别观，不但保障了现实世界里任何一物应有的存在权利，而且更进一步证成他们之所以存在的最高价值，因此得以让万物各得其所、各遂其生也各适其性地展现每一个存有本身最圆满的状态。这样一个不让任一微小之物违逆其位的世界，可以说已完全符合了他自己于《秋野五首》之二所说的"难教一物违"的理想，亦即是其"浮生之理与物理合一"的世界观的彻底实践[①]，这就是特属于杜甫之桃花源的真正面貌和实质内容。

　　这一种立足于广大之现实世界、又彻入于每一存在之生命而丝毫不遗的世界观，正是构筑了杜甫心目中最完美的理想世界的原型，也是杜甫运用桃源意象时最根本的概念基础，一贯地渗透在各首相关诗作之中，成为其设想此一理想世界的深层依据。除了最早的《奉留赠集贤院崔于二学士》之外，自《北征》诗后所写的作品便大致符应此一原型来开展，如《秦州杂诗二十首》和《赤谷西崦人家》作于秦州，正是杜甫于肃宗乾元二年弃官入蜀的第一站，前瞻既茫茫无着，后顾亦退路已绝，"跻险不自安"的状况之下，"对门藤盖瓦，映竹水穿沙。瘦地翻宜粟，阳坡可种瓜"的东柯谷，和"溪回日气暖，径转山田熟。鸟雀依茅茨，藩篱带松菊"的赤谷西

[①] 其义详参欧丽娟：《杜诗意象论》（台北：里仁书局，1997年12月），第5章第1节，页198—204。

崦人家，似乎便是一处安身之所，于是有"船人近相报，但恐失桃花"的雀跃之情和"如行武陵暮，欲问桃源宿"的计划；此愿不成后，又经过窘迫万状、冻馁几死的艰辛旅途，终于在物资丰裕、故友施援的成都浣花溪畔得觅一枝之栖，于是《春日江村五首》之一在叙其"乾坤万里眼，时序百年心"的沉郁忧思之后乃接以"茅屋还堪赋，桃源自可寻"之句，言意之中正有一种眼前堪慰之情。因此这段时期的诗作不唯对诗人的安适多所反映，连虫鱼禽鸟、乡邻稚子亦常见其欣然得所之机趣，而江村草堂作为饱经忧患并深受漂泊之苦的杜甫得以切实感受到身心安顿的乐园，正是其桃花源理想的具现。

杜甫暂居成都草堂为时仅两年多，离开后便过着转徙于绵州、梓州，复回草堂，旋又去之暂居云安、夔州，再出三峡流荡于湘潭之间的生活。① 其间多次提及桃源的情境约可分为二类：在自感飘泊无依之时，便有"失路武陵源"（《奉汉中王手札》）、"桃源何处求"（《不寐》）的慨叹；若对暂居之处心生安栖止息之情时，便往往以桃源自许，如将迁离赤甲时所作《卜居》一诗，乃是称美地方宽平可以耕种的瀼西，仇兆鳌注同年随后所写的《自瀼西荆扉且移居东屯茅屋四首》之二则云："今特移屯者，一为获稻而来，一为避喧而至也。过客易迷，言地僻不减桃源。"② 而从《岳麓山道林二寺行》中亦见杜甫所到的潭州，乃是风俗淳古、田土膏腴，而又易于

---

① 参考刘孟伉主编：《杜甫年谱》（台北：学海出版社，1981年9月），页60—145。
② （唐）杜甫著，（清）仇兆鳌注：《杜诗详注》，卷20，页1747。

营屋居住（即所谓"易制度"）的地方，正是杜甫心目中理想世界的具体表现，故仇兆鳌解释诗义云："仙界远而难求，不若此地之近而可即，其间构庐便易，田产肥饶，民淳事简，即此是方丈、玄圃矣。"① 至于《寄从孙崇简》一诗中的夔州，也是因为具备了"业学尸乡常养鸡……近身药裹酒长携"的物质基础，同时更有"与汝林居未相失"的亲族伦常之乐，兼涵了人情淳厚的条件，故而被许为"武陵春树他人迷"的桃源所在。因此在困穷之中，若有远方友人许之以谷米的济助，杜甫亦将之视为桃源而欲前往探访，《水宿遣兴奉呈群公》所谓"赠粟囷应指，登桥柱必题。丹心老未折，时访武陵溪"即是此意。②

分析至此，我们更可以进一步指出：杜甫诗中的桃花源，其内涵实与其诗中数处提及的"乐土"思想相通，彼此本可以参照而相互发明；而《岳麓山道林二寺行》一诗中桃源与乐土并见，而共同指向一个理想世界的现象，更是杜甫连结了传统中两个虽有重迭、却仍分属不同源头的乐园概念，进一步形成"乐土—桃花源"意识的有力证据。

"乐土"一词自《诗经·魏风·硕鼠》出现以来，于杜甫集中

---

① （唐）杜甫著，（清）仇兆鳌注：《杜诗详注》，卷22，页1987。
② 如王嗣奭释之曰："想群公之内必有许相救济者……必武陵有故人，将往访之。"（明）王嗣奭：《杜臆》（台北：台湾中华书局，1986年11月），页354。另外，杨伦别为他解，谓："武陵溪借指水宿，欲诸公之过访也。"（唐）杜甫著，（清）杨伦笺注：《杜诗镜铨》（台北：汉京文化事业公司，1983年9月），卷19，页923。

受到了较大的重视，也就是获得更多的运用次数。在他著名的写实代表作《三吏》《三别》中，首次出现了"乐土"此一专词术语，其中的《垂老别》一诗首先滔滔叙写子孙阵亡殆尽，复以垂老之身于衣单伤寒的岁暮投杖从戎，辛酸之余犹且勉力宽解"卧路啼、劝加餐"之老妻，而后踏上"此去必不归"的惨淡征途。至末尾部分，诗人更以毕肖老人声吻的笔调代抒其绝望无告之哀情：

  人生有离合，岂择衰盛端。忆昔少壮日，迟回竟长叹。万国尽征戍，烽火被冈峦。积尸草木腥，流血川原丹。何乡为乐土？安敢尚盘桓？弃绝蓬室居，塌然摧肺肝。

由诗中所述，知此乐土乃是以一种反面映带的方式出现的。做为万国烽火、积尸流血而满目疮痍之现实界的对立面，杜甫并没有直接刻画所谓乐土的具体面貌，但是，其中对已然丑败至此的现实情境种种直接的、显明的叙写，都莫不指向一个恰恰与之相反的间接的、隐性的乐园表述。而这正是从首度提出"乐土"一词的《诗经·硕鼠》以来，一路继承下来的共同的表现手法。对于诗人杜甫，以及诗中具有代表众多黎民生存经验之典型意义的老翁，乃至于从古至今大多数关怀现实、切身感受民生疾苦的人们而言，乐土的构成除了物质经济必须不虞匮乏之外，更重要的是透过经济稳定，以及由和平所带来的生命安全的确切保障，而建立起一个人伦秩序稳定和谐的社会，不但提供人民安居乐业的生存环境，更涵养出一种重视人性尊严与价值，而不任意加以逾越和侵夺的淳厚精神。事实上，这也正是整个《三吏》《三别》殷殷致意的重心所在，故卢元昌曰："先王以六族安万民，使民有室家之乐。今新安无丁，石壕遭媪，新婚有怨旷之夫妇，垂老痛阵亡之子孙，至战败逃归者，又复不免。河北生灵，几于靡有孑遗矣。"①

除了《垂老别》此诗之外，杜集中尚有二处提及"乐土"一词，分别是《发秦州》和《入衡州》两首；而《岳麓山道林二寺行》一诗中出现的"乐国"亦是乐土的同义词，兹将三首一并列举如下：

- 我衰更懒拙，生事不自谋。无食问乐土，无衣思南州。（《发秦州》）
- 桃源人家易制度，橘洲田土仍膏腴。潭府邑中甚淳古，太守庭内不喧呼。昔逢衰世皆晦迹，今幸乐国养微躯。（《岳麓山道林二寺行》）
- 我师嵇叔夜，世贤张子房。柴荆寄乐土，鹏路观翱翔。（《入衡州》）

其中《发秦州》一诗与《垂老别》一样，都作于肃宗乾元二年，正是杜甫一生生涯急剧变化的转捩点。自此年弃华州司功参军之职而

---

① 见（唐）杜甫著，（清）仇兆鳌注：《杜诗详注》，卷7，页539。

进行"一岁四行役"①的艰难旅程开始,从此不但进入"飘泊西南天地间"②的晚年阶段,连精神志业也明显地有着从兼济天下到独善其身的转变。③而自秦州首途赴同谷县,正是这个关键年代中不得已四度迁徙(即所谓"一岁四行役")的一个构成环节,原本计划定居的秦州无法提供生事之所需,于是为谋求衣食的保障,遂举家再迁往"南州"——秦州以南的同谷县。从"无食问乐土,无衣思南州"一联,可知"南州"的同谷县被视为乐土的原因,乃在于切身所需丰衣足食的物质条件。这种强烈的现实性也同样表现在作于命终之年(代宗大历五年)的《入衡州》一诗里,其创作环境乃是"胡马何猖狂""杀气吹沅湘"之类兵燹战祸的背景,为了避开杀害潭州刺史崔瓘而据潭为乱的臧玠,和因之而反的湖南将王国良等人的叛军,杜甫入衡州以寻求庇护;对诗中所谓的"柴荆寄乐土,鹏路观翱翔"一联,杨伦注云:"乐土即郴州。言将寄居郴土,

---

① 《发同谷县》诗中云:"奈何迫物累,一岁四行役。"赵次公注曰:"春三月,公回自东都……秋七月公弃官往居秦州……冬则以十月赴同谷县……今十二月一日又自陇右赴剑南,此为一岁之中,自东都而趋华(州)、自华(州)而居秦、而赴同谷、自同谷而赴剑南,为四度行役也。"见(唐)杜甫著,(宋)赵次公等注:《景印宋本新刊校定集注杜诗》(台北"故宫博物院",1985年),卷6。
② 此杜甫《咏怀古迹五首》之一诗中语。
③ 天宝六年,三十六岁的杜甫犹在长安为济世的理想而奋斗,《奉赠韦左丞丈二十二韵》一诗云:"致君尧舜上,再使风俗淳。"充满了傲睨天际、磊落自负之胸怀;但到了大历四年,五十八岁流落潭州的诗人则说:"致君尧舜付公等,早据要路思捐躯。"(《暮秋枉裴道州手札率尔遣兴寄递呈苏涣侍御》)其中退位交棒的意味十分明显。

以观衡守之讨贼立功,翱翔鹏路者也。"[1]可见杜甫除了个人身家性命的安全顾虑,以及衣食所需的物质条件之外,同时也不乏对刺史们讨贼安民以立功扬名的关心祝福之意。而这些特点在《岳麓山道林二寺行》一诗中更结合在一起,而且例外地从正面下笔,以清晰详尽的笔触描绘出杜甫赖以"养微躯"的"乐国"实境:"桃源人家易制度,橘洲田土仍膏腴。潭府邑中甚淳古,太守庭内不喧呼。"而这样一个易于营屋居住、田土膏腴又风俗淳古的乐土,可以说完全是前述桃花源的翻版,因此杜甫于此诗中便径以"桃源人家"称之,正是出于内在理路之必然而顺理成章的结果。

由此四诗观杜甫之乐土意识,并配合前文对杜诗中的桃花源所做的探讨,我们发现了一个透过彼此连结而形成的"乐土—桃花源"之理想世界的融通概念,隐隐然浮显为杜甫之乐园意识的基本架构,而此一共同概念并可以被分析、归纳出以下诸项特点:

其一,在表现"乐土意识"的方式上,往往使用"反面引带、负向呈现"的手法,适与《诗经·魏风·硕鼠》一脉相承,都是透过对丑败的现实情境所做的直接、显明的叙写,来指向一个间接的、隐性的乐园表述;而两者之构成条件与设想重点原则上也大致相通,都是出于一种切身的现实需要,为满足衣食生活之欠缺、向往社会制度之健全而形成的追求。

其二,因此其诗中所提及的乐土多是具体实存的地方,与准备离弃之地同属此岸的俗世范畴,只是具备较佳的生存条件而已。无

---

[1] 见(唐)杜甫著,(清)杨伦笺注:《杜诗镜铨》,卷20,页1023。

论是南州的同谷县，或是衡州附近的郴州，都不是渺茫于尘外而难以企及之处；即使《垂老别》提出了"何乡为乐土"的疑问，仍是以乐土之难寻来强化对现实之失位错置的哀痛。而乐土中"较佳的生存条件"则包括了个人衣暖食足，物质经济上不虞匮乏；国家和平安定，生命安全上受到确切保障；社会稳定和谐，健全的伦理秩序使人人各得其所，因此具备了浓厚的现实性。

其三，由于所着重的是偏向于物质化、社会性的下层结构，因此它并不是精神意义上可供远引高蹈的避难所，提出的也不是个人性心灵的救赎。这个圣地建构于视野所及的广大人间，作为对生存幸福的更高期待，它所反映的是集体愿望的实现，提供的是普罗群众得以共同参与的希望，本质上即是一个改良的现实世界，既不是蹈空无稽的空中楼阁或人烟罕至的福地洞天，亦非远离尘嚣的山林幽隐之处。所谓"昔逢衰世皆晦迹，今幸乐国养微躯"，此点正与第二项互为表里。

其四，值得注意的还有这些"乐土"意念出现的时间，都集中在安史之乱发生之后，而桃花源意象呈显的时段也与此一现象平行：在前列全部的十四首诗例中，仅有《奉留赠集贤院崔于二学士》一诗是作于乱发之前，而自《北征》诗起，计有十三首都系年于安史乱生之后，算来乱后所作便占有九成以上的比重。换句话说，杜甫之"乐土—桃花源"意识的浮现，明显地与开元、天宝盛世的失落有关。适逢杜甫亲历此一稀代旷世的繁华之时，领略其炽丽璀灿尚且不及，何须舍眼前之黄金乐园而另寻异地他乡的桃源？唯当繁华消散、盛世一去不返，辉煌的歌舞之地崩毁成荒烟蔓草的残砖败瓦之后,"乐土—桃花源"的追寻便显得更加明显而迫切。因此晚年的杜甫不断地透过回忆来捕捉昔日的华光,借由追思而重塑失去的乐园,着名的《秋兴八首》与其他《忆昔二首》《宿昔》《能画》等诗中,都可以清晰地看到一个执着于回归往日黄金岁月,而对乐园之失落百般惆怅的诗魂,《历历》诗所谓:"历历开元事,分明在眼前。无端盗贼起,忽已岁时迁!"正是此种心怀的典型表露(有关此一追忆中的乐园形态,详参本书第四章之论析)。于是,乐园的失落不但引发了追忆主题的大量涌现,同时也伴随着"乐土—桃花源"意识的成形与浮显;而玄宗朝的乐园中所展现的丰裕、淳朴、秩序、友好、安乐等大同世界的面相,也就符应其"乐土—桃花源"意识中的部分构成内容。

杜甫一生横跨、浓缩了大唐帝国由盛转衰的全部过程,他的死亡不但完全为盛唐画下句点,也彻底拉开中晚唐风雨如晦的历史序幕;桃花源作为理想世界的主题也如同其他种种乐园意识一般,主要在中晚唐的时间区段里进行了结构性、本质性的改变,而迈入了另一个新的阶段:乐土的幻灭与瓦解。

第五节　中晚唐阶段——世俗化:桃花源的幻灭与瓦解

中晚唐是一个政治处境分崩离析,现实世界颠踬艰难,而整个精神原型亦大幅转向的时代。从陶渊明开始至盛唐结束为止,桃花源作为理想世界的象征就如同其他的乐园形态一样，都受到了诗人的正面肯定，但到了中晚唐时，乐园意识已进入了结构性的全面转型的阶段，从下一章的分析中，我们掌握到乐园瓦解的几条线索，包括圣性的解消、乐园空间的崩毁，以及神话思考上人情化的反命题表现等，都是证明乐土之幻灭与瓦解的现象；而桃花源作为乐园的一个重要主题，亦不能自外于此一趋势，同样面对了从深层内部而生的质疑与挑战。

虽然历史发展的特质是渐进的、兼容并蓄的，而且具有一种不容斩截中断的惯性，因此即使在明显转型的阶段中，许多旧有的历史构成因子依然拥有存在的生命力，而成为新时代中残存的旧传统的遗绪。但是，足以标志出新时代的成型最有力的动因，却已非这些僵固而刻板的旧传统所能胜任，因为它们已失去主导性而退位成为反复一致的和弦，无法阻止新旋律的跃升与登场，引领出一个高亢嘹亮的主调。在桃花源主题的流变过程中也反映了类似的历史法则，过去的诠释手法到了中晚唐时仍然徘徊不去，如韩愈的《同窦牟韦执中寻刘尊师不遇》一诗云："秦客何年驻？仙源此地深。还随蹴凫骑，来访驭风襟。院闭青霞入，松高老鹤寻。犹疑隐形坐，敢起窃桃心。"此诗仍继承源远流长而因袭为俗典套语的仙化传统，将尊师（道士的尊称）所在之地比拟为桃源仙境来吟咏，其中蹴凫、驭风、青霞、老鹤、隐形、窃桃之景物与感受，都明确而一致地渲染出飘飘欲飞的仙风道骨，因此宋洪迈批评道："陶渊明作《桃花源记》……自是之后，诗人多赋《桃源行》，不过称赞仙家之乐。"① 而唐末人陈光的《题桃源僧》一诗曰："桃源有僧舍，跬步异人天。花乱似无主，鹤鸣疑有仙。轩廊明野色，松桧湿春烟。定拟辞尘境，依师过晚年。"内容也是承袭过去仙化和僧道化的余绪，传统的痕迹依然存在。

但是，正如前所述，此乃历史发展过程中来自旧传统的余音，虽然袅袅可闻，却无碍于新主旋律的清晰突显，例如韩愈在另一首著名的《桃源图》中便采取了前所未有的诠释方式，使旧有的素材在表面的雷同之外，透露出一种本质上已脱胎换骨的不同理解，而明白宣示了新观点、新视野的形成，其诗云：

> 神仙有无何眇芒，桃源之说诚荒唐！……初来犹自念乡邑，岁久此地还成家。渔舟之子来何所？物色相猜更问语。大蛇中断丧前王，群马南渡开新主。听终辞绝共凄然，自说经今六百年。当时万事皆眼见，不知几许犹流传。争持酒食来相馈，礼数不同樽俎异。月明伴宿玉堂空，骨冷魂清无梦寐。夜半金鸡啁哳鸣，火轮飞出客心惊。人间有累不可住，依然离别难为情。船开棹进一回顾，万里苍苍烟水暮。世俗宁知伪与真，至今传者武陵人。

金德瑛曾指出此诗之新意所在，曰："凡古人与后人共赋一题者，

---

① （宋）洪迈：《容斋随笔》（上海：上海古籍出版社，1995年3月），《三笔》卷10，页536。

最可观其用意关键。……承前人之后，故以变化争胜，使拘拘陈迹，则古有名篇，后可搁笔，何庸多赘？诗格故尔，用意亦然。前人皆于实境点染，昌黎云：'当时万事皆眼见，不知几许犹流传'，则从情景虚中模拟矣；荆公云：'虽有父子无君臣''天下纷纷经几秦'，皆前所未道。大抵后人须精刻过前人，然后可以争胜。"① 其中被视为精刻过前人、可以争胜的地方，是在"从情景虚中模拟"的表现，但我们分析韩愈"从虚中模拟"出来的情景，却发现一个将桃花源之乐土情调彻底瓦解而重新建构的新属性，那便是镕铸了由"月明伴宿玉堂空，骨冷魂清无梦寐"之诗句所染绘的寒色调与暗夜意象，由"夜半金鸡啁哳鸣，火轮飞出客心惊"一联所显示的强烈的时间意识，以及从"依然离别难为情。船开棹进一回顾"两句所引发的离别之感伤情绪，从而不复其原始乐园本有的温暖冲融、天机和畅之欣喜悦乐，与无始无终、宁定静止之无历史感，以及内外区隔、各得其所的圆满自足。因此整首诗的基本情调，隐隐然具有一种透过"失乐园"的角度才能充分说明的特质，也就是将失落后的情感提前融入于乐园本身的叙述之中，因此在乐园的内部便孕育了随时间而崩毁的种子，而且获得了萌芽显示自己的机会；此一失落感持续渗透于整个叙述过程的结果，原始文本便受到了颠覆或改造，以至于原来存在于陶渊明《桃花源记》中渔人误入的过程里，那种蒙昧自然、纯真忘机的幸福感消失无踪，取而代之的是

---

① 引自（唐）韩愈著，钱仲联集释：《韩昌黎诗系年集释》（台北：学海出版社，1985年1月），卷8，页916—917。

建立在失落的危机意识之上的刻意珍惜；而其中原本洋溢着丰足与喜乐的人情景物，也在追叙的同时一一染上残缺的朦胧微光，或是"相猜""凄然"，或是"骨冷""心惊""难为情"，因而时时刻刻都在提醒、暗示读者：乐园必然将在不久之后一去不返。

在韩愈这首用意本在反对神仙、隐逸的诗里，首度为一直充满光明与永恒的桃花源清楚地引进暗夜的意象、消逝的时间感与惆怅别离的情节。虽然王维《桃源行》已称："月明松下房栊静，日出云中鸡犬喧。"李白的《同族弟金城尉叔卿烛照山水壁画歌》中亦曾云："回溪碧流寂无喧，又如秦人月下窥花源。"似乎早已首开引入暗夜意象的先河，但深入辨析之后，可以廓清其间具有截然不同而不容相混的本质上的差异，如王维诗中虽有月明日出之景，但全诗以"仙源"所烘托的一片永恒与宁静之氛围中，展现的仍是一种逍遥于尘俗之外的自在从容与安适自足；而李白诗中，所谓"月下窥花源"乃是借烛照以观山水图的比喻，其黑暗本是外在的，而非内生的，壁画外面固然为黑夜所笼罩，但山水图中的桃花源却依然是回溪碧流、山阴晴雪，在大自然的脉动中面貌长新，何况就全诗之整体基调而言，"此欢未歇，放歌行吟"的酣畅笔触与对山水的热切向往之情，颇有"秉烛夜游"的积极气息，使桃花源依然保有清朗恒定的属性。但在韩愈的《桃源图》中，此一总是被正面肯定的乐园，实质上已受到强烈的质疑与颠覆，因为暗夜意象彻底侵入了桃源的内部，推动了时间的流转，引进了阴冷失温的气息，并造成一种对有限事物的残缺感，致使桃花源从永恒的圣地沦入生灭的俗境，而其原有的真正属于乐园的特色与属性便遭到了转化与代换,从根本处发生变质。

肇端于中唐时代这种整体思潮上结构性、阶段性的转变,还同时发生在刘禹锡身上。观察其《桃源行》《游桃源一百韵》及《八月十五夜桃源玩月》这三首诗作,虽然表面上都承袭了诗史上历时已久的仙化传统,而大肆铺陈道教中有关神仙炼丹的景象,如:"俗人毛骨惊仙子,争来致词何至此?须臾皆破冰雪颜,笑颜委曲问人间。因嗟隐身来种玉,不知人世如风烛。筵羞石髓劝客餐,灯热松脂留客宿。"(《桃源行》)"羽人顾我笑,劝我税归轭。霓裳何飘飖,童颜洁白皙。……仙翁遗竹杖,王母留桃核。姹女飞丹砂,青童护金液。宝气浮鼎耳,神光生剑脊。"(《游桃源一百韵》)以及:"尘中见月心亦闲,况是清秋仙府间。……少君引我升玉坛,礼空遥请真仙官。"(《八月十五夜桃源玩月》)但究实言之,如此彻底仙化的桃花源也已不能保持原始仙境纯粹的乐园本质,因为其中同样渗透了暗夜的意象、阴冷的色泽和流转不居的时间意识,而从负面走向俗化的向度。最明显而有力的证据是以下诸片段诗句所展现者,如《游桃源一百韵》曰:

> 枕中淮南方,床下阜乡舄。明灯坐遥夜,幽籁听淅沥。因话近世仙,耸然心神惕。……言毕依庭树,如烟去无迹。观者皆失次,惊追纷络绎。日暮山径穷,松风自萧槭,适逢修蛇见,嗔目光激射。如严三清居,不使恣搜索。唯余步纲势,八趾在沙砾。

又如《八月十五夜桃源玩月》云：

> 凝光悠悠寒露坠，此时立在最高山。云軿欲下星斗动，天乐一声肌骨寒。金霞昕昕渐东上，轮毂影促犹频望。绝景良时难再并，他年此日应惆怅。

诗中明确地使用"遥夜""日暮"等指涉暗夜的同义词，《八月十五夜桃源玩月》更从诗题上清楚表明了这是一首歌咏桃花源之夜的诗；而如"幽籁淅沥""松风萧槭""寒露坠"和"肌骨寒"等语则一一敷设了阴凉冷寒的触感，正与暗夜的意象互为表里。而既有夜晚，也就意味其中必然存在着日夜交替循环的时间感，所谓的"金霞昕昕渐东上"，正如《桃源行》的"晓色葱笼开五云"，再加上《游桃源一百韵》亦曾云"昏旦递明媚"，都是时间意识侵入之后必然衍生的结果；由此再循着时间运转的轨迹向前推衍，桃花源也终于被纳入四季循环、周而复始的生灭律则之中，进入了阴沉的秋天原型，而不复原始乐园中往往展现的春之悦豫。最奇特的是，刘禹锡所游的桃源除了是安置着羽人仙翁、宝鼎神剑和丹砂金液的"三清居"之外，于"山径穷"的地方还出现了严守此一居所的"修蛇"，发挥守护神严守圣地而"不使恣搜索"的功能——不让凡人恣意入此福地搜罗奇珍、索求异宝。从诗人的描写中，我们看到的是如怪兽般的巨蛇，怒目激射喷光地剪径而来，又步势惊人地扬长而去，只在沙砾上留下其"八趾"之奇特构造的遗迹。凡此种种，都符应了弗莱的"原型论"中，由日落、秋天、衰落、黑暗、解体，以及包含蛇在内之野兽等种种意象，所共同展现的"悲剧境界"。^①这就是中唐阶段步上瓦解桃花源的圣性之路的明确指标。

至于中唐时对桃花源所提出的另一种挑战，则是采取全然漠视的方式出现，这便是发生在《白居易集》中的隐性策略。

所谓的"隐性策略"，指的是以数量上有三千首之多的诗作在唐贤中独占鳌头的写实名家白居易，在其全部作品中有关桃花源意象之运用竟不及一见，仅有两处提到"武陵"[②]，实不相关，以至此一为众多诗人所热衷的理想世界的主题可以说是遭到全然的漠视。如果说这个全盘忽略的罕见现象乃源自于对陶渊明其人与其事迹的陌生或异类相斥的结果，事实上却又大谬不然，因为白居易不但引陶渊明为同调，于其诗中每每有所致意，甚至还以远超过唐代其他诗人的钦慕程度加意仿效，故有《访陶公旧宅并序》，序中表示："予夙慕陶渊明为人……今游庐山，经柴桑，过栗里，思其人，访其宅，不能默默，又题此诗云。"更因而爱屋及乌，所有与陶渊明同姓之人都为之沾光，以至诗末说道："每逢姓陶人，使我心依

---

① 弗莱原型论之论点乃出自 The Archetypes of Literature 一文，中译收入 [美] 约翰·维克雷编：《神话与文学》（上海：上海文艺出版社，1995年4月）。另外，黄维梁：《春的悦豫与秋的阴沉——试用弗莱"原型论"观点析杜甫的"客至"与"登高"》一文亦曾撮要引介，收入中国古典文学研究会主编：《古典文学》第7集上册（台北：台湾学生书局，1985年）。

② 见其《赠薛涛》："峨眉山势接云霓，欲逐刘郎北路迷。若似剡中容易到，春风犹隔武陵溪。"以及《赠江州李十使君员外十二韵》："我本江湖上，悠悠任运身。朝随卖药客，暮伴钓鱼人。迹为烧丹隐，家缘嗜酒贫。经过剡溪雪，寻觅武陵春。"（清）康熙敕编：《全唐诗》，卷462、443。

第六章　桃花源主题的流变——继承、转化与发扬　307

然。"此外尚有大规模的联篇诗章《效陶潜体诗十六首》，更无疑是白居易以私淑之门徒自居的宣言。其他诗中致意之处亦所在多有，如：《浔阳秋怀赠许明府》的"试问陶家酒，新篘得几多"、《寄皇甫七》的"孟夏爱吾庐，陶潜语不虚"、《闲吟二首》之一的"忆得陶潜语，羲皇无以过"、《九月八日酬皇甫十见赠》的"惆怅东篱不同醉，陶家明日是重阳"等，都足以显示白居易对陶渊明的心仪之情。但就在这样的背景下，桃源乐地竟不寻常地在白居易的理想世界中缺席了。

　　在前文历时性的主题式观察中，我们可以看到从陶渊明身后一直到盛唐为止，一般知陶、慕陶、效陶的诗人往往也遥契其构设出桃花源之理想世界的用心，因而连带地在各自的诗中都或多或少有桃花源的踪迹。而白居易以慕陶之深，却对陶渊明倾心营造的桃花源略而不提、一无所及，于是我们便面对了一个表面上与常理相违背的现象，而必须为之寻求合理的解释。首先我们注意到白居易的慕陶，主要是取其嗜酒的陶然之乐，与隐居的闲适之情，观前引诸作歌咏的主题不外乎"酒"与"闲适"此二者，此外便极少措意，可知白居易的慕陶实是有选择性的，而选择的部分也与其他人迥异。固然就"有选择性的效慕"这一点而言乃是举世皆然，因为有了主体的介入，便使得没有一个人可以完全成为别人的翻版，而主体的介入又是必然的，于是个人只能从其相近之处攀引追摹；但比较各人选择的部分所呈现的差异，却足以提供进一步深层了解的线索。或许我们可以说，在乐园意识的衍化过程里，原本就是有机的，与诗人之人格和时代之处境不断互动的，因此其内容成分也一直有所变化和调整。

就"诗人的人格"而言，白居易虽常有佛语道心之流露，但是宗教对他而言，事实上仍以做为闲适生活之粉饰妆点的成分居多，因此并未见其认真贯彻，佛道之义理也未曾真正契合其心灵而在精神层面发挥深入的影响；而除早期短暂的岁月写有讽谕刺世的作品而得罪获贬外，其余诗歌多是吟咏个人闲适与感伤之情的"独善"之作[1]，而其中津津于计较自我之得失利害的表现，亦为诗评家所诟病。[2] 苏轼"元轻白俗"的诗评[3]，其实应是与其人格联系成说的，也就是"俗"的意义不只是指其诗文词句意的浅白，更包含其人关怀层面与理想层次的过于浅狭，因之结合了隐逸条件与高官厚禄的"吏隐"便足供其安身立命之资，就此诗人于其诗中亦往往

---

[1] 如（清）宋长白《柳亭诗话》指出："白乐天多乐，诗二千八百，言饮酒者九百首。……分司天趣盎然，即其所乐，于诗酒琴棋之外，忧生叹老，去国离家之惨，无处无之。"引自陈友琴编：《古典文学研究资料汇编·白居易卷》（北京：中华书局，1962年11月），页246。

[2] 如（宋）胡仔《苕溪渔隐丛话·前集》卷19云："乐天既退闲，放浪物外，若真能脱屣轩冕者；然荣辱得失之际，铢铢较量，而自矜其达，每诗未尝不着此意。"《朱子语类》则曰："乐天，人多说其清高，其实爱官职，诗中凡及富贵处，皆说得口津津地涎出。"胡震亨《唐音癸签》承朱子之意亦谓："乐天非不爱官职者，每说及富贵，不胜津津羡慕之意。"赵翼《瓯北诗话》则道："香山历官所得，俸入多少，往往见于诗。……诗不惟记俸，兼记品服。"据此可知白居易深于俗情之隐微面。以上四条资料分见陈友琴编：《古典文学研究资料汇编·白居易卷》，页132、138、217、314。

[3] 见《祭柳子玉文》，（宋）苏轼著，孔凡礼点校：《苏轼文集》（北京：中华书局，1992年9月），卷63，页1938。

乐道。①吏隐已足，此外更别无所求，于是陶渊明的酒与闲适就从其整个人格结构中被抽离出来，成为白居易引发效慕之心的主要理由；而创造伊始便带有超越性与离俗性的桃花源，也就自然而然地从白居易的视野中被取消，以至于完全消失不见。另外就"时代之处境"来说，整个中唐时代的心灵趋向已然随整个客观环境的危殆而大幅逆转，反映在与心灵处境息息相关的乐园意识上尤其明显，详细情形可参下一章的论述。于是透过个人特质与时代风气的交互作用，便形成了白居易这个以慕陶之深、创作量之大著称的诗人，却完全对桃源意象舍弃不用的特殊现象。

就桃花源的主题发展来观察其内在意义，这种彻底的忽视表面上虽与韩愈者流的重新诠释有别，实际上对桃花源作为理想乐园的瓦解工作却一般无二。尔后晚唐的杜牧对桃花源亦无一语述之，李商隐虽有二诗涉及，却嫌过于轻描淡写，如：

- 手种悲陈事，心期玩物华。柳飞彭泽雪，桃散武陵霞。……学植功虽倍，成蹊迹尚赊。(《永乐县所居一草一木无非自

---

① 白居易诗中提到互为同义词的"中隐""吏隐""隐朝市"，及与之意义相类的地方有超过十数次之多，如《和朝回与王炼师游南山下》的"吏隐本齐致，朝野孰云殊"、《中隐》的"大隐住朝市，小隐入丘樊。丘樊太冷落，朝市太嚣喧。不如作中隐，隐在留司官"、《江州赴忠州至江陵已来舟中示舍弟五十韵》的"无妨隐朝市，不必谢寰瀛"、《郡西亭偶咏》的"莫遣是非分作界，须教吏隐合为心"和《仲夏斋居偶题八韵寄微之及崔湖州》的"不知湖与越，吏隐兴何如"等，俱可见此一观念的深入其心。

栽今春悉已芳茂因书即事一章》）

- 仙翁无定数，时入一壶藏。夜夜桂露湿，村村桃水香。醉中抛浩劫，宿处起神光。（《玄微先生》）

严格说来，前一首诗主要是借"武陵桃花"形容霞彩之炫丽，兼以暗喻自己隐逸的处境，重点并不在桃花源之叙写；而后一首诗中所言之"村村桃水香"甚至不必然与桃花源相关，足见"隐性策略"之清晰成形。这正足以证明一个新的乐园意识已然全面开展。

晚唐诗人作品中的桃花源，是在踵继中唐时代所打开的道路上循迹前进，走的同样是向乐园外面破墙而出，或从下面沦降入俗的方向，除了杜牧也全然漠视桃花源意象而一无所及，乃依循中唐白居易的隐性策略之外，他们所操作运用的策略却已另辟蹊径，主要是采取"人情化""情色化"的角度来彻底抽离乐园中的圣性。如韦庄《庭前桃》诗云：

曾向桃源烂漫游，也同渔父泛仙舟。皆言洞里千株好，未胜庭前一树幽。带露似垂湘女泪，无言如伴息妫愁。五陵公子饶春恨，莫引香风上酒楼。

章碣《桃源》诗亦云：

绝壁相敧是洞门，昔人从此入仙源。数株花下逢珠翠，半曲歌中老子孙。别后自疑园吏梦，归来谁信钓翁言。山前空有无情水，犹绕当时碧树村。

韦庄的作品中一反前人的共识，以矫俗立异的笔调，声称其与渔父泛舟入桃源烂漫一游的心得，竟是桃源洞里落英缤纷的千株桃花不如家中庭前的一树幽荫；而这棵使桃花源中的花丛相形失色的桃树，却又是带露似泪、无言如愁，足以引起诗人的无限春恨。由诗人宁厚此世俗人间之哀转悲情，而不惜薄彼世外仙源之静美无忧，可谓坚定而直接地取消了桃花源的优越性。此外，若从另一个角度解读，而将《庭前桃》整首诗与唐传奇小说《柳氏传》中的《章台柳》诗比观，所谓："章台柳，章台柳，昔日青青今在否？纵使长条似旧垂，亦应攀折他人手。"我们还可以发现其中已蕴涵着"情色"的要素，亦即"洞里千株"乃隐射众多女子，而桃源则被借代为汇集众多女子的所在，于是"皆言洞里千株好，未胜庭前一树幽"便颇有"任凭弱水三千，我只取一瓢饮"的味道，诗人偏怜之情亦昭然若揭。在章碣的《桃源》诗中，也在仙化的基础上隐约地透露了质变的消息，从其于仙源所见者，乃是头戴珠翠游于花下的佳人，以及在清歌半曲中老去的子孙；其于别后所感者，又是自疑无稽之梦幻，以及空流无情之逝水，可知桃花源的构成又经由不同元素的代换或添加，而重组为一种新的模式。所谓花下珠翠与半曲歌唱，其实已暗示了"情色"的质素在完成桃花源的转型过程中，开始发挥了阶段性的作用和影响力。

这个阶段性的作用和影响力，主要是在晚唐游仙诗名家曹唐的手中得到全然的发挥，使桃源意象转进了与前人迥然有别的新类型，亦即与"邂逅神女"之类的情色传说中，刘晨、阮肇误入天台的故事合流，展现了"游历仙境"的另类表述。李丰楙曾指出：

> （刘晨、阮肇的故事因有）独特的洞天说，因而也能呼应当时社会盛行的误入仙乡谭，成为民间传说与道教神话相互激荡的文学类型。到了唐代则有两种演变：一是朝世俗化的《游仙窟》的性质发展，成为唐人游狭邪的隐喻，为娼妓文学的世俗形式；另一则朝宗教的性格演变，刘、阮在误入仙境通过试炼后，终于悟道成仙，为道教神话的宗教文学。尧宾（曹唐之字）其生也晚，对两种新出的版本都颇为熟悉，因而也能兼含有其中的两种质素，得以形成新的神话意境。①

就是在这样的基础上，曹唐将南朝时已宛然染有仙化色彩的桃源意象翻入另一层次。在其《大游仙诗》的第一首《刘晨、阮肇游天台》中，先描写误入的所见所闻：

> 树入天台石路新，云和草静迥无尘。烟霞不省生前事，水木空疑梦后身。往往鸡鸣岩下月，时时犬吠洞中春。不知此地归何处，须就桃源问主人。

---

① 李丰楙：《曹唐〈大游仙诗〉与道教传说》，《忧与游：六朝隋唐游仙诗论集》（台湾：台湾学生书局，1996 年 3 月），页 141—142。

末联的"不知此地归何处,须就桃源问主人"为过渡到第二首《刘阮洞中遇仙子》的接榫关键,从而引带出诸如花间、刘郎等隐语所"俗化、妓化仙府的意象"①;而后再进入第三首《仙子送刘阮出洞》,高歌"殷勤相送出天台,仙境那能却再来。……惆怅溪头从此别,碧山明月闭苍苔"的赋归主题;接着是《仙子洞中有怀刘阮》一诗,以"玉沙瑶草连溪碧,流水桃花满涧香。晓露风灯零落尽,此生无处访刘郎"来表达缅怀思念的情感;至末一首《刘阮再到天台不复见仙子》中,仍以桃花源的比譬若隐若现地与前面数首相呼应:

> 再到天台访玉真,青苔白石已成尘。笙歌冥寞闲深洞,云鹤萧条绝旧邻。草树总非前度色,烟霞不似昔年春。桃花流水依然在,不见当时劝酒人。

在这几首环环相扣而有机联系的诗作中,我们发现了几个值得注意的特点:

其一,桃花源故事不但与具有"出发—历程—回归"之结构的仙境传说重迭在一起,继承、并复现了南朝以来由张正见、王绩等诗人所塑立的仙化传统,甚至更进一步与《游仙窟》之类狎妓文学所反映的狎邪经验融合为一体,使桃花源成为妓院化之仙府或仙府

---

① 李丰楙:《曹唐〈大游仙诗〉与道教传说》,《忧兴游:六朝隋唐游仙诗论集》,页144。

化之妓院的代名词;而活动于其间的源中人,不复是"未改秦衣服"并且"往来种作"的居民和怡然自乐的黄发垂髫,也不是前文我们在讨论仙化的阶段时所看到的寻真采药的羽客神人和飘飘欲飞的仙风道骨,而是婉约怀春、满头珠翠的曼妙女仙,以及风流倜傥、温柔多情的青年才子。于是流水桃花的飘红点点,不但不是与世俗划清界限的天然阻隔,反而是协助桃花源敞开大门、俯身就俗的桥梁,也是方便外人按图索骥的线索。

其二,这种神仙化兼具世俗化的转变,就世俗化的一面而言,其实正与前述中唐韩愈《桃源图》所展现的性质一脉相承,乃属于中晚唐乐园崩溃的整个大趋势中的一种表现,也就是在神话思考上,反映了一种与"超越"或"超俗"恰恰对立的"人间化"或"世俗化"的反命题,以及促使乐园空间朽灭解体的残缺意向(有关此一主要表现在中晚唐时期的乐园崩溃的现象,详参下一章的分析)。李丰楙也曾注意到此种人间化的特质,在讨论第三首《仙子送刘阮出洞》时,他说:"与原文(指原传说中仙子送刘阮出仙境的情节)相较,二位仙子所具有的宿缘已了的超脱,至此已增加了人间的情绪:如殷勤、惆怅及苍苔深闭的象征。"[1] 于是桃花源原本具有的避世之超越情怀、牧歌式之怡然自乐、良田桑竹之丰赡富饶等圣地性质,也就随着世俗化、人间化的时代步调而转向、而变质,沦为一个弥漫着悲欢离合之遭遇、喜怒哀乐之情绪与生灭变化

---

[1] 李丰楙:《曹唐〈大游仙诗〉与道教传说》,《忧兴游:六朝隋唐游仙诗论集》,页144。

之沧桑感的"人间世",从本质上、内部中遭到彻底的瓦解,只成为徒具圣地之名、而无乐园之实的俗世的翻版。

其三,曹唐另有《题武陵洞五首》,也是运用桃源意象的诗作,然而其第一首便从离别赋归的定点时刻直接切入主题,曰:"此生终使此身闲,不是春时且要还。寄语桃花与流水,莫辞相送到人间。"可见诗人的桃源之行,首途竟是踏上了挥别圣地之路,则整个联篇组诗必然具备了哀歌的性质自是不言可喻,因此其叙写手法"并不遵循《桃花源记序》的顺叙法,陶潜是按照时间的先后关系、事件的因果关系,从武陵人如何误入叙起;他所采取的是凝固在一个关键时刻、场景,然后将桃花源的游历经验一一倒叙,采用类似西洋史诗'从中间开始'(in medias res)的方法"①。事实上,此一倒叙的陈述方式正是一种向"失乐园"回溯时常见的惯用手法之一,表现出乐园失落之后向"美好的过去"追怀与复返的情感与企图,此点于本书第三章第四节已有详论;则曹唐的《题武陵洞五首》又与先前韩愈的《桃源图》发生联系,都表现出对乐园已经一去不返的深沉失落感,而同为一种"失乐园"的表述。

由此三点特征,曹唐之为具备乐园意义的桃花源的最后终结者,可谓完成了他的时代使命。

总上文可见,从中唐开始,韩愈、刘禹锡、白居易等重要诗人

---

① 李丰楙:《曹唐〈大游仙诗〉与道教传说》,《忧兴游:六朝隋唐游仙诗论集》,页166。

就已开始进行颠覆桃花源之神圣性与乐园属性的工作，透过引入时间变化而带来暗夜、秋天之意象，再加上漠视、贬抑的论述策略，使桃花源的时空框架产生了初步的异化；到了晚唐的韦庄、章碣、曹唐等人手中，又将情色要素和时空的生灭现象填充于已然异化的时空框架中，成为其实质内容，便更进一步经由人情化与世俗化的诠释手法，而使桃花源的构成条件受到完全负向的解消，最后沦为另一个人间的代名词。至此，整个中晚唐解构桃花源的工作已然彻底完成，而从陶渊明开始，历经了南朝之仙化、山水化，初唐之隐逸化，乃至于盛唐时代诸多诗人以之为身心践履的理想世界，一直都未尝失去其乐园属性的桃花源，也由圣而俗，由牧歌而哀歌，走音唱出乐园的变调，宣告了乐园信仰的一去不返。

第七章
乐园的变调

一般而言，乐园是一处光辉明媚、平静和谐，而足以令人忘忧的所在，不论是山林泉石的清景佳致、村野田园的恬和自足，或是神天仙界的福寿安康、莲池佛国的空明清净，乃至于改造了现实政局之后，国家政治的富强清明、民生风俗的丰足淳厚，以及追忆中令人恋慕怀想的黄金盛世，都不外乎此一正面的、具有向上提升之力量的特质，而有关乐园的描写便成为一首首的"牧歌"。但乐园主题从先秦时代的《楚辞》开始，便奏出了变调的旋律，所创设的乐园竟是从对立于正面、光明之世界的负面、阴暗之世界潜入，去寻找原本只能在正面光明的世界里才能确立的意义和价值，于是山鬼迷魅凄艳，水神依依有情，与人若即若离的关系更亲近如在左右。我们在被如此开拓的另类乐园里，看到的是一个与前文所述之种种乐园都截然不同的形态，充满残缺迟暮、苍茫无依而无能为力之感，有消极离世的退避之心，却缺乏悠然无争的自足之意，更遑论那股改造世界时所不可或缺的阳刚的劲力。此一乐园的变调主要反映于中晚唐之际，成为《楚辞》以后真正血脉贯通的继承者，而且发展得更充分、更完整。前一章所述桃花源的幻灭与瓦解只是整个时代思潮的部分表露，欲完整而充分地抉发乐园意识在中晚唐时所发生的结构性、本质性的大幅转变，还必须从诗歌中种种神话素材的运用，以及其他有关乐园存在的想象来进行更广泛的探讨，才能使此一现象更周延地全幅展现，而勾勒出随着时代的不同而与时俱化的心灵变迁。

但在正式进入各个主题的论述之前，我们必须清楚了解到：这样的"理想世界"是极为奇特的，之所以仍冠以"乐园"之名，乃是因为在世界上任何有关乐园的神话里，都无一例外地描述到乐园的堕落，因此乐园的丧失与崩溃原本就属于乐园的论述范畴；除此之外，从中晚唐诗歌的观察中，我们也发现到如此变质甚至于扭曲的乐园世界，依然存在着一个明显的事实，亦即流动于其中的心灵，不论是出于时代环境的形塑，或是源自时代精神的共同性，甚至是来自于个人的特殊禀赋，在在都表现了一种对此一残缺的理想世界的偏好与执着；尤其值得注意的是，诗人是在自觉的层面上进行这种偏执的描绘，以至于不断加强此一世界的涵盖幅度与影响力，并进而显豁其中非比寻常的意义和重要性。因此，虽然我们不能否认此种世界是受苦心灵的直接反映，但从另一深层面着眼，更可以视之为耽溺其中而不愿自拔的另类追求；而此种追求与其他种种对乐园的向往，都同样出自于心灵内在的驱动力，一种超越物质拘缚、从受困的自我突围而出，以寻求精神生命之立足点的企图。只不过这项企图或驱动力实际作用的结果有成功与失败的差异，其进行的方向也有所不同：有的仰慕于超自然之神圣力量所铸造的仙界佛域，有的浸润于山水田园所提供的欣欣生意，有的汲汲于安顿天下苍生所开展的圣业大任，有的则在回忆中追索光辉美好的过去，而有的则背离一般人"超世""即世"的两大层面，翻转潜入此处可称之为"迷世""冥世"的异质时空，反向进行生命的探索。其追寻的方向虽判若霄壤，最终的结果也大相歧异，然而实践的程度却是深浅如一，其力量发用的程度和本质也极为相近。

职是之故，德国诗人与评论家席勒（1759—1805）便在如此的认知基础上，于一篇讨论诗歌的著名文章里表达了以下的看法：

> 哀歌完全与牧歌一样，在理想和现实相结合，或者当理想超于现实之上的时候才会出现。如果理想是引起悲哀的原因，也就是当理想在现实中已经消失，已经不可能找到的时候，人们就写哀歌。如果理想成了欢乐的对象，也就是它作为一种现实被表现时，其作品就是牧歌。①

由此可见，跃登乐园之后所抒写的欢乐的"牧歌"，与失落乐园之后所吟诵的悲凉的"哀歌"，其根源都是来自于理想与现实互相颉颃的有机互动的关系，只不过在互动的过程中，参与角力的双方地位和力量各有消长增减，因此并不能因结果的得失差异，而忽略了两者间根本相通的基本要素和深层结构。同样地，"乐园"的意义也并非借由正面的内容就得以充分完成，失去乐园之后的追寻，不论是因永恒的迷途挫败，而陷溺于残缺苍茫的处境；甚或是潜入异

---

① 此段引文为后代学者之櫽栝，转引自[法]费伦茨·特克依（F. Tökei）：《论屈原二题》，收入钱林森编：《牧女与蚕娘——法国汉学家论中国古诗》（上海：上海古籍出版社，1990年6月），页134。

端，以取得另类的替代品，都使得"乐园"的价值更为深刻而完整。如同牧歌与哀歌是一体的两面，对牧歌的了解也必得包含对哀歌的体悟，才能充分掌握理想与现实之间奥妙的关系，以及人类心灵深微的内涵，于是我们便在此另辟一章，来分析某些专注于歌咏乐园之失落与崩毁的哀歌，以促进对乐园更周延而深入的思考。

基于这些根源上之共通与结果面之相异的双重考虑，为了兼顾周全起见，乃将中晚唐之后才特别彰着显豁的异质乐园形态统称之为"变调的乐园"或"乐园的变调"[①]；而乐园崩解之后，此一变调的乐园也具备了特殊而新颖的高度美学价值，使漂流的心灵仍然有所依托，值得深入探索。

第一节 时间意识的激化与死亡意象的涌现

一、时间意识的激化与浓缩

哲学家明白地告诉我们："空间和时间是一切实在与之相关联的构架。我们只有在空间和时间的条件下才能设想任何真实的事

[①] 龚鹏程曾指出："追寻理想的乐园而进入鬼域，另一个著名的例子是李贺，他的形象也最奇特。……李贺可算是乐土追寻的一个变奏。"此说虽点到即止，但颇具新意，与此处所论之部分构想亦不谋而合，故为本书所接受，并以之为下一节论述之起点。龚鹏程：《幻想与神话的世界——人文创设与自然秩序》，收入蔡英俊主编：《中国文化新论·文学篇一：抒情的境界》（台北：联经出版事业公司，1982年9月），引文见页336。

物。按照赫拉克利特的说法,在世界上没有任何东西能超越它的尺度——而这些尺度就是空间和时间的限制。"[1] 因此乐园之形成乃至于崩毁,也都同样离不开时间与空间这两项先验条件。在第一章的论述中,我们了解到乐园的存在具有"超时间"的永恒特性,俾使其中居人得以解脱时间的限制而悠游于无始无终的静止状态之中,借此获取至上的幸福。但是,乐园一旦面临崩塌的危机时,反映于时间意识上,这种"无始无终的静止状态"也必然不复存在,因此在中晚唐时代,诗坛上普遍形成了时间意识的激化现象,也就是时间加速进行,以至于超越了、动摇了空间之恒定的奇特现象。

事实上,在神话世界的不朽性质成立之前,首先必须建立的大前提是"天地亘久无限"的一般自然观,而这也是自古以来中国人一直秉持的信念。从两三千年前开始直到盛唐时代为止,诗中所反映的大自然,无论是透过恒定不变的一贯性或是经由消长循环的反复性,主要都是以永恒的姿态来衬托人生的短暂无常,或据以彰显种种情感的无限,例如《诗经·国风·唐风·鸨羽》曾发出"悠悠苍天,曷其有极"的感叹[2],东晋末陶渊明的《形赠影》一诗亦谓:"天地长不没,山川无改时。"[3] 我们可以看到在诗人面对宇宙之际,

---

[1] [德]恩斯特·卡西尔著,甘阳译:《人论》(上海:上海译文出版社,1985年12月),第4章,页54。
[2] 《诗经·国风·唐风·鸨羽》,见(宋)朱熹:《诗集传》(台北:艺文印书馆,1974年4月),卷6,页277—278。
[3] (晋)陶潜著,逯钦立注:《陶渊明集》(台北:里仁书局,1985年4月),卷1,页35。

虽有深邃的宇宙人生的感怀，却很少将想象力或感受力推展到极致，直至天地告终，甚至是超越天地存在的那一刻。即使李白模仿汉乐府诗，所谓："上邪！我欲与君相知，长命无绝衰。山无陵，江水为竭；冬雷震震，夏雨雪。天地合，乃敢与君绝"①之语，而于《远别离》一诗曰："苍梧山崩湘水绝，竹上之泪乃可灭。"用以表达娥皇、女英二妃对舜终古不移的爱恋，以及由此一深挚爱恋未能圆成而生的无限憾恨悲怨，并兼寓自己对国君与朝廷执守不渝的绻绻忠爱，虽然其中的"山崩水绝"和"天地合"等语似乎触及天崩地灭、世界在毁坏之后又重新回归于天地生成之初的浑沌状态，但这些语词和观念的提出，与其说是对"天地之无限性"的挑战，倒不如说，其作用是在强调皇、英二女（以及诗人自己）的深情怨苦将永无终了之时，因此反而更加证成天地无限的不朽意义。

但是，当时代浸假至中晚唐，此种对大自然的观照明显地产生了本质上的变化，反映在诗歌作品里的天地观正适得其反，往往在诗人一己的个人观照之下，以人类特殊秉具之"有情"来消融天地大化的无限；诗人自我内在而微小的主观心眼，竟足以终结由"天地"一词所代称的外在而庞大的客观世界，使冰冷的天空与稳固的大地同时都纳入到情感体系之中，而可忧、可尽、可荒、可老、可翻、可变，充满了种种变动无常却又绵绵化生的生之憾恨。诸如：

---

① 《上邪诗》，见逯钦立辑校：《先秦汉魏晋南北朝诗》上册（台北：木铎出版社，1983年9月），页160。

- 衰兰送客咸阳道，天若有情天亦老。（李贺《金铜仙人辞汉歌》）
- 吾闻马周昔作新丰客，天荒地老无人识。（李贺《致酒行》）
- 天长地久有时尽，此恨绵绵无绝期。（白居易《长恨歌》）
- 天荒地变心虽折，若比伤春意未多。（李商隐《曲江》）
- 愁到天地翻，相看不相识。（李商隐《房中曲》）
- 造化安能保？山川岂欲翻。（齐己《寓言》）

我们从这些诗句中看到了一种前代罕见、而于此时逐渐成形并扩大其影响力的天地观，李贺、白居易、李商隐、齐己等中晚唐诗人已然突破"天地""山川"原本坚固而不容质疑的终极界限，将原本恒定无忧、无始无终而超俗离情的"天地""山川"收纳到变动不居、短暂有限的概念范畴之中，以一种超越于"永恒"之上、或延续于"无限"之外的视野，反思天地终结的时刻而设定世界的消解，因而不同诗人在不同题材的作品里竟一致地出现了所谓"天地翻""天荒地老""天荒地变""天长地久有时尽""天若有情天亦老"等语近情同的表达，正可视为一种新心灵结构的具形。这种心灵结构必然也导致了普遍人生观的大幅转向，从根本处起了莫大的变化；而此一大幅转向或本质变化外显于诗歌中的痕迹，便是对人生短暂如寄、虚幻如梦之感的深化，与对世事沧桑、瞬间陵夷之慨的强调，于是在形诸笔墨时，某些具有特定意涵的故典与相关成语便大量出现了。

中晚唐诗中用以表达此种激化之时间感而最具典型意义的典故

之一,乃是曹毗《志怪》中所记载的"劫灰"故事:

> 汉武凿昆明池,深极悉是灰黑,无复土。以问东方朔,朔曰:"臣愚不足以知之,可试问西域胡也。"以朔不知,难以核问。至后汉明帝时,外国道人来入洛阳,时有忆朔言者,乃试以武帝时灰黑问之。胡人云:"天地大劫将尽则劫烧,此劫烧之余。"乃知朔言旨。①

《高僧传·竺法兰》亦载此事,且谓此胡僧即法兰。② 所谓的"劫"乃佛家观念,《隋书·经籍志》谓,佛经所说,"天地之外,四维上下,更有天地,亦无终极,然皆有成有败。一成一败,谓之一劫。自此天地已前,则有无量劫矣。……然后有大水、大火、大风之灾,一切除去之,而更立生人,又归淳朴,谓之小劫。"③ 据此,可知佛理中"劫"的含义,主要是以一个更宏观的视角来看待眼前的世界,所谓"天地之外更有天地",此一概念若朝正面的方向发展,则将激发人们超俗离世的逍遥胸怀,而不为尘间所围限;但诗中使用"劫灰"的意象,则是将佛理中"劫"的观念往残余的感受方向

---

① 见冯浩注引《太平御览》之记载,(唐)李商隐著,(清)冯浩笺注:《玉溪生诗集笺注》(台北:里仁书局,1981年2月),卷1,页84。此外,(晋)干宝《搜神记》卷13亦载此事,内容大同小异。
② 见(唐)李商隐著,刘学锴、余恕诚集解:《李商隐诗歌集解》第1册(北京:中华书局,1992年5月),页188。
③ (唐)魏徵等撰:《隋书》(台北:洪氏出版社,1974年7月),页1095。

引导，诗人所切入的诠释立场，乃是由"成"而"败"的劫余时刻，所看到的景观，则是"大水、大火、大风之灾，一切除去之"之后的剩余残象，此正是劫灰故事中所谓"天地大劫将尽则劫烧，此劫烧之余"之说成立的基础，也是身处乐园崩溃之时代的诗人乐用的原因。从杜甫进入战祸笼罩的晚年阶段时，即已开始此一典故频繁运用的现象，诸如《寄刘峡州伯华使君四十韵》的"药囊亲道士，灰劫问胡僧"以及《千秋节有感二首》之一的"先朝尝宴会，壮观已尘埃。凤纪编生日，龙池堙劫灰"等，已清楚绽露安史乱后时移势变的先声。再看以下中晚唐诗坛上之诸多诗例：

- 羲和敲日玻璃声，劫灰飞尽古今平。（李贺《秦王饮酒诗》）
- 劫灰难问理，岛树偶知名。（朱庆余《省试晦日与同志昆明池泛舟》）
- 年华若到经风雨，便是胡僧话劫灰。（李商隐《寄恼韩同年时韩住萧洞二首》之一）
- 寒灰劫尽问方知，石羊不去谁相伴。（李商隐《景阳宫井双桐》）
- 汉苑生春水，昆池换劫灰。（李商隐《子初全溪作》）
- 曾闻劫火到蓬壶，缩尽鳌头海亦枯。（司空图《狂题十八首》之十八）
- 海隅久已无春色，地底真成有劫灰。（聂夷中《闻人说海北事有感》）
- 劫灰聚散铢锱黑，日御奔驰茧栗红。（韩偓《寄禅师》）

- 眼看朝市成陵谷，始信昆明有劫灰。(韩偓《乱后春日途经野塘》)
- 鲁鼎寂寥休辨口，劫灰销变莫宣心。(齐己《酬尚颜上人》)

则从古到今，不论是过去、现在还是未来，也不论是人间的地底、昆池、朝市，还是方外的蓬壶仙境，都笼罩在劫火焚烧之后的飞灰之中，而这种潜藏在真实世界背后积极酝酿着、并随时可能付诸实现的毁灭的必然趋向，就是中晚唐诗人所见、所感的天地景观。

中晚唐诗中用以表达激化之时间感而具典型意义的另一个典故，乃是"沧海桑田"的神话传说，晋葛洪《神仙传》卷三"王远"条记载：

> 麻姑自说："接待以来，已见东海三为桑田。向到蓬莱，水又浅于往者会时略半也，岂将复还为陵陆乎？"方平笑曰："圣人皆言，海中行复扬尘也。"①

此一故典之被大量运用，在李贺、李商隐、曹唐等诗人的作品中最为显著。陈允吉曾注意到："李贺在诗中描写'沧海桑田'之多，在唐人中间最可注目。这一看来奇怪的现象，实际上却能显示出他

---

① （晋）葛洪：《神仙传》，《景印文渊阁四库全书》第1059册（台北：台湾商务印书馆，1986年7月），页270。

的精神世界。"① 事实上，描写沧海桑田为数之多的，并不独李贺一人"最可注目"而已，李商隐、曹唐等诗人对此一典故的偏好也不遑多让，甚至犹有过之。透过诗集的检索统计，李贺诗中出现此一典故的次数有四次②，白居易有七次③，李商隐约有六次之多④，而曹唐运用的频率更达八次⑤，尤其曹唐的全部诗作远少于前三位诗人，集中的现象尤为醒目，其原因自与他大量创作游仙诗有关。此

---

① 陈允吉:《〈梦天〉的游仙思想与李贺的精神世界》，《唐诗中的佛教思想》(台北：商鼎文化出版社，1993 年 12 月)，页 217。
② 根据《全唐诗》卷 390—394 进行相关意象的统计，分别是《嘲少年》的"少年安得长少年，海波尚变为桑田"、《天上谣》的"东指羲和能走马，海尘新生石山下"、《浩歌》的"南风吹山做平地，帝遣天吴移海水"、《梦天》的"黄尘清水三山下，更变千年如走马"等。
③ 据《白居易集》中所载，这些诗例为《浪淘沙六首》之一的"会教山海一时平"、之二的"遂令东海变桑田"、之五的"海底飞尘终有日"、《涧中鱼》的"海水桑田欲变时"、《香山居士写真诗》的"请看东海水，亦变作桑田"、《雪夜小饮赠梦得》的"曾看东海变桑田"、《送王卿使君赴任苏州因思花迎新使感旧游寄题郡中木兰西院一别》的"亦恐桑田变为海"等七处。
④ 据《全唐诗索引·李商隐卷》相关字的统计，分别是"何日桑田俱变了""人间桑海朝朝变""可能留命待桑田""劝栽黄竹莫栽桑""海底翻无水""鲛绡休卖海为田"等。栾贵明等编著：《全唐诗索引·李商隐卷》(北京：中华书局，1991 年)。
⑤ 查检《全唐诗》卷 640、641，相关诗作有《送羽人王锡归罗浮》的"铁桥通海入无尘"、《小游仙诗九十八首》之一的"桑叶枯干海水清。净扫蓬莱山下路"、其三十四之"海畔红桑花自开"、其四十四之"怪得蓬莱山下水，半成沙土半成尘"、其四十六之"较探桑田便不回"、其五十二之"看却桑田欲成海"、其八十一之"沧海成尘等闲事"、其八十九之"东溟两度做尘飞"等。

一现象不但不"奇怪",反而饶具深意,因为它传达了时代的深层心理中一种共同世界观的普遍外露;同时所显示的精神世界也并不仅限于李贺,还更属于大多数中晚唐诗人共有的面貌。

在这里,我们遇到一个经由文学史历时性观察后所产生的有趣现象,亦即最晚在晋朝时便已出现的"麻姑屡见沧海桑田"的神话典故,除了时间感特别强烈的李白较为注意而再三使用之外①,在初盛唐诗坛上并未受到特别的重视,反而直到中晚唐时才明显受到强化而活络起来,成为诗家惯常运用的习用套语,并以之作为表达某种特定人生感慨与世界观的凭借。事实上《神仙传》的流传在唐时十分普遍,盖《神仙传》中神话传说的题材已广为唐人所征用,以盛唐诗人为例,李白诗中已用到的故事就有"金华牧羊儿""崆峒广成子""河上公授素书于汉文帝""王远盘囊""洪崖博棋""九疑神仙教食菖蒲"等数条②,杜甫也用过"华盖君""王子乔尸解于玉棺""栾巴噀酒为雨灭成都火"与"八公淮南王白日升天而鸡犬

---

① 李白诗中,有关此一意象的诗有《古风五十九首》之九的"乃知蓬莱水,复作清浅流"、《赠王汉阳》的"吾曾弄海水,清浅嗟三变。果惬麻姑言,时光速流电"、《郢门秋怀》的"已闻蓬海浅,岂见三桃圆"、《拟古十二首》之十的"海水三清浅,桃源一见寻"等作,可谓初盛唐诗坛上的一大异数。
② 分见《古风五十九首》之十七的"金华牧羊儿,乃是紫烟客",之二十五的"归来广成子,去入无穷门",《赠卢征君昆弟》的"河上喜相得,壶中趣每同",《留别曹南群官之江南》的"身佩豁落图,腰垂虎盘囊",《下途归石门旧居》的"惜别愁窥玉女窗,归来笑把洪崖手",《嵩山采菖蒲者》的"神人多古貌,双耳下垂肩。嵩岳逢汉武,疑是九疑仙"等诗句。

随之"等故实①，尤其传中"董奉种杏"的故事都曾为李杜所用②，俱见《神仙传》广泛流行之一斑。而其中"沧海桑田"的典故似乎更是一颗与时俱进、越擦越亮的明珠，从初唐以来一直被征用不绝。③ 于此，我们必须分辨文学史上先后时代之间微细的差异，因为这些细微差别很可能就是问题的关键所在。我们注意到：初盛唐时，除李白之外，"沧海桑田"的典故大多为个别诗人偶用，数量虽不少，然而却是分散的、零星的；但到了中晚唐的诗坛上，不但运用此一典故的总次数更多，而且一如盛唐时的桃源意象般，形成向某些诗人集中的汇聚现象，如前述李贺、李商隐、曹唐等人皆是此种现象的代表。此一现象的背后必然蕴涵了一种远较为深沉的内在因素才能解释。

于是乎中晚唐后明显受到大量采用的"沧海桑田"此一套语，乃至"天地劫灰"此一意象的突显，传示了时间之激化的强烈感受，毋宁可以视为一种宇宙观、世界观的转型之下，因缘凑泊地投合于

---

① 如《昔游》的"昔谒华盖君，深求洞宫脚"与"玉棺已上天，白日亦寂寞"、《秋日荆南述怀三十韵》的"九钻巴噀火，三蛰楚祠雷"、《滕王亭子二首》之一的"春日莺啼修竹里，仙家犬吠白云间"等。

② 李白《送二季之江东》诗云："禹穴藏书地，匡山种杏田。"杜甫《大觉高僧兰若》诗亦曰："香炉峰色隐晴湖，种杏仙家近白榆。"都出自（晋）葛洪《神仙传》，卷10："董奉者，字君异，侯官县人也，昔吴先主时……居山间为人治病，不取钱物，使人重病愈者，使栽杏五株，轻者一株，如此数年，计得十万株，郁然成林。"见《景印文渊阁四库全书》第1059册，页308。

③ 参范之麟、吴庚舜主编：《全唐诗典故辞典》上册（武汉：湖北辞书出版社，1989年1月），页1037—1038。

新视野的结果。

固然在此之前，初、盛唐时代的诗人对历史递嬗、人世代谢及生命无常也有深切的抒发，杜甫《可叹》诗曾感叹："天上浮云似白衣，斯须改变如苍狗"，李白更酣畅淋漓地奋力抗拒岁月销亡的深渊，所谓"天地终销亡，日月同枯槁""壶中别有日月天。俯仰人间易凋朽"以及"今人不见古时月，今月曾经照古人。古人今人若流水，共看明月皆如此"①之哀感皆为其例，但这若非只是其集中孤立、少数的现象，也绝不影响他们正面品察当下人生并加以承担的基本态度。然而，在盛唐诗坛中还只是对世界与人生多方观照角度之中一种低调性的幻灭意识，于进入中晚唐之后，竟从几个散落的音符一跃而为众人咏叹的主旋律之一，由片段的"偶思"逐渐壮大为全面的"执念"，由个别的单独意象成为普遍的象征体系，正如李商隐对嫦娥意象的发展和扩大一样②，所有环绕着乐园崩坏的相关现象，包括神话世界之幻灭在内，都可以在多位不同诗人的诗集中找到类似的联系，而反映出共同的时代视野和世界图像。

时间感的激化与浓缩，若非导向一种超然旷远的宇宙情怀，而带来身心的解脱，则往往会引发另一种取消现实世界之实感的幻灭心态，甚至反转潜入一个既非方内、也非方外的另类世界。前者见于诗中者厥为"梦幻意识的强化"，而后者则表现为"死亡意象的大量涌现"。

---

① 三联诗出自《拟古诗十二首》之八、《下途归石门旧居》与《把酒问月》。
② 此说参见本书第八章之阐述。

二、梦幻意识的强化

梦的存在其渊源已久，只要人类的心智活动一日不息，则梦的运作也无时或已。早在先秦时代，孔子便曾以"久矣！吾不复梦见周公"（《论语·述而》）来感慨自己对前贤先德追慕习效之心的懈息，庄子更借由"梦"传达其超旷自由的人生哲学，如《齐物论》中提出了"庄周梦蝶"的物化观与"方其梦也，不知其梦也，梦之中又占其梦焉，觉而后知其梦也"的了悟，而透过梦与觉的对照反思，进一步彻达生死如一、不拘于物的齐物胸怀。由此，"梦"已隐隐然暗寓了心念意志之执着表现，与虚幻不实的象征意义。而在诗歌艺术表达中，六朝时萧梁沈约也有"梦中不识路，何以慰相思"之诗句①，梦所具有的心理补偿的作用已十分明确；降及唐代，梦除了作为意志的延伸而完成现实中无法完成的欲望之外，如杜甫有《梦李白二首》来落实对挚友李白生死未卜的悬念，此外也根据梦有形无质的性质，而赋予它虚幻不实的象征意旨，最显著者乃李白于《春夜宴从弟桃花园序》中所言："天地者，万物之逆旅；光阴者，百代之过客也。而浮生若梦，为欢几何？古人秉烛夜游，良有以也。"②而其《春日醉起言志》一诗亦云："处世若大梦，胡为劳其生？"展现出特属于李白的超旷之情。

---

① 见其《别范安成诗》，收入逯钦立辑校：《先秦汉魏晋南北朝诗》，卷7，页1649。
② 见（唐）李白著，（清）瞿蜕园注：《李白集校注》（台北：里仁书局，1981年3月），卷27，页1590。

但这种浮生若梦的感怀至此仍只是属于个人的、单独的，可是在中晚唐时，却成为普遍的、共有的人生感怀，并进一步超越了"白云苍狗""逝者如斯"的速度感，而被激化为更迅疾、更虚无的生命体认，透过"电光石火""梦幻泡影"等比喻清晰地显示出来：

- 幻世如泡影，浮生抵眼花。（白居易《对酒》）
- 是非都付梦，语默不妨禅。（白居易《新昌新居书事四十韵因寄元郎中张博士》）
- 此生都是梦，前事旋成空。（白居易《商山路有感》）
- 蜗牛角上争何事？石火光中寄此身！（白居易《对酒五首》之二）
- 人生同大梦，梦与觉谁分。况此梦中梦，悠哉何足云。（白居易《和微之诗二十三首·和送刘道士游天台》）
- 壶中天地乾坤外，梦里身名旦暮间。（元稹《幽栖》）
- 毕竟百年同是梦，长年何异少何为？（元稹《酬乐天秋兴见赠本句云莫怪独吟秋兴苦比君校近二毛年》）
- 眼前名利如春梦，醉里风情敌少年。（刘禹锡《春日书怀寄东洛白二十二杨八二庶子》
- 始信人生如一梦，壮怀莫使酒杯干。（殷尧藩《登凤凰台二首》之一）
- 未敢分明赏物华，十年如见梦中花。（刘得仁《上巳日》）
- 上象壶中阔，平生梦里忙。（许浑《茅山赠梁尊师》）

- 十年一觉扬州梦，赢得青楼薄幸名。（杜牧《遣怀》）
- 庄生晓梦迷蝴蝶，望帝春心托杜鹃。（李商隐《锦瑟》）
- 千古是非输蝶梦，一轮风雨属渔舟。（崔涂《金陵晚眺》）
- 有国有家皆是梦，为龙为虎亦成空。（韦庄《上元县》）
- 浮世宦名浑似梦，半生勤苦谩为文。（徐夤《十里烟笼》）
- 浮生真个醉中梦，闲事莫添身外愁。（徐夤《寄僧寓题》）
- 浮生暂寄梦中梦，世事如闻风里风。（李群玉《自遣诗》）
- 已是梦中梦，更逢身外身。（澹交《写真》）

在这些诗例中，我们可以看到不论是个人美好的昔日回忆或人际的是非纷争，乃至于珍贵的生命和广大的世间，都被纳入到转瞬沦失的梦幻之中，成为无从把捉的浮光掠影，甚至产生白居易、澹交、李群玉所谓的"梦中梦"之语，其中所包蕴的幻灭感比诸前期实更为深沉浓厚得多。除此之外，此一虚无感也被扩大到历史的、群体的层面，幻梦的感受由个体短暂的人生推及于群体漫长的历史，使得在绵延的历史中不断累积蓄纳、而远远超越个体生命的存在，也在梦的意识之中化为空无。从历代分久则合、合久则分的盛衰兴亡之中，诗人所见所作的诠释，并不是一种超然物外、使之能够当下认取生存之实感的自适之情，也不只是一种过去诗歌中常见的今昔对照之下泛生的欷歔之感而已；反而是另一种让当下之存在顿失依恃，而适足以连眼前之立足点都一笔勾销的侵蚀力量。表现在咏史诗中，如：

- 三百年间同晓梦，钟山何处有龙盘。（李商隐《咏史》）
- 江雨霏霏江草齐，六朝如梦鸟空啼。无情最是台城柳，依旧烟笼十里堤。（韦庄《台城》）
- 树远连天水接空，几年行乐旧隋宫。……思量只合腾腾醉，煮海平陈一梦中。（罗隐《春日独游禅智寺》）
- 春半烟深汴水东，黄金丝软不胜风。轻笼行殿迷天子，抛掷长安似梦中。（翁承赞《隋堤柳》）

透过"如梦""似梦"与"同晓梦"的明喻手法，"三百年"和"六朝"原本所蕴涵的时间纵深度霎时被压缩为一个眼前瞬间的平面，而化入虚无之中再难寻觅；隋炀帝"煮海平陈"与"抛掷长安"等原本具体可征的历史作为同样也都被架空，成为后世无从把捉的幻影。所谓"钟山何处有龙盘"的疑问和"鸟空啼"的感慨，便是此种虚幻感的流露，因而使这类怀古诗比过去的同类作品都更明确地沉沦于虚无的底层。

而除了悠长的历史之外，甚至连永恒而阔大的宇宙大化也被纳入梦幻之中，如李贺《梦天》诗云：

> 黄尘清水三山下，更变千年如走马。遥望齐州九点烟，一泓海水杯中泻。

在梦境中，诗人所感到的时间乃是以沧海桑田的变迁速度，使千年如跑马般转瞬即逝；所看到的空间则是中国渺若九粒烟尘，而大海竟微如手上泼荡的一杯水。因此我们可以看到这样的梦境背后所蕴涵的想象性质,隐隐然是与前述"天荒地变""天荒地老""天长地久有时尽"等时空观念相通的,故明王思任于《昌谷诗解序》中曾精辟地分析李贺诗常用鬼、死、泣、血等惯用语,以及造成好用这些惯用语的心理因素:"人命至促,好景尽虚,故以其哀激之思,必作晦涩之调。"① 由此可见,既然在时间意识的激化或浓缩之下,历史岁月所开展的过去与现在都不能免除虚幻的侵蚀,而必然在时间之中延续的天地也同样面临了荒变穷尽的消亡,于是以往一直受到压抑的、对生命终结之后的幽冥世界的探索,便成为中晚唐人在方外与方内都一无出路时,一种新的乐园追寻的尝试。钱锺书《谈艺录》也曾指出:

> (当诗人)深有感于日月逾迈,沧桑改换,而人事之代谢不与焉,他人或以吊古兴怀,遂尔及时行乐;长吉独纯从天运着眼,亦其出世法、远人情之一端也。②

此处所谓"纯从天运着眼"而发展出"出世法、远人情"的表现,绝不等同于炉火纯青的宗教修养中"太上忘情"的境界;而其"出世、远人"之余,自然也不在及时行乐的人间立足,于是便向下翻转,形成了"追寻理想的乐园而进入鬼域","可算是乐土追寻的一

---

① 《昌谷集》王序,见(唐)李贺注,(清)王琦等注:《李贺诗注》(台北:世界书局,1991年6月),页1。
② 钱锺书:《谈艺录》(香港:龙门书店,1965年),页70。

个变奏"的结果。① 经由下一节的探析，我们还可以发现到这样的变奏已然成为中晚唐时代诗歌的主旋律之一，成为一种共同心象的浮显。

三、死亡意象的大量涌现

死亡，对于尽恋人间的人类而言，所代表的绝不只是生命的自然终结，可以用平常心安然接受的状态而已。由于死是生的绝对对立面，因此充满了喜怒哀乐、悲欢离合的生之血色鲜丽，就加倍突显了弥漫着枯寂无声、空虚单调的死之苍白可怖；再加上由生到死的过程，乃是一奔赴无止而又一往不返的单行道，自古以来，亿万个承载了无限灵慧的活跃生命竟无一幸免地投入死亡深渊，完全被吞噬净尽而沦为一场虚无，这种无可遏抑的必然法则本已足够造成人类感性上的强大压迫，更何况死亡的经验根本无法纳入体验的范围，成为可加以反省、感受的生命内容之一，于是死亡的绝对未知性就变成了人类心灵中无上的极度忧怖。而艺术之所以诞生的大前提之一，便是本着对死亡的思索而来，例如评论家透过分析，指出爱尔兰诗人叶芝（William B. Yeats, 1865—1939）的《航向拜占庭》一诗乃隐喻着以下的意义："从生物的世界看来，人是个'将死的动物'（dying animal），所剩的希望只有'集中于不朽的艺术'，

---

① 语出龚鹏程：《幻想与神话的世界——人文创设与自然秩序》，收入蔡英俊主编：《中国文化新编·文学篇一：抒情的境界》，页 336。

再得不到'自然物的肉体的形式',但要做个艺术品,做个黄金的鸟儿栖止在金枝上。"① 于是,生命的短暂可惊以及对死亡的震骇忧惧,就可以在艺术的美感洗涤与永恒浸润之下,得到弭平和消解。

但是,虽然一切包括诗歌在内的艺术创作都或隐或显地内含着死亡意识的大前提,表现的方式及其强度和频率却会因人因时而异。在变调的乐园中,"死亡"已非潜藏于创作背后的动因,而是晋身幕前,跃居为聚光灯照耀之下醒目的要角;而与死亡有关的死后世界也引发了更多、更普遍的注意。此一现象固然是在中晚唐时最显突出,然而在诗史上却并非首见的创举,事实上,诗歌中对鬼魅世界的专注致意,应始自先秦战国时代孕育出骚人屈原的楚地沅湘一带的民俗。虽然一些儒家典籍如《左传》等已提及有关鬼的定义与想象②,但充其量也只是出于对死后存在的一般知性上的兴趣,在想象力参与的层面上则可谓贫乏;而儒家正统的观念中,也明确地抱持"未知生,焉知死""不语怪力乱神"和"敬鬼神而远之"的态度③,更将人的注意力彻底从死亡的背后抽离,以全力集

---

① 引自[美]韦勒克(René Wellek)、华伦(Austin Waren)著,王梦鸥、许国衡译:《文学论——文学研究方法论》(*Theory of Literature*)(台北:志文出版社,1976年10月),第15章,页342。
② 见《左传·昭公七年》载子产曰:"鬼有所归,乃不为厉。吾为之归也。""人生始化曰魄,既生魄,阳曰魂。用物精多,则魂魄强。是以有精爽,至于神明。匹夫匹妇强死,其魂魄犹能冯依于人以为淫厉。"见(清)洪亮吉撰,李解民点校:《春秋左传诂》(北京:中华书局,1987年),卷16,页680—681。
③ 分见《论语》之《先进篇》《述而篇》《雍也篇》。

中于生之探索。因此唯有以屈原为代表的文化心灵，才是以极亲密的情感，在没有距离的情况下完成人界与鬼域的融合，而将鬼的面貌和特性做一诗意美感的展现。朱子便曾表示过："昔楚南郢之邑、沅湘之间，其俗信鬼而好祀，其祀必使巫觋作乐歌舞以娱神。荆蛮陋俗，词既鄙俚，而其阴阳人鬼之间，又或不能无亵慢淫荒之杂。"① 此语固然是对《楚辞·九歌》中人神（包括人鬼）之间相恋的内容做背景上、学理上的说明，但另一方面也正表现出阴阳人鬼之际亲近无间的密切关系。试看《九歌·山鬼》中所描写者：

> 若有人兮山之阿，被薜荔兮带女萝。既含睇兮又宜笑，子慕予兮善窈窕。乘赤豹兮从文狸，辛夷车兮结桂旗。被石兰兮带杜衡，折芳馨兮遗所思。余处幽篁兮终不见天，路险难兮独后来。表独立兮山之上，云容容兮而在下。杳冥冥兮羌昼晦，东风飘兮神灵雨。

如此若有似无、飘忽袅娜之山鬼，以随风款摆的薜荔、女萝为衣饰，正显其轻盈灵妙的形质；其凝睇含笑的眼眸，又传达了一种生动传神而呼之欲出的柔媚之情。如此芬芳娇美、善体人意的山鬼，活动于时而幽篁冥冥、天阴昼晦，时而风飘雨沥、云生雾封的山阿，淋漓尽致地表现了无所不在的美感，其存在样貌完全可等同于

---

① 见（战国）屈原等著，（宋）朱熹集注：《楚辞集注》（台北：艺文印书馆，1974年4月），卷2，页59。

山神，故不妨以"阴神"视之，此正反映出《礼记·祭法》所说神鬼相杂的现象："山林、川谷、丘陵，能出云、为风雨，见怪物皆曰神。"

而如此神鬼不分、又人鬼并存的想象世界，其背后所蕴涵的精神状态，正如第一章所述，乃是一种"迷人而充满幻灭感的境界"，因此"它非但不能使向往它的诗人得到完全的解放，就是在快乐或安慰的作用上也一样缺乏"。① 却无疑地对中唐时代的李贺具有高度的启示作用，晚唐杜牧就此首发其端，明确指出李贺与《楚辞》之间于精神血脉上祖述传承的关系，并以十分意象化的方式描写李贺诗的风格：

云烟绵联，不足为其态也；水之迢迢，不足为其情也；春之盎盎，不足为其和也；秋之明洁，不足为其格也；风樯阵马，不足为其勇也；瓦棺篆鼎，不足为其古也；时花美女，不足为其色也；荒国陊殿，梗莽丘垄，不足为其恨怨悲愁也；鲸呿鳌掷，牛鬼蛇神，不足为其虚荒诞幻也；盖骚之苗裔，理虽不及，辞或过之。骚有感怨刺怼，言及君臣理乱，时有以激发人意，乃贺所为，无得有是！……贺生二十七年死矣，世皆曰："使贺且未死，少加以理，奴仆命骚可也！"②

---

① 引自施淑女：《九歌天问二招的成立背景与楚辞文学精神的探讨》（台北：台湾大学文学院，1969年），页94。
② 见《李贺集序》，(唐)杜牧：《樊川文集》(台北：汉京文化事业公司，1983年11月)，卷10，页149。

此段序言一方面以"骚之苗裔"挑明了李贺远祖《楚辞》的一线脉络，又以所谓的"瓦棺篆鼎""荒国陊殿""埋莽丘垄"以及"牛鬼蛇神"等语，十分简赅扼要地描绘出李贺诗境中阴森荒败的意象。而透过诗史的观察，我们也可以进一步地看到其中的"虚荒诞幻"之说，事实上足以概括整个中晚唐时代乐园崩毁倾颓的时代感受，如学者指出韩愈的部分诗作亦属此类："我们注意一下《陆浑山火》整篇作品所描写的事物，真是充满着怪力乱神的色彩"，属于"虚荒诞幻的境界"[①]；焦竑也曾说："唐人诗率冲融和适，不为崖异语。独长吉、义山二家，摆落常诠，务为奇崛。"[②] 因此我们认为在中唐时打开此一变调乐园的首唱者与主要扩建者，当以李贺为优先人选。

号称"诗鬼"或"鬼仙"的李贺[③]，透过与一般常情背道而驰的特殊关怀，潜心幽冥，托情于鬼域，从对生命和死亡的悸惧，而更导向了对死后世界和化形为鬼魂之另类存在的深度迷恋，因之对

---

① 见陈允吉：《韩愈的诗与佛经偈颂》，《唐诗中的佛教思想》，页171。虽然作者认为此种色彩乃是出于佛教绘画的影响，指出："由于韩愈一生嗜好佛画，其诗集中屡有自己观览佛寺壁画的记载，这种艺术形象的长时期的浸沈感染，使他一部分诗歌之造物赋形，颇能融会佛教绘画中的景象。……像这一类虚荒诞幻的境界，也惟有佛教绘画中的形象才能与之比拟。"但并无碍于其为整个乐园变调的一个表现，此点可参本章第三节"圣性的解消"的论析。

② （明）焦竑：《昌谷集·序》，见（唐）李贺著，（清）王琦等注：《李贺诗注》，页1。

③ （宋）严羽之诗评最具概括性："人言太白仙才，长吉鬼才。不然，太白天仙之词，长吉鬼仙之词耳。"见（宋）严羽著，郭绍虞释：《沧浪诗话校释》（台北：里仁书局，1987年4月），页178。

生命终结后阒黑阴暗的死亡世界充满了探索的兴致与沉溺的执着。他在诗中全然正面地面对死亡的具体形象，使得死亡并不纯然只是抽象的压力或朦胧的威胁，从遥远的深渊投射出令人颤栗的无形阴影，而是如生命一般充满了存在的实感，拥有丰富多样的身形面貌，兼具了向外展现自我的活动力以及内在深邃有力的精神气韵，焕发着具体可感的真实性。试看以下诸诗：

- 西山日没东山昏，旋风吹马马踏云。画弦素管声浅繁，花裙綷縩步秋尘。桂叶刷风桂坠子，青狸哭血寒狐死。古壁彩虬金帖尾，雨工骑入秋潭水。百年老鸮成木魅，笑声碧火巢中起。(《神弦曲》)
- 女巫浇酒云满空，玉炉炭火香冬冬。海神山鬼来座中，纸钱窸窣鸣旋风。相思木帖金舞鸾，攒蛾一啑重一弹。呼星召鬼歆杯盘，山魅食时人森寒。终南日色低平湾，神兮长在有无间。神嗔神喜师更颜，送神万骑还青山。(《神弦》)

王琦注云："《神弦曲》者，乃祭祀神祇，弦歌以娱神之曲也。此诗言狸哭狐死、火起鸮巢，是所祈者其诛邪讨魅之神欤？"① 可见此处两诗之构成主调充满了邪魅之气，奉祀的神祇当属阴神之类，而整个祭祀过程更是极为阴晦悚动，神与鬼之混沦不分莫此为甚。在

---

① 见(清)王琦：《李长吉歌诗汇解》，卷4，(唐)李贺著，(清)王琦等注：《李贺诗注》，页150。

其他诗里，李贺更极为生动地描写了阴异幽冥的世界中鬼魂活动的情景：

- 秋野明，秋风白，塘水潊潊虫喷喷。云根苔藓山上石，冷红泣露娇啼色。荒畦九月稻叉牙，蛰萤低飞陇径斜。石脉水流泉滴沙，鬼灯如漆点松花。(《南山田中行》)
- 思牵今夜肠应直，雨冷香魂吊书客。秋坟鬼唱鲍家诗，恨血千年土中碧。(《秋来》)
- 南山何其悲，鬼雨洒空草。长安夜半秋，风前几人老（一作"风剪春姿老"）。低迷黄昏径，袅袅青栎道。月午树立影，一山唯白晓。漆炬迎新人，幽圹萤扰扰。(《感讽五首》之三)

秋寒雨冷，风吹露泣，怀抱着千年恨血的鬼魂在低迷的深夜中徘徊，或是在虫吟啼声中凄唱永恒不灭的恨怨悲苦，或是在衰灯将尽时吊慰孤愤难平的诗人书客，有如与李贺相濡以沫的异界知己。而当这些异类在诗人身边亲切活动的时候，整个场景与色泽完全是正常世界的"负片"呈现，令人匪夷所思，王琦注"月午树立影，一山唯白晓"一联云："月午，谓月至中天，当午位上，则树影不斜，其直如立。白晓，谓月色皓然如天将晓之状。"[①]则理当漆黑的天色反被明月照耀得如同白昼，而发出淡淡幽光的鬼火则反被称为"漆

---

① （清）王琦：《李长吉歌诗汇解》，卷4，(唐)李贺著，(清)王琦等注：《李贺诗注》，页96。

炬""鬼灯如漆"——黑色的火炬；此外，新鬼称"新人"，络绎不绝地奔赴墓地，以至于鬼界的迎新活动使沉静的夜晚骚动不安，惊起了在墓草间栖息的萤火虫也纷纷扰扰不得安宁，四处飞舞的荧光却又恰恰与众多的磷火交织难辨。这里明显地颠覆了世人习以为常的常识常理，而专从逆反的模式进行构思，明暗互换、日夜翻转、阴阳颠倒、人鬼不分，而诗人对鬼域的耽迷至此也完全破除了传统的防线，塑造出一个对变调的理想世界的沉溺与向往。

而精神上大半游移于阴魅世界的李贺，更以《苏小小墓》逼真地勾画出鬼神有形无质、而又无所不在的活动形态，使身为墓主的南朝钱塘名妓苏小小其生前死后的美丽与哀愁完全能够传神地淋漓展现：

> 幽兰露，如啼眼。无物结同心，烟花不堪剪。草如茵，松如盖，风为裳，水为佩。油壁车，夕（一作"久"）相待，冷翠烛，劳光彩。西陵下，风吹雨。

首两句由灵魂之窗捕捉其神韵，既由"幽兰"点出其美丽之姿貌与芬芳之品格，又从"露如啼眼"暗示其心灵的伤痛，不但使苏小小的生存面相呼之欲出，也为以下描写她死后的存在样态提供了重要的依据。此后诗中使用即景即人的叙写手法，展开墓地周遭"草如茵，松如盖，风为裳，水为佩"的景物描绘，既刻画了苏小小动静之间缥缈灵逸的优雅，又完全点染出其无所不在的鬼魅本质，"鬼仙"之说洵为的见。而烛之为物本是红艳温暖，为光明的象征，即使是蜡泪纵横涕零，依旧不失温情感人的特性，故杜牧《赠别二首》之二云："蜡烛有心还惜别，替人垂泪到天明。"但李贺却用"冷翠烛"代称鬼火，有火而冷、其色森翠，正是李商隐所说"碧无情"[①]的同调，不但捕捉到鬼火的本质，并兼具了美感的品位，同时又与诗中"无物""不堪""久待"等一致指向徒劳落空的感受通贯为一，营造了更加深沉的悲剧气氛。终句时以风雨不断的西陵墓地做结，虽无"恨血千年土中碧"的切齿疾呼，然其绵绵化生的凄苦犹然是随着接续不休的风雨不断飘飞，而永无终了之时了。

从以上诗作的列举与分析，已可见李贺心灵世界大幅偏向幽冥之一端，明王思任于《李贺诗解序》中更清楚指出李贺诗中常见的惯用语，曰："以其哀激之思，必作晦涩之调。喜用鬼字、泣字、死字、血字，如此之类，幽冷溪刻。"[②]适足以钩稽此种变调乐园的特质。除此之外，同时或晚于李贺的中晚唐诗人，在作品中透过对鬼魅意象的运用而传达森冷凄怨之情境者，也逐渐递增，如孟郊的《秋怀十五首》之五言："竹风相戛语，幽闺暗中闻。鬼神满衰听，恍惚难自分。"张碧的《鸿沟》诗云："新丰瑞色生楼台，西楚寒蒿哭愁鬼。"刘言史的《夜入简子古城》有谓："远火荧荧聚寒鬼，绿焰欲消还复起。"庄南杰的《雁门太守行》曾道："击革从金燧牛尾，犬羊兵败如山死。九泉寂寞葬秋虫，湿云荒草啼愁思。"赵牧的《对酒》亦曰："饥魂吊骨吟古书，冯唐八十无高车。"而于鹄的《野田行》

---

① 其《蝉》诗谓："本以高难饱，徒劳恨费声。五更疏欲断，一树碧无情。"
② （明）王思任：《昌谷集·序》，见（唐）李贺著，（清）王琦等注：《李贺诗注》，页1。

一诗中，更刻画了"日暮出古城，野田何茫茫。寒狐上孤冢，鬼火烧白杨"的荒魅景致，曹松则除了《古冢》一诗的"作穴蛇分蛰，依冈鹿绕行。唯应风雨夕，鬼火出林明"之外，复有"石脉水流泉滴沙，鬼灯然点松柏花"之残句，如此等等不暇遍举。晚唐名家李商隐更是直入李贺堂奥，除了有《效长吉》一诗明示师法之用心外，复有《无愁果有愁曲北齐歌》之类阴魅凄迷有过之而无不及的作品，其诗云：

> 秋娥点滴不成泪，十二玉楼无故钉。推烟唾月抛千里，十番红桐一行死。白杨别屋鬼迷人，空留暗记如蚕纸。日暮向风牵短丝，血凝血散今谁是？……

此外又有《和郑愚赠汝阳王孙家筝妓二十韵》的"回首苍梧深，女萝闭山鬼"、《日高》的"轻身灭影何可望，粉蛾帖死屏风上"、《河阳诗》的"幽兰泣露新香死，画图浅缥松溪水"、《楚宫》的"湘波如泪色漻漻，楚厉迷魂逐恨遥。枫树夜猿愁自断，女萝山鬼语相邀"等作，皆是深具诗鬼风格的"长吉体"表现。于是中晚唐诗人的精神血脉一以贯之，终于汇集成一首阵容庞大、嘹亮高亢的变调乐园大合唱。

  由于死亡与人世间最大的联系，或是死后世界最接近阳光的界限，厥在于分隔阴阳的一抔黄土——一个可供缅怀纪念的具体凭借。缥缈的魂灵既是抽象而不可捉摸，以凭空想象的成分居多；但是人死所归的墓茔丘陇，却如同一切物质一样具有实质可触的属性，既是安顿死者的居处，可免于生死混杂所带来的种种问题，又无碍于作为死者精神的象征和死后生命的依附之地。因此，一旦对死亡产生浓厚的兴趣，相对地对坟冢的注意力也将因之提高，以墓地为创作主题的现象亦随之大为增加，如中唐诗人白居易的作品中，就出现了为数不少的专题咏墓诗，除了《青冢》《真娘墓》《登村东古冢》《过高将军墓》《过颜处士墓》《过李白墓》等诗之外，甚至还以《古冢狐》着力于妖魅惑人的可怖；另外，到了晚唐时代，诗人似乎更赋予墓冢以一种古迹的意义，往往以之入诗，发吊古伤时之感慨，杜牧、曹松、聂夷中、唐彦谦、吴融、罗邺、罗隐、杜荀鹤、韦庄和温庭筠等都有咏墓之作①，甚至有针对宫人之墓地进行描绘的，如窦巩、王建、权德舆、雍裕之、孟迟、陆龟蒙的同题诗《宫人斜》，羊士谔的《和李都官郎中经宫人斜》以及杜牧的《宫人冢》等篇章。其中以罗隐的咏墓诗数量最为惊人，共有《孟浩然墓》《王濬墓》《苏小小墓》《姑苏真娘墓》《经耒阳杜工部墓》《漂母墓》《燕昭王墓》等七首。

这些咏墓诗与前人偶作的类似作品如《昭君墓》《商山四皓墓》《漂母墓》等本质稍有不同，一则是墓主类型有别，以当代时人之葬处或无主之荒坟为抒发对象的情形大幅增加，相对地，以古代名坟进行题咏的比例便随之降低；二则是描写时侧重的角度有异，除

---

① 李商隐有《和人题真娘墓》，杜牧有《青冢》《宫人冢》诗，曹松有《古冢》诗，聂夷中有《过比干墓》，唐彦谦有《过浩然先生墓》《过清凉寺王导墓下》，吴融有《陈琳墓》《经苻坚墓》，罗邺有《过王济墓》，杜荀鹤有《经贾岛墓》《经九华费征君墓》），韦庄有《刘得仁墓》、温庭筠有《过陈琳墓》。

了传统借古伤今的笔法仍流行不辍，而对死者生前的事迹功业以及其死后精神上、道德上抽象的垂范作用有所著墨之外，这些咏墓诗的作者对死者朽坏的身心和墓地本身凄凉荒败的景致，也产生了很高的兴趣，因此援笔抒写之际，亦着力于死者当下形质上、情感上之面貌，以及墓地周遭之景象的想象与描写，因而表现出一种对幽暗世界与残破心灵的特殊意向。如前述李贺的《秋来》《感讽五首》之三和《苏小小墓》皆属此类，此外在曹松的《古冢》诗也可以看到类似的笔法："作穴蛇分蛰，依冈鹿绕行。唯应风雨夕，鬼火出林明。"虽然阴森凄美之处皆不及李贺，其叙写角度与心灵偏向却都如出一辙。同时，既然死亡已大举入侵诗人的乐园意识之中，则神界里不朽的仙人和永恒的光源也开始被宣判了死刑：

- 几回天上葬神仙，漏声相将无断绝。（李贺《官街鼓》）
- 王母桃花千遍红，彭祖巫咸几回死。（李贺《浩歌》）
- 拜神得寿献天子，七星贯断姮娥死。（李贺《章和二年中》）
- 鹤发韬真世不知，日月星辰几回死。（李绅《赠毛仙翁》）

除了李贺、李绅之外，鲁迅曾指出：中唐文人沈亚之所作的传奇也是"以华艳之笔，叙恍惚之情，而好言仙鬼复死"[①]，可见一种奇特的乐园景观已然在中晚唐的文学世界里悄然成形；而李贺之所以

---

① 鲁迅：《中国小说史略》，第 8 篇，《鲁迅全集》第 9 册（北京：人民文学出版社，1981 年），页 74。

在中唐时代出现并大放异彩，进而与同时及后继的诗人共同形成一个具有普遍意义的新视野，不仅具有专属其个人的特殊要素，也反映了一种为时代精神所驱的内在动力。以李贺为中心观察点，环绕着此一核心再加以其他中晚唐诗人的作品从旁辅助，所呈现的现象及意义依然是属于群体的，具有时代的共通性；李贺固然是同质心灵中最突出而激亢的高音，引领了一个变调乐园的清晰成形，但他也同时被时代整合、融入于某个类型之中，成为展现类型之整体力量的最大助力。

总上文可见，在唐诗乐园意识的变质过程中，李贺是推动瓦解之工作的一位大家，以李贺居中，环绕着以李商隐为主的同调或后继者，这些诗人共同反映了一个极其特殊的心灵倾向，亦即在来自时代风气之倾颓堕落、政治现实之腐败污浊，以及个人遭遇之困蹇难伸等外缘条件的综合影响之下，他们找不到自己生命灵魂安顿的中心，和有关现象界种种经验与活动的更为稳定的秩序，因此不但失去了对正义、光明、和谐和超越等正面力量的崇拜，甚且颠覆了对实存世界既有的认知，而在泄露心灵处境的诗歌创作中展现了迥异的内涵。这些内涵不再是人类欲望的向外扩大，也不再是情感本身自足的追求，正恰恰相反，它显示的是一种倾斜失衡的时空架构，充满了对虚幻沦亡之感的偏执；而透过时代与自我双重的剥夺之后，心灵世界的界限不断地向内退缩，因而渐行渐远地游离于广大的现实世界之外，在自我被架空之余，甚至突破了人类与生俱来的求生本能，以及传统所加诸人心的禁忌，终究沉入于另一个与光明乐园对立的阴暗世界，突出了死亡和与广义之死亡有关的意象。

于是初盛唐时代所普遍展现的"虽然处处流露出不能摆脱'大化'的无奈,却掩盖不住青春的躁动、生命的渴望"[1],便成为一去不返的明日黄花。

第二节　乐园空间的崩毁

神话(此处采广义,包含传说与神仙信仰)是乐园意识赖以酝酿成形的原始土壤,神话所构筑的想象世界,其成立的先决条件必然是以超越人世之束缚与肉身之有限,而建构在凡俗所不到的夐绝难稽之处,展现出一个美好愉悦的空间形态;同时其存在的时间坐标也以超出人类理性认知的方式无限延长,具有抽象且难以定义的永恒性质,如神话传说中的昆仑山、海外蓬莱、广寒月宫、仙乡神境和世外桃源等乐园所在之地,都莫不具备这种时空的双重条件。但到了中晚唐时代,神话乐园的基本要素已在整个时代心灵中腐蚀,面临全盘崩毁的质疑,此时诗人不再坚持不朽的信念,因此使亘古长存的仙寿人物也无法避免地被葬送于死亡的坟墓之中;而其本为凡俗不到的世外居所,更不能免除世俗力量入侵的命运。基于时间与空间为神话乐园建构上的两大要素,而前者于上一节已加详述,因此本节改采另一个角度,从空

---

[1]　引文本是葛晓音对陈子昂《感遇三十八首》的观察,扩大以言整个初盛唐诗歌的基本情调,亦颇为相合,故引述以为对照。见葛晓音:《山水田园诗派研究》(沈阳:辽宁大学出版社,1993年1月),页129。

间的构设模式来看乐园崩毁的方式。

如前所言,"空间"的设计本是乐园建构上最关键的环节之一,是划分圣与俗的主要门槛所在;其悬绝遥隔于尘世凡俗之外的空间安排,本为保障乐园之不被侵害的必要条件,因此乐园的崩毁也必然相应地产生于空间设计的异质化上。经过观察与分析的结果,我们发现此一异质化的表现方式有二:一为乐园的极度架空或远隔,成为徒劳追寻的所在,使得乐园引导的不是救赎的希望,而是彻底迷失的绝望,于是"迷失感"就成为诗人抒发的主题;再则为乐园的世俗化与人间化,使乐园沦为现实世界中一切污浊、邪恶、不义等有限性展现的场所,乃至被划归为黑暗势力延伸的范围。两种瓦解乐园的方式虽然殊途同归、目的一致,但所展示的策略并不相同,故以下便分段阐述其义。

一、对架空、远隔之乐园的徒劳追寻

在第五章的论述展开之初,我们曾引述弗莱的看法,认为:"一切的文学类型,很可能是从'追寻神话'伸延出来的。"事实上,人类精神世界中一旦孕育出乐园向往的心理,同时也就必然伴随着乐园追寻的需要,因为乐园空间的迢远难觅,原本就是乐园赖以自我保障的先决条件,也是激发追寻之动能的魅力之一。但是如果其悬隔人世的意义已不只是确保其神圣性质,以引领人心中美好理想的向往与寄托时,此际乐园的存在非但不能成为受难心灵的无形庇护,反而将以高度的反差对照出现实的不堪,使本已无所托庇的自我更加无立足之地。于是反映在诗歌创作之中的，就是乐园的空间存在受到了极化的处理，变成远较一般遥远之概念更为渺茫的所在；而在追寻乐园的历程上，追寻而失落、探求而迷失的主题已成为最显要的内容，也就是由永难抵达乐园的结果面必然面临的失败，取代了从追寻乐园的过程中所产生的净化与提升，于是身心都全然被架空于乐土之外，彻底断绝了救赎的希望。李商隐诗中尤其处处显露了这种追寻而迷失的主题，试看以下诸例：

- 神仙有分岂关情，八马虚追落日行。莫恨名姬中夜没，君王犹自不长生。(《华岳下题西王母庙》)
- 万里谁能访十洲，新亭云构压中流。(《奉同诸公题河中任中丞新创河亭四韵之作》)
- 海外徒闻更九州，他生未卜此生休。(《马嵬二首》之二)
- 海迷求药使，雪隔献桃人。(《昭肃皇帝挽歌词三首》之三)
- 未谙沧海路，何处玉山岑？(《摇落》)
- 云路招邀回彩凤，天河迢递笑牵牛。(《韩同年新居饯韩西迎家室戏赠》)
- 刘郎已恨蓬山远，更隔蓬山一万重。(《无题四首》之一)
- 风光冉冉东西陌，几日娇魂寻不得。……愁将铁网罥珊瑚，海阔天宽迷处所。(《燕台诗四首》之一)
- 万里峰峦归路迷，未判容彩借山鸡。(《凤》)
- 曾省惊眠闻雨过，不知迷路为花开。有娀未抵瀛洲远，青雀如何鸩鸟媒。(《中元作》)

- 三星自转三山远，紫府城遥碧落宽。（《当句有对》）
- 丹邱万里无消息，几对梧桐忆凤凰？（《丹邱》）

其中的"神仙""长生""求药"为对不死的追寻；"十洲""蓬山""瀛洲""紫府""丹邱"则是中国仙道神话里，有醴泉源源而生、神树仙果丰饶茂长的不死仙人寓居之地，这样的乐园想象曾经是前此包括李白在内的许多诗人赖以寄托幻思、超脱现实的精神圣地，非但有消极的逃避功能，更且发挥了抚慰现实创痛以提振心灵，并进一步指引一种向上力量的积极作用；然而到了晚唐的李商隐手中，同样的乐园却被处理为"永恒迷失"的幻灭主题，从诸诗中所谓"八马虚追""海外徒闻""海迷求药使""何处玉山岑""万里谁能访十洲""丹邱万里无消息""更隔蓬山一万重""几日娇魂寻不得""海阔天宽迷处所""万里峰峦归路迷""有娀未抵瀛洲远"以及"三山远""天河迢递""紫府城遥碧落宽"等语，清楚地反映出一种徒劳追寻与迷失不可得的乐园观，而学者们提出李商隐诗中所展现的"远隔心态"与"远征情境"[①]，正是因为乐园追寻之失败所导致的结果。于是我们在李商隐诗中看到的是"极力突显自己在广阔天地间渺小受限、力有未逮之困顿无助，在无限的空间与沧粟微渺的自身之间，存在着巨大的紧张与压迫，束缚着诗人呼之不应、唤之不

[①] "远隔心态"可参黄永武：《李商隐的远隔心态》，《中国诗学·思想篇》（台北：巨流图书公司，1989年11月）。"远征情境"表现的正是一种"追寻"的原始类型，详见张淑香：《李义山诗析论》（台北：艺文印书馆，1987年3月），第二部分第2章第7节。

得,在触及理想物之前,总是不免远隔着万里的横绝"①,而这种架空于乐园之外的困境,便使得自己"在这广大宇宙间迷失,成为宇宙间一个徒有羽翅的飘荡的点"。②

这样一种追寻落空的主题虽以李商隐最称显着突出,但却并非其个人专属的生命情调,其他的中晚唐诗人,如白居易、李贺、刘得仁、薛逢、韦庄、曹唐、陈陶等,也都曾有感于此种乐园所在遭到远隔架空,以致渺茫无着的时代处境,而于诗中加以反映:

- 烟云隔玄圃,风波限瀛洲。我岂不欲往,大海路阻修。(白居易《效陶潜体十六首》之十一)
- 我有迷魂招不得,雄鸡一声天下白。(李贺《致酒行》)
- 天迷迷,地密密。熊虺食人魂,雪霜断人骨。(李贺《公无出门》)
- 自尔归仙后,经秋又过春。白云寻不得,紫府去无因。(刘得仁《忆鹤》)
- 殿前玉女移香案,云际金人捧露盘。绛节几时还入梦,碧桃何处更骖鸾。(薛逢《汉武宫词》)
- 紫府有名同羽化,碧霄无路却泥蟠。(薛逢《上吏部崔相公》)

---

① 引自欧丽娟:《李商隐诗之神话表现》,《编译馆馆刊》第24卷第1期(1995年6月),页8,后收入欧丽娟:《唐诗的多维视野》(台北:五南图书出版公司,2017年7月)。

② 引自欧丽娟:《李商隐诗之神话表现》,《编译馆馆刊》第24卷第1期,页10,后收入欧丽娟:《唐诗的多维视野》。

- 天上人间两渺茫，不知谁识杜兰香。来经玉树三山远，去隔云河一水长。（曹唐《大游仙诗·玉女杜兰香下嫁于张硕》）
- 岂是丹台归路遥，紫鸾烟驾不同飘。（曹唐《大游仙诗·萧史携弄玉上升》）
- 凤去鸾归不可寻，十洲仙路彩云深。（韦庄《悼亡姬》）
- 采药向十洲，同行牧羊儿。十洲隔八海，浩渺不可期。空留双白鹤，巢在长松枝。（陈陶《怀仙吟二首》之一）

所谓"烟云隔玄圃""大海路阻修""碧桃何处""碧霄无路""十洲仙路彩云深""来经玉树三山远""去隔云河一水长"和"十洲隔八海"等诗句，与李商隐式的远隔心态明显地如出一辙；而"天迷迷，地密密""迷魂招不得""白云寻不得""凤去鸾归不可寻""天上人间两渺茫"和"浩渺不可期"等说词，也与李商隐迷失架空的乐园观出于同一心法，"迷"字乃成为描述主体失落无着之彷徨失据处境的关键语词。在到达乐园之前，总是横亘着重重障蔽而窒碍难行、而企及无望，则乐园的存在乃是虽有实无、一如空幻，诗人向上仰望却无力追攀之余，又不能安于脚下立定的人间世，于是便只有远隔在乐园之外，让自己被架空的灵魂徒劳唱着彷徨的哀歌。

二、乐园空间的现实人间化

但在另一方面，不仅乐园的追寻只是一场徒劳无功、虚幻无益的努力而已，更有甚者，外力的入侵也是导致乐园本身彻底而加速沦落的主因。正是出于现实界（主要乃以腐败的政治现状为主）无远弗届而具有腐蚀性之渗透力的强大影响，使得原本应超然于现实之上、以作为均衡和弥补的神仙界，竟也无力抗衡现实界破坏力的侵入，而被纳入到世间体系中，沦为丑恶势力的辖区，一笔勾消了乐园构设的神圣超然的性质。以晚唐诗人陆龟蒙的《新沙》诗为例：

渤澥声中涨小堤，官家知后海鸥知。蓬莱有路教人到，应亦年年税紫芝。

一块借由大自然沧海桑田的力量而悄然形成的海埔新生地，在初初浮现之际，即使日日流连于海边觅食的海鸥亦尚未察觉的时候，便已逃不过官府贪婪锐利而绝无丝毫放松的眼睛，立刻成为重税剥削的人间炼狱，因此诗人提出大胆的假设：如果仙家居住的海外仙山有路可通，让人类及其身上如附骨之蛆般随身隐藏的贪婪本性得以跨进一步，那么连珍贵罕有、非凡人分内所能享有的长生不老药（紫色灵芝）也都无法免于被榨取的下场！这种突破仙凡之隔的构思，使得千百年来在人们心中一直都逍遥无忧的乐土都急剧沦丧而不幸蒙尘，成为自逼出了《诗经·魏风·硕鼠》的"无食我黍"以及陶渊明《桃花源诗》的"秋熟靡王税"之心愿以来，同样的苦难人间的翻版。杜荀鹤《时世行》也曾说："任是深山最深处，也应无计避征徭。"而由"深山最深处"到"海外蓬莱"其间仅仅只有一线之隔，它们指的都是人迹难至的渺远所在，却都不能免于横征暴敛的入侵，可以证明陆龟蒙《新沙》这首诗的特殊构思并非偶然的突发奇想，与其说是个别诗人一时的妙手偶得，毋宁视之为整个时代精神的自然表露。

与此相类的，是较早的中唐诗人白居易《东城桂三首》之三所说的：

> 遥知天上桂华孤，试问嫦娥更要无？月宫幸有闲田地，何不中央种两株？

天上桂华形单影孤，其设想已从世运人情之角度着眼，为神话思考进入人情化的逆向命题之后的表现；而所谓"月宫幸有闲田地"之认定以及"何不中央种两株"之反诘，则流露出一种视天上如人间、降圣地如俗世的诠释立场，使得圣凡之际严明的藩篱被撤销而彼此混沦不分，正与陆龟蒙的《新沙》诗出于同一机杼，展现了异曲同工之妙。就在此种诠释乐园空间的心理基础上，李商隐遂说出"海底翻无水，仙家却有村"[①]这种意象奇特、不可以常理思度的诗句，一个群聚众多神仙而居的村落实与现实世间的墟里人烟无异，唯有透过乐园空间的现实人间化，才能潜入深层的心理因素而得到较佳的解释。

既然现实世界的因素得以堂皇入侵，而瓦解神圣空间的封闭性，则神话中的乐园也不再是超时间的生命居所，而成为充满了凄冷

---

① （唐）李商隐：《魏侯第东北楼堂郢叔言别聊用书所见成篇》，（清）康熙敕编：《全唐诗》（北京：中华书局：1990年2月），卷540。

荒败之感的墓穴,其中最深沉的行动和观照往往都和"死亡"相关;不论是具体形质上骨肉之躯的朽灭,或是抽象层面上精神心灵的绝望,这个承袭自前人而外表依然富丽堂皇的仙境,其中却弥漫着广义的死亡气息。不但神仙的神圣性被解消(见本章第四节的剖析),"神仙不死"的信仰遭到彻底的质疑(见上一节的论述),即连乐土园地中丰美恒新、生生不息的景象也随之减色,与我们在前面数章中所探讨的形形色色的乐园形态截然不同,因此圣地中充满了人世的俗情,永生的快乐满足被永劫的伤痛愁悲所取代,而原本属于"春夏原型"的温暖场面也随之变换成"秋冬原型"的萧瑟背景,原本弥漫在乐园神话中代表了丰收、满足、逍遥与安适而充满生机之喜悦的"春夏"气息,已因为人情化与世俗化的趋势而不可避免地落入时序的轮回,笼罩在"秋冬型"的肃杀之气中。借由弗莱原型论,我们更充分地掌握到乐园崩毁的种种具体意象[①],以中晚唐时三位大量运用神话仙说入诗的诗人为例,在李贺的诗里,神人仙女活动的空间背景往往是阴暗湿冷的,诸如:

- 女娲炼石补天处,石破天惊逗秋雨。……吴质不眠倚桂树,露脚斜飞湿寒兔。(《李凭箜篌引》)

---

① 弗莱原型论之论点乃出自其 The Archetypes of Literature 一文,收入[美]约翰·维克雷编:《神话与文学》(上海:上海文艺出版社,1995年4月)。另外可参黄维梁:《春的悦豫与秋的阴沉——试用弗莱"原型论"观点析杜甫的"客至"与"登高"》,收入中国古典文学研究会主编:《古典文学》第7集上册(台北:台湾学生书局,1985年)。

- 老兔寒蟾泣天色，云楼半开壁斜白。玉轮轧露湿团光，鸾佩相逢桂香陌。(《梦天》)
- 天河夜转漂回星，银浦流云学水声。玉宫桂树花未落，仙妾采香垂佩缨。(《天上谣》)
- 筠竹千年老不死，长伴神娥盖湘水。蛮娘吟弄满寒空，九山静绿泪花红。离鸾别凤烟梧中，巫云蜀雨遥相通。幽愁秋气上青枫，涼夜波间吟古龙。(《湘妃》)
- 瑶姬一去一千年，丁香筇竹啼老猿。古祠近月蟾桂寒，椒花坠红湿云间。(《巫山高》)

天泣秋雨、露脚斜飞，云雨相通、烟雾迷蒙，甚至天河中流云学水之声亦琳琅可闻，于是湿了月中寒兔与云间坠红之椒花，即连月轮之运行也是"湿团光"这种充满了水气迷蒙之感的奇特意象，有黏着不开、阴郁冷凝的困限之情，却再也无晴朗爽豁、令人思欲纵身高翔的联翩之想。此外在李商隐的作品里，我们同样可以注意到"其神话中人物与情节开展自身之内容意义的环境背景，多具有高寒、清寂、深幽、贵重却凉冷的质感，不论是瑶池、月宫、银汉、青天、碧海、紫府之地，或是清漏、锦瑟、碧箫、宝钗、金殿、玉楼、春露、云波、霜雪、湘泪、水光、云梯、星石、水精帘与云母屏等等构设物，多来自冷坚凉硬而不失贵重之质地，传达一种偏向寒色系的无温度感……精致而孤冷如冰"[①]。如以下引诗皆为其例证：

[①] 见欧丽娟：《李商隐诗之神话表现》，《编译馆刊》第24卷第1期，页6，后收入欧丽娟：《唐诗的多维视野》。

- 恐是仙家好别离，故教迢递作佳期。由来碧落银河畔，可要金风玉露时。(《辛未七夕》)
- 昨夜西池凉露满，桂花吹断月中香。(《昨夜》)
- 欲就麻姑买沧海，一杯春露冷如冰。(《谒山》)
- 云母屏风烛影深，长河渐落晓星沉。常娥应悔偷灵药，碧海青天夜夜心。(《常娥》)

而晚于李商隐的曹唐，其驱遣众多神仙题材所完成的大规模游仙组诗中，也一致地表现出同质的调性，李丰楙指出："在全部的作品中，曹唐心目中的仙界，其整体的印象又如何？从他惯于使用的触觉意象及部分关键字则大有意味：其中出现最多的诸如寒、冷、冻、清、凉；加以他又特别喜用稀、疏、残、尽、闭；如果再配合上风、露及水等意象，不禁让人觉得洞天的清冷，仙人所居的世界是深闭而幽深的。"① 从这些描述可见，乐园内部的异质化已是一种无法遏抑的潮流，成为中晚唐诗人一致肯认的普遍的心象表达。如果再加上第四章所述，曾经作为追忆中黄金乐园之舞台的长安胜地，在失乐园之后沦为萧索清寂的残破荒原，以及前一章我们所分析的，中晚唐时桃源乐地被引进了暗夜意象及森冷触感的现象，我们便可以清楚而完整地看到：乐园空间的崩毁实乃出自于整个时代精神与诗歌心灵的共同趋势。崩毁的方式可以是间接的、外在的，用一种追寻落空的迷失来架空对乐园的信仰；也可以是直接的、内

---

① 详参李丰楙：《曹唐〈小游仙诗〉的神仙世界初探》，《忧与游：六朝隋唐游仙诗论集》（台北：台湾学生书局，1996年3月），页254。

部的,从根本处瓦解了乐园存在的先决条件,策略容或有异,却殊途同归地达成了解构乐园的一致目标。

乐园内部空间之崩毁,可以晚唐司空图之诗加以总括:"曾闻劫火到蓬壶,缩尽鳌头海亦枯。"① 原来逍遥无忧的蓬莱仙境已无法免于劫火的焚掠而受难蒙尘,连其四周作为乐园屏障的浩瀚海水也蒸腾干涸,再不能发挥隔离护卫的功能。相较之下,乐园之外部空间又如何?李贺、赵嘏、李商隐、聂夷中、曹唐等中晚唐诗人有志一同地描写了一种步步尘埃、劫灰飞尽的苍茫景观:

- 羲和敲日玻璃声,劫灰飞尽古今平。(李贺《秦王饮酒诗》)
- 愁是独寻归路去,人间步步是尘埃。(赵嘏《早出洞仙观》)
- 年华若到经风雨,便是胡僧话劫灰。(李商隐《寄恼韩同年时韩住萧洞二首》之一)
- 海隅久已无春色,地底真成有劫灰。(聂夷中《闻人说海北事有感》)
- 洞里有天春寂寂,人间无路月茫茫。(曹唐《仙子洞中有怀刘阮》)

在赵嘏的诗里,提出一个两重世界的鲜明对比:出了洞仙观之后,展开的是一条孤独忧愁的归向人间之路,而"人间步步是尘埃"一句,无论所指的是个人困蹇难行的遭遇,还是世间不堪闻问的污

---

① (唐)司空图:《狂题十八首》之十八,(清)康熙敕编:《全唐诗》,卷634。

浊，总之乐园之外已是满地泥泞、举步维艰，每一个步伐都沦入"尘埃"所代表的虚幻，与曹唐所言的"人间无路月茫茫"同一绝境。对李贺而言，则古今都不过是在迅速流逝的岁月中消亡的同义词，在"羲和敲日"的永恒对照之下，古今的差别已毫无意义，所谓的"古今平"即是此意；因此眼前世界之不堪寄托，也就不言可喻。至于李商隐更是别具心眼，想象经过了风雨之后，后人之视今也犹如一场残余劫灰，所谓"若到艳阳已去，风雨送春之日，则芳华都歇，犹遭厄历劫，惟存劫火余灰而已"[①]，则此风雨年华岂非正是历劫的过程？而历劫的过程一旦被提前意识到的时候，又能有多少真正无忧忘机的慰足之情？于是心的枯朽如灰也往往成为晚年的杜甫以及众多中晚唐诗人的自我感受：

- 白发千茎雪，丹心一寸灰。（杜甫《郑驸马池台喜遇郑广文同饮》）
- 眼穿当落日，心死着寒灰。（杜甫《自京窜至凤翔喜达行在所三首》之一）
- 寒草根未死，愁人心已枯。（孟郊《送从叔校书简南归》）
- 噫贫气已焚，噫死心更灰。（孟郊《吊卢殷十首》之三）
- 岁晏仰空宇，心事若寒灰。（韦应物《秋夜二首》之二）
- 鬓毛遇病双如雪，心绪逢秋一似灰。（白居易《百花亭晚望夜归》）

---

① 引自（唐）李商隐著，刘学锴、余恕诚集解：《李商隐诗歌集解》，页188。

- 浔阳迁客为居士,身似浮云心似灰。(白居易《赠韦炼师》)
- 空余客方寸,依旧似寒灰。(白居易《闻雷》)
- 心灰不及炉中火,鬓雪多于砌下霜。(白居易《冬至夜》)
- 君骨久为土,我心长似灰。(元稹《江陵三梦》之三)
- 长安有男儿,二十心已朽。(李贺《赠陈商》)
- 我当二十不得意,一心愁谢如枯兰。(李贺《开愁歌》)
- 云门不闭全无事,心外沉然一聚灰。(李山甫《山中病后作》)

如此则天地之间希望所系的最后方寸之地也沦入枯朽的灰烬之中,再无退路。可见"劫灰"的概念被深刻认知并大量运用,除了强化沧桑的时间感之外,也同时显示一种无处依凭的空间感,正与乐园之被架空而徒劳追寻的心理状态一致。如此一来,"青苔白石已成尘"[①]的乐园内部景观恰与"人间步步是尘埃"的乐园外围景象连成一气,因此严格说来,乐园用以区隔里外的藩篱或围墙已消泯不存,原本封闭的空间也敞开大门,与广大的现实人间化为一体。

而相应于如此残缺的乐园空间,其中宜于开展的情节内容,也非温暖的爱情、欢乐的团聚和热闹的庆典,反而转以描述有关"生离死别""沧桑变化"的主题,以及经营"孤寂""幽怨"之类的氛围,才是崩毁后的乐园舞台上搬演的压轴戏码。这就是第四节所要探讨的"人情化"的趋势,展现出一种与一般神话心理相反的逆向思考。

---

① (唐)曹唐:《刘阮再到天台不复见诸仙子》,(清)康熙敕编:《全唐诗》,卷640。

第三节　圣性的解消

在"圣地"的沦灭之外，存在于圣地中的神人圣物也同样不能免于变调的命运。

德籍哲学家卡西尔曾于《人论》一书中表明神话所赖以建立的基本构成，乃在于"信仰"的要素："在神话想象中，总是暗含有一种相信的活动。没有对它的对象的实在性的相信，神话就会失去它的根基。"① 但在中晚唐诗歌中所表现的神话世界，其中的"相信的活动"却明显地走上被否定之路。整个中晚唐所展现的神话乐园的崩坍，同时也就是一个又一个的神人、神物不断地被解除神性的过程；这并不同于对神话世界的直接否定，一开始就以神话世界实际上并不存在的认定而弃之不顾，因为此种作法只是在表层上使神话世界被忽略，却不足以使之毁坏；神话世界依然存在，只是隐没不彰。但是在中晚唐乐园崩溃的现象中，却是先预设了神话乐园的存有并肯定其实在性，第二个步骤再接以瓦解其神性与圣质的工作，如此一来，就在意识层形成了自我否定的局面，于是神话世界的根基才真正从内部遭到了大幅的动摇，甚至于导致了彻底的粉碎。

神人之神性的解消，可以从后文"人情化的重新定位"得见；而神话世界中包括鸾凤青鸟、仙鹤神马在内的种种神物，其神性的解消也是全面而一致的。以马为例，武帝时，李广利伐大宛取回汗

---

① 见［德］恩斯特·卡西尔著，甘阳译：《人论》，第 7 章，页 96。

血马，号称天马①，《史记·大宛传》载：大宛"多善马，马汗血，其先天马子也。"《集解》引《汉书音义》曰："大宛国有高山，其上有马，不可得，因取五色母马置其下，与交，生驹汗血，因号曰天马子。"②武帝本人又极为耽迷于成仙以永保权势富贵，再加上传说中黄帝驾神马乘黄以成仙，而周穆王亦驾八马升天，并欢会西王母于瑶池的故事③，马遂与神仙产生联系，成为通天的使者。但李贺、李商隐、曹唐这三位中晚唐诗人却别出心裁，以世俗化的叙写角度创作下列诸诗云：

- 武帝爱神仙，烧金得紫烟。厩中皆肉马，不解上青天。（李贺《马诗》）
- 神仙有分岂关情，八马虚追落日行。（李商隐《华岳下题西王母庙》）
- 鹤叫凤悲竹叶疏，谁来五岭拜云车。人间肉马无轻步，踏破先生一卷书。（曹唐《小游仙诗九十八首》之三六）

李贺、曹唐诗中所谓的"肉马"也者，乃兼含"肥马"与"凡马"

---

① 《汉书·武帝纪》载：太初四年春，"二师将军（李）广利斩大宛王首，获汗血马来，作西极天马之歌。"（汉）班固著，（唐）颜师古注：《汉书》（台北：鼎文书局，1991年9月），卷6，页202。

② （汉）司马迁：《史记》（台北：鼎文书局，1993年2月），卷123，页3160。

③ 《汉书·礼乐志》应劭注："訾黄一名乘黄，龙翼而马身，黄帝乘之而仙。"（汉）班固著，（唐）颜师古注：《汉书》，卷22，页1060。周穆王事则见《穆天子传》卷1、《列子》的记载。

之义。肉躯浊重，本非轻举远扬之质，故"无轻步"而"不解上青天"，如此一来马与神仙的关系便被彻底否决，也就断绝了以马为凭借的升天途径；甚至连兼具神仙之质的周穆王，其赖以升天的坐骑"八马"也只落得"虚追落日"的徒劳而已！从这些诗里我们可以清楚地看到：马的无能仅仅是否定神仙之路的一个步骤或一个环节，除此之外，李贺所谓的"武帝爱神仙，烧金得紫烟"，完全与晚唐诗人曹唐的诗句如出一辙："谁知汉武无仙骨，满灶黄金成白烟。"① 坚硬贵重的黄金在烈火之中煎熬烧炼，最后却一无所得地化为阵阵轻烟而去，帝王执迷奢费的求仙之举也沦为一场烟消云散的梦呓；而马的神性更终究只是经不起现实考验的虚构，破除了神话的想象之后，它的真正能力是只能永远在沉重的大地上匍匐前进。

另外一种与游仙或升天更为密切相关的媒介，乃是仙禽之属的鹤鸟。凡是描写仙家道观或方外之地的清景幽致时，体态轻盈飘逸的鹤往往是点染的意象之一，如陈朝张正见的《神仙篇》中有"玄都府里驾青牛，紫盖山中乘白鹤"之句，唐代则有卢照邻《过东山谷口》的"野老堪成鹤，山神或化鸠"、宋之问《缑山庙》的"王子宾仙去，飘飘笙鹤飞"、孟浩然《游精思题观主山房》的"舞鹤过闲砌，飞猿啸密林"、王维《山居即事》的"鹤巢松树遍，人访荜门稀"、李白《寻雍尊师隐居》的"花暖青牛卧，松高白鹤眠"、常建《宿王昌龄隐居》的"余亦谢时去，西山鸾鹤群"、刘长卿《送

---

① 此乃（唐）张为：《诗人主客图》中所辑之零篇散句，见（清）康熙敕编：《全唐诗》，卷641，页7353。

方外上人》的"孤云将野鹤，岂向人间住"等，其例不可胜数。然而此种逍遥脱略于世外清静之地的禽鸟，在进入中晚唐诗人的视野时，其沟通仙凡之间的角色或任务也不免遭到了质疑，诗人想象出以下的情节：

- 有鹤冰在翅，竟久力难飞。（孟郊《寄卢虔使君》）
- 梧桐莫更翻清露，孤鹤从来不得眠。（李商隐《西亭》）
- 辽鹤（一作"寡鹄"）迷苍壑，羁凰怨翠梧。（李商隐《圣女祠》）
- 鹤不西飞龙不行，露干云破洞箫清。（曹唐《小游仙诗九十八首》之三一）
- 海上桃花千树开，麻姑一去不知来。辽东老鹤应慵惰，教探桑田便不回。（曹唐《小游仙诗九十八首》之四六）

在孟郊笔下，原本应高飞远举的仙鹤已因翅翼结冰而力困难飞，与李商隐《海上谣》所说的"紫鸾不肯舞，满翅蓬山雪"可谓异曲同工；在《西亭》诗里，李商隐设想一只于清露滴寒、枝叶翻飞的梧桐树上"从来不得眠"的孤鹤，是如何饱受命运困蹇、生事不定的飘转之苦，而未尝领受安稳栖宿的幸福，其个人之辛酸况味也深寓其中，因此于《圣女祠》诗中有"辽鹤迷苍壑"这种充满迷失惶惑、无路可通的意象；对曹唐而言，仙鹤奉派执行探访桑田的任务却一去不回，其原因则是因为感染了人类的惰性，所谓"辽东老鹤应慵惰"的推测，完全是将人性的弱点推"人"及"鹤"的结果；此外，曹唐也揭示出仙境败灭的表征：露干、云破、洞箫清，游仙所见的景象竟充满枯瘠残破的荒凉，则"鹤不西飞龙不行"的断言，若非是指控鹤与龙之怠惰乃是造成仙境枯残的主因，便是反过来感慨覆巢之下无完卵，种种"不行""不西飞"等否定语词乃在说明仙境瓦解之后，仙禽神兽之超越能力也遭到取消的困境。无论如何，鹤之为仙禽，却不能自外于孤寂飘荡、荒嬉怠惰或困顿无力等属于界限经验（boundary experience）的范畴，而浸染了人生之无奈与人性之弱点，此又是乐园走调过程中的一个变奏。

在月宫神话中，与嫦娥共享永恒生命的兔与蟾，随着嫦娥及其他神人遭到人情化重新定位的大环境趋势，同时也面临了圣性解消的类似处境。此一现象在李贺诗中最为集中而明显，试观以下诸作：

- 女娲炼石补天处，石破天惊逗秋雨。……吴质不眠倚桂树，露脚斜飞湿寒兔。（《李凭箜篌引》）
- 老兔寒蟾泣天色，云楼半开壁斜白。玉轮轧露湿团光，鸾佩相逢桂香陌。（《梦天》）
- 瑶姬一去一千年，丁香筇竹啼老猿。古祠近月蟾桂寒，椒花坠红湿云间。（《巫山高》）

此外李商隐、曹唐、罗隐亦云：

- 桂水寒于江，玉兔秋冷咽。（李商隐《海上谣》）
- 兔寒蟾冷桂花白，此夜姮娥应断肠。（李商隐《月夕》）

- 月浪冲天天宇湿,凉蟾落尽疏星入。(李商隐《燕台四首·秋》)
- 堕月兔毛干觳觫,失云龙骨瘦牙槎。(曹唐《病马五首呈郑校书章三吴十五先辈》)
- 背冷金蟾滑,毛寒玉兔顽。姮娥谩偷药,长寡老中闲。(罗隐《秋夕对月》)

可见在这些中晚唐诗人的心目中,乐园的空间已然不复原有的温暖和融的春天气息,此一吴质、仙妾、瑶姬等神人活动的仙境竟是如此阴郁湿冷,连月轮之运行也是"轧露湿团光"这种充满了水气迷蒙之感的奇特意象,因而构成了乐园空间崩毁的一个表征,此点已于上一节充分论述;随之而来的相应联想,便是蟾寒兔老,泣泪、冷咽于秋气衰飒之中,如此寒透、湿浸、泪流、毛干而老侵的神物已不复有圣性可言,反倒无法抗拒地被一一卷入乐园瓦解的潮流之中,成为现实力量堂皇入侵之后一个个忍苦含悲的乐园残片,而无一例外。

于是麒麟、鸾凤之属也结伴挥别过去被赋加的祥瑞、温暖、圣洁之性,沦为背负着生命苦楚的卑微存在:

- 昆仑使者无消息,茂陵烟树生愁色。……麒麟背上石文裂,虬龙鳞下红肢折。(李贺《昆仑使者》)
- 石轧铜杯,吟咏枯瘁。苍鸾摆血,白凤下肺。(李贺《假龙吟歌》)

- 翩联桂花坠秋月，孤鸾惊啼商丝发。（李贺《李夫人》）
- 离鸾别凤烟梧中，巫云蜀雨遥相通。（李贺《湘妃》）
- 长眉凝绿几千年，清凉堪老镜中鸾。（李贺《贝宫夫人》）
- 鸾步独无侣，鹤音仍寡俦。（孟郊《投赠张端公》）
- 紫鸾不肯舞，满翅蓬山雪。（李商隐《海上谣》）
- 鸾凤期一举，燕雀不相饶。（李商隐《送从翁从东川弘农尚书幕》）
- 天东日出天西下，雌凤孤飞女龙寡。（李商隐《燕台四首·冬》）
- 枉教紫凤无栖处，斫作秋琴弹坏陵。（李商隐《蜀桐》）
- 万里峰峦归路迷，未判容彩借山鸡。（李商隐《凤》）

李贺《昆仑使者》中的"麒麟""虬龙"指的是武帝陵墓前用以镇邪的石兽，而其"背上石文裂"和"鳞下红肢折"的描写本在烘托荒冢残败之象，借以讽刺武帝乃至所有人类妄想成仙的无益；但随着不死之希望的幻灭，麒麟的存在依据也完全粉碎，成为倒卧于古坟之前被无情岁月磨损消蚀的一堆残石。而前此杜甫在《曲江二首》之一中，也曾因苦于有志难伸而强自以人生短暂来自我宽解，感慨道："江上小堂巢翡翠，苑边高冢卧麒麟。"由此遂逼出"细推物理须行乐，何用浮荣绊此身"之类故作达观放旷的论调。其中，杜甫之"苑边高冢卧麒麟"与李贺此诗之"麒麟背上石文裂"无论在用语或指涉上都十分相近，似乎颇具渊源关系，但细究起来，李贺诗之意象造境皆显得更为尖锐耸动，由温和的倒卧激化为强烈的折裂，其力度与破坏性使视觉上充满突兀刺戟的惧怖感，而加深了麒麟之圣性乃不可依恃的印象。再对麒麟之外的鸾凤进行观察：于李贺诗中，离鸾别凤徒劳遥隔，甚至于惊啼不已、悲老于镜中；于李商隐诗里，此种神鸟总是笼罩于迷茫凄怆的感伤之中，或是已"满翅蓬山雪"而欲振乏力，或是受到"燕雀不相饶"而举翅难飞，或是因蜀桐斫断而无所归依，或是因"万里峰峦归路迷"而流离失所，总之已全然失落乐园的保障。

更有甚者，除了超越能力的丧失之外，鸾凤的容彩外观甚至与山鸡俗物混淆难辨，到了以假乱真、圣俗不分的地步，所谓"未判容彩借山鸡"，其沦落可想而知。最惨绝的意象是李贺《假龙吟歌》所描写的，鸾凤竟须伤肺沥血地唱出凄哀婉转之声，如王琦注云："《汉武内传》：药有蒙山白凤之肺、灵邱苍鸾之血。摆，击也，禽鸟当摆血下肺之时，其声必凄哀婉转，此状其声亦如之也。"[①] 则鸾凤又不能免于身心的锥裂之痛，而与啼血之杜鹃具有同类之间亲密的孪生关系。如此一来，此种《山海经》中以歌舞为乐[②]，且"见则天下和"的瑞鸟[③]，也彻底完成了世俗化的阶段任务，展现出在圣性瓦解之后，或是透过无力感、迷失感的融入，或是降格与世俗

---

① 见（清）王琦：《李长吉歌诗汇解》外集，（唐）李贺著，（清）王琦等注：《李贺诗注》，页173。

② 《海外西经》《大荒南经》《大荒西经》和《海内经》中皆载："鸾鸟自歌，凤鸟自舞。"分见袁珂注：《山海经校注》（台北：里仁书局，1982年8月），页222、372、397、457。

③ 引见《海内经》，袁珂注：《山海经校注》，页457。

之山鸡、杜鹃类同的颠覆手法，来重新塑造出一种迥异于既有信仰的残缺形象。

所有神物之圣性解消的过程中，最显着的例子是表现于"龙"的身上。在过去，龙本是兴云致雨、见首不见尾的空中瑞兽或水中神物。对它所握有的神通与生杀大权——也就是降下农业国家中足以决定广大人民是丰饱足食、还是饥馁冻饿的霖雨，人们大多是抱以崇拜敬畏和仰望祈求的态度；而"龙种"一词往往是做为对具有高贵不凡之血统或特异秀出之禀赋的人一种最高的赞美，如杜甫《哀王孙》诗中云："高帝子孙尽隆准，龙种自与常人殊。"即是如此。但是这套一直代表着光明、希望、灵异与神圣不可侵犯而被深信不疑的圣灵系统，到了中晚唐时代却也无法免于被颠覆拆解的潮流，龙的神圣形象与祥瑞清和的象征意义开始从内部变质。首先我们可以注意到与其他神物一致的"残冷化"意象，也同样表现在龙的身上，如：

- 绕堤龙骨冷，拂岸鸭头香。（李贺《同沈驸马赋得御沟水》）
- 山头老桂吹古香，雌龙怨吟寒水光。（李贺《帝子歌》）
- 幽怨秋气上青枫，凉夜波间吟古龙。（李贺《湘妃》）
- 六龙飞辔长相窘，更忍乘危自着鞭。（司空图《狂题十八首》之十五）

诗中的龙是在"寒水光""秋气凉夜"的背景下"骨冷"或"怨吟"，甚至因"长相窘"而"自着鞭"，凄苦之感溢于言表。但中唐诗人瓦解其圣性的策略中，最特别的是白居易、李贺等人所采取的"庸俗化"手法，白居易诗中出现的龙，即是神性遭到质疑之后的产物：

- 龙门点额意何如？红尾青鬐却返初。见说在天行雨苦，为龙未必胜为鱼。(《点额鱼》)
- 黑潭水深色如墨，传有神龙人不识。潭上架屋官立祠，龙不能神人神之。丰凶水旱与疾疫，乡里皆言龙所为。家家养豚漉清酒，朝祈暮赛依巫口。神之来兮风飘飘，纸钱动兮云伞摇。神之去兮风亦静，香火灭兮杯盘冷。肉堆潭岸石，酒泼庙前草；不知神龙飨几多，林鼠山狐长醉饱。狐何幸？豚何辜？年年杀豚将馁狐。狐假龙神食豚尽，九重泉底龙知无？(《黑潭龙》)

两诗中的龙，一个是"未必胜为鱼"，以在天行雨为苦的凡庸之辈；一个是昏聩无知而"不能神"，任凭酒肉祭品为林鼠山狐恣意取用以至于醉饱，却自始至终藏首敛尾于水深色墨的黑潭之中不声不响，其神圣性完全是"人不识"却又"人神之"的愚昧造成的结果，诗人甚至为因祭祀的需要而无辜牺牲的猪豚深感不值，可见两处之龙都不复其原有之凛然神威与灵妙如验的神性面貌。固然此两首作品都非单纯的咏物，而属别有寓托之作，如"点额"本是考试落第之意，因此《点额鱼》一诗的创作，乃是在以"鱼跃龙门则化龙"来比喻登科之后即身价非凡的象征传统上，所进行的翻案技巧的表现，而以类似"高处不胜寒"的手法，来为落第的不幸取得宽解；而《黑潭龙》本是白居易亲自编入因事立题、实践兼济之志的"讽谕"诗类，为诗人最为看重的社会写实之作[①]，其题下自注："疾贪吏也。"可知诗人创作的主旨乃在讥刺地方官员淫祠伤财，为了诞幻的龙神而虚耗民力的背德之举。但就在别有寓托的同时，素材本身的处理已然经过了转化而改变既有的性质，同时这种转化或改变不啻展现了对龙之神性的质疑；而质疑的产生，其实也就意味着幻灭的开始。

于是龙常常沦落为如牛羊豕之类可供人食用的肉兽，如白居易《九年十一月二十一日感事而作》一诗云："麒麟作脯龙为醢，何似泥中曳尾龟。"李贺的《将进酒》诗中也表示欲"烹龙炮凤玉脂泣"，于《苦昼短》一诗中甚至在质疑"神君何在？太一安有？"之后，紧接着说道：

> 天东有若木，下置衔烛龙。吾将斩龙足，嚼龙肉，使之朝不得回，夜不得伏。自然老者不死，少者不哭。

[①] 其《与元九书》云："自拾遗以来，凡所适、所感，关于美刺兴比者；又自武德讫元和，因事立题，题为新乐府者，共一百五十首，谓之'讽谕诗'。……仆志在兼济，行在独善；奉而始终之则为道，言而发明之则为诗。谓之'讽谕诗'，兼济之志也；谓之'闲适诗'，独善之义也。故览仆诗，知仆之道焉。……今仆之诗，人所爱者，悉不过杂律诗与《长恨歌》以下耳。俗之所重，仆之所轻。"收入（唐）白居易著，顾学颉点校：《白居易集》（北京：中华书局，1985年10月），卷45，页964—965。

原始神话中，"烛龙"乃是决定明晦变化之关键，是照亮阴暗的光的来源，《山海经·大荒北经》称："有神，人面蛇身而赤，直目正乘，其瞑乃晦，其视乃明，不食不寝不息，风雨是谒。是烛九阴，是谓烛龙。"郭璞注云："照九阴之幽阴也。"[1] 可见自古以来在解释自然现象的神话系统中，烛龙便被确立为一种举足轻重的神兽；但是李贺却以坚定的语气宣称他将"斩龙足，嚼龙肉"，使它丧失了主宰宇宙运行的神圣不可侵犯性，而沦为任人宰割的俎上肉。如此，李贺在另一首《天上谣》所描写的情况也就不足为奇了：

> 秦妃卷帘北窗晓，窗前植桐青凤小。王子吹笙鹅管长，呼龙耕烟种瑶草。

《海内十洲记》曾载："方丈洲在东海中心……上专是群龙所聚。群仙不欲升天者，皆往来此洲，受太玄生箓。仙家数十万，耕田种芝草，课计顷亩，如种稻状。"[2] 此即贺诗之所本；然而李贺所谓"呼龙耕烟种瑶草"则与"仙家数十万，耕田种芝草"的原始说法有所出入，透过微小却巧妙的改造，不但补足原有情节的漏洞，使耕种一事涉及的环节更加面面俱到，而且细究起来，在仙界中呼龙务耕乃是理有必然之事，更显出诗人的匠心慧眼。但是从神话情节的改造结果看来，神龙遭到降格，而与世间牛只一样担负犁耕土地的苦

---

[1] 袁珂注：《山海经校注》，页483、489。
[2] （汉）东方朔撰：《海内十洲记》，《景印文渊阁四库全书》第1042册（台北：台湾商务印书馆，1986年7月），页278。

力，沦为举步艰辛而劳动无期的役兽，却无异也走上了世俗化而削减其神圣性的异化之路。

另一方面，与"世俗化"的策略相比，龙被取消圣性的另一个方式则更为奇特，其内涵表现恰与中晚唐时，诗人的视野或注意力转向幽冥阴界的精神趋势一致化，而将其原有的光明、祥和、正大、希望与神奇的圣洁光环倒转过来，成为与黑夜、阴暗、幽阒以及惨淡火光跳跃闪动的魅异世界联想在一起的"神怪"，充满了诡谲惊悚的迷离气氛。此一颠覆的手法主要是透过韩愈、李贺之手而完成的，因此在韩、李诗中，神龙的形象并不是传统中来自朗朗天庭的光明使者，确切言之，反倒不如说它更接近于阴界魔域的灵异幻象。试看李贺的《神弦曲》一诗曰：

> 西山日没东山昏，旋风吹马马踏云。画弦素管声浅繁，花裙綷縩步秋尘。桂叶刷风桂坠子，青狸哭血寒狐死。古壁彩虹金帖尾，雨工骑入秋潭水。百年老鸮成木魅，笑声碧火巢中起。

王琦注云："《神弦曲》者，乃祭祀神祇，弦歌以娱神之曲也。此诗言狸哭狐死、火起鸮巢，是所祈者其诛邪讨魅之神欤？"[①] 可见邪魅之气为全诗之构成主调，奉祀的神祇亦属阴神之类。在此阴晦

---

① 见（清）王琦：《李长吉歌诗汇解》，卷4，(唐)李贺著，(清)王琦等注：《李贺诗注》，页150。

悚动的祭祀过程中,古壁上所绘的金尾彩龙成精作祟,而为雷霆之神——"雨工"的神力所制伏,在被"骑入秋潭水"后便销声匿迹;接着鸮魅也被神力所惊,于巢中随碧色磷火啸叫着腾起,至此则结束了诛邪讨魅的仪式。虽然这是一首颂扬神力的诗作,但整体诗境却极力渲染凄厉惊悚的邪魅景象,火光闪动中彩金耀目的虬龙完全是和青狸、寒狐、化成木魅的百年老鸮同类的邪祟之物,艳极亦复魅极,更增添其妖异之气。

用此种手法刻划的龙,于韩愈集中的相关作品更多、也更突显:

- 天昏地黑蛟龙移,雷惊电激雄雌随。(《龙移》)
- 共传滇神出水献,赤龙拔须血淋漓。(《和虞部卢四汀酬翰林钱七徽赤藤杖歌》)
- 赤龙黑鸟烧口热,翎鬣倒侧相搪撑。婪酣大肚遭一饱,饥肠彻死无由鸣。(《月蚀诗效玉川子作》)
- 洞庭连天九疑高,蛟龙出没猩鼯号。(《八月十五夜赠张功曹》)

构成神龙身上及其周边景象的,主要乃是红与黑之类充满危险警示的色调,所谓"天昏地黑""赤龙拔须血淋漓""赤龙黑鸟烧口热"等描写,交织渲染出一种强烈耸动而具有刺戟力的视觉效果;伴随其出没的,则是雷惊电激和猩鼯哀号等凄厉的音响,此一听觉效果更加强其整体的阴魅幽诡之形象,与李贺《神弦曲》所描写的"青狸哭血寒狐死"和"笑声碧火巢中起"也具有异曲同工之妙。因此,所谓的"龙"本质上已迥异于过去的神兽,反而等同于韩愈自承的"鬼物":

> 须臾静扫众峰出,仰见突兀撑青空。紫盖连延接天柱,石廪腾掷堆祝融。森然魄动下马拜,松柏一径趋灵宫。粉墙丹柱动光彩,鬼物图画填青红。(《谒衡岳庙遂宿岳寺题门楼》)

同样的光彩闪动,同样是粉墙丹柱上填绘着青红的图画,设色凄艳,光影魅异,如此"鬼物"岂非正是李贺《神弦曲》中"古壁彩虹金帖尾"的同类?虽未明言为龙,却是不中亦不远矣。

学者曾指出这种怪力乱神式的意象塑造乃源自于社会上佛寺壁画艺术风气所造成的影响:

> 唐代佛寺所画的奇踪,大要不离"神鬼龙兽,魍魎魑魅",这些怪诞的事物大量地出现在伽兰的佛殿神廊,成为中国绘画史上的一代奇迹。……由于韩愈经常接触这一类图画,在趣味情感上与此忻合无间。这种长时期以来形成的美感经验,竟能在一定程度上牵制着诗人的艺术创造。……这一些诗,能够把神龙描绘得这样富有逼真感,从当时的文化艺术环境中颇有原因可找。我们知道,唐代寺庙壁画所描绘的事物,对神龙变相的刻划尤为精妙。……这就可见,把神龙作为一种艺术形象来刻划,实由唐代佛教壁画首开其端。韩愈这样喜欢在诗中写

龙，毫无疑问是受到了这一风气的影响。①

此一说法将龙的特殊塑造手法与佛教壁画的刻绘方式联系起来，的确指引我们一种文化上外缘因素的启发；但是，我们在看到了影响已然发生的现象之后，必须进一步追问的是：既然佛教壁画是"长时期以来形成的美感经验"，至少在唐朝创建前数百年的宗教文化中，就已经出现"南朝四百八十寺"（杜牧《江南春绝句》）的盛况，为何其明显对诗歌产生影响的时间，却是迟至中唐的时候才发生，而不是在更早的盛唐、乃至于初唐？而接触此种壁画的诗人，之所以能够"在趣味情感上与此忻合无间"的道理又何在？这两个问题其实是一体的两面。就第一个问题而言，陈允吉虽然已指出此一诗史上的现象，谓："唐代寺庙壁画的出现，首先影响到杜甫，杜甫诗集中有少数作品，已经显露出尚怪的端倪，这种现象似与寺庙壁画不无关系。以后又影响到韩愈、卢仝和李贺，这在他们诗中表现得愈加显著深刻。"②却仍未明其所以然之故；而此一说法不但印证了我们的观察，也再度浮显我们适才所提出的两个疑问。

欲解答这些问题，势必得回归于时代心灵的内在转变，才能取得较令人满意的解释。正如本章所论述的主旨，紧接着盛唐乐园的失落之后，杜甫是第一位首当其冲而感受深刻的大诗人，随之而来的中晚唐则是一个全面面临着乐园崩溃的时代，由光明、希望、信

---

① 引自陈允吉：《论唐代寺庙壁画对韩愈诗歌的影响》，《唐诗中的佛教思想》，页145—147。
② 陈允吉：《论唐代寺庙壁画对韩愈诗歌的影响》，《唐诗中的佛教思想》，页160。

仰、美好、永恒等正面元素所构成的圣性，已进入整体性的、结构上的转向或瓦解，因此开放了阴暗、绝望、丑怪、短暂、幻灭等负面元素进入心灵视野的大好机会，由此也才足以解释"神龙变相"的描写先于杜甫诗中初露端倪，而后大量地见诸韩愈诗中，并且在其他诗人如李贺、卢仝等身上都同样可以看到的原因，此点可详参下一章之论述；同时，同是中唐诗人的白居易所采取的方式虽与神龙变相的塑造法有异，却无碍于一起被纳入此一"解消圣性"的诠释框架之中，得到适当而相应的一席之地，而中晚唐时代所步向的乐园崩毁之路，便越加清楚而周延了。

除了天马、仙鹤、玉兔、月蟾、麒麟、鸾凤以及神龙等动物类属之外，乐园中植物类属的仙葩仙果如蟠桃、白莲等，也都不能免于变调的曲式，而无法完全保持其处于原始乐园中时应有的丰硕、芳美与欣欣向荣。晚唐李商隐、陆龟蒙、曹唐诸位诗人一致地描绘出以下的景象：

- 海底觅仙人，香桃如瘦骨。（李商隐《海上谣》）
- 蟠桃花老华阳东，轩后登真谢六宫。（曹唐《仙都即景》）
- 鼎湖看不见，零落数枝莲。（曹唐《仙都即景》）
- 素花多蒙别艳欺，此花端合在瑶池。无情有恨何人觉，月晓风清欲坠时。（陆龟蒙《白莲》）

就仙桃而言，我们在李商隐诗里看到的是仙境沦入海底，就中所见之物乃是"香桃如瘦骨"，则此桃之干瘪瘦瘠、难以下咽已不言可喻,而食之可以长生的神力自然大打折扣;至于曹唐远游仙都时,即景所见者虽非如瘦骨般的香桃,却也是"蟠桃花老",其凋萎失色之衰容亦可以想见,如此一来,《汉武内传》所记载的"三千年一生实"①以及唐代诗人所相信的"三千年一开花"的说法②也面临了动摇的局面,失去其原本由三千年之时间跨度所暗示的永恒不变的属性。固然花落结实本是植物类生成繁衍所必经的过程,本不足为奇;但诗人由世间生命的生灭之道启发联想,并选择从衰落的角度切入的方式,捕捉其枯瘠干瘦或衰谢老去的一面,则无疑已对乐园中永保青春与永恒的信仰产生了动摇。

就瑶池中的莲花而言,曹唐于仙都所见者,厥为"零落数枝"的残败景象,不复其亭亭玉立、雍容华贵的丰姿;而陆龟蒙也指出,应在西天瑶池中倚风舒放的白莲花,却是"多蒙别艳欺",其素净无瑕的圣洁非但未曾将之引入出尘无忧的超然境界,反而为它赢得"无情有恨"而悄然坠落于月晓风清之时的命运。其中"无情有恨何人觉"一句乃袭自李贺《昌谷北园新笋四首》之二的"无情有恨何人见",两者之间字句与神韵的近似,在在说明了中晚唐之间精神血缘一脉相通的关系,而李贺诗中所描写"露压烟啼千万枝"的无尽恨怨也自然转移到白莲的处境上。于是此一瑶池仙葩便沦入世情翻腾的深渊之中,使其静定自适、超俗忘情的原始乐园本质也

---

① 见(宋)李昉等编:《太平广记》(台北:文史哲出版社,1981年),卷3,页15。
② 如曹唐《小游仙诗九十八首》之五十三云:"千岁红桃香破鼻。"其六十四亦曰:"三千年后知谁在,拟种红桃待放花"等可见一斑。

遭到剥除而不复存在。

总上文之探讨可见，乐园的崩毁是一个彻底而环环相扣的精神性行动，牵动了每一种园中神物的存在情境，使他们从既有的位置上被连根拔起，并一一逐出乐园之外；而瓦解圣性与神质的步调接连踵至的结果，便是加深和扩大乐园崩毁的程度与范围，越发使乐园成为难以追寻或复返的虚妄空幻。此外，从诗史的角度进行历时性的观察，我们依然可以发现到乐园意识在中晚唐之际进入结构性的瓦解过程的现象并不是突发的、无征兆的，以神龙之圣性解消为例，杜甫已曾透露其中讯息，其《戏为韦偃双松图歌》云："白摧朽骨龙虎死，黑入太阴雷雨垂。"风雨如晦、黑幕深处阴雷暴响之际，龙虎死去、白骨已摧折枯朽，用以形容图上双松之遒劲苍森，所谓"皮裂故干之剥蚀如龙虎骨朽，枝回故气之阴森如雷雨下垂"①，确然十分耸动有力。但比起韩愈等中晚唐诗人的作品，杜甫的叙述是直接、片段而简短的点染，未有整体的塑造和长篇的铺陈，因而缺乏灵异阴魅之意境表现。可见盛唐时已初发而偶见的端倪，到了中晚唐时始得到充分的酝酿而成熟，以至于更全面而明确地构成了普遍的表述系统，宣告一个新视野的转换已然大功告成。如果说前期所见有关乐园崩溃之意识萌动只是潜在的因子，则此时中晚唐所展现的便是外显的成型；此点由神物"圣性的解消"之分析可再次得证。

---

① （清）朱鹤龄注语，引自（唐）杜甫著，（清）杨伦笺注：《杜诗镜铨》（台北：汉京文化事业公司，1983年9月），卷7，页328。

第四节　人情化——神话思考的反命题

所谓"神话思考",是指借由神话的构设,而有意地传达、或无意间流露出种种有关情感之需求、弥补现实之缺憾,以及对自然现象之解释、对历史人文之安排等等的普遍心理。基本上而言,神话思考的起点是一种欲将人心带离茫昧黑暗之状态,并脱离自身所无法控制之困境的强烈欲望,于是在此一基本心理背景下,神话中情节与人物的编造往往便先天地内蕴了一种追求光明、希望以完成心灵救赎,或是执行自我意志的贯彻以超越环境限制等基本要素,持续而顽强地构成了乐园从创设到维护的存在过程中最不可或缺的动力泉源,同时也成为保存乐园之神圣性与超越性的重要保障。

但是我们从中晚唐之际才逐渐扩大与明朗化的乐园崩溃的现象中发现:原本一直护卫着乐园外围的屏障已被人情俗理所彻底动摇,乐土与圣地再也无法免于人世中一切残缺、绝望、黑暗、凄冷与死亡等冬季寒流的袭卷,而不复其圆满、希望、光明、温暖与生生不息等春天愉悦的气息;同时,人类种种烦恼之所由生的情感欲求也莫不一一渗透进来,于是"圣"与"凡"所赖以区隔的距离和分界也随之全盘解消而泯灭。此种透过人情化的逆向思考,而促使神话乐园之幻灭的显著现象,以某些主题的表现最为突出,前述对死亡意象的关注、乐园空间的崩毁、神物之圣性的解消等皆是此一神话逆向思考的结果;同时我们在第二节结尾时曾经指出:以描述有关生离死别、沧桑变化的主题，以及经营孤寂、幽怨之类的氛围，才是崩毁后的乐园舞台上搬演的首要戏码，这也是人情化表现之大端。

试看壶中天地以及桃花源等乐园空间所开展的故事内容，所谓：

- 十二楼前再拜辞，灵风正满碧桃枝。壶中若是有天地，又向壶中伤别离。（李商隐《赠白道者》）
- 再到天台访玉真，青苔白石已成尘。笙歌寂寞闲深洞，云鹤萧条绝旧邻。草树总非前度色，烟霞不似往年春。桃花流水依旧在，不见当时劝酒人。（曹唐《刘阮再到天台不复见诸仙子》）

第一首李商隐《赠白道者》诗运用的"壶中天地"典故乃出自于《后汉书·方术传》：

> 费长房者，汝南人也，曾为市掾。市中有老翁卖药，悬一壶于肆头，及市罢，辄跳入壶中。市人莫之见。唯长房于楼上睹之，异焉，因往再拜奉酒脯。翁知长房之意其神也，谓之曰："子明日可更来。"长房旦日复诣翁，翁乃与俱入壶中，唯见玉堂严丽，旨酒甘肴盈衍其中，共饮毕而出。翁约不听与人言之。后乃就楼上候长房曰："我神仙之人，以过见责，今事

毕当去，子宁能相随乎？……"①

一说"壶中天地"的典故另有出处，乃是《云笈七签》所载：

> （施存）学大丹之道……后遇张申，为云台治官，常悬一壶，如五升器大，变化为天地，中有日月，如世间。夜宿其内，自号"壶天"，人谓曰"壶公"。②

其实两条资料之内容构设十分接近，不论是费长房所师之市中老翁，或是施存所遇之治官张申，都有一伸缩自如、其中别有洞天的"壶"，实即道教信仰中的福居仙境。这样一个谪降之神仙所居的丰赡堂皇的壶中乐园，在盛唐时曾引发李白深致向往之意，而谓："饮酒入玉壶，藏身以为宝。"③但到了晚唐李商隐的想象里，此一壶中天地却是一再地"伤别离"的场所，所谓"又向壶中伤别离"，则原始情境中共享喜乐而逍遥自适的圆足之意便一笔勾销，完全不复得见。至于曹唐诗所展现的桃花源，是一个水流人去、寂寞萧条的世界，所谓"青苔白石已成尘""草树总非前度色""桃花流水依旧在，不见当时劝酒人"，随着当时劝酒人的失落不见，此一美好

---

① 南朝（宋）范晔著，（唐）李贤注：《后汉书》（台北：鼎文书局，1991年9月），页2743。
② 见（宋）张君房：《云笈七签》，卷28"二十八治"，引自彭庆生、曲令启编：《诗词典故辞典》（太原：书海出版社，1990年12月），页328。
③ （唐）李白：《拟古诗十二首》之八。

所在中的绿草碧树相对地黯然失色，青苔白石也已消蚀成尘，比诸"物是人非"的对照更有过之而无不及，乃将人间离别与大自然沧桑变迁两大主题结合为一的表现；再加上情色主题的引入，也使得桃源超然于世俗之外的特质益发隐没不彰。透过此种"重墨浓彩"的笔法，产生了相乘相加的作用，而使乐园的颓圮越发彻底，此点可与前一章第五节之论述相参。

在这样的背景下，存在于超俗世界中的神仙人物同时受到"人情化"的反向设想，而展现出前面所谓"有关生离死别、沧桑变化和孤寂幽怨"的尘俗形象。如同中唐诗人李贺便以"人情化"的角度重新构思相关素材，于《金铜仙人辞汉歌》一诗中，取材汉武帝铸成以为求仙之用的金铜仙人，因魏明帝下诏迁徙而被迫辞别长安的历史记载，进一步点染情节、铺陈故事，而敷衍成以下的描述：

> 茂陵刘郎秋风客，夜闻马嘶晓无迹。画栏桂树悬秋香，三十六宫土花碧。魏官牵车指千里，东关酸风射眸子。空将汉月出宫门，忆君清泪如铅水。衰兰送客咸阳道，天若有情天亦老。携盘独出月荒凉，渭城已远波声小。

全诗透过时间上由汉至魏的朝代陵夷、空间上长安由盛而衰的荒凉景致，集中渲染客观世界的历史兴亡与人事代谢之感，从而烘托出金铜仙人屹立数百年之久的孤独的坚持，以及伴随此一"孤独的坚持"而来的寂寞酸辛和苦恋悲情；更将此种出于"屹立数百年之久的孤独的坚持"而益发酸辛的苦恋悲情，激荡成波澜壮阔的唯情宣言，进而声称"天若有情天亦老"，遂使天地万物都不免于纵身情海时所带来的幸福与创痛。于是诗中不仅仅出现了"衰兰送客咸阳道"的拟人化情景，更有在荒凉月色之下告别故乡的金铜仙人"忆君清泪如铅水"的奇异画面。而此一画面其实蕴藏着比美学意义更为深沉的思想意涵：妄想长生不死的汉武帝早已沦为茂陵中的一把尘土，终究只化为秋风中倏忽如寄的过客，而证成其身为"刘郎"所具备的凡夫俗子的本质；相反地，因为求仙的目的而铸造的"金铜仙人"不但没有完成汉武帝不死的愿望，却适得其反地以坚固难销的金属质地背负着柔软易变的情感内容，即使历经数百年的时间变化，都依然深切忆念着他的创造者汉武帝，更在回忆之创痛和离别之感伤蓄积到了饱满的临界点之际，融化了金属的冰冷与无情，而落下温热沉重、清澈无瑕的铅质泪水。以"忆君清泪如铅水"为中心，整首诗包含了艺术想象上的奇突与科学认知上的矛盾，却正好展现了李贺特殊的世界观，也就是借由汉武帝求仙之举的失败而间接否定永恒不朽的世界，又透过"金铜仙人"的人情化表现，而直接肯定一种比诸永恒不朽更为重要的、足以将客观世界消融的唯情存在；"情"或许是尘俗的，因隶属于短暂的人生而显得短暂有限，但却是原本以"永恒"为其制作目的、以"不朽"之金属为其材料质地的"金铜仙人"之所以存在的终极意义，如此一来，生命价值的评定与乐园追寻的方向便呈现大幅的翻转。此一因追求永恒而诞生的金铜仙人，在李贺的诠释之下，却注定要以不朽的金属之躯承载人世的生离死别之情而永无终止，为中晚唐诗人反向思考神话仙说的"人情化"表现提供了最有力的例证。

事实上，此种"人情化"的想象移转，更集中地表现在某些特定的"神人"身上；而表现的方式，则是迫使超越尘寰之上的神人重新面对他们原已解脱的种种"界限经验"（boundary experience）①，包括生离死别、哀愁懊悔、辛勤劳苦，以及寒冷、孤独、衰老与死亡等，终其一生不断地锢限着人们的沉重而又无能为力的负担，反向回到此岸世界中无法展翅超升之凡夫俗子的命运。先看以下诗例：

- 太阳不忍明，飞御皆惰怠。（韩愈《嘲酣睡二首》之一）
- 欲就麻姑买沧海，一杯春露冷如冰。（李商隐《谒山》）
- 彤阁钟鸣碧鹭飞，皇君催熨紫霞衣。丹房玉女心慵甚，贪看投壶不肯归。（曹唐《小游仙诗九十八首》之七十六）
- 九天王母皱蛾眉，惆怅无言倚桂枝。悔不长留穆天子，任将妻妾住瑶池。（曹唐《小游仙诗九十八首》之九十三）
- 蛾眉新画觉婵娟，斗走将花阿母边。仙曲教成慵不理，玉阶相簇打金钱。（司空图《游仙二首》之一）

瑶池王母是神人之中结合了美丽、权势、永恒与富足的代表，在神话系统中曾经吸引了周穆王、汉武帝等伟大帝王的极度向慕②，但

---

① 此乃德国存在主义学者雅斯贝尔斯（Karl Jaspers, 1883—1969）所提出的学说，参沈清松：《解除世界魔咒》（台北：时报文化公司，1984年8月），页157。
② 分参《穆天子传》卷3、《汉武帝内传》等记载。

在曹唐诗里，却是以皱眉惆怅而悔恨不已的形象出现，其"无言倚桂枝"所表现的柔弱无助之姿态，何尝有一丁点昔日的神威霸气可言？即连得道圆满的喜乐自亦丝毫不存，正与下文将会看到的嫦娥如出一辙。而前一节我们所看到，以"慵懒怠惰"的诠释来解消神物之圣性的策略，也同样发生在神人的身上：李商隐的《谒山》诗强烈质疑曾三见东海为桑田的神人麻姑的能力，使其"欲买沧海"的期望和托付竟然只得到"一杯春露冷如冰"这种完全不成比例的结果；曹唐描写当"皇君催熨紫霞衣"之时，"心慵甚"的玉女却"贪看投壶不肯归"，置紧急公务于不理；司空图想象王母身边之侍女也是"仙曲教成慵不理"，宁可进行"相簇打金钱"的游戏；韩愈则认为太阳之迟迟未出，乃是因为"飞御皆惰怠"的结果。由此种种神话人物心理与故事情节的重新构设与安排，则乐园中原有秩序的难以维持也就不难想见。此外，司空图诗中的仙女们又是"蛾眉新画""斗走将花"，又是"玉阶相簇打金钱"地玩耍，完全与世间小儿女的娇憨嬉闹一般无二，以人情加以转化的痕迹宛然可见。

另一方面，将解释天文和四季变化等大自然现象的神话传说，运用于诗中而表现出人情化之思考者，也有以下诸例：

- 青女丁宁结夜霜，羲和辛苦送朝阳。（李商隐《丹邱》）
- 姮娥捣药无时已，玉女投壶未肯休。（李商隐《寄远》）

诗中的"青女"乃是主霜雪之神，《淮南子·天文训》曰："至秋三月，地气不藏，乃收其杀，百虫蛰伏，静居闭户。青女乃出，以降霜雪。"东汉高诱注云:"青女,天神,青霄玉女,主霜雪也。"① "丁宁"者,本义为叮嘱,因与下句相对为文,而有仔细之意②;"羲和"则是传说中日车之御者,王逸注《离骚》谓:"羲和,日御也。"③此外,"玉女投壶"是解释天空发出闪电现象的神话,典出《神异经·东荒经》:"东荒山中有大石室,东王公居焉,长一丈,头发皓白……恒与一玉女投壶,每投千二百矫,设有入不出者,天为之医嘘;矫出而脱误不接者,天为之笑。"张华注曰:"言笑者,天口流火照灼,令天上不雨而有电光,是天笑也。"④这些原始资料虽然套上了神话的框架,原本却都只是对季节特性、太阳运行、月影闪电等自然现象单纯的解释而已。然而,李商隐在这些基本叙述中再加上"丁宁""辛苦""无时已"和"未肯休"等副词描写,便使得自然界大化的运行深深烙印着劳动的沉重感,而神人驱遣宇宙的伟大力量也只徒然沦为一场无休止的苦役,故冯浩注《丹邱》一联曰:"夜复夜、日复日也。"⑤ 明确地指出其无日或已的惨况。如此一来,乐园又岂能复存?乐园中悠闲从容的理想生活情境也显得荒谬无稽,此亦见"人情化移转"而反向思考的之一端。

至于中国民俗文化中属于热门题材的牛郎、织女传说,当然也

---

① 见(汉)刘安等撰,(汉)高诱注:《淮南子》(台北:艺文印书馆,1974年4月),卷3,页83。
② 参(唐)李商隐著,刘学锴、余恕诚集解:《李商隐诗歌集解》,页968。
③ 见(战国)屈原等著,(宋)洪兴祖注:《楚辞补注》(台北:长安出版社,1984年9月),页27。
④ 参考范之麟、吴庚舜主编:《全唐诗典故辞典》,"天笑"条,页256。
⑤ 见(唐)李商隐著,(清)冯浩笺注:《玉溪生诗集笺注》,卷3,页663。

不能自外于此一颠覆的潮流，诗人想象道：

- 海客乘槎上紫氛，星娥罢织一相闻。只应不惮牵牛妒，聊用支机石赠君。（李商隐《海客》）
- 恐是仙家好别离，故教迢递作佳期。由来碧落银河畔，可要金风玉露时。（李商隐《辛未七夕》）

当金风送爽、玉露凉透之时展开的七夕相会，乃是牛郎织女的故事在沉寂达一年之久的静默之后，蓄积到顶点而终于爆发出来的戏剧高潮，所谓"金风玉露一相逢，便胜却人间无数"①的说法，不但表现出对佳期难得的无限珍惜，而有别于凡夫俗女之蹉跎轻度；在思苦情悲之中，还蕴涵着一种坚贞不夺的志节，因此成为弥缝人世间破碎流离之爱情关系的理想典范。但在晚唐诗人笔下，善变的人性与长年独守之下微妙的心理反应都一一渗透进来了，如李商隐混用《博物志》所记"海边居人乘浮槎至天河"的故事，以及《荆楚岁时记》所载"张骞乘槎寻河源遇牛郎织女"的传说，而设想出外客入侵、星娥罢织的情节，使得原传说中用以取信海客的赠石之举，变质为彼此授受信物的私情表现，而命运拨弄之下无力抗拒的被动的分离，也被诠释为"恐是仙家好别离，故教迢递作佳期"这种充满主动性的自我选择的结果。于是"传统之爱情构图便不得不

---

① 此乃宋词人秦观《鹊桥仙》中的词句，见唐圭璋辑：《全宋词》（台北：洪氏出版社，1981年4月），卷1，页459。

染上三角关系的暧昧性质，破坏了原有的美好的信心与期待……不但推翻了原有的无奈之哀感与信守之庄严，反而添加一股辛辣的怀疑与嘲讽"①，而对神人之圣性的信仰也完全破灭。

再以嫦娥为例，盛唐时杜甫已隐约开启人情化移转的先端，其《月》诗云："斟酌姮娥寡，天寒耐九秋。"而稍早的李白于《把酒问月》中亦曾曰："白兔捣药秋复春，嫦娥孤栖与谁邻？"但这只是偶现的、点到为止的孤例，到中晚唐时代，则大规模地开展起来，嫦娥夜复夜地忍受孤独、抗拒寒冷，而原始神话思考中所渴慕的"永恒"却反过来成为神话人物不得不面对的酷刑：

- 碧空溶溶月华静，月里愁人吊孤影。（白居易《晚秋夜》）
- 谁能唤得姮娥下，引向堂前子细看？（元稹《八月十四日夜玩月》）
- 浪秉画舸忆蟾蜍，月娥未必婵娟子。（李商隐《燕台四首·冬》）
- 秋娥点滴不成泪，十二玉楼无故钉。（李商隐《无愁果有愁曲北齐歌》）
- 兔寒蟾冷桂花白，此夜姮娥应断肠。（李商隐《月夕》）
- 嫦娥衣薄不禁寒，蟾蜍夜艳秋河月。（李商隐《河内诗二首》之一）

---

① 欧丽娟：《李商隐诗之神话表现》，《编译馆馆刊》第 24 卷第 1 期，页 15，后收入欧丽娟：《唐诗的多维视野》。

- 嫦娥应悔偷灵药，碧海青天夜夜心。（李商隐《嫦娥诗》）
- 凤女颠狂成久别，月娥孀独好同游。（李商隐《和韩录事送宫人入道》）
- 姮娥无粉黛，只是逞婵娟。（李商隐《秋月》）
- 嫦娥老大应惆怅，倚泣苍苍桂一轮。（罗隐《咏月》）
- 背冷金蟾滑，毛寒玉兔顽。姮娥谩偷药，长寡老中闲。（罗隐《秋夕对月》）
- 朔风扣群木，严霜凋百草。借问月中人，安得长不老？（薛耀《子夜冬歌》）

原本嫦娥的窃药升天之举一方面表现出非凡的机智与勇气，另一方面又同时成就了不朽的生命而为无数世人欣羡仰望。但当神话已止于圆满自足之境时，中晚唐的白居易、元稹、李商隐、罗隐和薛耀等诗中却一致地继续延伸，且趋向于以负面的角度展开想象，使嫦娥或者成为难耐寂寞因而可以唤来"子细看""好同游"的女伴，非礼教的情色意味十分浓厚；或者成为"应悔偷灵药"而"衣薄不禁寒"的"愁人"，且其愁绪亦无人分担，唯有在"孀独"的孤寂中独自"惆怅""倚泣""吊孤影""点滴不成泪"而"应断肠"。更有甚者，在岁月的侵蚀之下，嫦娥再也无法长保永远的青春美貌，李商隐所谓的"姮娥无粉黛""月娥未必婵娟子"和薛耀所谓的"安得长不老"已然提出质疑，而罗隐的"嫦娥老大"与"长寡老中闲"则不但肯定其年迈衰朽，还指出嫦娥的月中光阴将是在"长寡"的漫长孤独里，度过此一老迈的永恒生命；则"碧海青天夜夜心"的无尽悔恨也成为永无解脱之日的心灵炼狱。

于是透过"人情化"的反向思考之后,产生了一个神话世界于创始之初所无法意料的反讽:原本因为神人取得了永恒无限的生命与操纵宇宙运作的超凡神力,因此才确保其无法动摇的神圣性,以维系来自俗世凡间的信仰;但到了此时,经过了时代思潮中"人情化"的移转之后,异质化的神仙世界却反使永恒的生命不再是丰饶、欢愉之享受的无限保障,而竟沦为日日夜夜永远不得解脱的苦牢,因为"永恒"本只是抽象的物理形式,其中所填充的如果是烦恼懊悔、悲伤痛苦、寒冷孤寂与职责任务,那么"永恒"所特有的静止无变化状态,将反过来成为助长这些"界限经验"不断持续的最有效力量,他们无法借由"死亡"来终止这种种灵与肉的苦役,因为"不死"本来就是神人才能享有的特权。而一旦不死,人类非但无法随着岁月迁化,自然地于命终之时形神俱亡而得到解脱,甚至连可以自主的"一了百了"的选择权都被一笔勾销而荡然无存。于是我们看到在此一由圣而俗的移转之中,乐园成为远比现实人间更加不幸的地方,"永恒"的力量使乐园变成束缚更紧的枷锁,而成为更加超脱无望的他界炼狱。因此李商隐《同学彭道士参寥》一诗曰:

莫羡仙家有上真,仙家暂谪亦千春。

曹唐《小游仙诗九十八首》之九十五也明白指出:

与君一别三千岁，却厌仙家日月长。

所谓"莫羡仙家有上真""却厌仙家日月长"之说，都同样显示一种与"永恒属性"之艳羡追求相反的负面立场与反常心理；而由"上真"与"日月长"所代表的"永恒性"一旦遭到了厌弃，人心之中对乐园的向往之情也就岌岌可危，乐园的存在自也势必沦为梦幻泡影。

在本章的第一节里，我们看到中晚唐诗歌中死亡意象大量跃增的现象，这种对人类经验中唯一无法重复、也无法累积传递的经验所产生的高度关注，不但使诗人立足的现世笼罩着死亡的阴影与哀歌，而千百年来一直栖身于彼岸乐园中享有死亡之豁免权的仙界神人，至此也再不能以永恒的姿态长保那静定不变的生之福祉。随着世界的倾斜崩陷，漂流的心灵也颠覆了既有的信念，于是死亡的势力突破了圣凡之间既定的分野，深入乐园的核心，而高奏胜利的凯歌：

- 西风吹老洞庭波，一夜湘君白发多。（唐温如《题龙阳县青草湖》）
- 几回天上葬神仙，漏声相将无断绝。（李贺《官街鼓》）
- 王母桃花千遍红，彭祖巫咸几回死。（李贺《浩歌》）
- 拜神得寿献天子，七星贯断姮娥死。（李贺《章和二年中》）
- 鹤发韬真世不知，日月星辰几回死。（李绅《赠毛仙翁》）

西风吹起、洞庭波老，湘水女神也一夜之间满头银丝，季节的衰飒与生命的朽灭结合成一股奔赴时间尽头的趋势；于是不但古之寿者彭祖、巫咸有如蜉蝣，即连服食了不死药的姮娥都步上死亡之途，而天上也举行过几回神仙和日月星辰的葬礼。由"死亡主题"的引入与大胆运用，人情化的神话逆向思考也就达到最为彻底的阶段。固然，追求长生久视的欲望并未中断，因为中国千百年来凝聚而成的仙寿不死的向往，早已普遍化成为整个民族的"集体潜意识"，有如灵魂的基因或胎记般，透过代代相传的记忆而成为规范人心的一大力量，因此同一时代的诗歌作品中仍不缺乏对神仙永生的钦慕，以及幻想仙界缥缈脱俗、辉煌缛丽的描写。但是，诗人思深感锐的笔端却也发出了质疑的声音，而这种质疑不仅仅只是偶发的、浮掠式的惊鸿一瞥，竟是进一步此呼彼应、相互连结，形成了另一种普遍性的宇宙观，也塑造了诠释上的新视野，可以说已达到结构性的转变程度。

这种种对于"原神话"的重塑手法或颠覆行动，若从社会的角度来观察，原即存在着大环境影响之下的因素可供解释：

其一，从乐园变调的种种情况可见，当诗人们面对传统的乐园神话时，并非一成不变地接受其"文本"材料，只顺势以某些可堪相应的感思进行艺术加工；恰恰相反，清朝诗评家贺裳《载酒园诗话》卷一便曾指出"晚唐人多好翻案"的时代风气[1]，这种诗坛上

---

[1] 收入郭绍虞辑：《清诗话续编》上册（台北：木铎出版社，1983年12月），页220。

流行的"翻案"作风，显示的是一种重新形塑既有传统信念的策略，乃是出自于有心而刻意的创作企图，一旦在众人群起仿效之后，便成为"集体显意识"的普遍表现，如杜牧、许浑、李商隐等人的咏史诗即常使用翻案技巧，以达到一新耳目的艺术效果。

其二，除了诗坛上流行的翻案风气之外，来自社会大环境的另一个较重要的影响，乃是来自"唐人的俗化"，而"将他们生活经验中的科考、恋爱或与女冠、女妓的奇特交往，与道教新神话连结为新的认知关系"，因而"游仙题材也就成为一种新的男性论述，支持了他们的狎邪行为"。① 例如在白居易的诗里，就曾出现相应的例证，其《酬赵秀才赠新登科诸先辈》一诗谓："莫羡蓬莱鸾鹤侣，道成羽翼自生身。君看名在丹台者，尽是人间修道人。"② 新登科者被视为"人间修道人"而"羽翼自生身"，朝廷亦成为仙境的代名词；另外在《醉后题李马二妓》诗中则称："疑是两般心未决，雨中神女月中仙。"③ 从诗题与诗句的对照来看，神女、月仙的妓女指涉已然十分明确，这些科考狎妓的社会背景与文学创作的比喻手法，都为仙道类神话世界之俗化提供了顺势而然的契机。

不过，虽然这些外缘因素的提出的确为我们廓清了一些文学史的疑难，对某些文学现象之发生也提供了十分贴切的背景，但我们应该更进一步探问的是：诗歌中的翻案技巧何以在此时才大兴起来？狎妓、科考等与诗人关系密切的现实生活和社会内容，为何在

---

① 李丰楙：《忧与游：六朝隋唐游仙诗论集》，"导论"，页22。
② （唐）白居易著，顾学颉点校：《白居易集》，卷13，页257。
③ （唐）白居易著，顾学颉点校：《白居易集》，卷15，页321。

此时才有创作上显著的反映？从六朝开始，道教文化与游仙题材已在诗歌领域里沿袭数百年之久，某些生活经验和社会风俗也持续有一长段的历史，既然这些特定的现实因素及社会条件没有本质性的变化，何以至此才发生如此广泛而大规模的改造运动？而且，这一股改造的潮流还并不限于道教与游仙的范畴里发生，几乎各个神话或传说领域中的"文本"材料都被此一重塑的潮流袭卷而不能自外？这种种问题都是我们不得不进一步深究的。由此可见，这个"重塑神话"的现象并非仅以某种特殊对象或特殊经验（如科考、狎妓）即可彻底解释，亦非原就有局限性的"男性论述"便足以涵盖。[1]

考量这些问题之后，我们认为：以上两项社会风气或创作习惯，其所以能够在中晚唐时得到深入影响神话与诗的契机，厥在于此际乐园意识已然崩溃的深层心理。因此"翻案"不只是矫俗干名、标新立异的诗歌创作技巧而已，它可被视为一种试图超越既有之人生视野，使既有之已然世界被重新观照、重新诠释的表现，因此是具有主动性的世界观的运作。如晚唐诗人曹唐也在翻案的文学风气中，"采用神话诗的手法，精简地叙事神话事件而写出《大、小游仙诗》，将原有的神话情节重新改造、翻案，达到类似诗剧的演出效果……能集中处理人神之间的'情'，特别是运用临别和初见的关键场景，完全表现出原有神话中所未曾处理的人物内心的活动。"[2] 而这样一种前所未有的特殊改造与翻案所呈示出来的结果，

---

[1] "男性论述"之说，见李丰楙：《忧与游：六朝隋唐游仙诗论集》，"导论"，页22。

[2] 李丰楙：《忧与游：六朝隋唐游仙诗论集》，"导论"，页22。

我们发现都一一指向了神话的俗化过程，而神话的俗化过程同时也就是"人情化"的过程，意指经由"人情"的角度来重新思考神话人物之性格与情节之发展的其他可能性。而我们更发现：各个不同的神话内容一致地朝向"神话思考的逆命题"而得到反向的安排与定位，显现出一种重返残缺的诠释，因而与原神话的创作心理产生了以下的歧异：

原神话创作的心理模式：

现实缺憾 ——→ 追求与超越 —— 心理弥补作用 ——→ 神话的圆满

原神话思考的逆反命题：

既有神话的圆满 ——→ 人情化之想象移转 ——→ 更深的缺憾[①]

就在"人情化之想象移转"之后所导致的原神话思考的逆反命题中，中晚唐诗人面对了更深的生命缺憾；而俗世之缺憾深层渗透的结果，人心中最为温暖而美好的乐园向往，也就遭到了崩毁、变调的厄运。

---

① 此简图参考欧丽娟：《李商隐诗之神话表现》，《编译馆馆刊》第 24 卷第 1 期，页 15、16，后收入欧丽娟：《唐诗的多维视野》。

第八章
结语：乐园意识转变的关键

于前面数章所探讨的个别基础上，此处我们可以再进一步透过历时性纵向观察的方式，将唐诗中所呈现的理想世界的主题或类型重新加以整理，如此一来，不但能够清楚地归纳出唐代诗人之乐园意识与时俱变的轨迹，而分梳出一条理路，将表面上似乎各自为政的主题讨论纳入到一个较有系统的论述体系之中；同时也可以借由这样一种历时性观察的文学史角度，提供另一种更宏观的视野，将前面各章未及点明的现象加以强化。

在整个有唐一代乐园意识发展变迁、消长起落的曲线中，首先我们注意到其中存在着某些不为时代所限的乐园主题，透过稳固的原型形态和特定的内容指涉，而贯穿了整个唐朝诗歌的历史。诸如自古以来即一以贯之的对现实世界的理想规画，展现出一种既具备改造现实的世俗性，又融合了怀旧与回归的静态特质，因而形成了极为奇特的"乐园式的乌托邦"，充满了远古理想国的回光。而将积极安顿社会人群的理想，更进一步推扩及于整个宇宙万物，便形成了物我一体的自然伦理，在人与万物都各得其所的期许中，进行益加宏阔的理想世界的建构，同时也在物我毫无嫌猜、彼此泯化交融的忘机时刻，领略到深切的乐园感受。此外还有"由迷而悟"的心理变化，也是超越了历史断限的乐园追寻的模式，展示的是人类精神活动的典型样貌。

但是除了这些较不为时代所限的特定主题之外，其他的乐园类型的探讨，却指出一个乐园意识会随着时间的移换而有机调整的事实。其中消长变化的曲线，可依时代大略勾勒如下：

初唐漫长的一百年中，是一个处于传统既有之格局，而表面上似乎乏善可陈，内部却在不断吸收与酝酿的准备时期，在了无新意的表面现象里，也完成其转型与过渡的历史工作，如第六章第三节论桃花源意象之回归隐逸调性，即是初唐时期的贡献。

紧接着初唐之后的盛唐是各种形态之乐园具体表现与充分实践的时代，不但是远古理想国的再现，所谓的"开元全盛日"，体现了儒家在《礼记·礼运》中所提出的大同理想，因而在失落之后，更成为杜甫及中晚唐诗人追忆中繁华灿烂的永恒原乡；此外，此时也是田园诗大盛的时期。事实上，并非以田园素材为创作内涵的就叫作"田园诗"，因为在真实的田园生活中，其实还包括了晨兴暮归的辛勤、春耕夏耘的劳苦、日晒雨淋的消蚀与风刀霜剑的侵逼，更严重的是来自于节候失时、晴雨无度等自然灾害所造成的饥馑冻馁的威胁，再加上贪官暴吏、人谋不臧等人为因素所带来的填尸沟壑的隐忧，因此就其全部实质而言，严格说来并不完全等同于任何意义下所谓乐土的复制或再版。职是之故，中国诗歌史上对田园生活的描写乃与时而变，随着时代的演进而有不同的内容和角度，葛晓音女士曾勾勒其间流变的轨迹，谓：

田园生活虽在《诗经》中就有所表现,而且可以算得上是诗歌的一种题材,但人们公认的"田园诗派"却以陶渊明为创始人。这是因为《诗经》中的田园题材以农家苦为基本内容,而"田园诗"狭义的概念实际上是指讴吟农村宁静悠闲生活的牧歌。这种田园诗由陶渊明开创之后,为初唐王绩所接续。主要流行于盛唐。中唐以后,以田园生活为题材的诗歌虽然数量更多,但主题又转为反映农民生活的疾苦,因此从主旨、情调到表现方式都与盛唐以前的田园诗迥异其趣,不宜再纳入狭义的田园诗的范畴。①

由此段引文可知,在有关田园题材的运用上,田园开始以理想乐土之面目出现,而以农村生活宁静悠闲的一面为诗人所颂赞,形成了后世认定的"田园诗",这是在陶渊明的手中完成的。更重要的一点是:自陶渊明之后,对作为美好乐园而被歌咏的田园的描写,主要是集中于盛唐的诗坛上,此一现象最发人深省的地方,乃在于盛唐诗人集众人之力形成的牧歌大合唱,不但使"田园—乐园"的意识结构得以充分成熟,由田园通往乐园的感情纽带更为强韧巩固,同时也反映出整个盛唐的时代精神正如席勒对诗歌的看法一样:"如果理想成了欢乐的对象,也就是它作为一种现实被表现时,其作品

---

① 见葛晓音:《山水田园诗派研究》(沈阳:辽宁大学出版社,1993年1月),第3章"从陶渊明到王绩",页71。

就是牧歌。"① 换句话说，田园诗的蓬勃发展，代表了某种理想追求的完成，而乐园的人间化也在此种理想与现实相结合的情境下得到了实现的机会，亦即乐园的探寻不必是出世的、舍离人间的，却在吾人立足的周遭现实界中便可当下认取，这才是田园牧歌在唐诗里所揭露的深层含意。

就在田园的恬静美好被盛唐诗人以欣羡的眼光热烈歌咏，因而赋予了一种明确属于乐园的价值之际，同一阶段同时也是桃花源意象开展出种种高度心灵境界的时期，王维、孟浩然、李白、杜甫等诗人都透过桃花源意象的新诠释，而使乐园意识得到空前之开展，并蔚为大观。

但是，随着安史之乱冲破了盛唐乐园的藩篱，而进入了历史上与诗歌史上的中晚唐之后，这些正面的乐园意识便产生了两大变化：

第一个变化最为特别，因为它引导了一个崭新而前所未有的乐园主题的诞生，此即是玄宗朝的开元、天宝时期，在安史乱后沦丧而破灭的时候，却因此一跃而成为此后诗人一意缅怀的"失乐园"。从历史发展的轨迹中观察，开元、天宝时期有如另一个"永恒回归"的新坐标，当现实中真实的盛世失去之后，反而是心灵的乐园诞生的契机与开端，为"唯一真实的乐园就是失去的乐园"这句话再添注脚；而如此特异的乐园意识不但是唐诗所独具的，因此在唐诗的

---

① 见[法]费伦茨·特克依：《论屈原二题》引述，钱林森编：《牧女与蚕娘——法国汉学家论中国古诗》（上海：上海古籍出版社，1990年6月），页134。

研究中十分醒目，同时当此一乐园意识清晰浮显的时候，也是其他盛唐时被信仰、被深信的乐园内涵瓦解和破灭的开始。于是我们看到了乐园意识彼此也在消长并且互相取代，一个新乐园意识的诞生与其他原有乐园意识的消亡形成了双向的架构，也就是建构的活动与解构的过程并行不悖，矛盾之中却又十分合理。

因此，乐园意识在中晚唐时所发生的第二个变化，便是沦入了乐园崩溃的阶段。所谓的"乐园的崩溃"，其意义实与"乐园意识的泯除"完全不同，两者属于完全不同的表述：后者主要是对超越现实之外的乐园"存而不论"，有无可否皆无所萦怀，因此表现出来的，也就缺乏对遁入彼岸以求超越与蜕变的关心；但乐园的崩溃则完全有别于此，因为其前提是必得先行肯认乐园的存在（虽然乐园的存在乃是一种虚构的真实、想象的真实），然后再接以瓦解或架空的第二步骤，于是在其存在的概念已被确立之余，又进一步施加瓦解的策略，经此双重的程序之后，乐园的内涵才真正遭受到彻底的颠覆；而对乐园世界"虚构的真实"进行进一步的解构与否决，便形成了"幻中之幻"的彻底虚无。于是我们就可以清楚地区分其间的绝对差异：如果说"乐园意识的泯除"带来的是一个空白的"无何有之乡"，则"乐园的崩溃"所展现的便是一处荒败残缺的废墟，除了第七章专述其整个心灵状态、意象表现的变调外，透过第四章第五节以及第六章第五节等论述的联系，更充分显示出此一时代的精神趋势。

以下便将全书所论唐诗中之乐园意识，其由初唐到晚唐变化代兴的情况表列如下：

	初唐	盛唐	中晚唐
	以"圣君贤相"为枢纽，带有远古理想国之回光的人文世界的乌托邦		
	从人文世界推及自然伦理，追求物我交融、万物各得其所的宇宙和谐		
	借由"寻道"之历程所激发的内在超越，以及圣地的净化与启悟		
桃花源主题	从南朝的仙化主题中逐步脱离，由方外而方内地开展隐逸的调性	个性化原则的充分发挥： 1. 孟浩然：老庄境界的提出 2. 王维：佛门净土的指涉与庄禅合一的境界 3. 李白：与和谐闲适相结合的名山圣地 4. 杜甫：万物均等、一慈同化的乌托邦	一、世俗化： 1. 时间感的带入，而进入历史时间的变动不居之状态 2. 情色的引进（桃花源＝游仙窟）：以两性关系为内容 二、漠视现象：如白居易、杜牧、李商隐使桃花源之乐园价值隐没不彰
		安史之乱	"开元、天宝盛世"作为追忆中曾经具体实存之"失乐园"的新乐园意识出现
			乐园的变调： 如"圣地的崩毁""圣物的俗化""神人的世情化"所带来的哀歌表述
日月意象	日升月出的创生性积极健动清光朗照下的详和闲适或温馨有情 （见下文之论述）		日落残阳的衰迟无奈月冷光寒中的森魅阴郁 （见下文之论述）

我们综合各章的探讨，还可以透过文学史的历时性观察而注意到一个特殊的现象，亦即"开元天宝"新乐园主题的诞生，和整个乐园意识的崩溃，都是在中晚唐时才明显突出于时代视野之上，但

其肇端则在盛唐的杜甫。

杜甫之为开元天宝的新乐园主题的开创者，自是毫无疑义；而乐园意识崩溃的端倪早在杜甫身上也已浮现出来，因此杜甫是唐诗中乐园意识转变的一大关键，许多乐园崩溃的不和谐曲式都可以在杜甫的吟唱歌咏中追溯到变调的起音，而在杜甫身上体现为"建构开元、天宝之新乐园"与"解构旧有之乐园想象"的综合性枢纽；其后随着时代的推移，单一孤立的起音才逐渐扩大为澎湃广泛的主调。

以月宫神话为例，以李杜为主的盛唐时期，此一神话由圣而俗的破解已稍稍肇其端绪，如李白对神话中的嫦娥曾提出隐微的质疑，其《把酒问月》一诗道："白兔捣药秋复春，嫦娥孤栖与谁邻？"[1]而杜甫则较之更进一层，《月》诗中云："兔应疑鹤发，蟾亦恋貂裘。斟酌姮娥寡，天寒耐九秋。"[2]质疑的范围已稍加扩大。固然此时的萌芽初露与后来中晚唐的波澜壮阔，其间仍有一长段的距离有待跨越，如学者曾指出：

> 李杜对于景物采用白描的手法，一切景物以真实的面目呈现，却仍见情，造成人与物完全复合的效果，这是因为李杜能以丰盛的生命力逼近一切意象物……使得一切经手的素材，

---

[1] 见（唐）李白著，（清）瞿蜕园注：《李白集校注》（台北：里仁书局，1981年3月），卷20。

[2] 见（唐）杜甫著，（清）仇兆鳌注：《杜诗详注》（台北：里仁书局，1980年7月），卷17。

> 无不转生。……但这（指嫦娥诗）只是借原形的神话很质朴地加以抒情，而且在这则作品之后，并没有具有暗示力的系统意象，因此不能像李义山的嫦娥诗那般幽婉深曲，而这番幽深的意味，得以完全具象化。①

而由盛唐的李杜偶然的"白描手法"，到晚唐的李商隐"具有暗示力的系统意象"，其间清楚显示了乐园之崩解由表面到内在、由浮面到深层的过程。

除了月宫神话之外，杜甫进行乐园变调的笔锋还扫掠过神龙之属的圣物，在第七章第三节中，我们曾引述学者的研究曰："唐代寺庙壁画的出现，首先影响到杜甫，杜甫诗集中有少数作品，已经显露出尚怪的端倪，这种现象似与寺庙壁画不无关系。以后又影响到韩愈、卢仝和李贺，这在他们诗中表现得愈加显着深刻。"②在杜甫作品中，如《禹庙》诗所云："荒庭垂橘柚，古屋画龙蛇。云气

---

① 引自陈器文：《自月意象的嬗变论李义山的月世界》，张仁青编：《李商隐诗研究论文集》（台北：天工出版社，1984年9月），页615—616。此中所谓"李杜能以丰盛的生命力逼近一切意象物……使得一切经手的素材，无不转生"的特质，先前叶嘉莹已有此说，其云：除了是写实诗人的巨擘之外，"杜甫同时却又是一位感情最为深厚热挚的诗人，他经常把他自己的一份强烈的感情，投注于他所写的一切事物上，使之因诗人的感情与人格的投注，而呈现了意象化的意味"。叶嘉莹：《从比较现代的观点看几首中国旧诗》，《迦陵谈诗》（台北：三民书局，1984年1月），页280。

② 见陈允吉：《论唐代寺庙壁画对韩愈诗歌的影响》，《唐诗中的佛教思想》（台北：商鼎文化出版社，1993年12月），页160。

生虚壁,江深走白沙。"便已开始展现寺庙壁画的影响;而杜诗中此一"尚怪"的风格与中晚唐诗神似的现象,其实古代诗评家已稍有察觉,如清人蒋弱六曾评杜甫《荆南兵马使太常卿赵公大食刀歌》一诗云:

> 如百宝装成,满纸光怪,造字造句,在昌黎、长吉之间。①

又同朝贺贻孙也认为:

> 少陵诗中如"白摧朽骨龙虎死"等语,似李长吉。②

两处所谓的"在昌黎、长吉之间""似李长吉",正指出杜甫对于中晚唐诗人而言,所具有开先启后的地位。其他在中晚唐时大量涌现的死亡、森冷的意象,在杜甫集中也颇有所见,如《兵车行》的"新鬼烦冤旧鬼哭,天阴雨湿声啾啾"、《哀江头》的"明眸皓齿今何在?血污游魂归不得"、《玉华宫》的"阴房鬼火青,坏道哀湍泻"、《梦李白二首》之一的"魂来枫林青,魂返关塞黑"、《祠南夕望》的"山鬼迷春竹,湘娥倚暮花"、《戏为韦偃双松图歌》的"白摧朽骨龙虎死,黑入太阴雷雨垂",以及《咏怀古迹五首》之三的"独留

---

① (唐)杜甫著,(清)杨伦笺注:《杜诗镜铨》(台北:汉京文化事业公司,1983年9月),页731。
② (清)贺贻孙:《诗筏》,郭绍虞辑:《清诗话续编》(台北:木铎出版社,1983年12月),页143。

青冢向黄昏。……环佩空归月夜魂"等①，其阴森耸动可视为初盛唐时代之仅见，但到了中晚唐时，此种意象便表现得特别集中而醒目了。

有趣的是，在乐园崩解的前后，乐园中所展现的日月原型也随之转变。

日本汉学家吉川幸次郎在观察由六朝到唐代的诗歌演变时，曾提出一个饶富趣味的心得，他说：

> 大体上唐诗与六朝诗的不同之处在于，六朝诗还只是追随感觉而被动的，相对于它，唐诗则更为能动，更深入到无限定的世界。做为诗中出现的形象，如夕阳、斜阳、斜照、落日、落照之类形容西下日光的词语，很容易断言这是中国任何时代的诗中都普遍存在的形象，但在六朝诗中却很少见，搜求起来必须花费力气。但到了唐诗，以杜甫诗为代表，就大量出现了。甚至达到了成为程式的程度。……夕日、柳絮，这都是暗示某种不安定的世界的形象，对它们的敏感，到唐诗急遽增高了。这在历来的文学史上好像还没有注意过。……杜甫在唐代诗人中正是最能体现这个方向的。②

---

① 数诗分见（唐）杜甫著，（清）仇兆鳌注：《杜诗详注》，卷2、卷4、卷5、卷7、卷22、卷9、卷17。
② 见[日]吉川幸次郎著，孙昌武译：《杜甫的诗论与诗》，萧涤非主编：《唐代文学论丛》总第七辑（西安：陕西人民出版社，1986年1月），页71。

这样一种透过数百年之时间跨度所进行的诗史观察而提出的看法，自有其敏锐的眼光与细密的研究，才能在单一意象上得到如此新颖独到的发现，对后学者有所启发；但也因为涉及的对象太多、时段太长，因此不免有所参差。事实上，吉川氏所指出"夕阳、斜阳、斜照、落日、落照之类形容西下日光的词语"，真正大量出现的时期，精确一点来说，应是以杜甫之后的中晚唐为最；也就是在中晚唐的诗作中，夕阳意象才真正称得上是"达到了成为程式的程度"。而吉川幸次郎所说"对它们的敏感，到唐诗急遽增高了"，并未明确指出此一唐诗本身份期上的正确归属，但他对杜甫的看法，所谓"以杜甫诗为代表，就大量出现了"，却颇能符应我们研究唐诗中乐园意识之转变时，杜甫身居枢纽位置的认识。

进一步言之，透过唐代诗歌流变史的观察，我们可以掌握到一项随着时代前后而大致区分的差异，那就是诗歌中日月升沉之意象的不同运用，也表现出随着时代的递嬗而截然有别的世界观和时代视野，因为日月升沉之意象足以决定光明或黑暗，正是与乐园之存在样貌具有直接关系的重要原型。在由初、盛唐所涵盖的前半部历史中，诗歌里反映的是一种日升月出、光明遍洒的基调，不论是白日青天朗朗的太阳，或是夜间清辉如水的月亮，都展现出希望、明朗、温暖、力量之类正面的感受，而同属于光明的象征。先以初唐诗为例：

- 海上生明月，天涯共此时。（张九龄《望月怀远》）
- 月生西海上，气逐边风壮。（崔融《关山月》）

- 微月生西海，幽阳始代升。(陈子昂《感遇三十八首》之一)
- 海日生残夜，江春入旧年。(王湾《次北固山下》)
- 春江潮水连海平，海上明月共潮生。(张若虚《春江花月夜》)[①]

以上诸诗，都"展现一宇宙新生之鲜活力量，为初唐诗人所共感"[②]，无论是日是月，皆以光明的特质为诗人所把捉，而所谓"海上生明月""月生西海上""微月生西海""海日生残夜""海上明月共潮生"等句，其中皆着一"生"字，尤能传示出无中生有的创造意义。盛唐时，孟浩然亦曰："山光忽西落，群壑倏已暝。松月生夜凉，风泉满清听。"又说："山光忽西落，池月渐东上。散发乘夕凉，开轩卧闲敞。"[③] 夜间的明月在太阳下山之后为大地持续了光明，也创造出白天时在竞逐扰动的氛围中所较难以获致的闲适心境，而李白夜间秉烛观山水图也充满朗健的情调。

夜间之月已然如此，日间之太阳更不待言，假如初唐是旭日东升的时期，则整个盛唐便是笼罩在如日中天的气势中，其例甚多，亦不暇遍举。但从杜甫的晚年开始，夕阳、落日这种吉川幸次郎称为"暗示某种不安定的世界的形象"的确明显增多了，到了中晚唐阶段，更几乎到了寓目可见的地步，如诗歌风格主要是成就于中唐

---

① 五诗分见（清）康熙敕编：《全唐诗》（北京：中华书局，1990 年 2 月），卷 48、卷 68、卷 83、卷 115、卷 117。
② 引自欧丽娟：《唐诗选注》（台北：里仁书局，1998 年 10 月），页 35。
③ 分见《夏日南亭怀辛大》《宿业师山房待丁公不至》,（唐）孟浩然著，徐鹏校注：《孟浩然集校注》（北京：人民文学出版社，1998 年 2 月），卷 1。

时期的"五言长城"刘长卿,即因此被称为"秋风夕阳的诗人"[①];晚唐时李商隐、韦庄之好用夕阳意象更是明显,韦庄甚至因此被评为"口熟手溜,用惯不觉,亦诗人之病"[②],其偏好熟用之程度可以想见。而且除了使用次数剧增之外,中晚唐诗人还对此一残缺而不安定的自然意象发展出一种自觉的、耽溺的美学范畴,于诗中往往自道对此一迟暮的、消亡中的自然意象的敏感与偏好,如钱起、司空曙、白居易、李商隐都指出:

- 竹怜新雨后,山爱夕阳时。(钱起《谷口书斋记杨补阙》)
- 幽人独汲时,先乐残阳影。(司空曙《石井》)
- 澄清深浅好,最爱夕阳时。(白居易《闲游》)
- 夕阳无限好,只是近黄昏。(李商隐《乐游原》)[③]

如此一来,其心灵中所开展的乐园也同时进入了日落西山、暮色苍茫的幻灭阶段,形成了相应的表述;而当一个偏爱残缺之美学范畴的时代来临时,初唐时旭日东升的朝气与盛唐时如日中天的热烈,

---

① 详见储仲君:《秋风夕阳的诗人——刘长卿》,广西师范大学出版社主编:《唐代文学研究》第三辑(桂林:广西师范大学出版社,1992年),页278—279。
② 见(清)薛雪:《一瓢诗话》,丁福保辑:《清诗话》(台北:木铎出版社,1988年9月),页698。
③ 分见(清)康熙敕编:《全唐诗》,卷237、292;(唐)白居易著,顾学颉点校:《白居易集》(北京:中华书局,1985年10月),卷16;(唐)李商隐著,(清)冯浩笺注:《玉溪生诗集笺注》(台北:里仁书局,1981年2月),卷3。

也就不可复得了。①

如同卡西尔曾说:"透过情绪的媒介,抒情诗人使我们得以洞观灵魂的深层,灵魂的这些深层向度,是诗人自己以及吾人以往一直无法理会和无法接近的。"而当我们努力理会与接近唐代诗人灵魂的深层时,可以发现在诗人的抒情的作品中,"世界似乎在透过一个新的途径和以一崭新的面貌展现于吾人眼前"②,这就是我们研究唐诗中乐园意识之类型与变化之过程时,所深切获取的心得与感受。

---

① 有关初盛唐与中晚唐诗中之日月意象与时俱变的转化情形,可详参欧丽娟:《论唐诗中日、月意象之嬗变》,彰化师范大学中文系主编:《第四届中国诗学(唐代诗学)会议论文集》,页323—352,收入欧丽娟:《唐诗的多维视野》(台北:五南图书出版公司,2017年7月)。

② 两段引文分见[德]恩斯特·卡西尔著,关子尹译:《人文科学的逻辑》(台北:联经出版事业公司,1994年12月),页46—47。

征引书目

一、传统文献

袁珂注:《山海经校注》,台北:里仁书局,1982年8月。

(春秋)左丘明著,上海师范大学古籍整理组校点:《国语》,台北:里仁书局,1981年12月。

(宋)陆佃解:《鹖冠子》,《景印文渊阁四库全书》第848册,台北:台湾商务印书馆,1986年7月。

(战国)列子著,(晋)张湛注:《列子》,台北:艺文印书馆,1975年9月。

(战国)屈原等著,(宋)朱熹集注:《楚辞集注》,台北:艺文印书馆,1974年4月。

(战国)屈原等著,(宋)洪兴祖注:《楚辞补注》,台北:长安出版社,1984年9月。

(战国)荀子著,(清)王先谦集解:《荀子集解》,台北:艺文印书馆,2000年5月。

(战国)庄子著,(清)郭庆藩集释,王孝鱼点校:《庄子集释》,北京:中华书局,1961年7月。

(汉)毛亨传,(汉)郑玄笺,(唐)孔颖达等正义:《诗经》,《十三经注疏》,台北:艺文印书馆,1985年12月。

（汉）郑玄注，（唐）贾公彦疏：《周礼》，《十三经注疏》，台北：艺文印书馆，1985 年 12 月。

（汉）韩婴著，屈守元笺疏：《韩诗外传笺疏》，成都：巴蜀书社，1996 年 3 月。

（汉）司马迁著：《史记》，台北：鼎文书局，1993 年 2 月。

（汉）东方朔撰：《海内十洲记》，《景印文渊阁四库全书》第 1042 册，台北：台湾商务印书馆，1986 年 7 月。

（汉）刘安等撰，（汉）高诱注：《淮南子》，台北：艺文印书馆，1974 年 4 月。

（汉）班固著，（唐）颜师古注：《汉书》，台北：鼎文书局，1991 年 9 月。

（汉）郑玄注，（唐）孔颖达疏：《礼记》，《十三经注疏》，台北：艺文印书馆，1997 年 8 月。

（晋）葛洪著，王明校释：《抱朴子内篇校释》，北京：中华书局，1988 年 7 月。

（晋）葛洪著：《神仙传》，《景印文渊阁四库全书》第 1059 册，台北：台湾商务印书馆，1986 年 7 月。

（晋）陶潜著，逯钦立注：《陶渊明集》，台北：里仁书局，1985 年 4 月。

（魏晋）王弼撰：《周易略例》，台北：台湾中华书局，1980 年。

（南朝宋）范晔著，（唐）李贤注：《后汉书》，台北：鼎文书局，1991 年 9 月。

（南朝梁）任昉：《述异记》，《景印文渊阁四库全书》第 1047 册，台北：台湾商务印书馆，1986 年 7 月。

（南朝梁）钟嵘著，陈延杰注：《诗品注》，台北：里仁书局，1992 年 9 月。

（南朝梁）萧统编，（唐）李善注：《文选》，台北：华正书局，景印胡刻宋本，1986 年 7 月。

南朝（梁）萧统编，（唐）李善等注：《增补六臣注文选》，台北：华正书局，景印胡刻宋本，1980年9月。

南朝（梁）萧统等评：《陶渊明诗文汇评》，台北：世界书局，1974年12月。

（唐）王度等撰，汪辟疆辑：《唐人传奇小说》，台北：三人行书局，1984年1月。

（唐）房玄龄等撰：《晋书》，台北：鼎文书局，1992年11月。

（唐）魏征等撰：《隋书》，台北：洪氏出版社，1974年7月。

（唐）孟浩然著，徐鹏校注：《孟浩然集校注》，北京：人民文学出版社，1998年2月。

（唐）孟浩然著，赵桂藩注：《孟浩然集注》，北京：旅游教育出版社，1991年4月。

（唐）王维著，（清）赵殿成笺注：《王摩诘全集笺注》，台北：世界书局，1996年6月。

（唐）王维著，陈铁民注：《王维集校注》，北京：中华书局，1997年8月。

（唐）李白著，安旗主编：《李白全集编年注释》，成都：巴蜀书社，1992年4月。

（唐）李白著，（清）瞿蜕园注：《李白集校注》，台北：里仁书局，1981年3月。

（唐）高适著，刘开扬笺注：《高适诗集编年笺注》，台北：汉京文化事业公司，1983年9月。

（唐）杜甫著，（宋）赵次公等注：《景印宋本新刊校定集注杜诗》，台北：故宫博物院，1985年。

（唐）杜甫著，（清）仇兆鳌注：《杜诗详注》，台北：里仁书局，1980年7月。

（唐）杜甫著，（清）杨伦笺注：《杜诗镜铨》，台北：汉京文化事业公司，1983年9月。

（唐）李贺著，（清）王琦等注：《李贺诗注》，台北：世界书局，1991年6月。

（唐）李贺著，叶葱奇校注：《李贺诗集》，台北：里仁书局，1982年10月。

（唐）白居易著，顾学颉点校：《白居易集》，北京：中华书局，1985年10月。

（唐）孟郊著，韩泉欣校注：《孟郊集校注》，杭州：浙江古籍出版社，2012年。

（唐）柳宗元著，王国安笺释：《柳宗元诗笺释》，上海：上海古籍出版社，1993年9月。

（唐）韩愈著，马伯通校注：《韩昌黎文集校注》，上海：古典文学出版社，1957年12月。

（唐）韩愈著，钱仲联集释：《韩昌黎诗系年集释》，台北：学海出版社，1985年1月。

（唐）郑处海：《明皇杂录》，《景印文渊阁四库全书》第1035册，台北：台湾商务印书馆，1986年7月。

（唐）康骈：《剧谈录》，《景印文渊阁四库全书》第1042册，台北：台湾商务印书馆，1986年7月。

（唐）张彦远：《历代名画记》，台北：广文书局，1971年6月。

（唐）李商隐著，（清）冯浩笺注：《玉溪生诗集笺注》，台北：里仁书局，1981年2月。

（唐）李商隐著，刘学锴、余恕诚集解：《李商隐诗歌集解》，北京：中华书局，1992年5月。

（唐）杜牧：《樊川文集》，台北：汉京文化事业公司，1983年11月。

（五代）王仁裕：《开元天宝遗事》，《景印文渊阁四库全书》第1035册，台北：台湾商务印书馆，1986年7月。

（五代）刘昫等撰：《旧唐书》，台北：洪氏出版社，1977年6月。

（宋）李昉等编：《太平广记》，台北：文史哲出版社，1981年。

（宋）宋敏求：《长安志》，《景印文渊阁四库全书》第587册，台北：台湾商务印书馆，1986年7月。

（宋）程颢、程颐：《二程集》，台北：汉京文化事业公司，1983年9月。

（宋）苏轼著，孔凡礼点校：《苏轼文集》，北京：中华书局，1992年9月。

（宋）王安石：《临川先生文集》，台北：台湾商务印书馆，景印《四部丛刊》本，1979年。

（宋）程大昌：《雍录》，《景印文渊阁四库全书》第587册，台北：台湾商务印书馆，1986年7月。

（宋）洪迈：《容斋随笔》，上海：上海古籍出版社，1995年3月。

（宋）朱熹：《四书章句集注》，台北：大安出版社，2013年8月。

（宋）朱熹：《诗集传》，台北：艺文印书馆，1974年4月。

（宋）祝穆：《方舆胜览》，北京：中华书局，2003年6月。

（宋）严羽著，郭绍虞释：《沧浪诗话校释》，台北：里仁书局，1987年4月。

（元）方回选评，李庆甲校：《瀛奎律髓汇评》，上海：上海古籍出版社，1986年4月。

（明）胡震亨著：《唐音癸签》，台北：木铎出版社，1982年7月。

（明）许学夷著：《诗源辩体》，北京：人民文学出版社，1998年2月。

（明）王嗣奭著：《杜臆》，台北：台湾中华书局，1986年11月。

（明）钟惺、谭元春编：《唐诗归》，收入《四库全书存目丛书》集部总集类第 338 册，台南：庄严文化公司，影印"清华大学"图书馆藏万历四十五年刻本，1997 年。

（清）王士禛著：《带经堂诗话》，北京：人民文学出版社，1998 年 2 月。

（清）康熙敕编：《全唐诗》，北京：中华书局，1990 年 2 月。

（清）黄生著：《杜诗说》，合肥：黄山书社，1994 年 5 月。

（清）何焯著：《义门读书记》，北京：中华书局，1991 年 11 月。

（清）吴景旭著：《历代诗话》，《景印文渊阁四库全书》第 1483 册，台北：台湾商务印书馆，1986 年 7 月。

（清）方东树著：《昭昧詹言》，北京：人民文学出版社，1961 年 10 月。

（清）苏舆撰著：《春秋繁露义证》，北京：中华书局，2010 年 1 月。

（清）洪亮吉撰，李解民点校：《春秋左传诂》，北京：中华书局，1987 年。

（清）吴瞻泰：《杜诗提要》，台北：大通书局，1974 年 10 月。

丁福保辑：《清诗话》，台北：木铎出版社，1988 年 9 月。

丁福保辑：《历代诗话续编》，北京：中华书局，1983 年 8 月。

郭绍虞辑：《清诗话续编》，台北：木铎出版社，1983 年 12 月。

高步瀛选注：《唐宋诗举要》，台北：里仁书局，2004 年 9 月。

陈友琴编：《古典文学研究资料汇编·白居易卷》，北京：中华书局，1962 年 11 月。

陈伯海主编：《唐诗汇评》，杭州：浙江教育出版社，1996 年 5 月。

唐圭璋辑：《全宋词》，台北：洪氏出版社，1981 年 4 月。

逯钦立辑校：《先秦汉魏晋南北朝诗》，台北：木铎出版社，1983 年 9 月。

明伦出版社编：《陶渊明研究资料汇编》，台北：明伦出版社，1970 年 12 月。

栾贵明等编著：《全唐诗索引·李商隐卷》，北京：中华书局，1991 年。

二、近人论著

［日］入谷仙介著，卢燕平译：《王维研究（节译本）》，北京：中华书局，2005年10月。

王仁祥：《先秦两汉的隐逸》，台北：台湾大学文学院，1995年5月。

王国维著，滕咸惠校注：《人间词话新注》，台北：里仁书局，1987年8月。

王维研究编委会编：《王维研究》（第一辑），北京：中国工人出版社，1992年9月。

中华书局编：《杜甫研究论文集》（一辑、二辑、三辑），北京：中华书局，1962年12月、1963年2月、1963年9月。

［日］石川忠久：《"寻隐者不遇"诗の生成について》，收入小尾博士古稀记念事集会主编：《小尾博士古稀记念中国学论文集》，东京：汲古阁书院，1983年。

任继愈主编：《中国道教史》，上海：上海人民出版社，1990年6月。

［日］吉川幸次郎著，孙昌武译：《杜甫的诗论与诗》，收入萧涤非主编：《唐代文学论丛》总第七辑，西安：陕西人民出版社，1986年1月。

沈清松：《解除世界魔咒》，台北：时报文化公司，1984年8月。

李丰楙：《忧与游：六朝隋唐游仙诗论集》，台北：台湾学生书局，1996年3月。

吕正惠编：《唐诗论文选集》，台北：长安出版社，1985年4月。

何冠骥：《中英诗中的时间观念》，《中外文学》第10卷第7期，1981年12月。

余英时：《中国思想传统的现代诠释》，台北：联经出版事业公司，1987年3月。

余英时：《历史与思想》，台北：联经出版事业公司，1982年11月。

夏敬观等：《李太白研究》，台北：里仁书局，1985年5月。

徐复观：《中国人性论史·先秦篇》，台北：台湾商务印书馆，1969 年。

陈允吉：《唐诗中的佛教思想》，台北：商鼎文化出版社，1993 年 12 月。

陈炳良：《红楼梦中的神话和心理》，《中外文学》第 11 卷第 12 期，1983 年 5 月。

陈鼓应：《老子注释及评价》，北京：中华书局，1984 年。

陈鹏翔：《主题学研究与中国文学》，收入陈鹏翔编：《主题学研究论文集》，台北：东大图书公司，1983 年 11 月。

李丰楙：《误入与谪降：六朝隋唐道教文学论集》，台北：台湾学生书局，1996 年 5 月。

[日] 松浦友久著，陈植锷、王晓平译：《唐诗语汇意象论》，北京：中华书局，1992 年 5 月。

郭银田：《田园诗人陶潜》，台北：里仁书局，1996 年 9 月。

施淑女：《九歌天问二招的成立背景与楚辞文学精神的探讨》，台北：台湾大学文学院，1969 年。

范之麟、吴庚舜主编：《全唐诗典故辞典》，武汉：湖北辞书出版社，1989 年 1 月。

柯庆明：《文学美综论》，台北：长安出版社，1986 年 10 月。

俞陛云：《诗境浅说》，天津：天津人民出版社，2008 年 9 月。

韦政通：《传统中国理想人格的分析》，收入李亦园、杨国枢主编：《中国人的性格》，台北：桂冠图书公司，1992 年 2 月。

许道勋、赵克尧著：《唐玄宗传》，北京：人民出版社，1995 年 5 月。

许鹏：《中介的探索》，北京：中国人民大学出版社，1992 年。

张仁青编：《李商隐诗研究论文集》，台北：天工书局，1984 年 9 月。

张亨：《庄子哲学与神话思想——道家思想溯源》，《东方文化》第 21 卷第 2 期，1983 年。

张芝:《道教徒的诗人李白及其痛苦》,台北:长安出版社,1987年10月。

张春兴:《张氏心理学辞典》,台北:东华书局,1995年11月。

张淑香:《李义山诗析论》,台北:艺文印书馆,1987年3月。

张淑香:《邂逅神女——解〈老残游记二编〉逸云说法》,收入台湾大学中文系编印:《语文、情性、义理——中国文学的多层面探讨国际学术会议论文集》,台北:台湾大学大中文系,1996年7月。

张惠娟:《乐园神话与乌托邦——兼论中国乌托邦文学的认定问题》,《中外文学》第15卷第3期,1986年8月。

彭庆生、曲令启编:《诗词典故辞典》,太原:书海出版社,1990年12月。

黄永武:《中国诗学·思想篇》,台北:巨流图书公司,1989年11月。

黄维梁:《春的悦豫与秋的阴沉——试用弗莱"原型论"观点析杜甫的"客至"与"登高"》,收入中国古典文学研究会主编:《古典文学》第7集上册,台北:台湾学生书局,1985年。

程千帆、莫砺锋、张宏生:《被开拓的诗世界》,上海:上海古籍出版社,1990年10月。

叶嘉莹:《迦陵谈诗》,台北:三民书局,1984年1月。

叶维廉:《饮之太和——叶维廉文学论文二集》,台北:时报文化公司,1980年1月。

叶维廉:《历史、传释与美学》,台北:东大图书公司,2002年8月。

葛兆光:《从出世间到入世间——中国宗教与文学中理想世界主题的转变》,收入陈平原、陈国球主编:《文学史》第三辑"文化与文学",北京:北京大学出版社,1996年6月。

葛晓音:《山水田园诗派研究》,沈阳:辽宁大学出版社,1993年1月。

[日]萩原朔太郎著,徐复观译:《诗的原理》,台北:台湾学生书局,1989年。

董乃斌：《李商隐的心灵世界》，上海：上海古籍出版社，1992年12月。

廖炳惠：《向往、放逐、匮缺——"桃花源诗并记"的美感结构》，《中外文学》第10卷第10期，1982年3月。

郑钦仁主编：《中国文化新论·制度篇：立国的宏规》，台北：联经出版事业公司，1982年9月。

郑树森编：《现象学与文学批评》，台北：东大图书公司，1991年4月。

台湾中华书局辞海编辑委员会编：《辞海》，台北：台湾中华书局，1982年。

赵有声等著：《生死·享乐·自由》，北京：国际文化出版公司，1988年。

广西师范大学出版社主编：《唐代文学研究》（第三辑），桂林：广西师范大学出版社，1992年。

蔡英俊主编：《中国文化新论·文学篇一：抒情的境界》，台北：联经出版事业公司，1982年9月。

蔡英俊主编：《中国文化新论·文学篇二：意象的流变》，台北：联经出版事业公司，1982年9月。

欧丽娟：《李、杜"闲适诗"比较论》，《编译馆馆刊》第27卷第2期，1998年12月。收入欧丽娟：《唐诗的多维视野》，台北：五南图书出版公司，2017年7月。

欧丽娟：《李商隐诗之神话表现》，《编译馆馆刊》第24卷第1期，1995年6月。收入欧丽娟：《唐诗的多维视野》，台北：五南图书出版公司，2017年7月。

欧丽娟：《论唐诗中日、月意象之嬗变》，收入彰化师范大学国文系主编：《第四届中国诗学（唐代诗学）会议论文集》，彰化：彰化师范大学国文系，1998年5月。

收入欧丽娟：《唐诗的多维视野》，台北：五南图书出版公司，2017年7月。

欧丽娟：《杜诗意象论》，台北：里仁书局，1997年12月。

欧丽娟：《唐诗选注》，台北：里仁书局，1998 年 10 月。

鲁迅：《中国小说史略》，《鲁迅全集》第 9 册，北京：人民文学出版社，1981 年。

刘孟伉主编：《杜甫年谱》，台北：学海出版社，1981 年 9 月。

萧丽华：《试论王维之宦隐与大乘般若空性的关系——兼论王维诗中"空"的境界美》，《台大中文学报》第 6 期，1994 年 6 月。

缪钺：《诗词散论》，台北：台湾开明书店，1979 年 3 月。

钱锺书：《谈艺录》，香港：龙门书店，1965 年。

三、外文译著

[美] 方葆珍（Paula Varsano）：《荒野中的乐园：寻隐者不遇》，南京大学中国语言文学系主编：《魏晋南北朝文学论集》，南京：南京大学出版社，1997 年 9 月。

[德] 恩斯特·卡西尔（Ernst Cassirer）著，甘阳译：《人论》，上海：上海译文出版社，1985 年 12 月。

[德] 恩斯特·卡西尔著，关子尹译：《人文科学的逻辑》，台北：联经出版事业公司，1994 年 12 月。

[美] 宇文所安（Stephen Owen）著，郑学勤译：《追忆——中国古典文学中的往事再现》，上海：上海古籍出版社，1990 年 10 月。

[法] 西蒙内（Dominique Simonnet）著，方胜雄译：《生态主张》，台北：远流出版公司，1992 年 9 月。

[美] 坎伯（Joseph Campbell）著，朱侃如译：《神话》（*The Power of Myth*），台北：立绪文化事业公司，1995 年 6 月。

[美] 李达三著，蔡源煌译：《神话的文学研究》，收入古添洪、陈慧桦主编：《从比较神话到文学》，台北：东大图书公司，1993 年 10 月。

[英]柯林伍德（Robin G. Collingwood）著，陈明福译：《历史的理念》（*The Idea of History*），台北：桂冠图书公司，1992年8月。

[美]约翰·维克雷编，潘国庆等译：《神话与文学》，上海：上海文艺出版社，1995年4月。

[美]韦勒克（René Wellek）、华伦（Austin Waren）著，王梦鸥、许国衡译：《文学论——文学研究方法论（*Theory of Literature*）》，台北：志文出版社，1976年10月。

[德]马尔库塞（Herbert Marcuse）著，李小兵译：《审美之维：马尔库塞美学论着集》，北京：生活·读书·新知三联书店，1992年6月。

[奥]康拉德·劳伦兹（Konrad Lorenz）著，游复熙、季光容译：《所罗门王的指环》，台北：东方出版社，1994年10月。

[法]普鲁斯特（Marcel Proust）著，李恒基等译：《追忆似水年华》，台北：联经出版事业公司，1992年。

[法]费伦茨·特克依（F. Tökei）：《论屈原二题》，收入钱林森编：《牧女与蚕娘——法国汉学家论中国古诗》，上海：上海古籍出版社，1990年6月。

[瑞士]荣格（Carl G. Jung）著，鸿钧译：《荣格分析心理学》，台北：结构群文化事业有限公司，1990年9月。

[意]维柯（Giambattista Vico）著，朱光潜译：《新科学》，北京：商务印书馆，1989年6月。

[美]卫姆塞特（William Kurtz Wimsatt）、布鲁克斯（Cleanth Brooks）著，颜元叔译：《西洋文学批评史》，台北：志文出版社，1982年3月。

[德]顾彬（Wolfgang Kubin）著，马树德译：《中国文人的自然观》，上海：上海人民出版社，1990年1月。

Webster's Third International Dictionary, Mass.: G.&C. Merriam Company, 1961。

圣经神学辞典编译委员会译:《圣经神学辞典》,台北:光启出版社,1984年1月。

John Armstrong, *The Paradise Myth* (London:OxfordUniversity Press, 1969)

Maud Bodkin, *Archetypal Patterns In Poetry:Psychological Studies of Imagination*(London:Oxford University Press, 1934)

Mircea Eliade, *The Sacred and the Profane:the Natureof Religion*, translated by Willard R. Trask(NewYork: Harcourt, Brace &World, Inc., 1959)

Norman J.Girardot, *Mythand Meaning in Early Taoism-The Theme of Chaos(hun-tun)*(Berkeley:University of California Press, 1983)

Florence. R. Kluckhohn and Fred L.Strodtbeck et al.:*Variationsin Value Orientations:A Theory Testedin Five Cultures*(NewYork: Rowand Peterson, 1961)